创 新 赋

李牧童

混沌初开，演乾坤之爻变；阴阳交感，成宇宙于日新。毓六根之情性，生万类于絪缊。始怀仁以求是，终明易而通神。尔乃懋修德业，博取物身。随异时以裁度，施满腹之经纶。匡世济民，常领先于创举；移风矫俗，每革弊于陈因。乃知大道之行，必新可久；溥天之众，唯适堪存。

维我泱泱浙大，赫赫上庠。鹏抟禹甸，岳峙钱塘。虽滥觞于光绪，实躔迹于羲皇。笑览三千世界，饱经百廿沧桑。方其兴黉舍于普慈，延师启智；拯士风于科举，矢志图强。崇实求真，谋专精于术业；励操敦品，摒利禄于行藏。比及竺公受任，锐意更张。敬业乐群，改官僚之习气；尊师重道，充智慧之资粮。见闻多其弥笃，教学乐而互彰。既罹忧于兵燹，乃避难于他乡。辗转西迁，遗善行于赣地；迢遥东顾，播文种于黔疆。格物致知，学尽穷研之力；安贫乐道，居留瓢饮之香。遂开一时气象，而引无限风光。行正道于人间，龙骧虎步；铸贤才于海内，日盛月昌。

嗟哉！夫育材之庠序，乃济世之梯航。弘人本之方针，兼修道器；固德才之基石，广蓄栋梁。博学睿思，承菁华于往代；深谋远虑，造时势于前方。极数推来，拓新阶于诸域；秉诚知化，驱原创于各行。明治道之所宜，通权达变；率潮流于应向，内圣外王。扶国政于中庸，教敷百姓；导民心于至善，和洽万邦。皇皇大道，熠熠斯芒。惟新厥德，永发其祥！

浙大发现

浙江大学10年科学故事辑录

周炜 ◎ 编著

记录10年间浙大学者的
发明与发现
记录对勇攀科学高峰的浙大人的
尊重与感动
记录对科学精神、人文情怀的
认同与欣赏

ZHEJIANG UNIVERSITY PRESS
浙江大学出版社

记录10年间浙大学者的
发明与发现

记录对勇攀科学高峰的浙大人的
尊重与感动

记录对科学精神、人文情怀的
认同与欣赏

总　序

　　教育强则国强。求是书院从清末的创办之日起，即确定了"居今日而图治，以培养人才为第一义；居今日而育才，以讲求实学为第一义"的办学宗旨；敢为人先，以引领风云际会之势，贯穿了浙江大学一百二十年办学历程的始终；与时代同呼吸，与国家发展同频共振，是浙江大学一以贯之的精神所在。

　　曾经，以兴新学而图国强，是那一代知识精英以知识振兴中华的理想和抱负。然而，没有强大的国家为后盾，办学的道路，曲折而多难。一部浙江大学的历史，也就是一部浓缩的中国高等教育和科学技术发展史，更是一部承载了中华民族文化血脉的历史。每当我们回首来时路，每当我们细数家珍，我们都会倍感今日的一切，来之不易。我们是历史的见证者，我们也是历史的创造者。一代又一代怀抱报国理想的中国知识分子，用自己的双手和汗水，为中华的强盛而努力拼搏。

　　在网络日渐成为人们生活中不可或缺的元素的时候，书卷，依旧是记载历史、呈现文化、讲述故事的最朴素的载体。在建校一百二十周年之际，这套"百廿求是丛书"，从历史，从文化，从教师的成果，从学生的成长，或是黑白或是彩色地用文字和图片呈现纷繁历史中的岁月积淀，或是叙事恢弘，或是微波涟涟，展现浙江大学独特的品格、独特的历史、独特的文化。在历史与现实的互相映照中，告诸往而知来者。浙江大学的家国情怀和社会担当从未懈怠，峥嵘岁月里铸就的浙大故事，历久弥新。

　　这套丛书共8本，依据"主人翁"的年岁为序，是为《浙大史料》《浙大景影》《浙大口述》《浙大原声》《浙大发现》《浙大戏

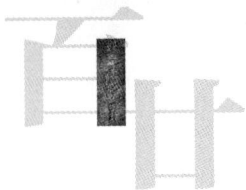

文》《浙大范儿》《浙大飞语》。有办学史料选集，有校园建筑文化，有老浙大人的情怀，有新浙大人的理想……我们期望能够通过文字，留住过往，呈现历史，以励当下。

《浙大史料》的文字，以求是书院为起点，从"章程"到"规""例"，从"奏请"到"致电"，从"大纲"到"细则"，在史料散失现象十分普遍的情况下，很多是通过抓住点滴线头顺抽细检的方式考订所得，虽只是沧海一粟，但希望以此为起点，能使得我们的积累和研究日渐体系化、专业化。如果要将8本书分个类，《浙大景影》《浙大原声》和《浙大戏文》应当可以与《浙大史料》归在一类，它们共有历史记录的性质，虽然分别是以建筑、原创歌曲和原创校园话剧为主角，但都具有跨年代的积累，都具有浙江大学独一无二的文化烙印。而且，领衔的编著者，是这四方面工作的专业人士，他们用专业的眼光和方法，加之对学校的深深的爱，为读者烹制出原料纯正的精神佳肴。

《浙大口述》《浙大发现》《浙大范儿》和《浙大飞语》的主角是今天的浙大人。《浙大口述》的讲述人，很多已经近90高龄了，他们用平实无华的语句讲述的故事，就是浙大的历史。我们今天的办学成绩，都是在前人砌就的基业上取得的，中华人民共和国成立初期，家底之薄，创业之艰难，如果不是通过他们的讲述，也许我们很难想象。《浙大发现》则是大学办学发展的最好的佐证，浙江大学代代相传的求是印记，在于文化学脉与民族血脉的交融，在于中国知识分子以科学强国为己任的信念。《浙大范儿》是丛书中唯一一本以创业人为采访对象的原创作品集，浙大新一代创业人的感悟和思考，不仅对创业的学生和校友，乃至对高等教育的组织者也有启发和参考作用。《浙大飞语》也同样，青春的校园，记录着青春飞扬的生命。何为"浙大范儿"？就是树我邦国的家国情，开物前民的创新观，永远锐意进取的上进心，追求卓越、造就卓越的勇气和信心！

　　延续一百二十年的浙江大学文化，是岁月淘沙的瑰宝，是大学精神的底蕴，是共同价值的灵魂。传承和弘扬求是文脉，不忘前事，启迪后人。在新的历史时期，我们记述和表达的是今天的浙大人，扎根中国大地，为实现中华民族伟大复兴的中国梦而奋力前行的信念和脚步。

"百廿求是丛书"编委会

2017年4月20日

浙大发现

卷首语

科学的声音让大家听见

浙江大学学术委员会主任、中国科学院院士　张　泽

　　学术是大学的灵魂。首先要尊重学术，才有可能尊重知识、尊重人才。大家都来关心学术、接近学术，才能形成尊重学术、尊重知识的氛围。而有效的途径之一是：科学的声音，应该让大家都听见。

　　我们做科研的人自己有体会，任何一个人，离开了本专业，就是一个高中生。尽管学术活动是大学校园的日常事件，但大多数情况下，学术成果想被"外行"了解，被公众了解，还是缺少机会。这本书里集中展示了浙江大学近10年的科学发现、创新发明和实验室故事。我们很想看一看，身边的学者所做的科学研究，想了解他们都在做什么，为什么要做这些，有什么价值。

　　在科学传播的过程中，专家学者们都开始学习用通俗的语言来描述自己的研究内容。没有生涩的学术名词，没有厚厚的项目介绍，普通人也能读懂。科学家们做科普，向公众解读他们在做什么，以及对社会发展、对人才培养有什么意义。这是科学家在履行自己职责的过程中的又一个进步。

　　科学传播的通俗易懂，实际上不仅仅关乎"写作"，更是关乎"文化"。学者只是被同行接受是不够的，因为科学离开社会将无法存活，让普通人了解自己的学术，应该是科学家最起码的能力。社会发展中有很多经济发展、科技发展都解决不了的问题。这些问题需要文化来解决，科学家应该不断提醒自己去做一些文化的事情。

　　对于一所大学来说，光靠科学技术是不够的，而文化的研究，具有基础性、引领性的价值。这也许在短时间内不一定能体现出来，但它一定是会永久存在的。科学传播的效用之一，也是推进科学和文化的交融。

　　学术是学科建设的根基所在，活跃的学术生态是一流大学的重要元素。

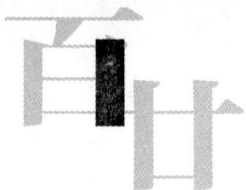

在这本书中，记录的是对勇攀科学技术高峰的浙大人的尊重与感动，是对浙大人科学精神、人文情怀的认同与欣赏。欣赏他人，相互支持，就是普通人所能做到的一种最普通的高尚。

目　录

目　录

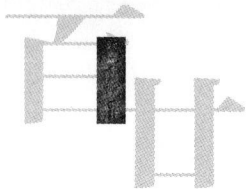

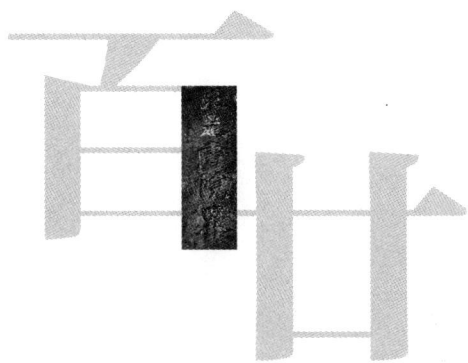

百廿

第一章

万物之理

更好地理解，是为了更好地创造。在"浙"里，有基于原创发现的、持续的推陈出新，从生命、能源再到医学领域；有探索重要基础问题的好奇与欣喜；还有科学家"观看"世界的方式，正在变得更精细、更巧妙。

"绿色"合成之路

高楚清

　　维生素E、维生素A及其衍生物β胡萝卜素、虾青素是重要的脂溶性维生素和类胡萝卜素，被广泛应用于饲料添加剂和食品添加剂等领域。因为资源有限，工艺复杂，成本高，市场上绝大多数产品都是通过人工合成来获得的。而在20世纪90年代初期，由于技术和原料的限制，我国维生素E的年产量仅有200吨，维生素A不足世界产量的2‰，β胡萝卜素、虾青素则完全是空白。

　　从1994年开始，浙江大学化学系李浩然与化工系陈志荣研究团队，与浙江新和成股份有限公司开展产学研合作研究。针对这四种产品的结构特点，经过梳理和整合，他们发明了一套基于绿色化学理念的维生素E、维生素A及其衍生物β胡萝卜素、虾青素合成新工艺。

　　浙江大学化学系李浩然教授说，在20世纪90年代，四种产品分别用不同的原料来进行生产，而进行这样大规模的生产会产生很多废物。"我们现在这套新工艺的特点，就是利用一种原料。打一个比方，做化工产品就像裁衣服一样，如果分别用不同的布来裁剪不同的衣服的话，会有很多边角料。但是我现在把四种不同的服装，用同一块布来裁剪的话，它们就可以相互利用各自的边角料，使边角料达到最少。我们在化学里面称之为绿色化学的方法。"

　　这套新工艺不仅使四种产品从同一种主原料出发，共用中间体，减少反应步骤，还使副产物得到合理利用。"我们以前生产维生素E的时候，都是用三甲酚作为开始的原料，现在可以用虾青素的中间体，来生产维生素E。那么，在这个世界上，我们首次实现了这种产品的工业化的过程。"李浩然说。

　　同时，项目还发明了适应不同反应要求的过程强化技术和装备，解决了四种产品不能规模生产、成本高、质量不稳定的问题。"我们主要是利用了一些诸如原子经济的反应方法，比如用空气氧化的反应方法，以及不同的过程强化的装置。比如用一些管道化的方法，使一些停留时间很短的，尤其是超低温的反应，通过过程强化的方法，实现了这个过程。"

　　基于上述发明，项目在新和成公司先后完成了关键中间体和四种产品的大规模工业化生产，产品质量达到国际先进水平。现在，新和成已跻身世界脂溶性维生素生产商三强，并占据了20% ～ 30%的市场份额，产品畅销欧、美、日等50多个国家和地区，带领我国成为维生素出口大国，带动了我国饲料、食品等行业的发展。

生物矿化，为细胞量体裁衣

周炜

给细胞"穿衣服"

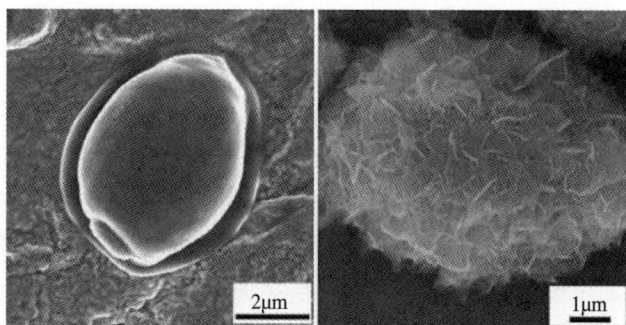

左图为电子显微镜下的酵母细胞，右图为矿化包裹后的酵母细胞

　　受鸡蛋壳保护卵细胞的启发，教育部"长江学者奖励计划"特聘教授、浙江大学理学院化学系教授唐睿康带领团队发明了一种给细胞"穿衣服"的方法。他们以酵母细胞为模型，给酵母细胞"穿上了衣服"。带"壳"的酵母细胞不仅能在室温下保存更长时间，还能避免溶菌酶的侵害，并产生磁性，这为细胞的保存和传送开辟了新途径。相关论文"Yeast Cells with an Artificial Mineral Shell: Protection and Modification of Living Cells by Biomimetic Mineralization"（《具有人工矿化外壳的酵母细胞：利用仿生矿化保护和修改活细胞》）发表在顶尖学术刊物《应用化学》（国际版）上，该工作引起了学术界和公众媒体的广泛关注。

　　课题的灵感即来自日常所见的鸡蛋。"鸡蛋壳是一个典型的生物矿化的例子，它的特殊之处在于细胞外还有一层薄薄的硬壳保护，在自然界中，带'壳'的细胞非常罕见。"唐睿康教授于2007年开始带领课题组研究怎样用生物矿化的方法，给细胞"穿"上人工的"外衣"。唐睿康教授介绍，"穿衣服"的过程只需要短短几分钟。把表面涂有聚丙烯酸酯的酵母细胞放入富含磷酸钙的溶液，聚丙烯酸酯能充当诱导剂并起着鸡蛋膜上的矿化因子的作用，促使溶液中的磷酸钙在细胞表面有序沉积并形成一层均匀的"外衣"。

"穿衣"后的酵母细胞依然保持活性，但会进入休眠状态。这样，即使在营养不良等不利环境下，它依然能保持长时间的活性。另外，"脱衣服"的方法也很简单，通过弱酸或者超声波的作用，这层"外衣"就能轻易褪去，细胞则能恢复原来正常的状态和功能。

课题组做了一个实验，常温下纯水中普通的酵母菌一个月后的存活率为20%，而"穿上衣服"后带"壳"的酵母菌一个月后还有85%的存活率。另一个实验则是让酵母菌接受"天敌"的考验。在溶菌酶的作用下，正常的酵母细胞3个小时后的死亡率大于80%，而"穿衣服"的酵母细胞的死亡率不到15%。同时，唐教授还在这层"外衣"中掺杂了纳米磁性颗粒。通过显微镜可以看到，酵母在磁场驱动下可以定点运动。

国际著名生物矿化专家Stephen Mann教授认为，给细胞"穿衣服"的方法是一个有趣的创意，对细胞的保存和传输具有重要意义。"我们的探索是敲开了一扇门，发展了给细胞'穿衣服'的方法。当然，目前这件衣服还比较粗糙，相当于一层'麻布'，接下来，更多的科学家来当'服装设计师'，研究给细胞穿什么样的衣服，赋予细胞更强的生命力和特定的功能。"唐睿康教授认为这种方法有着广阔的应用前景，"举个例子，我们可以给细胞装上一个'壳'，把它们定向传输到需要的部位，然后再释放并激活这些细胞，这种方法可望发展为新的癌症治疗技术。"

（周炜）

"金蝉脱壳"的分子开关找到了

"金蝉脱壳"是人们熟知的一种生命现象，自然界中许多动物都有这种换壳的本领。唐睿康教授带领的课题组最新研究发现，这种"换壳"过程是受一个"开

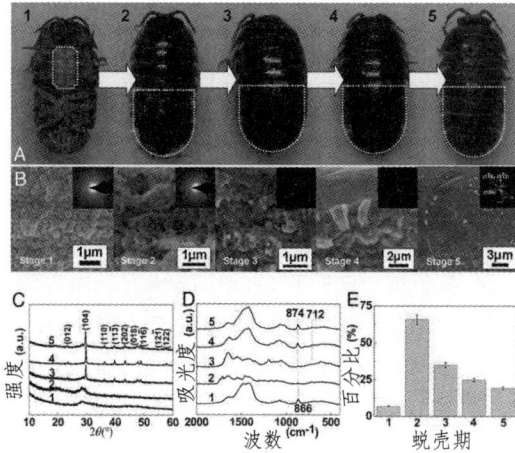

关"控制的：在"关"的信号下，矿物在体内储存并为新壳做准备，而当"开"的信号一出现，新壳就快速生成。这一发现为科学家进一步研究仿生控制功能提供了一个样本，让生物材料的制备变得更加可控。

相关论文"Magnesium-Aspartate-Based Crystallization Switch Inspired from Shell Molt of Crustacean"（《受甲壳动物换壳启发基于镁–天冬氨酸的结晶开关》)发表在2009年12月7日的《美国科学院院报》上。

课题组选取了日常环境中常见的甲壳动物——卷甲虫（俗称"西瓜虫"）作为生物模型。卷甲虫一生要经历数次换壳。此前的研究发现，在换壳前体内参与成壳的碳酸钙处于一种非晶态，而在镁离子的作用下，这些不稳定的非晶态的碳酸钙会转变成一种"亚稳定状态"，从而可以作为矿化前体在生物体内富集并存贮，为新壳的快速生成做好物质准备，这个生物准备期要持续两周左右。但是，生物怎么能够精确地启动换壳程序，使得碳酸钙在短时间内从"亚稳定状态"完成结晶，对科学家来说是一个谜。

课题组找到了这个"开关"。他们对处于换壳时期的卷甲虫进行了研究，发现富含酸性氨基酸如天冬氨酸的蛋白质是另一个关键的信号。在它的作用下，卷甲虫立即启动换壳过程，促使处于准备状态的矿化前体迅速走向"稳定状态"，从而形成新壳。在自然状态下，这个过程可在短短数小时之内完成。

"事实上，镁离子和酸性蛋白质共同构成了一个生物界中的'开关'。"唐睿康教授解释说，可以将动物的换壳过程理解为一个"结晶"的过程，矿物质在这个过程中经历了非稳定态、亚稳定态和稳定态。镁离子是一个"关"的信号，暂时关闭了结晶过程，延长了碳酸钙的非结晶状态期；而酸性蛋白质是一个"开"的信号，它的出现结束了碳酸钙的非结晶状态，促发了碳酸钙的迅速结晶。课题组利用镁离子和酸性氨基酸在实验室里成功地演示了这个结晶开关，还证明了这一原理还存在于磷酸钙体系，具有普适性。

唐睿康教授说，人类在制备生物材料时可以从中获得灵感，制造出一种"仿生开关"，这样，生物材料的合成就可以变得更加可控，从而可以制造出各种结构、形态和功能的生物材料。这样的"开关"原理也可以进一步发展用于控制人体内的生理性矿化过程，如骨、牙的形成及病理性矿化如结石、血管钙化等。

唐睿康教授长期从事生物矿化方面的研究，如前文所述，曾在2008年发明了一种给细胞"穿衣服"的方法，给一个酵母菌"穿"上了一个"壳"。"那个'壳'是从无到有的过程，而现在的研究，则为选择'穿'什么'衣服'，怎么'穿'得更漂亮找到了方法。"生物矿化是指在生物体内形成矿物质也就是生物矿物的过程，人体中典型的生物矿化过程包括骨骼、牙齿等生物硬组织的形成，而自然界中常见的生物矿物有珊瑚、贝壳、珍珠、鸡蛋壳等。

（周炜）

红细胞，穿件"衣服"变成"万能血"

无论输血受血，血型都须匹配，这已是我们生活中的常识。唐睿康教授团队利用"给细胞穿衣服"的方法，让红细胞的表面抗原免于被"觉察"，红细胞就可以不必考虑血型，灌注给任一血型的患者。——这一制造"万能血"的新途径，于2014年5月15日在线发表在英国皇家化学会杂志*Chemical Science*上，并被Chemistry World（"化学世界"网站）作为亮点工作报道。

人的血型是由红细胞表面的抗原蛋白决定的。例如，最常见的ABO血型系统中，A型血的红细胞表面带A型抗原，B型血的红细胞表面带B型抗原。进行输血时，

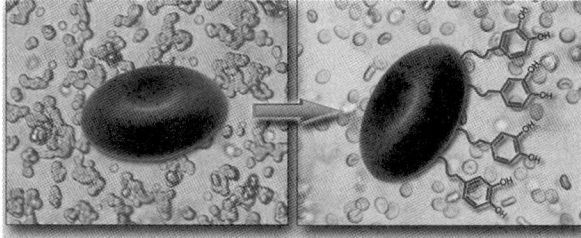

红细胞"穿"上聚多巴胺"外衣"前后

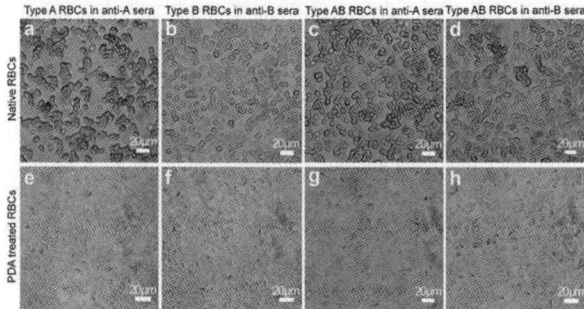

这是在光学显微镜放大400倍视野下的结果，在血型"错配"的情况下，未经处理的血液发生了凝血反应。"穿"上"衣服"后则没有出现凝血反应

受血者血浆中的抗体会识别供血者的红细胞的表面抗原，如果血型不匹配，抗体就会把它们定义为"外来物种"，并向它们发起进攻，造成严重甚至致命的后果。科学家们一直在找寻一种用于制造"万能血"的方法，因为这对于临床输血，特别是对于紧急情况下稀有血型受血者的施救意义非凡。

此前，有科学家提出过一种方法，通过接枝聚乙二醇分子来阻碍抗原－抗体的识别作用，但由于聚乙二醇会被机体识别为"外来物种"，这一方法依然会产生针对它的免疫反应。英国爱丁堡大学的科学家也提出过一种方案，思路是通过基因工程的手段进行体外培养扩增，以此来获取"万能血"，这在理论上是可行的，但是成本相当高。

唐睿康教授团队希望能在实验室中创造出带"壳"的细胞，赋予细胞不同的功能与特性，科学家们称之为细胞表面工程策略。这种策略又被用到了改造红细胞上，让细胞表面抗原免于被觉察，另辟蹊径地制造"万能血"。"我们需要为红细胞找到一件合适的外衣材料，并精准地把它'穿'到红细胞身上。"论文的第一作者，浙江大学医学院附属第二医院、浙江大学转化医学研究院王本副教授说，"这一研究的难处，一是寻找'布料'；二是量体裁衣，让这件红细胞的'衣服'宛若天成。'衣服'不能包裹得太严实，这样会影响细胞膜本身的流动性；也不能包裹得太松，这样抗原有可能会'暴露'。"对此，团队成员做了很多的尝试。

"这个概念非常灵巧，因为它可以通过前驱小分子多巴胺的原位作用形成表面修饰，"来自美国卡耐基梅隆大学（Carnegie Mellon University）的生物材料研究专家Christopher Bettinger说，"而且，所得到的聚多巴胺层的组成单元也是人体内原本就有的物质。"

体外实验证实，在血液错配的情况下，原本应该发生的抗原反应不见了，红细胞的结构和功能特征依然保持不变，例如携氧能力。课题组还进行了小鼠试验，改造后的红细胞保持着原始红细胞的行为特征，拥有类似的生命周期，即便经过多次输血，也未激起受血者的免疫反应。

尽管这一研究展示了令人兴奋的临床应用前景，唐睿康教授认为，目前来说它仍是一项技术手段，要真正运用到临床，还需要进一步做大动物模型实验和临床前试验。"如果储存大量'万能血'以备紧急情况快速输血之需，或者用于应对稀有血型人群的血液储备不足，对于医疗卫生工作都将是无价的资源。"王本说，目前的研究只针对ABO血型系统做了测试，下一步非常有必要将该研究应用于RhD血型系统。"在浙江大学转化医学研究院，我期待更深一步的理工学科和医学的交叉研究。"

（周炜）

改造绿藻，制造氢气

通过跨学科合作，科学家们为绿藻细胞披上了一层二氧化硅"外衣"，使其能在自然条件下持续利用光合作用产氢，每升"绿藻侠"可产生17毫升氢气。这是生物光合产氢领域取得的一次重要突破，为利用化学手段改造光合生物进而实现光合生物产氢提出了全新的思路。

浙江大学求是高等研究院徐旭荣副教授课题组，联合浙江大学化学系唐睿康教授、上海师范大学藻类光合作用与生物能源转化实验室马为民教授开展了这项研究工作，其研究论文"Silicification-Induced Cell Aggregation for the

绿藻产氢的显色反应（左边是三氧化钨原来的颜色，右边则由于产氢变色）

镜下看到的穿上二氧化硅"外衣"的绿藻（研究团队供图）

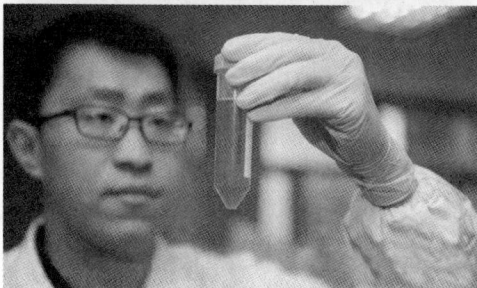

博士研究生熊威展示绿藻产氢试验过程

Sustainable Production of H2 under Aerobic Conditions"（《硅化诱导的细胞团聚实现有氧条件下的可持续产氢》）发表在2015年8月25日的Angew. Chem. Int. Ed.（《应用化学》）上。

"沉睡"的氢酶

作为一类零碳能源，氢能绿色环保，十分理想。可氢气从哪里来呢？当前，氢气主要来源于石化产业，从石油中制取。科学家们一直在探索，能否借助自然界中现成的"设备"，利用太阳能分解水来产生氢气。

藻类细胞的希望很大。30多年前，科学家发现绿藻细胞中除了进行光合作用的光系统 I 和 II 以外，还存在着一种氢酶。"当氢酶被激活后，绿藻就能在进行光合作用的同时产生氢气，然而氢酶对氧气非常敏感，在有氧的情况下，氢酶会迅速失去活性。所以在正常光照条件下，绿藻通常只进行光合作用，产生氧气。"徐旭荣老师说，实际上氢酶被激活而产生氢气，是绿藻在应对缺氧等"胁迫"状况下产生的一种应激反应，能否对绿藻进行改造，隔绝氧气，重新"唤醒"氢酶呢？

徐旭荣的合作者之一，唐睿康教授长期从事生物矿化研究。他有一项"绝活"，即通过生物矿化手段，给细胞"穿"上一层"外衣"，从而赋予细胞不同的性能。如果绿藻也被'包裹'起来，是否可以人为制造缺氧环境呢？

"绿藻侠"抱团产氢

课题组尝试用二氧化硅去包裹绿藻。和预想不一样的是，单个的绿藻细胞不能产氢，只能进行正常的光合作用，产生氧气。但他们"意外"发现，当一个个"穿"着二氧化硅的绿藻逐渐黏合在一起，形成一个个绿藻复合体时，在培养绿藻的试管上方，探针既探测到了氧气，也探测到了氢气。实验证实，在正常的光照条件下，绿藻团能持续地产生氢气，目前最长时间可达72小时。

"在电子显微镜下，我们看到直径大约100微米的绿藻复合体里面，包含5000个左右绿藻。"课题组博士研究生熊威解释说，处于复合体内部的那部分绿藻，因为空间密闭，它们光合作用产生的氧气恰好被呼吸作用消耗掉，不会有"多余"的氧气去抑制氢酶。外层的绿藻进行正常的光合作用产生氧气，但同时隔绝内部细胞和外界的接触；内部的绿藻通过光合产氧和呼吸作用的平衡制造出一个既能维持绿藻细胞光合活性同时又能激活氢酶的无氧环境，通过这样的方式激活氢酶从而实现了光合产氢，其产氢效率等同于正常的光合作用。

挑战经典

在此之前，科学界也有让绿藻产氢的各种尝试。最经典的要数美国加州大学伯克利分校的Melis等人的两步法间接光解水制氢工艺。第一步是绿藻进行光合作用，固定二氧化碳，释放氧气，获得生物量的积累；第二步是在无硫、厌氧的环境中诱导氢酶的高表达。美国能源部认为这项技术有望最终达到市场可接受的生产成本。

"两步法是从'时间'上对产氧和产氢过程进行分隔来实现绿藻产氢，而我们的方法则是从'空间'上对产氧和产氢过程进行分离，实现了细胞的空间功能分化（spatial-functional differentiation）。"唐睿康教授说，相比之前的方法，仿生硅化的手段没有破坏绿藻正常的生命过程，能实现持续产氢，在工艺上更具操作性与便捷性。

目前，课题组正在试图破解绿藻生长失控的难题。"72小时以后，如果'抱团'的绿藻越来越多，绿藻团就会解散，产氢的过程又会停止。"熊威说，"我们正在寻找方法以控制绿藻的繁殖，那样就又离工业应用近了一步。"

（周炜）

为艾滋病疫苗穿上"防弹衣"

通过生物矿化技术，科学家们研发了一种能逃避体内预存抗体的增强型疫苗，为包括HIV疫苗在内的疫苗优化与改造提供了一种全新思路。基于该项技术研发的HIV疫苗目前已通过动物实验，相关论文于2015年11月26日在线发表于材料科学国际权威期刊*Advanced Materials*（《先进材料》）上。

唐睿康教授团队、中科院广州生物医药与健康研究院呼吸疾病国家重点实验室研究员陈凌团队及军事医学科学院微生物流行病研究所研究员秦成峰团队联手完成了这项研究。

曾经"失败"的HIV疫苗

通讯作者之一陈凌研究员介绍，自1981年发现艾滋病，1983年分离得到HIV并证实它是致病病毒以来，全世界的科学家一直在探索研发有效的艾滋病疫苗。30多年以来，科学界进行了近200种艾滋病疫苗的初期临床试验，但绝大多数以失败告终。"我认为主要的原因，还是人类对HIV的生物学、免疫学及两者的相互作用关系，仍然缺乏深刻和全面的认识。回顾HIV疫苗的研发史，设计有效的疫苗就犹如大海捞针。"

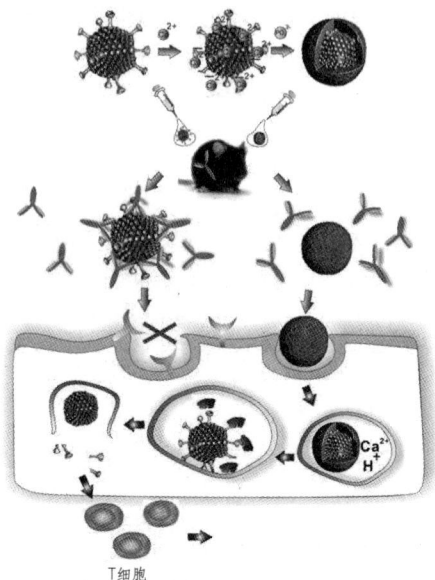

T细胞

利用仿生矿化技术给腺病毒载体艾滋病疫苗表面添加一层纳米薄膜，从而有效地克服针对载体的预存免疫的不良影响

HIV疫苗研发史上，有一件影响深远的事：2000年，美国默克公司研发了一种基于腺病毒载体的艾滋病疫苗，曾被行内专家认为最有希望成功，并在全球多地开展了多达6000人的试验，但是2007年中期的结果分析发现，该疫苗没有取得保护效果。陈凌是这一疫苗的第一发明人："失败的原因可能包括多个因素，但其中之一可能就是由于大多数人体内存在抗腺病中和抗体，它能'中和'作为艾滋病疫苗的腺病毒载体，令疫苗失效。很有必要寻找能提高腺病毒载体疫苗有效性的方法。"

把疫苗装进"特洛伊木马"

据介绍，腺病毒（adenovirus），尤其是人5型腺病毒（Ad5）已广泛用于试验重组基因治疗和疫苗载体。据统计，全球约有1/4的基因治疗和疫苗载体的临床试验使用Ad5作为基因载体，包括用于研发新型的艾滋病疫苗和埃博拉疫苗。

在唐睿康教授的实验室，研究人员针对携带艾滋病抗原的腺病毒载体进行了改造。共同第一作者、浙江大学求是高等研究院王晓雨博士介绍："我们尝试用生物矿化的方法，给疫苗'穿上'一层磷酸钙的薄膜'外衣'，这样，腺病毒载体就无法被体内的免疫预存识别，以此提升疫苗的性能。"这种方法被称为病毒仿生矿化技术（biomineralization-based virus shell-engineering，BVSE）。

"利用BVSE技术我们能够将功能性材料'穿'在病毒表面，并赋予病毒本身并不具备的新功能，让穿了'衣服'的病毒为人类'做好事'。"王晓雨博士说。

"'武装'过的疫苗犹如把疫苗装进了'特洛伊木马'，它可有效地逃避机体内针对腺病毒本身的中和抗体的防线，成功进入细胞城堡内部。"共同第一作者、中科院广州生物医药与健康研究院孙彩军博士说，一旦疫苗进入细胞城堡里面后，在体内溶酶体的酸性环境下，疫苗很快就从"木马"中破壳而出，进而表达目的抗原，并引发一系列的免疫应答。"如果没有这层外衣，腺病毒载体疫苗就如同在密布着抗腺病毒中和抗体的环境中'裸奔'，绝大部分疫苗在接触到细胞之前会被那些中和抗体中和掉，无法表达抗原和诱发免疫应答。"

改造后的疫苗在中科院广州生物医药与健康研究院进行了动物实验。"我们发现，经BVSE处理后的疫苗，在小鼠体内能激发更有效的免疫应答，尤其是ELISPOT[1] T细胞免疫和多功能T细胞免疫，显著地提高了HIV疫苗的免疫效果。这类免疫应答通常被认为对控制艾滋病感染很重要。而且疫苗表面携带的钙离子兼有佐剂的功能，更有利于疫苗发挥更大潜能。"孙彩军说。

寻找终极HIV疫苗

国际艾滋病疫苗行动组织（International AIDS Vaccine Initiative，IAVI）统计显示，截至2015年10月份，世界范围内仍在进行的艾滋病疫苗临床试验还有36项，大多处在Ⅰ期和Ⅱ期临床试验阶段。在所有已进行的艾滋病临床试验中，仅有美国和泰国合作研究的联合疫苗（RV144）可使人体感染艾滋病病毒的风险降低31.2%，这是人类历史上第一次在人体中证明研发有效的艾滋病疫苗的可行性，这次试验让人们看到了研发有效的艾滋病疫苗的曙光。RV144的疫苗接种策略是采用GP120蛋白初次免疫/金丝雀痘病毒载体加强免疫。

---

[1] ELISPOT为enzyme-linked immunospot assay的缩写，中文为酶联免疫斑点法。

陈凌说，为了寻找到最终有效的HIV 疫苗，目前大多数科研工作者认为应该尝试多种不同类型的疫苗联合使用以期找到最佳组合。"这项最新的研究提出了一种基于仿生学的体内预存抗体规避策略，从材料学的角度为疫苗的优化和改造提供了一种全新思路。但目前还是一个新概念，其实用性还有待进一步探讨。"

科学家们表示，下一步将继续深入开展合作，研究这种矿化HIV疫苗的热稳定性、缓释作用、制剂方式等；也会尝试将这种技术应用到其他传染疾病的疫苗研发。

本课题得到国家自然科学基金、国家科技重大专项、浙江大学校长专项、广州市健康医疗协同创新重大专项等资金的支持。

（周炜）

二维层状超导材料存在三维超导特性

周炜

2009年1月29日，英国《自然》（*Nature*）杂志发表浙江大学物理系袁辉球教授及其合作者的最新研究成果：在具有二维层状晶体结构的铁基超导体中发现超导态的"各向同性"，这是首次在二维层状的超导材料中报道类似的三维超导特性。《自然》杂志评审专家一致认为，这是超导研究领域的一项非常独特而重要的发现，对研究铁基高温超导形成机理具有重要意义。此外，《自然》杂志还在该期的《新闻与观察》栏目中对该研究成果进行了重点介绍。

该工作由浙江大学、美国洛斯阿拉莫斯国家实验室以及中国科学院物理所共同完成，浙江大学是第一作者和通讯作者单位。

1911年，荷兰物理学家海克·卡曼林·翁内斯发现把汞冷却到4.2开尔文（约零下269摄氏度）时电阻突然消失，这是人类首次发现超导现象。这种神奇的物理现象激发了人类的美好愿望：若能研制出室温超导体，能量传输将没有损耗，这无疑将带来一场新的能源革命。这个梦想已支持科学家探索了将近一个世纪。新的超导材料相继被发现，一波接一波冲击更高的超导临界转变温度，每次发现都推动科学家投身相关的研究热潮。人们熟知的磁悬浮列车和核磁共振成像技术就是超导技术的实际应用。

袁辉球教授说，在超导研究领域，一直存在着"理论"追赶"实验"的现象。科学家往往在一个较为偶然的情况下发现一类新型超导材料，再对这种材料的超导机理进行研究，以期研制出临界转变温度更高的超导体。1986年，瑞士科学家卡尔·亚历克斯·米勒和他的德国合作者约翰尼斯·格奥尔·贝德诺尔茨发现了一类铜氧化合物超导材料，其超导转变温度随后被迅速提高到约160开尔文，是首类处于液氮温区的高温超导材料。铜氧化合物高温超导体的发现立即激起了全世界范围内的超导研究热潮。然而，30余年过去了，超导转变温度一直停滞不前，高温超导形成机理仍不为人知，是目前国际上公认的一大物理难题。科学家寄希望于寻找铜氧化合物超导材料以外的新型高温超导材料，从而进一步探索高温超导的形成机理以及怎样实现室温超导材料。2008年初，日本科学家宣布发现了一种基于铁砷层面的新型超导材料$LaFeAsO_{1-x}F_x$，其超导转变温度高达26开尔文。中国科学家随后通过元素替换，迅速将超导转变温度提高到近60开尔文，突破了"麦克米兰"极限。浙江大学物理系的相关研究人员在这方面也做了许多重要的工作。这些新型超导材料的发现将科学家带入新一轮以铁基超导为焦点的研究热潮。

对物理学家来讲，弄清楚铁基超导材料是否类似于以前研究过的铜氧化合物高温超导体将是一个很重要的问题。"假如不一样，那就意味着新材料的发现比预想的还要重要得多，也许能从中发现全新的超导机制。"诺贝尔奖获得者、美国普林斯顿大学理论物理学家菲利普·安德森这样预言。专家认为，新的铁基超导材料有可能会为探究高温超导机制提供一个更清晰的体系。

长期致力于超导和极端条件物性研究的浙江大学长江学者特聘教授袁辉球在铁基超导材料发现后不久就开始关注这类新型超导材料的奇特物性。袁辉球教授作为美国洛斯阿拉莫斯国家实验室的用户，利用他先前建立起来的国际合作关系，成功申请到了该实验室脉冲磁铁的使用时间，于2008年4月开始深入研究铁基超导材料在脉冲强磁场中的物理行为。同时，袁辉球教授同国内多个样品制备小组开展了紧密合作，与本研究相关的超导材料由中国科学院物理所王楠林小组提供。

临界磁场是表征超导态的一个重要物理参量。当外加磁场所产生的激发能高于超导的凝聚能时，材料将由超导态变为正常态，这个磁场强度被称作临界磁场。然而，包括铁基超导体在内的大部分超导合金（第二类超导体）具有两个不同的临界磁场：当磁场低于下临界磁场时，超导态具有完全抗磁性；当磁场高于下临界磁场但低于上临界磁场时，超导态与正常态共存；而当磁场高于上临界磁场时，超导态被完全破坏。此前的研究显示，对于铜氧化合物高温超导体和有机超导体等二维层状材料而言，其超导态对磁场的响应是"各向异性"，即纵向和横向的上临界磁场相差数倍，这主要由其准二维的电子结构所决定。由于铁基超导体和铜氧化合物高温超导体都具有二维层状的晶体结构，学界普遍认为，铁基超导的上临界磁场也具有"各向异性"的特征，并获得最初的一些低磁场实验结果的支持。另外，考虑到铜氧化合物高温超导体的二维晶体结构，维度的降低被普遍认为是形成高温超导的必备条件。

　　袁辉球教授经过数月夜以继日的研究发现，之前的推测只是"以偏概全"的结论。通过采用脉冲强磁场等极端实验条件，袁辉球教授等极大地延伸了铁基超导材料的温度–磁场相图的研究范围，并发现了令人惊异的现象：铁基超导材料 $(Ba,K)Fe_2As_2$ 在低温的上临界磁场几乎与外加磁场的方向无关，具有"各项同性"的特征。这表明铁基超导具有与铜氧化合物高温超导非常不一样的性质，为揭示铁基超导材料的形成机理提供了重要的物理信息。铁基超导材料的这种奇特的超导性质是由其独特的电子结构所决定的。袁辉球教授等说，这类铁基超导材料虽具有二维层状的晶体结构，但其电子结构可能更接近于三维。因此，二维电子特性并不一定是形成高温超导的必备条件。此外，铁基超导材料也表现出许多与重费米子材料相似的性质，特别是在磁与超导的相互作用方面，袁辉球教授还推测，铁基超导材料可能是连接低温的重费米子超导与高温铜氧化合物超导的一个重要桥梁。

　　该研究得到了科技部、教育部、中国科学院以及国家自然科学基金的资助。

揭开"雷火"的神秘面纱

曾福泉

　　球状闪电是最神秘的未解自然现象之一：古今中外，不断有人在雷雨天气目击一个火球，它行踪飘忽，可以穿堂入室，又在数秒钟后消失，其成因和性质一直是个谜。浙江大学物理学家提出了一个完整的球状闪电理论，可以解释球状闪电大多数特性，为这一难题的科学研究打开了大门。相关论文发表在2016年6月出版的《科学报告》上。

　　这项出色的基础研究不仅将长期以来对球状闪电的探索引入科学正轨，而且在闪电防护、航天安全、微波武器研发等领域也提供了全新启示。

　　我国古代著名科学家沈括在其《梦溪笔谈》中的"雷火"一篇中专门描述了球状闪电。近代以来，球状闪电研究曾吸引大批科学家，包括多位诺贝尔奖获得者。人们已经提出了数十种理论模型，试图解释球状闪电到底是个什么东西，但一直未能得到圆满答案。

　　国家"青年千人计划"入选者、浙江大学物理系聚变理论和模拟中心武慧春教授提出的球状闪电理论引入了微波和等离子体。他认为，雷雨天时，闪电辐射出功率很大的微波，击穿周边空气时可以产生等离子体，微波挤进等离子体形成一个球形的空泡，这就是人们所见的球状闪电。

　　微波是一种波长较长的电磁波，它早已进入人们的日常生活，比如微波炉可以用来加热食物。武慧春理论中的微波，功率要比我们日常接触的微波强一亿倍。

　　等离子体虽然听起来陌生，实际上无处不在，它是气体被电离后形成的物质状态，被称为物质的第四种形态。霓虹灯和日光灯的灯管里充斥的是等离子体，极光和发光发热的太阳也都以等离子体的状态存在。"微波挤进等离子体这团物质，又被它束缚住，形成一个中空的'泡泡'，就像游泳时人跳入水中，又被水包围。我认为这就是球状闪电。"武慧春教授说。

　　球状闪电来去无踪，人们总是在始料未及的情况下和它相遇，长期以来球状闪电没能成为仪器检测的对象，甚至没有留下照片。但球状闪电的一些特性被古今中外的目击者反复提及，这使得科学家普遍相信球状闪电真实存在，而不是像UFO这样真实性尚无定论的超自然现象。直到2014年，几位中国科学家在青海测绘时，意外拍摄到了一个球状闪电并分析了其光谱。这是人类首次拍摄到球状闪电，该成果入选美国物理学会2014年物理学"标志性进展"。

武慧春教授就是在看到这一报道后开始研究球状闪电的。他说，既有研究表明，在很小的尺度上，激光可以在等离子体中形成空泡，"我猜想，如果把尺度放大，用微波代替激光，应该也能得到类似结果。一个直径20厘米到50厘米的空泡，就接近目击报告中球状闪电通常的大小。"从这个猜想出发，武慧春教授用物理学和数学方法进行了精确推导，得到了一个相对完备的理论。

武慧春教授说，人类至今未能实现在实验室里对球状闪电进行科学测量，过去的一些理论模型甚至违背了基本的物理定律，纯属异想天开。武慧春教授提出的理论则可以解释球状闪电的几乎全部特性。他详细描述了微波和等离子体相互作用的细节，球状闪电如何在雷雨天气产生、为何能保持为一个球状发光体达数秒钟、为何能在密室内形成、为何能穿过玻璃等一系列问题都得到了有力解释。2015年，武慧春教授受邀在一个研究闪电和风暴现象的国际学术研讨会上做报告，当时他已完成了球状闪电理论的核心工作。"多数同行都赞同我提出的理论。"

玻璃"隐身衣"可使生物隐形

周炜

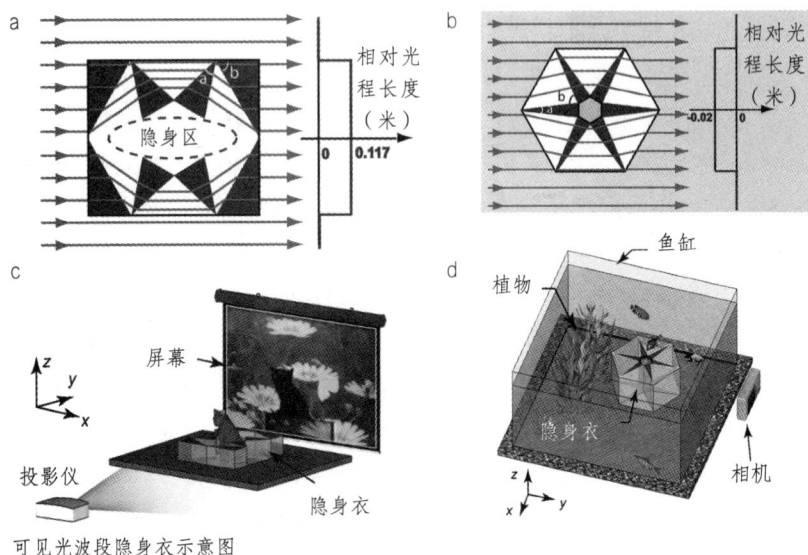

可见光波段隐身衣示意图

披上一件隐身斗篷，在人们的视野中瞬间遁形，这是人类长期以来的梦想之一。日前，一只猫和一条金鱼比人类提前"享用"了一种隐身衣。2013年10月24日，浙江大学国际电磁科学院陈红胜教授课题组在《自然—通讯》(*Nature Communications*)上发表的一篇论文报道了该课题组的最新进展，他们与新加坡南洋理工大学张柏乐教授等研究团队合作，使用玻璃制造出了可见光波段的生物隐形器件。

让光线转弯

要研究"隐形"，就要先明白物体为什么会"显形"：当电磁波照射到物体上时，会在物体上发生散射。散射的电磁波被人眼等"感应器"接收，就能识别那里存在物体。"目前应用的隐身技术，大部分是通过吸收电磁波，让反射回去的电磁波达到最小，但这种技术并不是人们通常所理解的隐身。"陈红胜教授说。

2006年，英国帝国理工学院Pendry等在《科学》上发表文章，提出了利用坐标变换的方法设计隐身衣，既不反射也不吸收电磁波，使电磁波能够绕过被隐身的区域，按照原来的方向传播，从而可以使物体完全隐形。这是隐身衣设计的"殿堂级"理论，奠定了隐身衣研究的理论体系。它的核心思想是，通过材料表面折射率的改造，让光线"转弯"绕过物体按原方向传播，就能将物体隐藏。此后，隐身衣的研究得到飞速发展，近年来成为电磁学、物理学、光学、材料科学及交叉学科非常前沿和热门的研究领域之一。

"就像小溪里的流水，经过一块石头时，溪流会绕过石头后再聚拢了继续向前，就像没有遇到过石头一样。进入隐身衣的光线要绕过物体，所以走过的路径长；没有进入隐身衣的光线是一条直线，走过的路径短。完美的隐身衣要求所有的光线保持相同相位，因此进入隐身衣的光线必须跑得比外部光线快，这就要求隐身衣的材料对不同光线具有不同的折射率。"陈红胜教授说，要实现Pendry"完美隐身"的理想，需要非常精密的纳米加工技术，目前还无法实现，我们必须进一步对理论进行简化，才有可能在不同的电磁波频段里研发出实用的"隐身衣"。

聚焦可见光波段

陈红胜教授课题组近两年的研究聚焦于如何在可见光波段内实现物体隐形，也就是说，怎样让物体在人的肉眼前遁形。他们提出了一种可见光波段多边形隐身衣的设计方法，通过均匀线性变换的方法，设计并简化了隐身衣的各个部分的参数，对于隐身衣从理论走向实用起到了促进作用。

"人眼对光线的相位和略微延时并不敏感。"陈红胜教授说，结合这一特性，他们对Pendry提出的理论体系进行进一步简化，剔除理论中"光线保持相同相位"的条件，这样，"隐身器件能够使用更加易得的材料，也不需纳米级工艺雕琢，降低了隐身衣的设计和实现难度"。

2012年，陈红胜教授课题组用一种自然界存在的双折射晶体研发了一套柱形隐身器件，实现了让一根筷子粗细的物体隐形。"但是这种材料的尺度很小，且只能对某个极化的光隐形，又无法大规模制备，我们需要进一步研究适用于大尺度器件的材料和方法。"课题组成员博士生郑斌说。

2013年，通过进一步的理论分析，课题组对隐身器件的参数进行优化，并选用在工业上可以大规模制备的一种玻璃作为隐身衣的材料，将隐身衣的"尺寸"扩增到直径分米量级以上，并且可以在任意极化的自然光下隐身。实验显示，一只蹲在六边形隐身装置里的小猫，在某个特定的角度，光线可以直接绕过小猫，并回到原来的路径出射。为了探究隐身衣对不同生命环境的适应性，课题组还研发了一组适用于水中隐形的装置：金鱼游进这件"隐身衣"，身后的物体仍然一览无余。"这意味着像猫、鱼这样大的物体不仅能够隐藏，还能和隐身器件一起活动，隐身效果并不会因此受到影响。"陈红胜教授说。

截至目前，这一可见光频段的隐身器件还只能在特定的角度上取得理想的隐身效果，如六边形隐身器在正对六条棱角的角度具有较好的效果，而多边隐身器仅有两个角度能够实现隐身。陈红胜教授表示，这一隐身器件将有望在安全、娱乐和监控应用领域发挥作用。团队在下一步将着力提升隐身的性能，如增加隐身角度，减轻装置的重量等。

隐身衣热

隐身衣理论体系的提出者Pendry看到了这一研究进展，他在接受英国《卫报》采访时表示，这项工作是隐身衣研究领域"一个真正的进步"。此外，他在接受《自然》记者采访时进一步指出："每个人都想拥有一件在可见光频段下能够隐藏现实世界中很大物体的隐身衣，但是要达到这点需要对理想的隐身衣理论进行一些折中设计。"他认为陈红胜教授和他的同事们在这方面走得比大多数研究者更远，他们剔除了透射波相位要求保持一致的条件，结果，他们实现了尺度相当大的可见光隐身器件。

据介绍，目前隐身器件实验研究方面的进展主要可以归为两类：一类是地毯式隐身器件，物体躲在地毯式隐身器件下面，对于上面的观察者来说，看到的效果就像平整的地面一样，由此可以使物体得到隐身，这一类地毯式隐身器件要求物体不能脱离地面，主要是基于光线的反射，参数上相对容易实现一些。通过许多科学家的努力，目前地毯式隐身器件已经从微波段做到了光频段，并且隐身的尺度也从几个波长的大小达到几千个波长的大小。第二类是人们通常所理解的哈里·波特式的隐身衣，可以脱离地面移动，这类隐身衣要求光线能够绕过中间的隐身区域，参数要求更加苛刻一些，相应的实验工作也比较少一些。目前国际上这部分的实验工作大部分集中在微波波段。

　　陈红胜教授的工作属于上述第二类隐身器件。从应用的角度出发，隐身如要有较好的应用，必须能够实现宽频带、全方向、全极化工作，要实现这个最终目标难度非常大。陈红胜教授的这项研究虽然目前还只能在几个方向上有效地隐身，但是可以在整个可见光频段和任意极化的光波中工作。

让气泡"安静"下来
——持续13年的"流体介质空化"研究

周炜

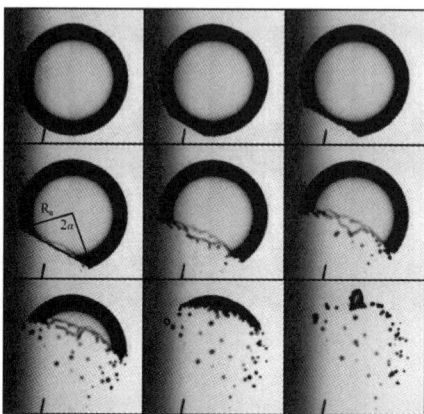

反气泡的溃灭过程

　　2013年10月，*Nature China*的重点提示专栏，评述了浙江大学机械系邹俊、吉晨、袁宝刚、阮晓东、傅新在国际著名期刊 *Physical Review E* 上发表的研究论文"Collapse of Anantibubble"。这是列入 *Nature China* 2013年中国物理领域研究亮点的16篇论文之一。课题组负责人傅新教授说："这篇论文，是课题组一项持续了10多年的研究中的一个'小发现'。"10多年间，课题组已在"流体介质空化"这个液压领域的基础问题上，做了一系列跨越工程实际和基础研究的探索和实践。

　　烧水的时候，壶里会传出"嗞嗞"的声音，随着温度升高，声音越来越大，沸腾时却戛然而止。这一常见的从"无声"到"有声"再到"无声"的现象，是由气泡在一个变化的温度场中的活动产生的。类似的现象也会出现在机电装备常用的液压系统中，却包含着比烧水更为复杂而深奥的"秘密"。浙江大学机械系傅新教授课题组有一项持续了近17年的研究，与液体中的"气泡"有关，也与"噪声"有关。他们把一个工程上的难题抽丝剥茧，通过基础研究摸清了机理，并再次转化为解决工程实际问题的方法。

小气泡引发的大麻烦

傅新教授的"老本行"，是研究液压元件中的流动现象，为元件设计提供依据，让它们更加稳定、高效和长寿。六七年的工程研究下来，课题组注意到："捣蛋"的不光是复杂的流动，更主要的是裹挟在液体介质中的那些"不期而至"的气泡。专业上，称之为"群空泡"。

"一般的工程设计人员，在设计阀口过流面积的时候，把介质看作单相流，"傅新教授说，"但在实际运行过程中，阀口流体介质会被'空化'，成为气液两相流，对元件的性能有很大的影响。"傅新教授的实验室用高强度透明材料制作阀体，观察了大量不同阀口的流动现象，在阀口位置，一旦发生空化现象，就可以看到一群空泡在涌动。空泡多了，会带来很多麻烦事。

在液压系统中，泵、马达、液压阀等的内部结构非常复杂，常常有突扩和突缩的流道，压差和温差又非常大，这样给空泡的产生创造了条件。傅新教授说："很多的空泡溃灭时，会产生很大的噪声，成为液压元件中的主要噪声源之一。"同时，看似"柔弱"的空泡接触元件壁面时，会产生"杀伤力"很大的微射流，许多个这样的空泡在近壁面溃灭，时间长了，再坚硬的固体表面也"吃不消"，表面会有微小的坑坑洼洼，像被腐蚀过一样，人称"气蚀"，这在液压系统中非常常见。

介质空化的危害很大，它还会让阀芯产生震动、流量发生变化，导致液压元件性能下降。"怎样控制和减少空化的现象，是我们面对的一个重要课题。"傅新教授说。

2001年，世界著名的挖掘机制造商之一日立建机发现傅新课题组所研究的问题，也正是他们在工程实际中碰到的难题，共同的研究兴趣使双方走到了一起。

"把脉"气泡

遇到问题，就要找到解决的方法。在这场持续了多年的"持久战"中，课题组动用了"看、听、测、算"的手段，"把脉"这些难以琢磨的"气泡"。

为了"看"明白流动的细节，弄清气泡到底在"捣什么鬼"，实验室添置了价值70多万元的高速摄影机；"听"，就是用传感器去代替人的耳朵，从"噪声"的频谱特征中分析空化的程度和空泡的尺度；为了搞清楚压力梯度对空化和噪声的影响，课题组还发明了一套装置去测阀口局部的压力分布；另外，还通过仿真计算，模拟阀口流动的现象。

"在不同结构的液压阀中，我们看到了群空泡不同的形成过程。比如，在U形阀口，流体会形成两个对称的漩涡，诱发大尺度的'空穴'，这是一个新的发现。"傅新教授说。他们进一步发现，这种大尺度的"空穴"会抑制气泡的产生。傅新教授说："因为'空穴'占据了局部的低压空间，空化的初生受到抑制。这给我们在空化控制方面提供了启示，我们在设计阀口时，就要有利于在阀口局部形成大尺度的'空穴'。"

"听"到的结果也很有意思。传统的观点认为，气泡多了，噪声就会大一些，但实验结果则不然，压力梯度实际是个关键的因素；同样有大量气泡，V形阀口比U形阀口噪声要大，还有啸叫声，进一步的计算和模拟发现，充分发展剪切层的不稳定性是V形阀口啸叫的根源。事实上，"噪声"的形成，气泡只是一个必要条件，还需要一个充分条件：气泡必须经过变化的压力场或者温度场。

"烧水的时候，壶里传出来的声音，就是气泡经过变化的温度场引起的，同样的道理，当气泡流经剧烈变化的阀口压力场的时候，当然也会产生强烈的噪声。"傅新教授说，"所以，如果能把压力场的变化控制到很低，噪声也就会降下来。"

平息"气泡"

大量的实验结果为工程设计提供了线索。傅新教授说，现在我们已经找到了一些抑制空化和降低噪声的方法。比如，在阀口设计时，采用二次节流的办法，减小压力的变化；利用漩涡对空化的调制作用，通过阀口结构的设计，形成稳定的空穴，这样气泡会聚集起来，看起来气泡很大，但是噪声是低的；另外一个做法，降低液压介质中的气体含量，用漩涡聚集气体，将其排出……在国家自然科学基金和日立建机的支持下，这项研究已经先后有7位博士生参与，一些理论成果陆续在《流体物理》(*Physics of Fluids*)、《物理评论》(*Physics Review*)上发表，课题组成员多次受邀到相关国际学术论坛上做大会报告。邹俊博士因为在液压介质空化中所做的基础研究工作，在2012年获得国家自然科学基金委员会首批优秀青年基金的资助。

"这件事情一开始是为了解决工程应用问题。但做到一定程度的时候，我们发现如果脱离了基础研究，对问题的认识和解决都不会彻底。"傅新教授说，"接下来，这项研究还会持续很长时间，现在我们正在试验一套'无'空化液压系统，希望能彻底把气泡根除掉，这个尝试如果能奏效，对未来液压元件的设计，会产生很大的影响。"

金属玻璃世界的"秩序"

周炜

金属玻璃——由金属元素构成，但内部的原子又像玻璃一样无序排列。浙江大学材料科学与工程学院新结构材料国际研究中心蒋建中教授课题组的最新研究发现颇有一番哲学意味：有序中包含无序，无序中包含有序。他们发现，在高压状态下，看似无序的金属玻璃呈现出有序结构。相关论文"Long-Range Topological Order in Metallic Glass"发表在2011年6月17日美国《科学》(Science)杂志上，第一作者是浙江大学材料科学与工程学院新结构材料国际研究中心曾桥石博士。

金属玻璃是近几十年来材料科学领域的"新贵"。20世纪60年代，美国加州理工大学的Duwez教授第一次在实验室制备出这种新型材料。金属玻璃具有比金属强度更高（目前世界上强度最高的金属材料是金属玻璃）、耐腐蚀、耐磨的优良性能，还有很高的弹性极限。金属玻璃做的手机外壳永远光亮如新，它做的高尔夫球杆能把球送到更远的地方，它还能被轻易地塑造成造型精巧的微小器件。

但是，金属玻璃内部杂乱无章的原子排列阻碍了科学家对于材料性能的认识和新型材料的研发。1995年，凝聚态物理奠基人、诺贝尔奖获得者P.W. Anderson就曾在《科学》杂志上说："有关对无序玻璃态认识的问题是目前凝聚态物理领域最重要也是最困难的未解决的问题之一。"这句话，曾桥石博士把它打印出来贴在自己的实验室里。在长江学者蒋建中教授和美国国家科学院院士、浙江大学光彪讲座教授毛河光的指导下，他与美国乔治梅森大学的Hongwei Sheng博士、材料科学与工程学院兼职教授美国斯坦福大学Wendy Mao博士开展了合作研究。

"金属玻璃的原子排列就像操场上已经解散队列的同学，我们无法识别它们原来的队列是如何的。如果能找到一个方法，给它们一个'口令'，让它们'恢复'到刚刚解散的那一刻，或许就能看到有趣的现象。"曾桥石博士介绍，实验采用天然材料中最硬的金刚石，在实验室里对头发丝大小的一块金属玻璃样品进行

"挤压"，因为受力面积小，压强可以达到25万个大气压，然后通过高强度的同步辐射X射线及电子显微镜研究它的原子排列。传统观念认为，金属玻璃的微观原子结构不存在长程有序，实验上从未有过相关报道。而课题组惊喜地发现，在一定条件下，长程拓扑序的确存在。

"在无序的世界里寻找有序。"曾桥石博士在浙江大学读本科时，就对"无序"的玻璃世界产生了无穷的兴趣。"从前，我们对于金属玻璃的结构认识太少，导致在制备材料的过程中基本凭经验摸索，进展相对缓慢。近些年来，由于计算机模拟和各种先进同步辐射X射线技术的应用，我们在实验室里有了进一步的发现。我们课题组曾成功地合成世界上最大尺寸的稀土基大块金属玻璃材料。这次我们又第一次揭示了金属玻璃中可以存在长程拓扑有序，改变了我们对玻璃结构的传统理解和认识，而且为玻璃结构的研究提供了一个全新的思路。"《科学》杂志的审稿人评论这项成果是一项非常重要的发现，将在科学界产生广泛的影响。

纳米金属颗粒受力可复原

周炜

无论如何受力挤压，都会恢复原形——科学家第一次观测到了纳米金属材料的类液态形变行为，并在国际上首次解释了这一形变机制的原因。这一发现对进行超小尺寸的微纳加工有着重要的指导意义。

2014年10月的《自然—材料》(*Nature Materials*) 封面论文 "Liquid-Like Pseudoelasticity of Sub-10-nm Crystalline Silver Particles" 发表了这一进展。该论文由东南大学孙立涛教授、麻省理工学院李巨教授、匹兹堡大学毛星源教授以及浙江大学电子显微镜中心的张泽院士课题组共同合作完成。

宏观与微观，现象大不同

通讯作者之一，浙江大学张泽院士用视频向记者展示了这一神奇的现象：室温下，一颗4纳米（相当于人头发丝直径的1/15000）高的金属银颗粒在挤压、拉伸等外力作用下，会像面团那样柔软，甚至像液态那样任意变形；更为奇特的是，外力撤除后，纳米颗粒可以像电影《终结者3》中的液态金属机器人那样，自动恢复其原形！

这与宏观尺度的现象大相径庭。宏观尺度下，金属在受到外力作用后会发生塑性形变，例如我们生活中的金银首饰，就是金属塑性形变后形成特定的造型。塑性形变的过程中，材料内部的原子发生了位错，进行了重新排列。也就是说，在宏观尺度下，没有原子的错排，就没有金属材料的变形。

纳米颗粒内部始终保持着完好的晶态结构，根本不是体内位错的移动所导致的形变。

表面能在起作用

　　张泽院士说，这一现象的神奇之处有三：第一，晶体发生了相当大的变形，一个4纳米厚的颗粒可以被压扁到0.4纳米；第二，电镜观察下的晶体内部，并没有发生原子位错，原子队列始终整整齐齐；第三，当外力消失后，它又恢复了原状，它是怎么"记住"的？

　　进一步的系统分析后发现，这一形变机制的关键是表面能在起作用。张泽院士说，纳米金属材料最外面的一两层原子像一件"外衣"，受到外力之前，它们各自有"最舒服"的位置，以维持最低的表面能。受到外力时，这层最外面的原子被迫离开原来的位置，就像一层外衣一样迅速移动。但这不是它的稳定态，当外力消失，这些原子又会回到最初的位置，金属颗粒也就又恢复了原形。这就是纳米金属的"记忆"变形机制。

助力器件制造突破极限

　　从理论上说，这是对经典的金属塑性形变理论的一次重大修正和超越，那么对于现实，它有什么用？

　　随着半导体技术的发展，集成电路中金属互连线以及电极的尺寸正在向10纳米逼近。"这么小的材料，我们能不能做出预想的形状，这是其一；做出来的形状，能不能保持稳定，这是其二。"张泽院士说，这是整个现代集成电路产业面临的挑战。

　　最新的研究成果，首次在国际上揭示了纳米尺度金属颗粒的形变机制，将对于如何维持下一代纳米电子器件中的互连线和电极的稳定性，以及如何实现超小尺寸的微纳加工工艺，有着重要的指导意义。"比如，我们可以通过表面工艺，让金属材料表面的原子'凝固'，在未来就能制造出元器件和芯片更小、运算速度更快的计算机。"

　　团队成员认为，"纳米金属如何扭曲挤压都会恢复原形"的特质，将有助于电影《终结者》中液体金属机器人死而复生的科幻场景成真。例如，可以利用这一特质制造出大变形无磨损的金属关节和记忆开关，在传感器和纳米机器人领域得到广泛应用，还将有可能制造出永不断裂的可折叠的电子器件。

观察实时、动态、多场作用下的材料微结构

国家自然科学基金委员会公布2013年度重大科研仪器专项审批结果，浙江大学张泽院士领衔的"针对若干国家战略需求材料使役条件下性能与显微结构间关系的原位研究系统"项目获得资助。该项目的研究目标是自主研发一套适用于苛刻使役条件下进行材料显微结构与性能关系研究的测试评价系统。这是国家自然科学基金委员会设置重大科研仪器专项以来浙江大学获得的首个此类项目。

在高温、高荷载等苛刻条件下，材料的显微结构演化与材料性能间存在怎样的关系？这个问题是战略性结构材料研究的瓶颈性难题之一，它严重制约着我国先进航空发动机用单晶高温合金、钛合金等关键结构材料的发展。目前，我国先进航空发动机存在的主要问题，是发动机推重比小，动力不足，服役时间短，性能不稳定。从材料学研究领域看，其关键问题之一，在于对高温合金的制造工艺和显微结构的关系在服役动态情况下的演化过程认识不清，制约了获得性能稳定的优质高温合金。而在传统的材料研究模式中，通常将合金的力学性能测试与显微结构测试分别独立进行，无法在纳米甚至原子尺度上获得材料在原位、实时、动态、多场作用下的研究结果，而这些结果往往是"知其所以然"的关键。

为了解决这难题，"张泽院士他们希望能研发一套实现从室温至1150摄氏度高温，同时施加载荷2000牛顿以上的原位材料显微结构演化分析测试系统。模拟材料服役的真实条件，可以在宏观、微米级和纳米尺度研究材料的显微结构与性能之间的关系。张泽院士说，这一基础性科学研究仪器的研发，将填补我国在先进高温合金、高性能钛合金等材料力学性能与显微结构间关系研究领域原位测试分析方法的空白。

随着20世纪二三十年代扫描电子显微镜和透射电子显微镜的发明和应用，特别是近20年来球差矫正技术的应用，科学家进行结构材料、物理和化学领域研究和开发的重要手段变得越来越"高、精、尖"。张泽院士说："真实的服役条件下，材料会发生怎样的变化，我们必须在实验室里先弄清楚。"

根据项目计划，张泽院士的研究团队已启动设备的研发，将根据项目研究需

求，通过通用部件的订购、关键技术的自主设计和开发，研制一套能够在1100多摄氏度高温下，对高温合金等材料施加130多兆帕形变压力作用，同时进行纳米甚至原子尺度的结构观察研究。这一集材料研究从宏观、微观一直到原子层次的试验平台，将为我国先进航空发动机用关键结构材料的制备和加工过程中的微结构演变与性能间关系研究，提供重要的科学指导。

"眼见为实"探求真知

周炜

2013年9月28日，在香港求是科技基金会"2013年度求是奖颁奖典礼"上，9位具有深厚发展潜力的海归青年学者获得"求是杰出青年学者奖"表彰，他们平均年龄33.5岁。浙江大学电镜中心"青年千人计划"学者、材料系王勇教授是9位获奖者之一，他的专业方向是研究材料微观结构与性能之间的关系，探索提高材料性能的新途径。

"眼见为实"的追求

面对丰富多彩的现实世界，科学家们"刨根问底"的方式之一，就是进入材料越来越细微的微观世界，试图去"看"清材料的内部结构。"简单来说，我们的工作就是要追求'眼见为实'。"王勇教授说。

"同是由碳元素组成，钻石为什么这么硬，铅笔芯（石墨）为什么这么软，就跟它们的微观结构有关。"一般来说，材料的性能是由其微观结构决定的。但人的肉眼只能看到约0.1毫米的尺度。再小，就需要用到光学显微镜，它的"可见度"约为0.2微米（1微米=0.001毫米），能看清某些细胞的微观结构。扫描电子显微镜的诞生，把材料的研究推到纳米量级，科学家们可以直接观测到材料表面的纳米量级的形貌变化。扫描电子显微镜只能研究材料的表面结构，要深入"透视"材料内部的微观世界还得借助于透射电子显微镜，这种高端电镜的分辨率一般为2埃米左右。但这仍然无法满足"野心勃勃"的科学家的需求，最新一代的"眼镜"——球差矫正电镜的分辨率可以达到0.5埃米左右，科学家可以在原子级别研究材料的微观结构及其对性能的影响。（1纳米相当于一根头发丝直径的1/60000，而埃米仅仅只有纳米的1/10。）

在浙江大学电镜中心，有一台球差矫正电镜，这是全国高校引进的第一台具有原子级元素分辨能力的球差矫正电镜。"一般的光学显微镜有凸透镜和凹透镜，可以相互组合消除球差，而一般的透射电镜只有电磁凸透镜，那我们就需要采用特殊的'矫正'方法。"如此一来，"看"就变成了一件技术含量很高的事情。此外，以往的透射电镜是在真空的环境下观察材料，电镜中心购置的全国第一台环境透射电镜则能引入真实的气体和压力环境，以了解材料在实际的服役条件下的真实属性。球差矫正电镜和环境透射电镜正是王勇教授的"当家武器"。

先在实验室"闷"几年

王勇教授专注研究的材料之一，是化工和太阳能领域广泛应用的催化剂和热电材料。"如何提高催化剂活性，这就要到微观结构里去找线索。"王勇教授说。铂（Pt）、钯（Pd）等这些常见的金属颗粒催化剂，最早都是以纳米颗粒的形式出现，后来，科学家发现这些材料被制备成特定的形状后，催化效果更好。"现在的研究目标，主要集中在真实环境中、原子尺度下研究各种表面的催化机理，探索提高催化活性的新途径。"王勇教授说，"这些研究如果能应用于现实，将大大提高能源工业的效率。"

2013年5月，国际著名学术期刊《纳米快报》（Nano Letters）上发表了张泽院士和王勇教授指导的博士生姜颖在拓扑绝缘体/热电材料的结构、缺陷分析上取得的重要进展。文章首次在原子级别上报道了Bi_2Te_3、Sb_2Te_3等拓扑绝缘体/热电材料的微观结构，揭示了$Bi_2Te_xSe_{3-x}$（$x=0\sim3$）"三元"体系的层间化学成分的演变，发现一种新的7层结构并证明了其堆垛顺序；并研究了三元体系的演变机制及7层结构缺陷的能带性质。这一工作对有效调控拓扑绝缘体/热电材料的物理性能有极大的指导意义，为该体系材料在拓扑绝缘体及热电等方面的应用起到了积极的推进作用。"研究的关键，是我们摸索出了一种特殊的'刀法'，用这种刀法'切'出的材料，再加上先进独特的球差矫正电镜就能清晰地看到一个个原子的排布结构。"王勇教授说。

材料领域，其实有很多与企业合作开发新材料的机会，但王勇目前还"不感兴趣"，他目前对自己的要求是，先在实验室"闷"几年，基础研究做深，再考虑做产业和行业技术转化的事。"我希望通过5～10年，在基础研究上取得一些突破，这样学术的整体水平和潜力才能提升。"在这方面，王勇教授说自己在澳

大利亚昆士兰大学的合作教授逯高清院士和美国加州大学洛杉矶分校的合作导师王康龙教授都是很好的榜样。王勇教授70多岁高龄还坚持在实验室做基础研究，同时他在产业上又产生了很好的影响力。

超分辨显微向纳米分辨进军

讲述人：匡翠方（光电科学与工程学院教授）

衍射极限

我们能看到什么？看到多小的范围？看得有多清楚？几百年来，依靠不断进步的科学手段，微观世界的面纱正一层层被揭开，让人们可以看得越来越"小"，进而可以进行研究。

人的肉眼能分辨0.1毫米尺度的物体，再小，就要借助工具。1665年，英国科学家罗伯特·虎克制造了第一台用于科学研究的光学显微镜，用它观察薄薄的软木塞切片。虎克看到了残存的植物细胞壁，它们一个个像小房间（cell）一样紧挨在一起，这就是"细胞"一词的由来。

此后，显微镜制造和显微观察技术的迅速发展，帮助科学家第一次发现了细菌和微生物。那么，光学显微镜是否可以无止境地"放大"下去，让我们想看到多小就能看到多小？科学家为此做了很多尝试，最终发现，这其中存在一道无法逾越的"墙"——衍射极限。

1873年，德国科学家阿贝提出了衍射极限理论：光是一种电磁波，由于存在衍射，一个被观测的点经过光学系统成像后，不可能得到理想的点，而是一个衍射像，每个物点就像一个弥散的斑，如果两个点靠得很近，弥散斑就叠加在一起，我们看到的就是一团模糊的图像。

阿贝提出，分辨率的极限近似于入射光波长的1/2($d=\lambda/2$)。可见光的波长通常在380～780纳米，根据衍射极限公式，光学显微镜的分辨率极限就在200纳米（0.2微米）左右。如果物体小于0.2微米，看到的仍旧是一个模糊的光斑。这就是很长一段时间内，光学显微镜的分辨极限。

这就是为什么后来有了电子显微镜、核磁共振显像、X光衍射仪等微观观测或者显像设备，人们借助它们可以看得更"细"。那么，这些设备有没有突破衍射极限呢？答案是它们依然遵循着阿贝衍射极限。这些设备使用的是电子束等波长非常短的入射光，自然，它们的分辨率就高。比如电子显微镜，分辨率可以达到0.5米（1埃米等于1/10纳米），这样就可以看到一粒一粒的原子。

突破衍射极限

那么，光学显微镜是否已经完成它的使命，可以退出历史舞台了呢？目前，光学显微镜的研发还是全世界科学家的研究热点。生物学、医学方面的研究，更希望在生命体存活的自然状态下进行观察，在这方面，光学显微镜有着其他设备不可比拟的优势。突破性的进展发生在21世纪初，一个是德国哥根廷大学的Stefan Hell教授提出的STED方法，另一个是哈佛大学的庄小威提出的STORM方法。

STED的方法可以理解为"以光制光"。用另外一束环状的光"叠加包围"原有的光斑，这样，原有光斑的外围部分会得到削弱，我们看到的就是更小的聚焦点，这样就会提高分辨率。采用这种方法的光学显微镜，分辨率可以达到30～50纳米，在这种光学显微镜下可以清晰地看到细胞内部的微管。

2006年，哈佛大学庄小威从化学生物学角度提出了她的新方法，利用荧光探针家族，实现了多色随机光学重建显微法（multicolor stochastic optical reconstruction microscopy）。她的核心原理是利用光线"开关"，"随机"地让被观测物体上的点发光或熄灭，这样就拉远了两个发光点之间的距离，用相机不断地动态捕捉这样的成像，再经过计算机分析，被观测物体整体的图像就会形成。利用这种方法，把光学显微镜的成像推进到20～30纳米级别的分辨率。在《科学》杂志上，课题组演示了DNA模式样品和哺乳动物细胞的多色成像。

以上这些进展，都让光学显微镜突破了衍射极限，我们称之为"超分辨成像技术"。美国光学学会把它列为21世纪光学五大研究计划之首。

我们的原创进展

超分辨光学显微课题组在刘旭教授的带领下，在很多年前就开始了超分辨成像技术的相关研究，在超分辨成像两个主要分支上有了原创性进展。比如，搭建了国内首套门控荧光受激发射损耗(g-STED)光学显微系统，它的基本原理与STED相似，但用了门控的方法，控制了"拍照"时间，这样，它的空间分辨率可以达到38纳米($\sim \lambda/14$)，在此基础上，又加入了微分方法进行优化，这样，分辨率还能进一步推进。在STORM这一分支，还给出了部分光点"随机"呈现的另外一种方法：荧光自行消退，本身就是一个随机的过程，我们将这一过程不同时期的照片做叠加分析和处理，便可以得到一幅清晰、真实、完整的图像。

当前在很多生物学、医学方面的研究中都会使用荧光标记，无论是STED还是STORM，观测的都是被荧光标记过的细胞结构。那么，在没有荧光标记的情况下，是否可以进行"天然"的超分辨观察？这方面，我们也在探索是否能够通过被观测物体的折射率来进行分析。目前，我们已经在实验上提出了$\sim \lambda/7$分辨率的显微装置。

浙江大学的学科很齐全，我们经常和生仪学院、医学院的教授聚在一起，听听他们在研究上的需求。目前，在生物和医学研究领域中应用比较广泛的光学显微镜是共聚焦显微镜，而分辨率比它更高的超分辨显微镜，我国还只有个别研究机构有。最近，我们打算把我们搭建的g-STED光学显微系统送到医学院段树民教授的实验室，供科学家们使用。我们同时希望这一成果能很好地向产业界转化，因此与宁波永新光学股份有限公司合作申请了宁波市科技创新团队项目。

再回到科学，诺贝尔物理学奖曾两次被颁发给显微镜设计领域的科学家，1953年，诺贝尔物理学奖颁给了发明相衬显微镜的泽尔尼克，这种显微镜适用于观察具有很高透明度的对象；1986年度诺贝尔物理学奖，一半授予德国的恩斯特·鲁斯卡（他设计了第一架电子显微镜）和设计出扫描隧道显微镜的鲁西利康和罗雷尔。那么，突破衍射极限的超分辨电子显微镜的发明会不会获奖呢？现在还很难说，这要看这一技术是否能真正对生物学、医学等领域的研究产生变革性的推动。希望超分辨显微技术能帮助纳米工程、生物工程、医学、材料学等相关研究领域的科学家获得更多的发现。

固体核磁共振：第N感"看"世界

讲述人：孔学谦（化学系特聘研究员 国家"青年千人计划"入选者）

让我们把日历调到2050年，展望一下未来人的生活：如果一个人感到身体不适，他只需掏出一个手机大小的仪器对自己快速扫描一番，人体器官影像、血液生化指标、新陈代谢状况等全面的医学信息便一目了然，然后通过网络传输给医生做出诊断。医生呢，也可以随时利用这个仪器监测药物的作用部位和治疗效果。一个小小的仪器协助人们实现了精准医疗、远程医疗的理想。当然，这只是我的一个科学"狂"想，但最有可能将此仪器变为现实的就是核磁共振技术（nuclear magnetic resonance，NMR）。

核磁共振怎么"看"？

提到核磁共振，你或许马上想到医院里巨大的圆筒形的核磁共振成像（magnetic resonance imaging，MRI）仪。的确，核磁共振从最初作为一个物理现象被认知，到用于医用的核磁共振成像仪协助人类进行医疗诊断，已大大造福人类，当然我们还期待它有更广泛的应用。这一领域经过70多年的发展，已经获得了5次诺贝尔奖，诞生了7位诺贝尔奖获得者。它究竟有多神奇呢？

"核磁共振"中的"核"是指原子核，"磁"是指磁场。理解核磁共振的原理需要相当扎实的量子力学基础，但不妨碍我们对它有个感性的认识：原子核就像小磁铁一样具有磁性，在外界磁场中，原子核会像陀螺一样旋转。而原子核的旋转可以吸收和释放特定频率的电磁波，它与调频广播FM的频率相当，我们把这个现象称为核磁共振。核磁共振不但能用来分辨物质的空间分布，例如可以形成人体器官组织的影像，也可以帮你精确鉴定化学成分——每种化学或生物物质都有其特有的核磁共振谱线，例如分析药物的化学组成配方。

与人类发明的光学、X射线、电子成像等诸多技术相比，核磁共振的优势很明显。第一，核磁共振技术只用到低能量的电磁场，不损伤被测物体，人畜无害，所以核磁共振成像在医学上是肿瘤诊断、脑科学研究的重要手段。第二，具有极高的化学分辨率。核磁共振技术在生物和化学领域被用来鉴定化学分子结构和研究蛋白质结构与功能。核磁共振技术就像给人附上了第N感，让人透过表象"看"到各种微观和内部的世界。

把材料"看"个究竟

在各种不同的研究对象中，我最想"看"到的是固体材料中的内部结构和化学反应机理，从而为新型功能材料、新能源材料的研发提供指导。在加州大学伯克利分校从事博士后研究期间，我加入了美国能源部资助的重点研究团队，团队正在解决发电厂的碳排放问题，开发新型材料用来捕捉收集燃烧排放的二氧化碳。课题组的负责人Omar Yaghi教授，是一位金属有机框架（metal-organic framework，MOF）材料领域的创始人，他发明了一种全新的非常有前途的MOF材料，它布满纳米级别的微小孔道，可以像海绵一样选择性、高容量地吸附二氧化碳气体。那么问题来了，这种高性能的吸附机理是怎样的？Yaghi教授很想知道，这种材料内部的化学官能团，是聚集在一起呢，还是分散排列。

要解决这个关键问题，我们必须"钻"到材料内部去"看"个究竟。这就好像要区分口袋里不同颜色的玻璃球——如果我把MOF材料三维结构比作玻璃球，而官能团则是它们的颜色。常见的X光衍射、电子显微镜等手段，可"摸"出球的大小、位置，但无法区别球的颜色。我设计了一种特别的核磁共振方法，不但可以"看"到球的颜色，而且可以看到图案。最终我的方法解开了有序晶体结构中不同化学官能团的排布谜题，深入阐释了材料纳米结构对二氧化碳吸附功能的影响。相关成果陆续在《科学》《自然》等杂志上发表，这让更多人认可了核磁共振对材料结构认知的突破性贡献。

期待"看"到更多

2014年9月，我辞去美国硅谷的工作，正式入职浙江大学化学系，组建全新的具有世界水平的固体核磁共振实验室。我们实验室的根本目标是提升核磁共振技术应用的深度和广度。一方面，我希望核磁共振能使材料学科研究水平由单纯的结构表征提升到对整个工作体系的全面认知。这其中的关键有赖于原位表征技术的突破——在反应进行过程中对物质进行直接研究，从而得到全面、准确、实时的信息。我们实验室正在着手构建这样的原位核磁共振系统，将具备流动态、变温、光照等多种特殊功能。另一方面，我希望核磁共振成为学术界、工业界乃至日常生活中可以大规模应用的技术。我们正在致力于推进核磁共振技术的小型化、便携化，让小型核磁系统能够媲美巨大且昂贵的超导核磁共振仪，在科学研究中发挥更大的作用。

核磁共振是一个持续快速发展的学科，新的技术不断出现。超导磁场的强度正在不断突破极限；新型的脉冲序列不断推出，将核磁共振的功能不断拓展；新型的超极化方法正在研制之中，可将核磁共振灵敏度提升成千上万倍；在医学上，新的核磁造影剂可以标记病变细胞组织，提升成像精度；在物理学上，核磁共振被用作量子计算的载体；传统的能源行业也在应用核磁技术勘探石油天然气……毋庸置疑，核磁共振必将在未来的科学研究和日常生活中扮演越来越重要的角色，我希望我的实验室能在核磁共振技术的进步过程中发挥推动作用，并期待有一天开篇所描绘的情景变为现实。

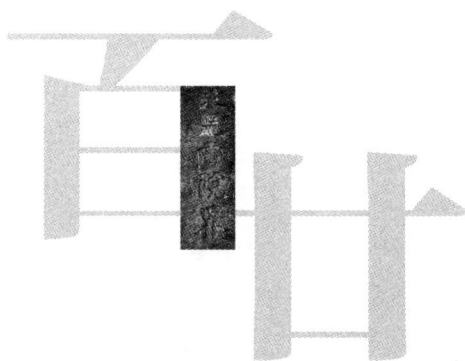

百古

第二章

智能计算

从智能，到智慧，计算是我们通向未来的一种方式。科学家们或是从科幻作品中汲取灵感，或是从当下生活中寻找需求，将人类的"计算"水平带到了新高度：全球首创的计算机水转印技术，令全世界的科技迷们疯狂；两个机器人"壮汉"打乒乓球，对战400回合不掉球；精准的图像记录让千里之外的敦煌洞窟在西子湖畔原真重现；猴子一怒一喜之间，机械手玩出了石头剪刀布……一切，都是科学家用计算向未来致敬。

"蚂蚁"叫板"超人"传说走向现实

周炜

周昆(右一)和同事们在一起

RenderAnts 渲染生成的图像

　　未来的几十年，谁将推动下一轮技术革命，向我们证明"科技改变生活"的美景？麻省理工学院《技术评论》(*Technology Review*)杂志每年评选的"全球杰出青年创新人物"是一个风向标。2011年8月刚刚公布的35位获奖者名单里，浙江大学计算机科学与技术学院33岁的"长江学者"特聘教授周昆名列其中。

　　周昆很好认，通常人群中那个头特别大的就是他。早在大学时代，关于他的"大头"与"天分"的传说就随着一篇回忆文章《我的大学十年》在网上流传。师兄林锐这么描述："他叫周昆，年龄很小，研究能力极强。如果按照浙江大学计算机系博士生毕业的论文要求，他入学读硕士的那一天就可以博士毕业。周昆的头明显比我大，估计其脑容量至少是我的1.5倍。"

"搬家"

　　大三那年，周昆就一头扎进了博大精深的计算机图形学领域。图形学的研究内容，也许是每个玩过电脑游戏的人都构想过的命题：怎样让计算机生成如现实世界般栩栩如生的图像？

3D电影《阿凡达》是图形学成果的典型案例，60%左右的画面都是由计算机生成的。这是耗时耗能的"重工业"，离完美还差很远：制作方动用了一个大型的"渲染农场"，包括4000个惠普服务器，总共35000个CPU来完成整部影片的图像渲染。这个阵容的总运算能力在全球超级计算机中排名前200位。周昆的设想是，"如果采用的是GPU'农场'，渲染将会提速10倍以上，而且能耗会大大降低"。

尽管现代GPU已经具备了进行高清渲染这种复杂计算的能力，但由于GPU编程语言和调试工具的不足，在GPU上进行复杂程序设计和大规模软件开发仍然是一件非常痛苦的事。2008年，周昆辞去微软亚洲研究院研究主管的工作，作为教育部第九批长江学者回到母校浙江大学计算机辅助设计与图形学（CAD&CG）国家重点实验室工作。"大学的研究氛围更加自由，可以做自己最想做的研究。"他说。以GPU计算为中心，他和团队研制了适合于GPU软件开发的GPU并行计算平台，包括GPU高级编程语言、编译器和调试系统，大大地提高了GPU软件的开发效率。在此基础上，他们开发出了一款名为RenderAnts的高清渲染软件，相关论文发表在图形学顶尖期刊 *ACM Transactions on Graphics* 上，引起了学术界和工业界的强烈反响。

这项工作相当于把CPU需要超负荷完成的工作搬了家，在GPU这里，浩繁的任务变得简单快捷。业界惊呼：RenderAnts =.RenderMan+GPU！

"蚂蚁"叫板"超人"

RenderMan是给《阿凡达》做图像渲染的软件。它基于CPU，是由美国著名动画工作室Pixar研发的渲染软件，在工业界广泛使用。就像众所周知的蜘蛛侠（Spider Man）和钢铁侠（Iron Man），RenderMan带着隐含着美国英雄主义的"超人（Man）"的后缀。对于自己新软件的命名，周昆把Man改成了Ants。他说："GPU包含数百个核，虽然每一个核的计算能力有限，但是协同并行作战就威力无比。经过测试，同样的渲染效果，RenderAnts的速度要比RenderMan快10倍以上。"

RenderAnts的示范和应用是在一家国家级动漫企业进行的。企业负责人学管理出身，又热衷于新技术，周昆与他很投缘。最初，周昆只是帮助企业完成一些单项技术的改进。2011年，随着"RenderAnts"软件更为成熟，企业开始采用"RenderAnts"作为整个3D动画的渲染系统。

"目前的高端图形处理软件，从建模到渲染，几乎都被国外企业垄断。做图形学研究这么多年，总算有了一款自己的高端软件。我们有信心在高清渲染上打破这个垄断。"周昆对此很欣慰。

1/35

"感谢周昆，电脑游戏将变得更加逼真，而动画电影将能更快地在电影院上映"（"Thanks to Kun Zhou, computer games will become more realistic and animated movies will reach cinemas faster"），麻省理工学院《技术评论》这样评价周昆的工作。MIT进行的"全球杰出青年创新人物"评选，每年要从能源、医药、计算、通信、纳米技术等多个领域的300多位35岁以下的提名人中遴选出最能改变未来的青年科技新锐，周昆是2011年35位获奖者之一。

周昆说，自己做研究的初衷并不是开发软件，而是从事基础研究，发表高水平论文。如今他在顶级期刊 *ACM Transactions on Graphics* 上发表的论文已经超过30篇。2009年，他还应邀担任了 *ACM Transactions on Graphics* 创刊以来的第一位华人编委。但是，论文写得再好，也只是被学术同行欣赏。如果想让更多的人受益，就要用科技改变生活，要让基础研究成果转化为应用研究成果。在这一想法的推动下，周昆和他的团队开始将基础研究与应用研究有机地结合起来。

周昆入选麻省理工学院《技术评论》杂志"全球杰出青年创新人物"，就是因为RenderAnts这项技术有非常好的应用前景。在历年获奖名单上，我们看到了Facebook创始人、谷歌创始人等这些风云人物的名字，这成为对"全球杰出青年创新人物"内涵的注释。

面对国内蓬勃发展的动漫产业，周昆认为RenderAnts机遇很多。"美国的动漫产业非常成熟，企业有较强的研发能力。高校的科研人员只需要研究单个算法，企业就可以把这些算法集成到他们的产品中去。中国动漫企业的研发能力较弱，单个创新的算法基本无法应用，企业需要的是整套解决方案。对我们高校的科研人员来说，为了让新技术应用起来，就一定要去做平台和系统，为企业提供整套解决方案。当然，这样反过来对研究也很有帮助。我们知道产业界需要什么，什么是最重要的，研究也会做得更强。"

国际竞争

"渲染应用的成功，将推动我们的GPU并行计算平台在物理模拟、海量数据分析和生物信息处理等其他计算密集型领域的应用。"如今，周昆已拥有20人的研究团队，他们的研究理念贯穿了GPU并行计算的三个层次，平台+接口+应用。"以我们的GPU并行计算平台为基础，将计算平台的开发接口开放出来给其他科研人员做GPU应用，同时我们自己开发一些关键的GPU应用。"这种全方位的研究理念和模式使得周昆的团队在GPU并行计算领域的研究有着独特的优势，保持着国际领先水平。

浙江大学计算机辅助设计与图形学（CAD&CG）国家重点实验室的同学们都知道这位年轻的博导在2005年是怎样创造了计算机图形学国际顶级学术会议ACM SIGGRAPH的记录：他在同一年内作为第一作者发表了三篇ACM SIGGRAPH论文，投稿前的72小时没有合眼，时间被切成三份，他就在三个不同的研究项目间切换。

"你要相信，你不比斯坦福和MIT的人差，必须这样想。虽然远隔重洋，但对手就在那里，而且在拼命工作。年轻人都要有这样的信心和紧迫感，保持这样的斗志，这样才能参与国际竞争。"周昆说。

为三维物体披上五彩"外衣"

周炜

为三维物体披上五彩"外衣"

一段酷炫的视频在YouTube网站火了：一个刚刚3D打印成型的白色猎豹模型，缓缓浸入漂着彩色薄膜的水池，当它再次浮出水面时，身上已经"长"出了逼真的皮毛、眼睛、耳朵、尾巴，处处栩栩如生。这段视频诞生于浙江大学计算机辅助设计与图形学（CAD&CG）国家重点实验室。2015年5月中旬，它被放到YouTube网站上，点击超过50万次。众多"围观"的科技媒体称赞，这是一项"疯狂的"、"不可思议"的发明。

简单地说，这是一种新型印刷术——点对点"瞄准"三维物体精确上色。主持该项研究的周昆教授说，3D打印技术近年来有了很大的进展，但要打印生产出具有复杂图案的全彩色三维物体仍然相当困难。这使得本来面向个性化定制的3D打印，在花纹、颜色实现方面始终"个性"不起来，十分单调。这一直是工业界，也是科学界的一个难题。

尽管目前一些工业级3D打印机能够支持彩色打印，但设备价格非常昂贵，打印成本高，打印速度很慢，而且只限于塑料和石膏等极少的材料。周昆教授说："我们希望能通过计算的手段，去解决三维打印生产环节中的瓶颈问题。让原来很困难的事情，变得简单。"

三维完美"贴膜"

在一项和美国哥伦比亚大学合作的课题中，周昆教授主持的团队对传统水转印技术进行了革新，用计算的手段对这项传统技术进行了"升级换代"，提出了全新的计算水转印技术，解决了为三维物体进行精确上色的难题。"水转印是当前在工业上广泛应用的曲面上色技术，但只能用于对精确性没有要求的上色任务，比如迷彩、大理石等纹理。我们通过计算机图形学和计算机视觉技术，让水转印能够'瞄准'，为三维物体穿上任意设计的彩色'外衣'。"周昆教授说。

怎么实现？一个核心的科学问题是，需要计算机将三维设计稿"降维"成一个二维的"展开图"。课题组在国际上第一次对水转印过程中水转印薄膜的形变进行了物理建模，这个物理模型可以精确模拟计算水转印膜的形变，从而得到三维设计图与膜上的每一个点的映射关系。在这一理论基础上，课题组开发出一套用于实际着色的自动原理样机。

计算机水转印过程图

课题组成员、博士研究生张译中对打印全程做了演示。设计师在电脑上完成一张人脸的3D纹样设计后，课题组开发的软件会快速计算生成一个二维"展开图"。之后，普通喷墨打印机就打印出一张印有"展开图"的水转印薄膜。这种水转印薄膜造价低，也很常见。将薄膜放在静止的水面上，将需要上色的人脸模型缓缓浸入水中，神奇的现象就发生了：薄膜逐渐灵巧地包裹住了人脸模型，没有一处发生皱裂。颜料完美附着，每一个图案细节都和设计图一一对应，丝毫不差。"通俗地说，这像是一种完美精确的自动'贴膜'。"周昆教授说。对于更为复杂的物体，课题组还设计了巧妙的多次上色方法来保证物体表面上每一处都被着色，同时不会发生叠色现象。

"形"与"色"，缺一不可

据了解，这项研究成果的相关论文已被国际计算机图形学界的顶级会议ACM SIGGRAPH录用，2015年8月初，课题组赴美国洛杉矶做大会论文报告。该会议每年只录用100余篇来自世界各国的论文，这些论文代表了计算机图形学和交互技术最前沿和最高水平的成果。2015年，浙江大学一共有4篇论文被该会议录用。

相关视频在YouTube上线后，立刻激起了众多科技媒体和科学记者的兴趣。美国《连线》杂志以"Crazy Way to Add Intricate Color to 3D Printed Creations"为题、美国"每日科学"网以"New Computational Technique Advances Color 3D Printing Process"为题进行了报道。

"这个发明很赞！"长期从事3D打印装备研发的浙江大学机械与工程学院贺永副教授得知这一进展后说，"实现三维结构表面的复杂颜色与纹理是绝大部分3D打印工艺的痛点，周昆老师的发明正好可用在这方面。"他认为，3D"造物"，"形"与"色"的问题必须都能解决："光有'形'，物体的表现力是不够的，有了颜色，有了纹理，它的表现力才会增强。而周昆老师这项发明的重大价值，就是在于解决了三维结构上图像的精准对应。这也正好是从事图形图像研究的科学家所擅长的。"

许多知名制造企业也纷纷"闻风而动"，包括三维打印机厂商、摩托车制造商、体育用品制造商等在内的多家国际知名企业，都陆续找到周昆课题组。周昆的理解是，个性化制造是工业4.0的核心要素之一，这些企业希望能开发出个性化的、可定制的产品从而赢得更大的市场，这项发明正好能实现他们的期望。周昆教授说："这将是信息化和工业化深度融合，实现智能制造的一个范例。"

多种材质，任意曲面

斑马、豹子、人脸面具、茶杯、汽车、地球仪……在计算机辅助设计与图形学国家重点实验室，记者看到了许多经计算水转印技术上色的3D模型。它们有的是木制的，有的是陶瓷的，有的则是塑料的。据了解，这项计算水转印技术的适用材料范围极广，金属、塑料、木头、陶瓷、橡胶"通吃"。

　　而且，虽说这项发明的出发点是解决3D打印的"黯然失色"的难题，但实际上它的应用范围超越了3D打印的范畴，可以面向任意三维物体，即使这些物体不是3D打印制造出来的。"从更深层次来说，这项技术的本质，是将三维数字化模型表面上的一个点，精确对应到其物理模型表面上的点。"周昆教授认为，有了这种从虚拟世界到物理世界的对应关系，未来的技术开发将有更大的想象空间。"着色，也许只是其中的一项应用。"

聪明的网上个人图书馆

周炜

如果不停地买书，你家的书柜总有一天会装不下。在互联网普及、信息技术日臻成熟的今天，"任何人在任何时候任何地点访问所有人类知识"的梦想正在变为现实。在互联网上，就有一座馆藏永无止境的图书馆，而且是一座智能化的公益性图书馆，它让人人都成为藏书家。浙江大学的科学家正在研发相关技术，让这座网上图书馆更加丰富有趣。

"建一个世界共享图书馆，将全球图书一网打尽。"2000年，在"图灵奖"获得者、美国卡内基梅隆大学教授Raj Reddy博士和中国工程院副院长、浙江大学原校长潘云鹤等人的倡导下，中美两国科学家开始联手筹建"百万册数字图书馆"。CADAL是目前全球最大的公益性图书馆之一，从2004年起由中美两国高校合作建设。其中，中国部分已收录100余万册图书。在浙江大学紫金港校区图书馆4楼，一册册破旧的古籍正在以每月1500万页的速度扫描进入数据库。在这个庞大的数据库中，不仅有文字史料，还有声像资料等。

数字图书馆将不再是单纯的图书的数字化，而是一个"带有导航功能的知识库"，为读者提供文字、声音、视频、档案等资源的集成，形成一个全新的辅助研究平台。二期工程将在全国建设4个数据中心，服务教育部所属的上千所高校，我国西部地区以及海外学术和文化机构。

在新型的数字图书馆中，搜索资源的"关键词"将不仅仅是文字，还可以是一段声音或者一段图像或视频，这种跨媒体的索引将成为知识检索和获取的全新手段。此外，图书馆还能帮你实现知识的整合与关联。在建成后的二期图书馆，读者不仅可以成为"书虫"，还能成为"玩家"：数字图书馆将综合文学、历史、地理等信息，为研究中国文学史提供一个基础数据平台和研究创作平台，对文学感兴趣的读者可以在数字图书馆制作"作家行踪图"、"作家交往图"。此外，建立综合中草药、方剂、病症等的中医药信息系统，为读者研究和学习中草药知识提供技术平台，为中医提供不同版本的方剂做比较分析。

门户网站自2005年11月在浙江大学正式开通以来赢得了世界各地读者的青睐，吸引了全球70多个国家的用户，日均点击量已达37万次，累计访问量超过5.4亿次。

数据海中捞"大鱼"

周炜　张鸯

　　鼠标一点，就相当于跑了好几个图书馆、档案馆，查阅了许多个专业数据库，搜寻了浩如烟海的工程技术报告和专利库——这样"坐享其成"的好事，正是中国工程科技知识中心的建设愿景。浙江大学计算机科学与技术学院的科研团队作为主要力量参与了知识中心的建设，经过一年的研发，已经完成了总体技术构架，并形成了中草药、金属材料、工程科技图书、工程咨询报告等4个专业知识服务系统。

　　据介绍，知识中心于2012年3月启动，计划用9年左右的时间，汇聚打通我国工程科技领域的海量数据，构建工程科技领域各个专业知识服务系统，建成国内工程科技信息资源最丰富、应用范围最广、实用性最强的知识整合体。

　　让分散的数据汇聚成海，并形成便于获取和生成新知识的数据库，是知识中心最核心的技术路径。知识中心技术总体组组长、浙江大学计算机科学与技术学院院长庄越挺教授说，目前互联网上的搜索引擎只实现了网页搜索功能，只能搜索到数据海中的浅表信息，还远远不能满足工程科技"深度搜索"的需求。比如，想要研究钢铁材料，在搜索引擎中得到的信息大多只是钢铁的商业信息，而关于钢铁生产的技术参数，钢材本身的材料韧度、强度、耐火性等数据，在互联网搜索结果中几乎找不到，必须去查找专业的数据库。

　　知识中心是要通过技术创新，让更海量的知识，更容易地被获取。"我们一项重要的工作是对知识数据的二次智能加工，将书本、网络、数据库等来源的信息进一步'碎片化'，比如一本书可以按照章节、段落来存储。这样的一个好处是，比如当你寻找一个名词概念时，不同的学者有不同的定义，就很方便地把所有对这个概念的描述找出来，放在一起一目了然。"

　　在中草药专业知识服务系统中，记者尝试在通用搜索选择"单味药"输入"麻黄"后，麻黄的性味、功效、用法用量、医药案例等信息一一展现。在相似药分析服务中，可以看到8000多味中药中与麻黄药物属性相似的药材，点击连线，系

统列出麻黄与防风之间在药物属性以及化合物方面的异同。在配伍分析服务中，输入"麻黄"，系统动态生成它与其他药材的配伍图。"这有助于科研人员更快捷有效地进行药物筛选、新药发现等研究工作。"庄越挺说。

"中国工程科技知识中心的建设正当其时，云计算在方法论上解决了技术路径的可行性，另外近年中国工程科技的高速发展，积累了大量的工程科技数据，正需要这样的数据库共享资源。广大的工程科技人员也迫切需要新型的工具，以便在大数据中发现新知识、新规律。"中国工程院主席团名誉主席徐匡迪在知识中心建设调研时说，"高铁、杭州湾跨海大桥、三峡大坝等中国大型的工程积累了丰富的经验，很多技术数据可以积累下来，让更多的人共享。"

据了解，目前4个专业知识服务系统已进入测试阶段，接下去将逐步展开50～60个专业知识服务系统的建设。

平台软件有了"中国制造"

潘怡蒙

计算机软件已广泛应用于人们的生活与生产中，极大地方便了人民群众，大幅提高了社会生产效率。但软件开发目前仍存在研制周期长、质量不可控、很难满足用户个性化与系统扩展性需求等一系列问题，严重制约了软件产业的发展，这使得软件开发仍属于高精尖的小规模产业范畴。

通过对大量软件系统进行源代码分析，人们从计算机应用软件研制角度发现其存在大量的共性代码。"我们在生活中接触到的各种软件看上去千差万别，但其实它们的代码有70%是一样的，实现着同样的功能，只有30%的代码表现出了形态的差异。"浙江大学计算机科学与技术学院教授尹建伟说，"我们就是把这70%的代码整合在一起，提供了一个大家可以共用的平台。"

2001年，浙江大学以吴朝晖教授为首的平台软件研究团队，联合恒生电子、信雅达等我省多家龙头软件企业，经过10年攻关，成功研制了钱塘平台软件。平台软件研究团队以电子商务、金融证券等我省拥有全国领先优势的现代服务行业为突破口，针对现有平台软件难以应对现代服务业对网络时代大型复杂应用软件建设提出的"高时效、高动态、高融合"的技术挑战的问题，开展研发工作。

基础应用服务器、服务计算核心平台、数据融合与共享平台、共性服务构件库、行业应用平台、集成开发与系统管理工具是钱塘平台软件的六大基础软件，其中包含了36个子系统和53个软件工具。通过Intel公司与军用软件级的第三方严格测试，取得了Sun JMS1.1权威国际认证，获得国家授权发明专利16项、软件著作权36项，在权威期刊与顶级会议上发表SCI/EI论文103篇，得到国际同行的高度评价。

目前，该项目已应用于电子商务、金融证券、电信服务、公共服务等七大行业，服务于以中国电信、网易、恒生电子、信雅达、浙江大学网新、中国航天为代表的80多家软件服务供应商，大幅减少了企业IT拥有成本，增强了软件平台的自主可控、持续发展的能力，成为我国现代服务业应用软件建设中重要的可选平台，取得显著的经济效益。

机器人书写未来

周炜　张乐　胡信昌

机器人"海宝"

"海宝"机器人服务世博

"你吃饭了吗？"

"我是机器人，不吃饭不会饿。"

"你是男的还是女的？"

"我觉得这个不重要。"

2010年3月10日下午，浙江大学玉泉校区控制科学与工程学系的大厅内，一个"海宝"机器人正在独自召开"记者招待会"，对一个接一个的观众提问对答如流。再过一个多月，37台这样的"海宝"机器人将亮相2010年上海世博会，在世博会主要出入口、一轴四馆以及两大机场为来宾提供服务。这将在机器人中创下国内目前功能最多、规模最大、服务时间最长的纪录，成为"科技世博"的一道亮丽风景线。

"海宝"是由上海世博局创意，委托浙江大学和中控研究院共同研发制作的。它通过脑门上的摄像头"捕捉"来宾，自动进入迎宾服务状态，用中、日、韩、英、法、德等六种语言进行问候和自我介绍，并主动伸手向来宾表达握手意愿；来宾触摸"海宝"胸前的触摸屏，可以获知相关的世博信息；如果觉得它很可爱，来宾还可以跟它聊上几句，它的脑袋里已经装下了2500组句子。说话时，它还会同时做出眨眼、吐舌头、皱眉等各种动作；如果来宾需要与它合影，它会摆出一个姿势来。拍好后，它的肚皮会吐出一张纸，告知下载照片的网址。海宝的可爱之处远不止这些，它还能挥手、扭腰、转身，随着音乐翩翩起舞呢。

第一台"海宝"于2010年2月6日面世，在3月7日"满月"的日子亮相上海"动漫海宝新春汇"现场，引发了公众的浓厚兴趣。中控研究院郑洪波老师介绍，"海宝"是各种高科技元素和拟人化技术的结合，接下来的日子，它还将"学习"更多。另外，"海宝"还在坚持锻炼，每天"暴走"四个小时，技术人员以此调试它长时间工作的稳定性和持久性。"在世博会上亮相的'海宝'，将比我们现在看到的更加成熟懂事，充满情趣。"郑老师说。

据了解，世博会结束后，机器人也将可能进入家庭、医疗、助老等领域，提供更多人性化的服务。

（周炜）

首个快速连续反应的仿人机器人　会打乒乓球

首次仿人机器人乒乓球"公开对决赛"

1.6米的身高、55千克的体重，不仅像人一样有头有身子、有手有脚，同时还身披中式马甲，顶着寿桃状的发型——这就是中国科学家最新研制出的大型仿人机器人。他们不仅"长得"像人，而且打起中国的国球乒乓球来也有模有样。

2011年10月9日，仿人机器人"悟"和"空"在浙江大学智能系统与控制研究所一张标准的乒乓桌前正式向世人亮相，并开始了他们的首次乒乓球"公开对决赛"。这是目前世界上首对宣布研制成功的、具有快速连续反应能力的仿人机器人。

"悟"和"空"的"对决"有板有眼。只见"悟"左手拿起乒乓球，右手挥拍，球向对手"空"疾驰。而站在球桌对面的"空"也不慌不忙，右手抢拍，把球端端正正地回拍到了对方的球桌中央。就这样来来回回几十回合，他们时而正拍、时而反拍，时而左挡、时而右推，应对得当，有板有眼。

乒乓球从球桌的这头到那头，时间不到一秒，要成功回球，运动员凭的是经验和直觉，"悟"和"空"靠的却是一套复杂的识别系统、定位系统、计算系统和控制系统。对手击球的瞬间，机器人对面的摄像机以每秒120幅图像的速度捕捉球的运动轨迹，并在瞬间把信息回传给机器人的"眼睛"，通过"大脑"的快速处理，机器人在瞬间就完成了对球的位置、速度、角度、运动轨迹和落点的计算，并计算出最优的应对路线和最佳回球姿势，整个反应时间在50~100毫秒之间。最后的0.4秒内，机器人挥动手臂，把球准确地送向了对方，对落点的判断误差不到2.5厘米。

"乒乓球运动对机器人的运动反应速度、视觉处理速度，以及精准的识别能力和计算方法提出了很高的要求。" 浙江大学机器人实验室主任熊蓉说，仿人机器人是目前国际机器人研究的趋势。在少数几个正在研发仿人机器人的国家中，日本、中国和法国更侧重于为人类提供生活服务的室内仿人机器人的研究和开发，而美国则更侧重于替代人类在恶劣条件和艰苦环境下进行野外作业的室外仿人机器人。在中国之前，日本曾研制出给人递饮料的服务员机器人，还有一种能接棒球的交互式机器人也正在研制之中。

"我们想做一个有中国特色且有更精准的控制能力和更快速的连续反应能力的机器人。"正因为此，科研人员为他们起了非常有中国特色的名字——"悟"与"空"。他们来源于中国人耳熟能详的、无所不能的神话人物孙悟空，是机敏、智慧和无穷能力的象征。

　　熊蓉介绍，作为科技部"863计划"的重点课题，"悟"和"空"是课题组历时4年研制成功的。作为第三代仿人机器人，"悟"和"空"更加完美，并具有中心此前研制的多个机器人所没有的"过人之处"：他们不仅外形、体重和真人无异，而且全身拥有30个可以各司其职、自由活动的关节，仅手臂就能做7个自由度的运动，十分灵活。

　　不仅如此，机器人还采用了中国第一个工业自动化国际标准——以太网实时控制技术（ethernet for plant automation, EPA），使机器人的反应速度更快。另外，机器人的精准识别、预测、建模和反应能力也很强。"有的时候你会发现，机器人的表现甚至超乎你的想象！"研发人员朱秋国说。

　　"悟"和"空"甚至还可以和真人对打，并且十分友好。记者在和他们对打时发现，记者去球快些，机器人挥拍时就速度放慢些，去球高些，机器人回球时就稍微压低一点，不仅能够控制节奏，还总能把球回到让你最舒服的地方。"他们和人对决的最高纪录是144个回合。"研发人员章逸丰博士说，机器人的连续反应速度和精准识别能力也时常带给他们惊喜。

　　在机器人平地行走难题得到克服之后，外形、思维和动作和人相似的仿人机器人正成为国际科学界研究的新热点和新方向。相比一般的轮式机器人，仿人机器人对机器人的运动规划、平衡控制、机械结构设计、材料选择和加工工艺提出了更高的要求。

　　"目前，我们的机器人只能实现行走和正常的乒乓球对打，未来，我们将进一步提高他们的运动速度和在移动中接发球的能力，并进一步拓展接球难度。"熊蓉说。

　　但科学家们的目标不仅仅限于此。乒乓球机器人只是机器人的技术展示，他们希望用更长的时间进一步深化机器人的功能研究和开发，并争取向能够实现助老、助残和娱乐、服务功能的一般家用服务机器人或者野外机器人等领域拓展。

（张乐）

四足机器人"跑"进互联网大会，时速8千米

钢铁之躯，灵活四腿，能跑能跳能越障——2016年11月15日开幕的世界互联

四足机器人"跑"进互联网大会

网大会·互联网之光博览会上，浙江大学与南江机器人联合研发的四足机器人惊艳亮相，这是目前中国唯一能够实现奔跑和跳跃的四足机器人。

机器人取名"赤兔"，取自于《后汉书·吕布传》，"号曰赤兔，能驰城飞堑"。"赤兔"机器人可以实现爬坡、爬楼梯、在崎岖路面上行走、小跑和奔跑，有望在未来服务于人类生产和生活。

依托四条腿的运动方式，动物们对于各种复杂地形有了高度的适应能力。它们依靠四只脚的跑、跳、蹬，可以到达陆地上绝大多数地方。而目前，大部分的运输机器人是轮式的，它们运动稳定，但只适用于路面平坦的环境。

展览现场，摆着一段高7厘米、宽25厘米的楼梯，"赤兔"一条腿一条腿地迈，稳稳地走上去。"赤兔"还可以更快，当它小跑时，它改为前后对角的两条腿一起动，粗略估算速度能提到6千米/时。当它高速跳跃或奔跑时，速度能达到约8千米/时。

据介绍，这款"赤兔"是目前国内唯一能跑能跳的机器人。它的优越性体现在：体型中大，可负载50千克，工作适应性强。而且由于是电机驱动，跑动的时候噪音很小，对环境友好。

课题组的李超博士在接受《浙江日报》采访时表示，未来"赤兔"还可以在物资运输、灾后救援、太空探索等复杂环境发挥作用。"像乌镇这样的江南水乡正好是四足机器人应用的最佳场合，许多崎岖的小路和桥梁，传统机器人无法通行。"

浙江大学控制科学与工程学院朱秋国老师是该项目的总负责人。他说，足式机器人的研究非常有趣，应用前景也很广泛。在互联网大会上的发布，可以让大家感受到足式机器人运动的魅力，可以吸引更多的年轻人加入到机器人的研究中，特别是足式机器人的研究。

浙江大学—南江服务机器人联合研发中心的成员主要来自浙江大学机器人实验室。实验室先后研发了会打乒乓球的仿人机器人"悟"、"空"，列入美国科学基金会2011年最后评估报告，还有小型足球机器人，在2013和2014年机器人世界杯RoboCup中连续获得总冠军。

（周炜）

看看这些软体机器人都会做什么？

很多人对科幻动画片《超能陆战队》印象深刻，尤其是片中的机器人大白，萌、软、温暖。

昨天，浙江大学举办了软体机器人比赛，浙江大学工业设计系和其他一些高校的学生，展示了不同功能的软体机器人，虽然离科幻动画片中的大白距离还很远，但是很多创意设计已经非常超前。

大白就是一种软体机器人

浙江大学航空航天学院力学系李铁风副教授，曾在哈佛大学留学，是本次软体机器人比赛的发起者之一，在浙江大学主要研究软体机器人和柔性智能穿戴设备。

李铁风说，软体机器人是一个比较新的概念，大白就是一个典型的软体机器人。软体机器人的最大特点就是软，可以是内外都软，软得像章鱼。也可以是里面硬，外面软，像大白一样。软体机器人还有一大特点，就是尽量不用传统的马达等动力装置驱动，而是用人工肌肉（一种被电刺激后会动的高分子材料），或者是运用温度变化、空气驱动等方式获得动力。

相比传统机器人，软体机器人有很多优势。全身很软，软体机器人跟人互动时，亲和性非常好。因为很软，受到外界冲击后，不会受到伤害。还可以用3D打印等先进方式来生产，成本比较低。

"软体机器人可以用作人的假肢，也可以在地震时像章鱼一样钻到小缝隙里去探测，还可以用在教育和玩具行业。软体机器人，麻省理工学院和哈佛大学做得比较好。浙江大学也研究出了用电驱动的全软体机器人。相信未来我们都能有自己的软体机器人大白。"李铁风说。

软体机器人可以运用到很多领域

昨天的软体机器人比赛，有哈尔滨工业大学、西安交通大学、浙江大学的学生参赛。比赛分两个环节，第一组是爬行组，第二组是应用创新组。

李铁风说，软体机器人还处在刚开始研究的状态，作为大学生的作品，能够实现软体机器人自主爬行，已经很不错了。昨天第一个项目，就是比谁爬得快。不过很遗憾，五个参赛机器人，只有一个爬完了全程，是一个硅胶做的圆环机器人。

浙江大学工业设计系和其他高校的学生，设计了很多不同功能的软体机器人。李铁风说，有的产品，比较科幻，目前实现难度大。有的产品，像"软软按摩机器人"，按照现有技术，浙江大学已经可以研制出类似产品了。

有几款软体机器人比较有新意。

很多上班族喜欢养宠物，但主人上班时，宠物是很孤独的。宠物伴侣机器人可以通过人的远程控制，由一根线，变成一个球，可以跳跃、滚动，陪宠物玩耍。它也可以变成一个项圈，系在宠物的脖子上，给宠物定位，记录宠物的脉搏、体温等信息，当宠物身体情况不佳时，向主人发出警报。

"软软按摩机器人"在没有启动的时候，很像一只大号的毛毛虫。启动之后，可以把这个软体机器人放在颈椎、手臂、小腿等地方，机器人会轻柔地按摩，它还有加热装置，在冬天可以带来温暖。这款软体机器人轻便小巧，在家或在单位，都可以轻松使用。

（胡信昌）

科技考古破解时光谜题

单泠　周炜　朱原之　曾福泉

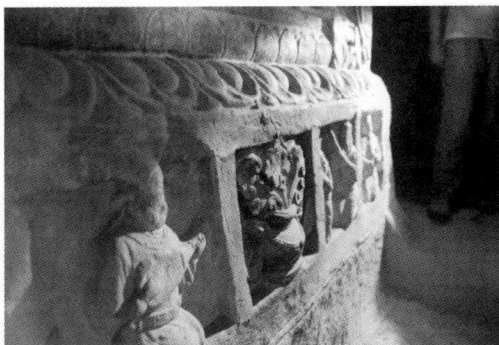

宁夏须弥山石窟寺内景

科学的风　把历史吹醒

　　2013年，在浙江大学紫金港校区正在建设的博物馆工地东边的一个院落，挂出了"浙江省科技考古与文物保护技术研究试验基地"的牌子。浙江大学文化遗产研究院的李志荣教授几乎隔天就要到这里来转转，看看安放在这里的"宝贝"。"这个是省文物考古研究所直接从良渚遗址考古现场提取过来的，这是杭州市考古所从小横山遗址提取的……"李老师指着几个巨大的木箱子告诉记者，这里面，沉睡着几千年前古人留下的史前痕迹，等待我们一层层剥离，让它们苏醒……"浙江省科技考古与文物保护技术研究试验基地"建立于2013年初，基地的建设目标是结合多方力量，探索建立成熟的科技考古手段和方法，不断解决文物保护过程中遇到的问题。

文物都是不会说话的"病人"

　　浙江大学计算机科学与技术学院鲁东明教授从一个计算机教授到开口必谈文物的文保达人，这其中大概用了10年。1997年，他开始接触浙江大学与敦煌研究院合作的敦煌数字化保护项目。"那时候的数字化技术和今天是不能比的，一开始的时候，我们只有一个很朴素的愿望。文物终究会消失，怎么尽可能地用科学技术的方法把它保存下来？"时间改变的不仅仅是技术的精深度，改变更多的，是人的观念。

刁常宇是鲁教授团队中的一员，10年间，他已经记不得自己去过多少次敦煌。当年，他是一个标准的技术控，到敦煌去是工作，关注的只是手中的设备；现在去，他会留恋，工作结束了，他还会停留，仔细地看着斑驳的墙壁上载歌载舞的古人们。"现在，喜欢看了，不能说懂，但知道我们要解决什么问题了。"刁老师说。为了解决问题而改进的设备，现在已经是第四代了。用这套设备，加上专门研制的纠偏算法，在"浙江省科技考古与文物保护技术研究试验基地"创造了第一个"奇迹"——敦煌223号洞窟，完全一样的尺寸、一样的画作、一样的色彩、一样的斑驳，甚至完全一样的细小的起伏和泥底上剥露出的细麻和麦秸；不一样的是，这个洞窟，不会再剥落，它可以让人们亲近它，仔仔细细地看它，不用再害怕光照和氧化变色。它是健康的。

鲁教授说，文物对于人类的价值，是无须多言的。但一些文物，由于年代久远，已迈进暮年成为"病人"。科学技术的作用，在文保这一行，就是起了医生的作用。但是很麻烦的是，这个病人自己不会说话。因此，我们首先要解决的问题，就是认识、分析、研究，或是寻求熟悉它们的合作者，才能知道需要治的是什么病，甚至是要研制什么药。

中国丝绸博物馆建馆时间不长，却是中国最大的丝织品博物馆，也是浙江省唯一的"国家文物局重点科研基地"，基地副主任周旸可谓是痴迷于为丝绸"病人"代言的人。她谦虚地称自己是一个"翻译"。每一种文物保护中都面临不一样的课题，单说丝绸，南方地区出土的丝绸与北方地区出土的不一样，皇室寝宫艺术品丝绸的保护与出土丝绸的保护又不一样。中国是丝绸的发源地，中国在保护方面遇到的问题就是世界性的问题。她平日里与大学教授们打交道很多，常年往大学跑是周旸工作的一部分。经常是碰到了问题，就开动各种资源寻找合作。最有效的方法，就是先找到相近领域的研究者，然后移植已经基本成熟的技术，开展适用性研究，这样非常个性化的"交道"，在过去的几年中，起了很大作用。

当科学遇上历史

浙江大学地球科学系的田钢教授，则是反向寻找"翻译"的人。田教授从事地质研究20多年了，最熟悉的就是用来寻找石油等深部矿物的地质探测技术。田老师主动向文物部门的专家们"推销"地球物探技术：这项技术在欧洲应用很广，是一种无损的探测地下文物的方式，相当于给大地做"CT"，可以替代"洛阳铲"。而现实远非期望的那样，当田老师和研究生们第一次从良渚发掘现场带回探针发回的数据时，它简直就像天书一样难懂。不仅离考古队期盼的"确诊"有相当长的距离，而且就是田老师自己，也觉得同是地下探测，其中奥秘，真是大有不同。

浙江大学的计算机考古团队，也尝试了一次将信息技术运用到5000年前的一艘独木舟的考古发掘中。这是一条全长7米有余的独木舟，是目前国内考古发掘中最长也是最完整的史前独木舟，证实了古代文献中记载的"刳木为舟，剡木为楫"的描述。但浸埋在江南湿土中数千年，古船早已筋骨松垮，用浙江省博物馆郑幼明研究员的话说，就是"糟朽得很严重"。浙江大学计算机科学与技术学院的董亚波老师的学科专长是物联网与传感器，作为联合工作小组的一员，他目睹了古船"步步惊心"的挖掘与移动过程。"如果能让传感器来记录船体各个部分的位移，万一船体在翻转过程中发生变形，它就可以及时'报警'。"工作小组采纳了董亚波的建议，他安装的分布式光纤传感器记录了古船两次翻转的平稳过程。"但那次，我只是做了一次技术的'搬运'，我们用的是现成的隧道等公里级的建筑体上使用的传感器。"董亚波说，真正面对文物，就有了新的认识。"船体只有几米长，量程不一样，误差就会大。这还需要我们为文物'量身'研制精度适宜的传感器装备。文物千差万别，大有我们需要研究的地方。"

当科学遇上历史，从对科学的信心到对文化遗产的敬畏之心，大多数科学家在参与文化遗产保护的工作中，都经历了这样的心路历程。浙江省文物局局长陈瑶说，文物是文化传承中非常重要的载体。首先要"传"，其后才能"承"。大学与文保部门的合作，要解决的，就是"传"和"承"的问题。而解决这个问题，需要我们用创新的思维和方法、手段去解决。

一个连接科学与历史的网络

2010年5月25日下午，浙江省人民政府和国家文物局共建国家文化遗产保护科技区域创新联盟（浙江省）签约成立，浙江大学、浙江理工大学、浙江省博物馆、中国丝绸博物馆、浙江省文物考古研究所、浙江省古建筑设计研究院等单位成为区域创新联盟理事会成员单位。

推动成立创新联盟的初衷，就是让文物单位与高校、科研院所联合起来，协同创新，解决区域性的文化保护问题。浙江省文物局局长陈瑶认为："过去，浙江省对文物系统做科研的激励机制并不明显，而联盟的建立，有效地弥补了这一缺憾。创新联盟有实有虚的创新机制，对提高浙江省的文化遗产保护水平有很强的激励作用。"同时，陈瑶更强调，建立一个有效的创新联盟，需要各方长期的坚持和努力。目前，我们所见的这些显性成果，就是在前几任国家和地方文物部门领导、高校领导的共同推动下形成的。

联盟成立之后，国家文物局、浙江省人民政府成立了双方一把手任组长、分管领导为副组长的省局共建领导小组，作为创新联盟的领导机构，并在浙江省文物局设负责日常工作的领导小组办公室。省局共建领导小组负责全面推进创新联盟的省局合作，研究部署省局合作的重大事项，提供并落实政策、经费支持，协调解决合作中遇到的重大问题。创新联盟实行理事会制度，理事会是创新联盟运行与管理具体事务的决策机构。

很快，文博单位与高校科研机构以问题为主导的"联席会议"制度建立起来了，让文物单位的需求、问题与可能的解决方案相互碰撞、认识、沟通。用浙江省考古研究所副所长刘斌的话说："我们这一行，对科学技术的需求是内生和自发的。技术必须符合需求，才能体现价值。"在最终形成的建设计划书中，联盟成员单位讨论形成了纺织品文物保护，饱水木质文物脱水定型技术综合研究，潮湿环境砖、石、土质文物保护技术研究，地下文物遗存信息探测和发掘记录技术研究，博物馆环境控制研究，江南文物建筑安全及保护技术研究六大方向。在此基础上，省文物局还牵头制定了创新联盟"十二五"规划和浙江省文物保护科研项目指南。

创新联盟，不但让文博系统和大学的关系熟络了，也让文博系统之间的合作多起来了。浙江省博物馆将自己的科研用房，提供给中国丝绸博物馆用作国家重点科研基地，文博单位将其管理的文物样品向高校科研机构开放共享，形成了"不求所有，但求所用"的工作原则和机制。

2011年，为了让真正和文物实体打交道的单位和部门在网上有一个公共的服务窗口和信息沟通平台，在国家文物局的支持下，由浙江省文物局组织建立了"国家文化遗产保护科技区域创新联盟（浙江省）分析检测平台"。浙江大学文物保护材料实验室负责不可移动文物的检测，纺织品文物保护国家文物局重点科研基地（中国丝绸博物馆）负责纺织品文物的检测，浙江省文物保护科研基地（浙江省博物馆）负责可移动文物的检测。平台的入口建立在浙江省文物局的网页上，文博单位的科研人员随时可以送样检测。

创新联盟催生"双栖"学者

浙江大学教授张秉坚原本是个地地道道的理工男，很少关心化学之外的事。但自从加入了创新联盟，他的身份从化学系教授变成了化学系和文博系的双聘教授。他的办公室里，有两个并排的三层大书架，一个放满了《电化学与腐蚀科学》之类的化学专业书，而另一个则都是《中国大百科全书：文物 博物馆》、《视觉地图》一类的历史人文书。

20多年前，学化学出身的张秉坚开始涉足建筑石材行业的研究。他的一系列研究成果，对我国石材生产加工领域产生了很大的影响。2013年6月，中国石材协会委托他牵头编写的《石材护理技术》正式出版。他常年去我国乃至世界各地的城墙、石窟、寺观等考察调研，最关心的就是古代的墙、砖是用什么做的。而他本人的研究领域，也由"石材"拓展到了"石质"，一来二去，张教授的圈子里多了很多文博系统的朋友。他越来越感觉到，对于文物这个"特殊的病人"，"对症下药"的要求很高。

"比如，文物的修复，并不是越坚固耐用的材料越好。它很可能形成伤害，比如水泥就是文物修复的大敌。如果用错了，那受损的文物就是我们的'耻辱碑'。很多文物为什么不去修复？因为至今没有找到安全、可靠的材料和方法。"张教授说。他理解的"好药"，应该是用得上去，又拿得下来，而且不会伤害文物本体。因此，"救治"的关键一步，就是了解"病人"。

浙江大学文物保护材料实验室里，张教授与课题组师生们研发了一系列化学分析方法和免疫分析方法，专门用来分析古代文物材质中微量的有机物。在对我国多处石质文物样品分析的基础上，他们以"以糯米灰浆为代表的传统灰浆——中国古代的重大发明之一"为题，在《中国科学》上发表文章，提出将糯米灰浆作为今天古建筑修复的材料使用。化学领域的国际知名期刊《化学研究综述》（*Accounts of Chemical Research*）特邀张秉坚教授撰写了综述文章。

一次在浙江海宁县长安镇古大运河上南宋船闸的考古行动中，浙江省文物考古研究所的工作人员发现了大量十分坚固的黏结条石的白色灰浆，样品送到了张秉坚教授的实验室，检测结果显示，这些黏结材料正是糯米灰浆。在张秉坚教授看来，创新联盟让"文博系统的人和科研机构的人之间，原先随机的、不固定的联络，变得更加频繁、有组织、有目标了。"

浙江省古建筑设计研究院是创新联盟内唯一的一家企业单位，专门从事文物建筑维修设计。院长黄滋说："文物保护给人的感觉很'小众'，但真正关注这个领域，特别是让不同的力量交织介入，就会发现我们可以做'更大的事'。"黄滋说，以往，文物保护在他们看来更多的是一个个的工程、一个个的项目；而创新联盟让大家意识到，可以把"根"扎得更深。

创新联盟成立之后，浙江省古建筑设计研究院牵头，联合东南大学、中国美术学院、浙江大学三所高校申请了"十二五"国家科技支撑计划课题"古代建筑营造传统工艺科学化研究"，围绕古代建筑营造传统工艺的木构营造技术、木构榫卯节点和青砖灰瓦营造工艺三个专题展开研究。"这在设计研究院的历史上还是头一回。"黄滋说，"从前，我们进行古建筑修复，总要寻找古代工艺的传人，但是，传人越来越少，文物面临的'失传'与修复'失真'的问题始终得不到解决。能不能做一些科学化的整理和分析，让古代的工艺能够传承下来？我们需要依托高校的研究力量。"

黄滋的案头，正摆放着一份江浙地区古建筑木构营造操作规程的草案，这是课题的"产品"之一，集结了江浙两省吴地香山帮、越地婺州帮施工工地和匠帮工艺的传人的智慧，最终将成为江浙地区修复工程的"指导手册"。

浙江省考古研究所副所长刘斌与中国丝绸博物馆已合作完成了一本手册《有机质文物出土现场应急保护工作手册》。刘斌所在的研究所所承担的良渚古人类生活遗址的考古项目，是全国立项的150个重点项目之一，这项工作不仅会用到非常多的科技手段，同时，也在不断产生着考古新技术。

在良渚的浙江省文物考古研究所工作站大院里，有两个临时建筑，分类存放着从现场发掘出的数千岁高龄的"宝贝"。良渚地处湿地，很多木制或是竹制的文物，以前往往因为无法保存拍了照之后就消失了。现在，浙江省文物考古研究所与浙江化工研究院合作，正在研制一项新技术，将古物连同泥土整体搬运，再慢慢用专制药液一步步脱盐、防腐、除湿……直到可以长久保存。

这样的新手段和新方法，非常需要普及。《有机质文物出土现场应急保护工作手册》就是这样一本书，可以让考古一线的工作者在发现特别情况的时候，按照规范要求进行应急操作，避免造成不可挽回的损失。

刘斌说，考古工作者对科技手段的应用是最期盼的。可以说，没有科学的支撑，考古在过去200年中不可能取得这样的发展，但同时，考古对科学技术的要求也非常"苛刻"，不仅要求技术尖端，而且更重要的是要便捷、可靠、方便。

大数据时代的样本积累

浙江大学副校长罗卫东说："文物保护科技是一个开放的复杂巨系统，就大学自身来说，学科也好，学术也好，其基本的发展动力来自重大问题的形成。大学与文物部门之间有着不同的运行逻辑，但在共同的社会发展目标下，需求的耦合和互动，就会催生出创新的机制和方法。""浙江省科技考古与文物保护技术研究试验基地"就是创新联盟催生的基于文化遗产保护的学科交叉研究中心。对学者来说，从技术出去，到问题进来，再到数据积累，是三个层次的递进关系。目前，基地的工作，正在围绕数据积累推进。

基地的院子里，有一大片绿草地。从地面上看，就是一片普通得不能再普通的草地，但地底下，人工埋入了不同的"文物"，这一块，是物探课题组用来积累数据的。田钢教授说，"把物探的技术用在考古上，我们必须先要积累大量的数据，才可能在运用中得到有价值的判断。"田钢教授担任首席科学家，浙江大学、浙江省文物考古研究所等多家文保单位共同参与的国家社科基金重大专项"大遗址考古调查中遥感与物探技术研究及应用——以南方潮湿地区为例"正在进行中。田钢教授说，案例研究偏少，数据和经验积累较少是当前一个很大的挑战，地球物理与考古人员还要进一步融合。

还有一个名为"文物急诊室"的实验室，新落成的"天眼"装置，8米直径、108盏LED照明灯、40个摄像头，外加一个无氧屋，它的功能是全程精确数字化地记录考古发现的过程，并实现出土文物无氧存放。李志荣老师经历过很多个这样的现场——出土的文物一旦暴露在空气中便迅速碳化，留下无法弥补的遗憾。现在，这里即将打开的是浙江省文物考古研究所从桐庐中国最古老的玉石加工厂遗址现场提取过来的土方，巨大的木箱，等待着专家们做好"探宝"前的准备。

对于埋藏了历史的"土"，学化工出身的周旸，更是深深地痴迷于古人的智慧。她一直在期待博物馆与大学的合作有更加杰出的表现。"我们现在能看到的出土丝绸，最早是5600多年前的，在此之前，肯定还会有更古老的纺织品。但它不像陶器，容易遗存下来，但我一直觉得，不管我们是否能看见，它还是应该就在那里，只是我们当前还没有办法识别它。"周旸的心愿，是要把"无形"的丝找出来，这样或许"能为丝绸起源的研究提供新的科学证据"。

(单泠 周炜)

三维"慧眼"解密千年摩崖碑

2016年5月10日，接近中午，浙江大学紫金港校区西三教学楼传出阵阵欢呼声——浙江大学文化遗产研究院、山西大学和山西博物院的学者们聚集在一块55英寸的电子屏前，兴奋不已。山西忻州一块西晋时代摩崖碑的"身世"之谜终于在这一天解开了。

经确认，碑主是西晋使持节监并州诸军事胡奋，这块碑是在他平定并州胡乱获胜后的登高纪功碑，为迄今山西省境内发现的第一块西晋碑。当天下午，专家们立即向山西省文物局报告了这一消息。专家们说，这次成功识碑，浙江大学自主研发的高保真三维数字化技术功不可没，这双"慧眼"帮助人们识别了仅靠肉眼无法识别的细节与关键信息。

忻州定襄居士山摩崖碑位于忻州市定襄县城东南7.5千米居士山海拔1429米的山脊，处于一条古道的必经之地。据介绍，这块碑是1923年由乡绅牛诚修首次发现著录的，当时，他认为这是北魏正光年间尔朱荣碑。2003年6月，忻州市文物管理处对此碑刻进行考古调查，拓印并识读，收获甚小，年代及碑主问题均无突破。2008年，有学者发表论文提出这块碑是曹魏青龙元年秦朗碑，但一直不能令人完全信服。

　　5月11日上午，记者在浙江大学文化遗产研究院的工作室看到，地面上铺着一张长约2.9米，宽约1.3米的拓印件。边上立着一块55英寸的显示屏，被高保真三维扫描处理后的碑文图像在屏幕上放大显示。识读工作还在继续，但最关键的信息已经被"破解"了。

　　拓印件上，靠近边缘的字迹就像一片迷雾，完全辨识不清。即使用尽眼力，碑额上第一个字也只能看到三条淡淡的横线。是"奉"字，还是"秦"字？意见十分不统一。大家转向大屏幕，通过鼠标控制，屏幕上这块碑可以被无限放大，并任意调节角度及光照条件。当调节到一个特定角度，大家猛然发现三"横"边上还有两"竖"——"应该是'晋'字！"。"解"出了"晋"字，学者们迅速锁定了年代即为西晋。用同样的方法，专家们继而识读出碑文中"奋字玄威"等内容，确定了碑主就是胡奋的判断，且能与《晋书》等史料相印证。

　　"一直以来是猜也猜不出，现在是猜都不用猜，确定了。"山西博物院学术委员会主任渠传福掩饰不住兴奋，说道，"从前我们除了实地辨认和拓片辨认，没有其他办法，现在看来，新技术能帮我们'看'到很多不可能。"渠传福认为，山西中部和北部历来是文化交错、胡汉杂糅的地区，确定了这块碑的时代和碑主，对研究民族关系和民族交往的历史文化就非常珍贵。

　　浙江大学文化遗产研究院教授曹锦炎介绍，一年前，山西当地文物管理单位与浙江大学文化遗产研究院合作开展忻州市七岩山、居士山数字化考古调查和数字化文物保护工作。浙江大学自主研发的高保真三维数字技术，首先用3D激光扫描仪为碑体做一个精度0.2毫米的"全身"扫描；扫描图像导入合成及分析软件后，原本石头的质地和纹理等干扰因素被移除，分析软件调整观察碑面的角度和光线，这一过程类似在实地用电筒照射碑面并用肉眼观察辨认的过程，但更加清晰。

　　"这部分技术，我们原本是为西安碑林的数字化保护做的研发，是专门针对碑刻类文物研发的文物数字化技术。这项技术能在这次胡奋碑的识读中发挥作用，让我们很受鼓舞。"曹锦炎教授说。

　　据了解，浙江大学自主研发的高保真文物三维数字化记录和建模技术正在全国几十处文物保护现场使用。

（朱原之　周炜　严红枫）

千年须弥山　万载传真容

文物数字化团队正在须弥山石窟内工作

　　在大漠石窟中存在了近15个世纪的佛像，业已饱受自然力量的侵蚀。它们是否能够保持当下的姿态，继续在历史长河中前行，使将来的人类仍然能与今天的我们一样，追思先民创造的灿烂文明？

　　浙江大学科技考古专家们的回答是：在二进制的世界中，文物可以获得永生。

　　2015年7月下旬，记者随浙江大学文化遗产研究院和宁夏文物考古研究所团队来到宁夏回族自治区固原市，前往开凿于公元5至7世纪的须弥山石窟，探访数字化考古调查工作现场。

　　从2012年春天开始，浙江大学和宁夏考古所团队就开始在这里进行田野调查。在高远的蓝天下，苍凉的群山之间，科技考古工作者用灯光、照相机和计算机软件，以及耐心与毅力，向1500年前的石锤和凿子致敬。我们祖先的每一次刻画、每一笔涂抹，都被精确地记录，以先进的数字信息技术加以保存，并能够在现实中完整地重建。

　　文明由此绵延不绝。

自然侵蚀：
文物难以战胜的敌人
　　固原，丝绸之路上的明珠，自古以来就是中原通往西域的重要关隘。从这座古城出发，驱车向西北行驶50余千米，到达六盘山群峦起伏的余脉，须弥山就在其中。在这道山脉的东南崖壁上，自北魏开始，就有工匠不断营凿石窟佛像，至初唐不衰。前后共开凿洞窟151座，形成中国最著名的石窟群之一。

霞光笼罩，云影流转，一座高达28米的唐代大佛坐像远远地展现在我们眼前。走近，是依山而建的圆光寺，石窟就是它的大殿，深藏着更多雍容华美的佛与菩萨造像，它们拥有线条流畅的衣袍和端庄俊逸的姿态，仿佛一直被山中巨大的红砂岩孕育，而由巧匠一斧一凿地"接生"。

浙江大学文化遗产研究院副教授李志荣说，自己2011年第一次见到须弥山石窟群，就"被她的壮美所折服"。然而，这壮美却也无时无刻不在消逝中。

手扶着红砂岩的山壁，走在陡峭的、台阶已被侵蚀得不甚分明的古蹬道上，脚下落满了山石年复一年风化后变成的红色尘土。这让人深刻地理解了一个严峻的事实：须弥山一直活着，而须弥山佛像终将消失。

进入圆光寺区45号窟，伸手去轻触几面石壁：凉的，能感到这依然生机勃勃的山岩体内，如毛细血管般密布着孔道和缝隙，水流汩汩。

45号窟是一座平面方形、覆斗顶、中间有中心柱的塔庙窟，保存有45尊北周时期的造像。35岁的宁夏考古所青年考古学者王宇翻看着20世纪80年代多次综合调查测绘时拍摄的照片，石像的头、冠完整，眉目发髻完存。而当他拿起手电筒看向眼前的石像，菩萨的面目已十分模糊。

洞窟外，不时刮起让榆树和松树的枝梢疯狂摇摆的大风。正值夏天，降水密集，在下午的几个小时里，就断断续续地下了几场阵雨。这一切都使石质脆弱的红砂岩更快风化。

自然在用它自己的力量抚去人类文明的刻痕。

"近半个世纪来，风化的进程似乎在不断加剧。"王宇虽不能全面分析其中的原因，但他的揣测却不断得到证实，"我们每隔一周就清理一次洞窟中的尘堆及鸟类的羽毛和粪便，几乎每次都会发现从顶部和四壁新剥落的大片石块。"

风雨侵蚀之于须弥山，正如游人呼出的二氧化碳之于莫高窟、满含烟尘的空气之于云冈。文物的生命自有其期限，人们很早就尝试各种方法来延长它。

李志荣的目光落在佛像断裂的手臂和头部，以及部分坍塌的石壁上，那里还留存着明清时代的戗木。这说明当时的匠人就试图修复已经残损的石像，给它们重新接上手、头，或修整局部崩塌的壁面；而这种努力并没有战胜自然力量提出的挑战。

"当代考古工作者还曾试验用化学方法来阻止石窟的风化，但实践证明，效果不佳。"李志荣说。

现在，考古学家们已经认识到：精确记录就是对文物最好的保护。李志荣始终记得自己的老师、我国考古学泰斗宿白先生的嘱托——记录的精确要达到这样的程度：当文物湮灭，也能根据考古记录将其原模原样地重建起来，而这份记录，应该是永远不会消亡的。

数字技术：
文物永生的现实选择

实现考古学家梦想，使文物永存于二进制世界的关键，是计算机专家、浙江大学文化遗产研究院副教授刁常宇领衔开发的一套计算机软件。只要有足够多的多角度拍摄的照片，计算机就能运用这一软件，提取文物的"特征点"，最终生成高保真的三维模型。这就是"基于多图像的三维重构系统"。

相比过去，考古人员踩着扶梯、举着皮尺，一点点测量石像数据，或者为了实行激光扫描，大费周章地搭建工作平台，多图像三维重构技术的引入彻底改变了石窟考古的工作模式。

在须弥山的石窟里，浙江大学文化遗产研究院韩羽等数字化工程师是这样工作的：适当布光后，使用一台数码照相机，不断选取角度、按动快门，就完成了数据采集，分析和重建工作则交给计算机。这样做，不触碰文物，得到的数据却更准确，完成了重建彩色贴图等过去靠人工不可能完成的任务。

刁常宇说，考古学家曾经尝试重建一块刻有百余字的古代石碑，如何真实地还原每一道刻痕的纹理成了难题。靠人工，一位熟练的专家尝试了近两个月，仍无法完美地实现。而采用计算机技术，进行自动化的映射定位和上色，两小时就完成了准确重建。

"基于多图像的三维重构系统"这套算法最早由美国科学家发明，刁常宇团队将其应用于文物考古，他们从2010年即开始着手研发，前后编写的代码达数万行。得到的成果是：三维模型的几何形状精度高，点间距小于0.02毫米；模型完整无死角；可以重现原有的色彩。

目前，山东青州博物馆、西藏阿里托林寺、山西大同云冈石窟等地，都有浙江大学的团队在利用这套技术，精确地记录文物的形象。2014年，刁常宇团队还利用3D打印技术，把软件生成的杭州闸口白塔三维结构打印成高精度模型。

只用0和1，科学家就成功复制了文物的造型、材质、花纹以及所有残破的部分，总而言之，文物的所有信息，都用一种全新的方式储存起来。这将在不远的未来造就这样的图景：人们通过互联网和计算机，可以随时随地、身临其境地欣赏文物，其保真性之高，足以满足学术研究的要求。

在须弥山，这一技术大显神威的同时，也遇到了新难题。于是，刁常宇从杭州连夜坐飞机到西安，又飞银川，再乘5小时的汽车至固原，赶到了考古工地。

难题在于，须弥山许多石窟的佛像和四壁因为风化严重、模糊不清，可供软件提取的"特征点"很少。由于无法识别，最终形成的三维模型中出现大片空白。

刁常宇沉吟："我们应该可以通过改进软件算法，使得它从一张照片上提取到更多的细节。"接下来，他又要着手更新代码了。

考古团队：
用汗水打捞历史

须弥山的某个石窟中，突然闪出了一道光；过一会儿，又是一闪。这正是考古队员在工作。

踩着杂草和断枝，他们进入位置偏僻的36号窟。韩羽等人已经在这里工作了3天，拍摄了近千张照片。

石窟里摆放着几台用来布光的灯具，还有一把梯子——韩羽有时需要让自己站得高一些以获得俯拍角度。这些工具都是考古队员们踩着蹬道搬运上来的。

初见者惊艳于石窟的风华，而对韩羽来说需要克服的最大挑战反而是"枯燥"。他穿一件发白的外套，双手握着照相机，面对有上千年历史的石壁沉思。"一个壁面一般要拍摄300至400张照片。"韩羽说，"我要寻找尽可能多的角度，发现特征点。"

36号窟的两座造像风化严重，几乎已分辨不清表情，许多细致的花纹和转折也已磨灭。"这就对我们的观察能力提出了要求，需要发现表面细微的色彩变化和凹凸不平的地方。"韩羽说。一整天，他就在这里发现和记录这些石像，比摄影师遇上美丽的模特还要专注——这里面蕴藏着文明的光辉和时光的秘密。

为了进入更加险峻的石窟，王宇系上安全索，攀爬几乎垂直于地面的峭壁。李志荣想起，2012年初夏须弥山石窟考古第一期工作期间，她和王宇走遍了圆光寺周遭的群山，在乱石中翻越陡峭的山崖，在日后无人机航拍前就初步掌握了洞窟所在山峦的地形地貌。

当前进行的是须弥山石窟考古第二期子孙宫区的数字化考古工作，目前田野调查已经开展了两个多月。每天早上8点，考古团队就离开须弥山附近小镇上的几间平房，出发前往考古工地，一般要到傍晚6点才结束一天的工作。宁夏考古所专门派遣一位大厨到工地上为大家做饭，米、面、菜、肉俱全。

考古队员们的房东是一位年过五旬的回民，李志荣喊他"高老师"。高老师的儿女外出工作，他和妻子及几个孙子留在镇上。

李志荣住的是高老师儿子的婚房，宽敞，墙上还挂着结婚照，沙发上摆着布娃娃，有一个独立的卫生间。现在这里多出了几台来自浙江大学的计算机机箱，日夜不停地运转着，把图片数据转化为三维模型。

刁常宇和王宇等几个专家则挤在另外两间平房里，并排密密地摆了几张床，或是干脆几个人竖着睡在一条炕上。镇上条件有限，即便在炎热的夏天，他们也没办法经常洗澡。

艰辛的工作换来丰硕的成果。2014年，须弥山石窟第一期田野调查和室内整理完成，浙江大学和宁夏考古所团队拿出了须弥山石窟群航拍图、11个洞窟的细密三维测绘数据、数十幅高保真正射影像图，这些成果获得中国社科院、北京大学、文物出版社等考古界和出版界权威单位学者的肯定。李志荣说，须弥山石窟系列考古报告首卷《须弥山圆光寺》即将出版。

（曾福泉　周炜）

脑—机接口到混合智能

余建斌　周炜　赵晔娇

猴子"意念"控制机械手

意念控制或者心灵感应，这些原本只出现在科幻、武侠小说中的情节，现在已经被浙江大学写入现实。

2012年2月21日，浙江大学求是高等研究院"脑—机接口"研究团队对外宣布其最新阶段性研究进展：让猴子用"意念"控制机械手，实现抓、勾、握、捏四种不同的手部动作。对于脊髓损伤、肢体瘫痪的残障人士，这无疑是个喜讯，因为随着技术的发展和完善，他们也有可能用"意念"让自己重新站起来。

实现：猴子用"意念"操作机械手
前景：残障人士使用假肢将更方便

2月21日，浙江大学紫金港校区求是高等研究院的实验室里，一只叫"建辉"的猴子正在用抓、勾、握、捏四种不同的手部动作，"对付"它面前放着的四种不同形状的物体。半米外，一只机械手就像是与"建辉"有"心灵感应"，同步做着一模一样的手部动作，并分别抓住实验人员递来的塑料瓶、书本、胶带圈和小饰物。

据团队负责人郑筱祥介绍，这个过程实际上是将猴子想要做某个手部动作时大脑发出的信号，通过控制系统让机械手去完成这个动作，实现"意念"控制。要达到这个目标，研究人员运用信息技术提取大脑运动皮层的上百个神经元实时发出的信号并破译猴子大脑关于抓、勾、握、捏四种手势的神经信号特征，从而使猴子的"意念"能直接控制外部机械完成相应的动作。

郑筱祥说，浙江大学求是高等研究院"脑—机接口"研究团队获得的这项成果目前已基本与"脑—机接口"领域的世界一流水平同步。所谓"脑—机接口"技术，就是致力于在大脑和假肢等外部设备之间建立一条直接传输大脑指令的通道，实现即使在脊髓损伤、发生神经通路损坏的情况下，脑部的信号也能通过计算机解读，来直接控制外部设备，使行动有障碍的人有望重获独立生活的能力，大大提高残障人士的生活质量。同时，这种研究也对理解大脑认知过程、智能信息处理有重要的科学意义，有利于推动数据高度复杂的新型信息感知技术、模式识别技术、集成电路等的研究与发展。

在国际上，2008年美国匹兹堡大学的科学家宣布实现了让猴子用"意念"控制机械手臂的运动。2011年10月，美国杜克大学医学中心的科学家在《自然》杂志发表文章，宣布他们能够让猴子不仅用意念移动虚拟手掌，还能感受虚拟手掌触摸物体的触觉信号。

浙江大学此项研究成果的特别之处在于，他们捕捉到的神经信号是更为精细的手指信号，复杂性和精密性要求相对更高。

解密：脑部植入芯片记录神经信号
伦理：猴子手术规范并获悉心照料

实际上，"意念"控制的具体实现十分复杂，要经历在猴子的大脑皮层植入芯片，训练猴子做相应动作，获取、处理和解码这些动作的大脑信号并让外部设备能够"领会"这些信号等过程。

郑筱祥说，这个领域的研究需要神经科学、信息工程技术和医学等多个学科的交叉合作，关键是要研发出实时性强、准确性高、具有互适应功能的多通道神经元放电采集、处理与信息解码技术。从最初实现电极植入大鼠脑部的"动物导航系统"到此次的成果，研究团队花了5年时间。

项目团队成员、浙江大学医学院附属第二医院神经外科副教授朱君明介绍说，他在给猴子做脑部手术时，需要向大脑运动皮层植入两个与200多个神经元相连接的芯片，单个芯片的面积小到4毫米×4毫米，每个芯片上有96个电极针脚。芯片的另一头连接着一台计算机，它实时记录着猴子的一举一动发出的神经信号。

"这些针脚比头发丝还细，它们能保证植入大脑皮层时既不损坏细胞，又能够获取细胞发出的'信号'。"朱君明说，"芯片获得的信号要远远多于脑电图获得的信号。"

这些脑电信号会在屏幕上呈现高低和频率不同的"声音"，来自生物医学工程、计算机、医学等领域的研究人员利用神经信号实时分析系统，对记录到的约200个神经元放电信号进行解读，最终区分出了猴子抓、勾、握、捏四种不同信号的"密语"。

"手的运动区少说也有几万到几十万个神经元，我们利用200个左右的神经元，就能对手的运动做出解码。"郑筱祥说，"当然，我们产生的控制指令相对于真正灵活多变的手指运动，在精细度和复杂度上还有一定距离。"

"对于利用动物做实验的动物伦理问题，"郑筱祥介绍说，"选用猴子来做这个研究，通过了学校相关伦理道德委员会的论证，符合我国《实验动物管理条例》《实验动物质量管理办法》《浙江省实验动物许可证管理实施细则》《浙江省实验动物管理办法》等法规条例，是正常的科学实验。"

朱君明说："给猴子做芯片植入的手术，和做一台人脑手术一样规范，包括手术环境、麻醉、术后恢复等措施要求都很严格。"

项目团队的动物组实验员介绍说，猴子一天内参与实验的时间大约为1.5小时，其余时间自己活动。参与实验的猴子有自己的活动空间，居住在恒温恒湿的空调房里，每天都有专门的水果蔬菜和营养餐，并由两名专职实验员精心照料。

郑筱祥说，严格来说，目前国际上通过"意念"控制外部设备还有很漫长的路要走，但"脑—机接口"技术的发展前景让人向往。未来几年，在实现对猴子手臂运动轨迹和手指运动轨迹的神经解码基础上，该研究团队有望实现猴子用"意念"伸出手臂并抓取物体的连续动作。

（余建斌）

给大鼠嫁接机器视觉

穿山洞，过小桥，逛马路，一个乒乓球桌大小的沙盘上，一只背着背包的大白鼠正在执行任务，它的目标是找到一张印着汤姆·克鲁斯头像的照片。大鼠自

视觉增强大鼠正在辨别路标

己的视觉很弱，执行这项任务，靠的是"嫁接"在它大脑中的"机器视觉"。

"计算机的视觉补充了大白鼠自身的视觉，我们把它叫作'视觉增强大鼠'，这一机器智能与生物自身智能融合的模式，被称为'混合智能'。"国家"973计划"项目"脑机融合感知和认知的计算理论与方法"课题负责人、浙江大学计算机科学与技术学院吴朝晖教授（现浙江大学校长）介绍，这是他们与浙江大学求是高等研究院"脑—机接口"研究团队合作的最新成果，也是该"973计划"项目的最新进展之一，在混合智能机器人的研究上迈出了探索性的一步。

在大沙盘上，大白鼠好像看懂了路标，准确地找到了目标照片。这个过程中，全靠计算机"帮"它看懂，并告诉它下一步该怎么走：大白鼠包里有一个"脑—机接口"部件，直接跟大白鼠大脑连接进行脑机通信；一个针孔式摄像头，充当大白鼠真实的眼睛。大白鼠"看"到的景象，会通过背包无线信号传给计算机。然后，计算机会通过人工智能中的机器视觉技术，自动分析与识别图像中的物体，并根据大白鼠的当前状态，规划产生下一步运动策略，经由无线信号传输给大白鼠。

在人工智能领域，脑机融合是一个重要的发展趋势，吴朝晖教授介绍，三年前，课题组首次在国际上提出"混合智能"的概念，让生物的智能和机器的智能深度融合，"混"成一个崭新的智能系统。这已成为人工智能的一个新的发展方向。"视觉增强大鼠的例子，代表我们在这方面迈出了探索性的一步，说明在信号层，甚至在更高的信息层，能够把机器智能和生物智能打通。"

　　课题组成员之一、浙江大学计算机科学与技术学院潘纲教授说，将生物自身的感认知能力与机器的计算能力深度结合，有望产生超越现有系统的更强的智能形态。这一探索有望为神经康复和动物机器人提供研究思路，在残障康复、抢险救灾、国防安保等领域具有广阔的应用前景。

（周炜）

首次用颅内植入电极　机械手随"意念"而动

　　26岁的志愿者刘姑娘是一位在浙江大学医学院附属第二医院（以下简称浙大附二院）接受治疗的复杂性难治性癫痫患者。在常规的用于明确癫痫病灶部位手术后的第五天，她在病房通过"意念"控制一只机械手，玩起了"石头、剪刀、布"的游戏。

　　2014年8月25日，浙大附二院神经外科与浙江大学求是高等研究院合作的"脑机接口临床转化应用"课题组向公众发布最新进展，他们实现了国内首次利用人体颅内植入电极，让"意念"控制机械手。

目前，意念控制机械手的准确率达到80%左右

　　其实，早在2012年，课题组经过多学科交叉研究，在猴子脑中植入电极，运用计算机信息技术成功提取并破译了猴子大脑关于抓、勾、握、捏四种手势的神经信号，使猴子的"意念"能直接控制外部机械。

　　随着技术的成熟，课题组将大脑信号的破译对象转移到了人。课题组负责人之一、浙大附二院神经外科主任张建民介绍，通过开颅电极埋藏术来分析大脑皮

层脑电，明确癫痫病灶部位，是癫痫诊断的常规手段之一。手术前，经患者及家属的知情同意和医院伦理委员会的批准，在不影响患者监测的情况下，课题组用分线器将监测的脑电分出一路，连接到脑电信号分析仪，让电脑可以"旁听"脑电信号。

在刘姑娘的病房里，电脑一头连着刘姑娘的大脑，一头连着一只机械手。当刘姑娘抬起手做出"石头"的动作，机械手像产生了"心灵感应"，也出了"石头"。实验统计，"意念"控制机械手的准确率达到80%左右。

"意念"在大脑中其实是以脑电波的形式存在的。大脑中上千亿个神经元之间通过发出微小的电脉冲相互交流，对人体运动大到行走、小至抬眉的一举一动"发号施令"。一直以来，这些神经信号就像一本"天书"，人类不知如何去读。20世纪90年代起，随着计算机等科技水平的迅速发展，一种被称为"脑—机接口"的技术，使人类有了解读"天书"的钥匙。这种技术，致力于在大脑和外部设备（例如假肢）之间建立一条传输大脑指令的通道，让有行动障碍的人重获独立生活的能力。

随着脑电波被更准确地采集和破解，意念将可操控更复杂的动作

从猴脑到人脑，这对课题组的解码、编码、运算方式及效率等提出了挑战，并使得这一跨越更具实质性意义：猴脑与人脑解剖结构虽比较接近，但在脑功能方面存在较大差异。以这次手部动作为例，猴脑可以通过"意念"较好地控制手臂的活动，但手指动作这一水平的控制就远不如人脑复杂而精确。其次，猴脑中指导完成动作的脑皮层神经电信号的复杂程度也远远低于人脑皮层的动作区。此外，人的大脑活动受环境影响更大，计算机对这些信号处理的复杂性也会大大增加。

"任何基础医学研究的最终目的是应用到临床，为病人解决实际问题。课题组最初是以大鼠等小型动物为研究起点的，又进一步探索了猴子这一与人类比较接近的大型动物"脑—机接口"实验，并成功实现了猴子的"意念"取食行为。在这些动物模型实验的基础上，最后过渡至如今在人脑上的应用。"浙江大学求是高等研究院教授郑筱祥说。这项研究是将"脑—机接口"技术进一步应用到人类运动功能重建领域的转化医学实践，课题组在前期动物研究成果的基础上，首次将"脑—机接口"成功用于人,破译人脑信号,并建立了信号对机器的准确传递的研究模型,使得"脑—机接口"技术的临床应用向前迈进了一大步。

对于科学家来说,要实现电影《阿凡达》中下身瘫痪的战士利用"意念"操控"混血"阿凡达的场景,关键是要研发出实时性强、准确性高、具有互适应功能的多通道神经元放电采集、处理与信息解码技术。事实上,这一研究在临床上有着很广的受益人群:脑卒中后肢体瘫痪、脊髓损伤致肢体偏瘫、截瘫、肌萎缩侧索硬化(渐冻人)、外伤致截肢等多种涉及运动功能障碍的患者都将是新技术未来的受益者。

(余建斌)

多学科有机融合唤醒植物人

看着儿子从高空摔落不幸成为"植物人",到现在能独立下床行走,也能正常聊天,浙江衢州的陈爸爸觉得这简直是个奇迹。他喜极而泣:"感觉太幸福了。"目前,以多学科有机融合的力量唤醒"植物人"这一奇迹已在浙江成为现实,幕后的功臣是浙江大学计算神经科学联合实验室的专家。

"植物人"是大众熟悉的医学名词,他活着,却完全丧失了对自身及周围环境的认知能力;他"死"了,却依旧存在本能性的神经反射和代谢能力。这个群体属于严重意识障碍范畴,苏醒的案例比较稀少,尤其在深度昏迷3个月之后,唤醒的概率更小。

由于唤醒植物人在药物上的治疗手段比较贫乏,唤醒他们是一个世界级的难题。如果药物不行,那么多学科的有机融合会带来新的转机吗?

为此,浙江大学计算机科学与工程学系、浙江大学医学院附属第一医院神经内科和武警浙江省总队杭州医院康复医学专科中心通过技术优势和领域互补,成立了浙江大学计算神经科学联合实验室,以期在植物人唤醒方面取得突破。

来自衢州的小伙子小陈,一年前从高处坠落导致颅脑损伤成了植物人,昏迷40天后,在武警浙江省总队杭州医院康复医学专科中心苏醒过来。

"感觉恢复得跟出事前差不多了……"跟医生聊着病情的小陈语速很快。短发浓密、穿着白色紧身T恤和深蓝色牛仔裤的他满脸笑容。这让人很难想到，这个"90后"几个月前还昏迷在床，处于植物状态。

"干活的时候从6米高台上失足摔下，头部着地，当时就什么都不知道了。"小陈的父亲告诉记者，孩子立即被送到当地医院接受脑部手术，命是保住了，但却像植物人一样没有了意识，对周围的一切也毫无反应。"只有这一个孩子，一家人抛下所有事情守着他，只希望他能醒过来。"

带着希望，家人将小陈从衢州老家转送到了武警浙江省总队杭州医院康复医学专科中心，被浙江大学计算神经科学联合实验室接收。经过脑电、核磁共振、经颅多普勒等仪器的综合检查，实验室专家组对小陈的脑活动强烈程度、脑部结构受损情况、脑部血流情况等进行了综合分析，计算机专家进行智能组合，为小陈制定出了专门的"唤醒"方案。

一个半月的时间，除了常规的针灸和肢体运动，处于植物状态的小陈每天要接受中医"醒脑开窍针刺法"的治疗，借助通上直流电的头皮针对大脑进行刺激。同时专家组还对他进行了"嗜好刺激"，也就是特意用一些他所喜欢的东西刺激感官。

"会把他家人的照片放在他的眼前，也会在他耳边播放他原来手机里存储的歌曲。"浙江大学计算神经科学联合实验室专家、武警浙江省总队杭州医院康复医学专科中心主任李景琦告诉记者，"唤醒"植物状态的患者是一个系统工程，需要一系列的针对性诊疗手段配合运用才能发挥出最大的效果。

多学科的有机融合带来了新的生机。当陈爸爸发现儿子对家人的照片有了眼神的动作时不禁喜极而泣，小陈也渐渐恢复了微小的自我意识及环境意识。又是一个月的治疗过去，小陈已经能够独立下床行走，也恢复了语言能力。"现在能和儿子再聊天，感觉太幸福了。"陈爸爸早已把实验室的专家们当作了全家人的恩人。

当希望之光照进这个幸运的家庭时，仍有数量非常巨大的家庭渴望着幸运女神的眷顾。目前，对植物人的准确诊断和帮助恢复语言能力已成为医学界亟须解决的临床问题之一。据统计，2014年一年，浙江大学计算神经科学联合实验室收治意识障碍患者2000余例，也成为我省收治植物人最多的医疗基地。唤醒、醒脑开窍针刺法及经颅磁刺激等手段，加速了部分患者意识障碍的好转。

在浙江大学计算神经科学联合实验室专家、浙江大学医学院附属第一医院神经内科主任罗本燕看来，人脑是最为复杂的人体器官，涉及多种学科领域，而植物人治疗的未来之路就在于多学科的有机融合。正是基于这样的考虑，在这个成立于2013年前的实验室里，多学科的研究团队一直致力于意识障碍患者脑功能的研究和治疗。

经过2年的努力，研究团队初步建立了意识障碍患者的诊断、预后判断及干预体系，并逐步实现了科研临床一体化。值得一提的是，鉴于目前对意识障碍患者的干预手段较为有限，研究团队着力探索电流和磁场对意识好转或恢复的作用。

"我们的最大优势之一就是丰富的病例资源，要知道，欧洲医生每年能收治10个以上的植物人就已经非常难得了。"罗本燕告诉记者，如何最大限度地将优势转化为实在的疗效是科研团队时刻在思考的问题。目前，研究团队正基于病例资源着力构建植物人数据库，为临床治疗提供数据帮助。

作为团队专家的浙江大学计算机科学与技术学院教授潘纲表示，这个数据库可以通过对患者完整病理数据的系统分析，自动设计出"个性化"的最为合理的诊疗方案。

让"沉默"的植物人不再"沉默"，该研究团队将在"硬件"层面深度介入治疗，已着力于"大脑起搏器"的研发，且已展开了相关的动物实验。罗本燕期望："就像心脏起搏器可以激发心脏的跳动一样，有着特定治疗程序和生物外表的'大脑起搏器'，也可以'唤醒'大脑。"

（赵晔娇）

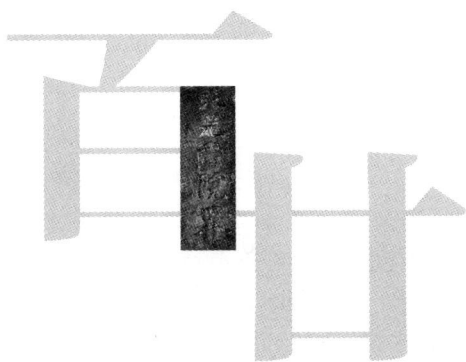

百廿

第三章

高端制造

国际竞争与合作，在风起云涌的市场上发生，也在科学家安静的实验室里展开。在工程科学家们的努力下，中国"智"造盾构机让"洋"盾构黯然失色，工业自动化的国际标准里有了中国人的话语，实验与修桥补坝现场验证的原创公式写进了国际教科书……国家战略、产业发展与个人兴趣构成一个平面，让科学家得以挥洒智慧，做出"大国工匠"的回答。

盾构：向着"中国设计中国造"掘进

单冷　周炜

盾构攻关团队在装备制造现场

"刀盘在空转，机器很烫，怎么办？"

"吃进去的土运不出来，全结在一起了，怎么办？"

……

手镐、钢钎、炸药、小火车运土的隧道施工方法，在中国已经沿用了很多年。20多年前，一种叫作"盾构"的大型掘进机械装备开始进入中国。无论是在山间、水底，还是在城市地下，它就像一辆在黑暗中开路的火车，头顶直径6.15米以上的大刀盘，削吞土石，又缓缓吐送到身后的传送带上。同时，一块块拱形预制件被转举到需要的位置，拼接成坚固的隧道拱圈，隧道掘进、排土、衬砌一次成型。

虽说上海隧道公司在"文化大革命"之前已经造出了中国第一台网格盾构

机，但距国际先进水平还有很大差距。这种永远不能标准化生产的现代机械，需要根据具体施工地质环境设计和生产。那时候，一台进口的普通盾构机价格是上亿元。

"为什么这么贵？因为我们自己没有，不可能随随便便买，中国市场不被国外生产商重视，坏了连修都'懒得'马上来。况且请维修人员来中国，每天得付2000～3000美元，他们还常常修不好。"

于是，20世纪90年代，浙江大学机械电子控制工程研究所（以下简称浙大机电所）的杨华勇教授和魏建华教授常接到来自各地的隧道施工现场的陌生电话，干活的"洋"盾构出故障了，"洋专家"应而不至，新配件购而不达，漫无期限的停工等待无论是时间还是资金，都需要巨大的再投入。这种"洋"盾构一统天下、隧道施工受制于人的局面到21世纪终于得到改变。浙江大学与上海隧道工程股份有限公司、中国中铁隧道集团有限公司、中国中铁隧道装备制造有限公司和杭州锅炉集团股份有限公司等龙头企业进行了长期稳定的产学研合作，经过持续12年的盾构关键技术攻关，不仅实现了盾构的"中国设计中国造"，还实现了"中国制造"与"德国制造""日本制造""美国制造"的平等国际竞争。

隧道里的"急诊医生"

20世纪90年代，中国的城市地铁建设率先在北京、上海、广州等地铺开，地铁隧道掘进的工地里，被美国、日本、德国等国跨国公司垄断的"洋"盾构赚取着高额的利润。

浙大机电所的学者们认识盾构，是从诊治"水土不服"的"洋"盾构开始的。1995年，中国"九五"重点工程西安安康铁路上马了，其咽喉工程秦岭隧道全长18.46千米。中国最大的隧道施工企业中铁隧道是施工方，从德国维尔特公司购买了一台敞开式全断面隧道掘进机（tunnel boring machine，TBM），当时的中铁，是第一次接触这个集机、电、液、传感、信息技术于一身的现代化隧道施工装备。中铁当时还没有一个大车间可以安顿这个"巨人"。这个全长256米，刀盘直径为8.8米的大家伙的全部零部件从海关进来后，在上海的江南造船厂组装，单台价格超过3.5亿元，大家都对其充满了崇拜之情，并报以满满的期待。就在秦岭隧道将要完工的时候，"巨人"病了！电话打到浙江大学机电所。

"为什么病？"

"不知道！"

"什么病！"

"也不知道！"

"德国人怎么说？"

"德国人说要换液压装置，新装置两年后到！"

接到电话后的第二天，魏建华老师出发去了秦岭。当时正值12月，秦岭白雪皑皑，山道十分难走。时隔15年，魏老师依然记得，拆出坏了的液压装置后，他是拦了一辆上山接孕妇的救护车才下山的。另两位中铁隧道的工程师，硬是沿着已经打出的隧道，步行穿越18千米，走出了大山。此后，魏老师在江南造船厂借车间场地苦修半年，把这个坏了的液压装置修复，"巨人"才重新又开始掘进。

秦岭隧道于1995年1月18日正式开工，于1999年9月6日如期全线贯通，隧道长度当时居全国第一。从那时起，中国进口的"洋"盾构越来越多，出了故障，想把它的部件请出山洞都是一件十分费力的事。浙大机电所的杨华勇和魏建华教授就成了盾构的临时"急诊医生"，东家唤西家叫，穿山越岭去给"洋"盾构看"病"成了他们时常要做的一件事。

组建盾构"国家队"

杨华勇和魏建华教授在"治病"的过程中发现，盾构有很多问题需要研究，于是开始申请国家自然科学基金的面上和杰出青年基金项目，进行科研攻关。1999年，浙江大学混合班的谢海波考上杨华勇教授的直博生，在课堂上，他第一次听说了"盾构"这个词。杨华勇要求他针对盾构做技术调研，调研工作相当困难，因为核心技术掌握在跨国公司而非高校，甚至是已经获得的专利中，也还有许多核心技术依然掌握在生产公司的高管手中，谢海波只能从专利库中寻找线索，顺藤摸瓜。

研究起步了，企业要不要迎难而上？是走自主设计制造之路，还是继续做"施工队"与"加工厂"？当时，业内的质疑相当大，企业积极性高但自信心不足。

反对的意见主要集中在三方面：一是中国劳动力便宜，隧道工程仍可以继续使用爆破和人工开挖方式，盾构的需求不大；二是中国装备设计制造技术不成熟，价值百万元以上的装备故障就很多，能实现上千万元的盾构装备自行设计制造吗？三是施工技术跟不上。在一片质疑声中，时任上海大学校长钱伟长等一批科学家开始关注盾构对于我国经济和国防建设的重要性，多次给国家领导人写信，呼吁发展盾构的自主研发和生产制造。

2000年7月，科技部支持下的建设部在北京组织了全国第一次针对盾构项目的大学与企业的联合论证，杨华勇教授是论证专家之一。他的态度很坚定："企业的事就是国家的事。这是一件应该上升为国家战略的大事，大学和企业联合，才能把这件事做好。"同时，他参与撰写了国家自然科学基金委员会组织专家制定的"十五"规划《机械学发展战略研究》，在负责执笔撰写的部分特别单列章节介绍了盾构的发展。他写道："盾构设计技术一直被国外垄断，产品长期依赖进口，价格居高不下，制约了盾构的应用，延缓了我国城市地铁的快速发展，必须自主研制。" 2002年，"863计划"机器人主题，启动了对盾构项目的支持，企业和高校的力量在盾构这一项目上开始实现融合。杨华勇教授主持召开了跨地域的全国性技术论证会，在北京、杭州、上海、广州，会议开了一个又一个，收集、汇总、分析来自国内外隧道施工现场和设计制造生产第一线的一个个难题，最终凝练出盾构技术的攻关目标：首先是安全问题，国内外隧道掘进工程，时常发生地面塌陷事故；其次是掘进工效问题，盾构施工经常出现装备关键部件失效，造成工程中断，影响掘进效率；三是导向精度问题，盾构掘进方向跑偏，影响隧道质量。失稳、失效、失准这三大问题，是长期困扰行业的三大国际难题。

浙江大学参与盾构的科研团队也逐渐从杨华勇和魏建华两位教授增加到四位教授、两位副教授和一批研究生，杨华勇教授牵头负责，魏建华教授负责驱动系统、陈大军教授负责电控系统，龚国芳教授负责实验平台，谢海波教授负责推进系统，刘振宇教授负责数字仿真……十几年来，持之以恒。

突破"心脏"封锁

合作中，浙江大学的科研团队主要从事电液驱动、推进和控制系统的研发，这是盾构的"心脏"，是国外技术封锁最严重的部分，也是盾构隧道工程施工中出现失稳、失效和失准三大国际难题的根本所在。

庄欠伟是杨华勇带的第一个盾构硕士，现任上海隧道股份国家泥水盾构工程技术研究中心总工程师。2002年，"十五"期间的"863计划"刚刚启动，上海隧道和中铁隧道牵头承担了"盾构掘进机刀具及液压驱动关键技术研究及其应用"项目，浙江大学等高校提供技术支撑。庄欠伟领到的第一个作业，就是"找元件"。

当时，一台德国海瑞克生产的盾构在北京完成工程施工项目后，要再去深圳服役，由于施工要求不同，这台盾构被送到上海进行改制。但是，这台盾构只有简短的说明书，为了对技术保密，德国厂家还拆掉了液压马达等关键元器件上的所有标牌。怎么修？怎么替换？都不知道。庄欠伟说："我们从寻找元器件开始，最'笨'的办法，就是根据形状到网上搜。"

2004年，浙江大学研制出了具有自主知识产权的电液驱动和控制系统样机。在此基础上，发明了密封舱压力动态平衡控制技术，能实时监控盾构密封舱的压力，进行多系统协调控制，让盾构始终在一个安全的状态下工作，有效地避免了盾构掘进过程中地表的塌陷或隆起，隧道施工的正常掘进有了基本保障。同时，还实现了盾构的快速掘进和姿态的实时精准控制。

对于新技术，试验台上用得再好都不能说成功，必须真刀真枪上场去用，但是施工企业不愿意"冒险"。终于，等来了一个"机会"。上海地铁施工，因为突然停电，一台"洋"盾构"趴窝"了。杨华勇和魏建华教授带着自己的宝贝去到现场，先修好了"洋"的，再换上了"土"的，一启动，大刀盘开始正常发力，传送带上，削下来的泥沙缓缓地不断吐出。待使用一切正常，施工方才知道接上去的是"中国造"。

"十五"期间，我国第一台达到国际先进水平的土压平衡盾构是由上海隧道工程股份有限公司制造的。该公司盾构制造分公司总经理张闵庆说："我们是'超额'达到了'十五''863计划'的要求，完成了一台整机的自主设计和制造。这台被命名为"先行号"的盾构在上海地铁施工中'试掘'了一个标段隧道工程，非常成功。虽然当时'863计划'给的任务是做分系统技术，但我们认为一些好的技术只有在实际施工中真正用过才知道好不好，所以一开始就做了整机样机。"

"国字号"上马

进入"十一五"，盾构项目从最初的消化吸收和技术攻关，迈入了"跨越发展"的新阶段。"863计划"继续支持，"973计划"及时跟上，目标是集成创新。"制造盾构，一开始我们最害怕的就是做出来的东西 '貌似神不似'。在大学的帮助下，'看不见摸不着'的那部分技术被攻克的时候，我们终于有信心做接下来的事了。"中铁隧道集团有限公司总工程师洪开荣说。

2009年，天津地铁3号线施工，要从地下穿过天津地铁3号线营口道—和平站标段，地面上，是建筑史上的无价之宝、全球独一无二的建筑——"瓷房子"。整个建筑价值连城，是一碰就碎的"瓷娃娃"。加之地处天津市中心，距步行街只有数十米，盾构要不带一点动静地从下面穿越，对盾构密封舱压力平衡和施工技术都是严峻的考验。领受这项考验的是中铁隧道集团研制的"中国中铁一号"——国内第一台复合式盾构。"铁人"和项目部工程师们的表现堪称完美，业主和监理单位实时检测结果表明，局部地表变形小于2毫米，地面建筑完好无损。　　正因为这次成功的实践，中铁隧道一下子拿到了8台盾构的新订单。此后不久，这家从前国家隧道施工的"大佬"，开始独立孵化出一个"中铁装备"公司，专门设计制造盾构设备，截至2011年，订单已经超过108台。

2009年9月9日，随着直径为11.22米的"进越号"盾构慢慢驶入位于上海日晖港畔的接收井，新建的打浦路隧道复线宣告全线贯通。这台由上海隧道工程股份有限公司和浙江大学等联合研制的首台国产大直径泥水平衡盾构，完美实现了它的第一次掘进——它在黄浦江底实现了半径380米的转弯，画出了一道完美弧线，创造了同类大型泥水平衡盾构最小转弯半径的世界新纪录。盾构在掘进的过程中，近距离地穿越了打浦路老隧道的备用车道，其垂直净距离只有4.8米。尽管江中段陡坡的最大坡度达到了4.8，但"进越号"依然优雅地完成了长距离下穿500米长的污水南干线等一系列高难度动作，登陆浦西后穿越了日晖港的防汛墙，又安全地穿过了大楼桩基群和复杂地下管线。

"浙大学者们针对盾构地下作业'失准'的国际难题，提出的姿态预测纠偏的方法很有用。"张凤庆说，"我们企业是负责产的部分，大学负责学研部分，即基础理论的研究，尤其是设计方法的研究。这些方法和新思路设计对我们具体的系统与部件的集成和元器件的研制起到了很好的作用，支撑完成产的部分，最终完成产品的全部系统，使得整机性能完全达到隧道施工的要求。"

　　盾构项目成果入选"十五""十一五"我国工程技术的重大成果展。看到这一可喜成果，上海市人民政府下了文件：不再进口盾构。政府的信任是企业发展的最好支撑。上海隧道因此一下子拿到了40多台盾构的订单。据了解，在迎接世博会的地铁工程中，上海隧道设计制造的盾构已经占到了所有盾构的30%以上。

　　持续14年的校企合作中，高校和企业围绕盾构"三失"难题，攻克了压力稳定性、载荷顺应性、姿态协调性三大关键技术，形成了从盾构刀盘刀具、盾体、推进、管片拼装系统、驱动系统、导向纠偏系统到后配套的成套的设计制造能力，完成了土压、复合和泥水三种类型多种型号系列产品的研制。这些研究成果已用在全国超过四家盾构整机龙头生产企业，实现了盾构装备自主设计和产业化批量生产与应用，陆续建成了上海、郑州、重庆、西安等多个盾构产业化生产基地。与全球主要盾构制造商德国海瑞克、日本三菱的产品相比，主要技术指标达到同等水平，同等条件下，个别性能指标优于国外盾构。国产盾构优越的性价比令其迅速地获得市场认可：2009—2011年所生产的盾构达132台，已经广泛应用于香港、北京、上海、广州、天津、重庆、杭州、郑州、南京、大连、西安等26个城市，并出口新加坡、印度、马来西亚、泰国等国家，在300多个地铁、公路、铁路、水利与国防等各类隧道工程施工中得到应用。2011年，国产盾构已占当年新增盾构的61%。2015年已占国内新增市场的75%以上。

搭在企业的试验台

　　"我们是为企业服务，为行业服务的。"这是杨华勇常挂在嘴边的一句话。和企业10多年的交道中，杨华勇所带领的浙江大学科研团队采取了"一竿子到底"的企业内部"服务"方式：和决策层谈要做什么事、需要什么资源，和执行层讨论怎么做事，还要和具体操作的一线技术人员谈怎么操作才执行得好。由于盾构需要根据不同的地质条件，对各个不同的系统进行量体裁衣式的设计，因此需要多学科专业人员的交叉努力，杨华勇从自己带领的机电所团队和机械系开始，通过"973计划"的运行机制与浙江大学控制系和建工学院的教授们合作，希望对盾构整个产业链都提供力所能及的技术服务，学研的合作伙伴扩大到了华中科技大学、中南大学、上海交通大学、大连理工大学、天津大学、清华大学和西安交通大学等另外七所院校的包括机械、土木、力学和控制四个一级学科的不同学者。中国铁建重工集团等大型企业也加入成为紧密的研发合作伙伴，产学研的协同创新研究道路将越走越宽广。

隧道施工现场，遇到夏天气温会飙升到40摄氏度以上；液压泵的轰鸣声在狭小的地下空间里震天动地，人和人说话靠喊才能勉强听清，液压油怪异的味道充斥着整个空间，艰苦的条件让一般人难以驻足。即便如此，浙江大学的老师和同学们还会发自肺腑地说："和企业合作是很有好处的。"高校进行的研究课题，一个个都来自真刀真枪的企业现场。

浙江大学在玉泉校区建起了"全断面隧道掘进推进系统试验台"，这个试验台和工程实际的盾构近似，师生们可以在这里试验在不同地质条件下，盾构液压推进系统姿态控制的不同方案。此外，学校还把试验台搭到了企业，"浙大研制"试验台已覆盖了国内盾构的龙头企业。在上海隧道工程股份有限公司，浙江大学作为技术股东单位参与国家泥水盾构工程技术研究中心的建设。在河南郑州的中铁盾构及掘进技术国家重点实验室，浙江大学电液控制平台用来验证新控制技术的可靠性和调整方向的灵活度。在沈阳北方重工集团，由浙江大学负责总体方案设计的全球最大最全的盾构实验平台即将启用。

"大学必须要全方位介入，合作才能持久有效。高校离开企业研究就落不了地，成果会封在实验室里；同时企业没有高校就只能做跟踪，企业需要高校的支撑才能实现跨越。"杨华勇说。

魏建华说："和中铁的上上下下合作了十五六个年头，我最佩服的就是他们的干劲。"有一句话让魏老师记了很多年：在自主研发的液压电控装置没地方一展身手的时候，中铁隧道局的老局长郭陕云说："给我用！我肯定敢用。我们两把手镐也挖出了这么多隧道，我们不怕。"

永不终止的联合

2012年1月6日，在中铁隧道装备公司的车间里，两台为马来西亚吉隆坡的地铁设计制造的盾构已完成最后测试，正在拆装打包，准备发运。我国自主设计制造的盾构产品已经小批量出口新加坡、印度、马来西亚和泰国等国家。

"以前我们是一个施工企业，现在转型为制造企业。从2008年第一台复合盾构下线以后，3年多的时间，我们拿到了108台的订单，占了40％国内市场。"中国中铁隧道装备制造有限公司总经理韩亚丽说："现在和国外企比拼的底气越来越足。""马来西亚政府采购招标的时候，我们和国外知名的企业比拼，业主一开始看我们是中国企业，没什么信心，但是在现场听完我们关于产品的设计和技术的陈述后，他们态度变了，握着拳说：'我们很有信心。'这样的底气，是大学给我们的。"在最近成都刚刚进行的政府招标中，中铁装备又拿到了6台的订单，而盾构"巨头"德国海瑞克只拿到3台。

当前，中国早已成为隧道建设大国，杨华勇介绍说："未来10年，我国还将新建隧道超过1万千米，需要新增盾构超过1000台，拉动相关直接投资1万亿元以上。我国是盾构需求最大的国家，已占全球市场的60％。大学和企业的产学研合作还在继续'掘进'。"目前，产学研协同创新团队正在向硬岩和超大直径掘进机进发，新的机型将比我国现有盾构产品更大、更长，具有更强的破岩能力，将更多适用于西部多岩地区的隧道掘进。

（周炜）

胸怀鸿鹄志　归国展才华

余建斌

　　55岁的杨华勇院士是重庆人，回国近27年一直待在西子湖畔的浙江大学。但杨华勇性格里仍有着重庆火锅的"麻辣"劲，就像别人评价他：虽然是留学英国的"洋"博士，做的事却十分接地气——常年在企业厂房、施工现场摸爬滚打，穿山越岭去工地"出诊"也是平常事……

连战告捷的"土"盾构

　　长长的隧道穿江越洋、钻山入岭，地铁在城市底下四面通达。盾构就是这个地下空间的"开路巨人"，就像蚯蚓钻洞，盾构机挖隧道就是"啃"地下的土石，然后将其变成泥石吐送到身后的传送带上运出隧道。当时，一台进口的直径为6.3米的普通地铁盾构机价格是6000万元。"为什么这么贵？因为我们自己没有。"杨华勇说。

　　和中国中铁工程装备有限公司、上海隧道工程股份有限公司、中国铁建重工等龙头企业的10多年长期产学研合作中，浙江大学团队主要从事电液驱动、推进和控制系统的研发，这是盾构的"心脏"，也是国外技术封锁最严的部分。

　　2004年，杨华勇带领团队研制出了具有自主知识产权的电液驱动和控制系统，但施工企业不愿意"冒险"。终于等来一个"机会"——上海地铁施工，一台"洋"盾构"趴窝"了。杨华勇和团队到了现场，修好了"洋"的，却换上了"土"的，一启动，大刀盘开始正常发力，传送带上，削下来的泥沙缓缓吐出……

　　之后，杨华勇带领的高校和企业联合科研团队，摘取了2012年度国家科学技术进步奖一等奖，最重要的是，盾构的"中国设计中国造"，打破了"洋"盾构一统天下、隧道施工受制于人的局面，中国进入盾构装备设计制造先进国家行列。2013年，52岁的杨华勇成为中国工程院院士。

穿山越岭的"出诊"教授

杨华勇的留学经历颇具传奇。他属于比较早的一批公派留学生，1984年到英国，本来只是读硕士，奖学金也只够两年的硕士学费，但他硬是读了个博士学位出来。博士毕业后有一回在浙江大学参加国际会议，在时任浙江大学校长路甬祥教授的邀请下，杨华勇留了下来。

杨华勇和浙江大学机电控制工程研究所的同事们认识盾构，是从诊治"水土不服"的"洋"盾构开始的。20世纪90年代，随着进口的"洋"盾构越来越多，穿山越岭"出诊"成了杨华勇和团队时常要做的一件事。也正是在这些过程中，他们发现盾构中很多问题都需要进行理论研究，于是开始申请科研基金，进行科研攻关……

和杨华勇一起留学的那批人，有不少人因为各种原因没有回国。"头10年我每次见到他们，他们都讲：'你忙得要死到底在忙什么！'他们的生活和工作很有规律，日子过得也舒服。我们则是整天起早贪黑。"杨华勇说，"但我们是加速度发展，虽然实验室条件差很多，但队伍的氛围很好，有着瞄准国外先进水平的心气。"

到后来，杨华勇跟国外的这些朋友说起团队干了什么事的时候，对方就感慨这些在国外都做不到。因此，杨华勇说："所以，一直觉得很幸运能赶上了国家大发展。"

不做"抄图工"的实干家

从最初"被迫"跟企业打交道，到后来成为一个接地气的院士，杨华勇对创新有着自己的看法。

杨华勇说，科技成果转化为现实生产力并不容易，所以高校不仅要关心"中国的0到1""世界的0到1"，而且更要去对接"1到10""10到100"……也就是在技术转化成产品后，还要去帮助企业解决可靠性的问题，使企业能够实现大规模稳定生产。

目前，杨华勇带着一支由教授、副教授、研究人员和研究生组成的规模不小

的团队。他说:"我有时候是软硬兼施,逼着年轻老师和研究人员出去多跟企业合作。都知道坐在计算机前面比在工程现场舒服,但做事需要现场感。"

"去过现场磨炼的研究人员和学生变化很大,他们不再是'抄图工',在现场发现问题,回到实验室找答案,这个过程培养出来的人更厉害。"杨华勇说。

跨界奇人　科技先锋

曾福泉　周炜

头戴安全帽，奔波在国内大型隧道装备制造企业和遇到难题的隧道施工工地上，为有"地下开路巨人"之称的盾构诊断技术难题——这是中国工程院院士、浙江大学机械工程学院院长杨华勇多年来给人留下的印象。中国自主设计制造的盾构从无到有，这一发展历程也刻下了杨华勇的名字。

不过，这一印象现在恐怕要换一换了。"接下来，我可能会更多地出现在病房、实验室里，和医生、患者或动物打交道。"2016年11月9日，这位著名的流体动力及机电系统专家在他位于浙江大学的办公室里告诉记者，他领导的团队正在推动一系列跨学科合作项目，以新型装备研制为切入点，寻求生物医学领域的进步与突破。杨华勇表示，生物制造是国际学科前沿与热点领域，实现生物器官3D打印等新技术的突破和应用被列入"中国制造2025"。

从盾构到生物医学的"跨界"多少让人有些惊讶。55岁的杨华勇告诉记者："我们总是关注那些能带来从无到有的巨大变化的科学与技术问题。"既带来科学突破、攻克关键技术，又推动产业提升；在填补中国空白的同时，也解决整个行业长期面临的国际性难题——从土压平衡盾构、泥水盾构、复合盾构，到全断面隧道掘进机（TBM），再到生物制造、机器人与智能装备……杨华勇的创新追求从未改变。

国产盾构开路先锋

2013年，杨华勇当选为中国工程院院士。消息公布的那天，他正赶往合作伙伴位于长沙的企业。当时，国产盾构已在国内外市场高歌猛进，而杨华勇告诉来采访的记者："中国还缺少我们自己设计的硬岩掘进装备。"之后几年间，杨华勇带领团队继续投身硬岩掘进机和15.4米超大直径泥水盾构的国产化研发，取得显著进展。

从20世纪90年代以一台6000万元的高价进口地铁"洋盾构",到现在国产盾构占据国内市场份额80%以上,并出口到近20个国家,杨华勇牵头的产学研团队硬是闯出了一条自主研发高端装备的道路。他们突破国外技术封锁,实现了盾构电液驱动、推进和控制系统的国产化。他领衔的"盾构装备自主设计制造关键技术及产业化"项目摘得2012年度国家科学技术进步奖一等奖。

今天,与杨华勇团队长期合作的两家龙头企业中铁隧道装备和铁建重工已经成长为台量最大、销售额分别位列全球第二、第三位的盾构设计制造企业,在与其他发达国家盾构的竞争中,"中国制造"丝毫不落下风。杨华勇说:"现在,在以色列、新加坡等国家和地区几十个城市的地下,都有国产盾构奋力掘进的身影。"

国产盾构在国际市场打下半壁江山后,杨华勇带领团队继续投身TBM和超大直径泥水盾构的国产化研发。"就在此时,我们与合作伙伴联合设计制造的两台TBM正在吉林工地上掘进。"杨华勇告诉记者,这是吉林省引调松花江水至长春重大工程的一部分,"其中一台TBM在14个月里掘进了8500多米,当中很大部分是灰岩岩溶地质段,表现优异。"

像这样的硬岩地段,在我国西部地区尤其多见。过去一般采用钻爆法开掘隧道,既不安全,速度也慢。TBM的特长就是"啃"这些硬岩,它转动刀盘,上面装着特制的滚刀,将岩石击破、绞碎,然后传输至隧道外。在掘进中,刀具磨损很快,更换一把17英寸的滚刀要花费八九万元,刀具的损耗有时占到整个工程花费的1/3。

在研发国产化TBM时,杨华勇带领产学研团队自主优化设计了刀盘和刀具,降低刀具的损耗。针对TBM有时会卡在隧道中、脱困极为困难的国际难题,杨华勇团队又创造性地提出为TBM同时装备电机和液压马达驱动的技术路径,配合团队新发明的黏性离合器,在不增加装机功率的情况下,使瞬时扭矩翻倍,实现掘进机的快速脱困,从而攻克了难题。

"TBM实现国产化,不仅解决了中国的产业难题,而且解决了不少长期困扰整个行业的国际性难题。"杨华勇说,"只有这样,我们自主研发的产品才能跟别人并跑、争取领跑。"

跨界打印生物器官

杨华勇说，作为一名在浙江工作了27年的浙江大学人，自己一直在积极寻找与浙江特别是杭州发展充分契合、能发挥自己和团队专长的产业。

2015年，他倡议并组织浙江大学4个学部15个院系成立"浙江大学机器人与智能装备科技联盟"。从2015年下半年起，又带领团队进入生物制造领域。

"这是一个前沿领域，我们面前没有成熟、可借鉴的成果，只有目标与很多亟待解决的难题。"杨华勇说，以生物器官3D打印技术为例，人们仍在期待更先进的打印设备出现，这场新产业革命的成果将使我们具有制备形形色色的人造组织和器官的能力。

目前，杨华勇策划的生物器官制造研发方向将带动浙江大学9个相关学院的学科交叉，吸引了牛津大学国际著名再生医学和组织工程专家、英国皇家工程院院士崔占峰团队加盟开展合作研究。团队中的一个课题组目前在实验室用自主研制的3D装备，以干细胞为原料，打印出了人造皮肤。2015年以来，杨华勇团队已在生物制造领域发表论文10余篇，取得了一批发明专利。

生物制造已经是杨华勇经历的第四个科研领域。"过去我们的合作伙伴主要是大型制造与工程企业，我们就一路跟随研制的装备到其实际应用的工地上去。现在要搞生物器官制造，就要同医院和患者打交道，一路跟到病房里去。"杨华勇说。

"生物制造领域是年轻人的天下，他们需要走向市场，了解市场到底需要什么。"杨华勇说，他常常逼着年轻的研究人员多出去跟企业、医院等合作，"把各领域人才整合起来，然后推动这些优秀的年轻人去和市场结合，这就是我现在期待发挥的作用。"

重大装备制造业的"大脑"更聪明了

余建斌　周炜

以孙优贤院士为核心的科研团队在玉泉校区的实验平台前

　　半个多世纪以来，我国重大装备制造业的"大脑"——高端控制装备几乎完全被国外垄断，成为中国工业大而不强、受制于人的关键之"痛"。

　　"设备的'身体'进来了，'大脑'还在人家手上，我们要改变这样的局面。"21世纪初，以浙江大学孙优贤院士为核心的科研团队，瞄准高端控制装备及系统的高安全性、高可靠性、高适应性和大规模化等四大难题，联合上海电气集团股份有限公司、杭州优稳自动化系统有限公司、杭州哲达科技股份有限公司等企业携手攻关，终于研制出了面向重大工程配套的高端控制装备及系统的设计开发平台。

　　科研团队重要的实验平台，安置在浙江大学玉泉校区控制工程大楼里。一年365天、每天24小时不间断运行的实验设备，模拟的是真实的大型工业现场的"大脑中枢"，教授们称它们为"桌面工厂"。在新技术正式上马前，研究人员先要在这里完成研发和各种安全、稳定性测试。经过10余年的技术开发和应用研究，课题组成功研制了高端控制装备及系统的设计开发平台，为石化、冶金、化工、能源各个行业的重大装备的高端控制系统，提供硬件平台、软件平台、先控与优化平台等一体化的技术支撑。

上海电气是中国最大的综合性装备制造业集团之一，产品覆盖火力发电、核电、风电、重型装备、输配电等领域。"控制系统是机械装备的关键部分，过去我们都是用进口装备来武装我们自己的装备，但是价格贵，受到制约也多。"曾任集团中央研究院院长、现任上海电气集团事业部部长的黄建民，10年来已经和浙江大学的科学家们结成了老朋友。"在浙江大学王文海研究员等科学家的支持下，我们形成了自主的硬件软件开发系统，结束了受国外公司束缚的局面。我们生产的火电、核电、污水处理项目装备，在很多地方建成了推广示范项目。"

高炉煤气余压回收透平（top gas pressure recovery turbine, TRT）装置，是利用高炉煤气余压余热进行发电的能量回收装置。该装置能给钢铁企业带来显著的经济效益，但前提是必须具有高安全性、高可靠性，不能影响高炉生产。10多年间，课题组设计的智能运行控制方法不断升级，在高炉顶压稳定性、TRT升速过程平稳性、紧急切换安全性方面都已优于国际同类控制系统。10年来，调试控制设备的速度越来越快：10年前，调试花了两个月，2013年上马的TRT，只调试了5天，就实现了并网发电。"该速度在我们这里创造了一个奇迹。"柳钢炼铁厂副厂长张洪波说，"这是科学家和我们长期合作形成的默契。"

"工业实际多年无法攻克的难题，往往蕴含了国际前沿的学术问题。"这是课题组刘兴高教授常说的一句话，刘教授长期瞄准的方向，是高端控制装置及系统的优化平台中冶金、石化、煤化等领域的重大通用装备——空气分离装置。

空气分离装置的难题是动态建模难、节能控制难、运行优化难，许多美国、日本的科学家倾注了一辈子心血在这一研究领域。10多年来，刘兴高教授课题组将理论研究与应用研究相结合，在国际上首次报道了内部热耦合精馏的反向响应和独特的波动现象，建立了非线性波动模型，从本质上找到了高效节能过程难以控制的原因所在；同时，在国际上率先提出了确保产品质量和最大效能下，可控可操作的一体化优化设计方法，首次设计出了99.999%的超高纯热耦合控制方案，得到了多种高效的节能潜力优化方法和生产潜力优化方法，形成了具有自主知识产权的优化控制系列核心技术，处于国际领先水平，多项发明专利授权国际空分行业龙头企业实施应用。

2012年2月，由张钹院士领衔的自动化领域国家重点实验室评估专家组评价：高端控制装备及系统的设计开发平台，为解决控制装备高可靠性、高适应性、高安全性与大规模技术难题，攻克了高端控制装备及系统设计关键技术，形成了具有自主知识产权的核心技术体系，并在重大工程中得到应用，打破了国外在此方面的市场垄断和技术封锁，起到了不可替代的作用。

据统计，浙江大学孙优贤团队的高端控制装备研发成果，已经有2500套成功应用于大型高炉TRT装置、空气分离装置、火电机组及各行业工业装置，其中包括宝钢集团最大的5000立方米高炉、韩国现代制铁集团最大的5250立方米高炉；成果的技术性能指标全面优于国外主流控制系统，达到同类技术的领先水平；产品已出口美国、德国、日本、韩国等多个国家，具有国际市场竞争优势；获得授权发明专利65项，软件著作权30项，发表SCI、EI论文108篇，专著、编著4本；近3年新增产值189.1亿元，创造经济效益72.9亿元。

奥运村有个世界最大的固定式储氢罐

周炜

2008年北京奥运会前夕，北京街头运行的氢燃料示范车向国内外友人展示着"绿色奥运、科技奥运"的风采。为这些高科技示范车"充气"的是国际上最大的一个储氢罐，它位于北京中关村永丰高新技术开发区的国内第一座制氢加氢站，上面挂着一块牌子："研发单位：浙江大学化工机械研究所"，这是浙江大学郑津洋教授带领课题组研制成功的5立方米固定式高压（42兆帕）储氢罐。在这之前，美国的单个高压固定储氢罐的最高纪录是411升。

氢能被公认为新世纪重要的二次能源，氢燃料电池和电动汽车正在全世界试验并逐步走向产业化，而安全高效的储氢技术是一项影响氢能汽车推广应用的关键技术，被各国列为研究重点。郑津洋教授说，氢能汽车要真正为老百姓所用，除降低成本和提高可靠性外，还要让充气过程像汽车加油一样简单快速。早几年，为一辆氢燃料电池大巴车加氢一天一夜都不够。提高储氢罐的内部压强能提高加氢速度，但对安全性能有影响，同时，随着压力的提升，储氢罐的容积会受到限制，美国最先进的技术是把高压储氢罐做到了411升大。郑津洋教授带领的研发团队研制的固定式储氢罐，是世界上个头最大的，为一辆大巴车充气目前只要花15分钟时间，这项技术已经达到国际领先水平，吸引了美国、日本、德国等国家的科学家前来参观。

这个第一的实现还得益于2004年一次争取来的机会。当时，国家准备在北京建第一座制氢加氢站。依据当时确定的方案，该站储氢容器的方案将采用美国CPI公司的技术。郑津洋教授是浙江大学化工过程机械国家重点学科的带头人，在国内最早开展高压容器储氢技术和装备研究。得知这一消息，他决定专程赴北京进行"游说之行"，赶在工程上马之前，他向负责方恳请一个"面试"机会："如果我的方案你们不满意，或者我解决不了你们提出的技术问题，我自动退出。"他一方面向建设单位指出了美国技术存在的技术缺陷，另一方面提出了自己的方案。早些年，郑津洋教授的导师朱国辉教授的"扁平绕带式压力容器"技术曾获国家发明三等奖。在此基础上，郑津洋教授带领科研团队攻克了常温高压氢脆、远程健康状态诊断、筒体和封头不等厚度连接等关键技术，使得该容器集承压、抑爆抗爆、缺陷分散、健康状态在线诊断等功能于一体，有效避免了美国技术带来的风险。

郑津洋教授介绍，在奥运会正式开幕之前，该课题组为加氢站研发建成两个更高参数的储氢罐，预计压力和体积均会"破纪录"。据了解，在"863计划"目标导向课题、"973计划"课题、美国运输部课题和国家质量监督检验检疫总局公益性行业专项经费项目等的资助下，课题组已为奥运氢燃料示范汽车做出了积极贡献。除了加氢站外，课题组还成功研制了国际先进的车载轻质高压储氢容器，改写了我国不能制造工作压力大于30兆帕轻质高压容器的历史，为奥运氢燃料电池汽车试验运行提供了关键零部件。目前，郑津洋教授还在负责制定与此相关的"固定式高压储氢用钢带错绕式容器"和"车用纤维缠绕高压氢气罐"这两项国家标准。这对打破国外公司对高压储氢技术的垄断、加快氢能实用化、提高我国先进能源装备制造业的技术水平，意义重大。

画出超高压容器疲劳的"中国曲线"

周炜

很多的现代工艺流程都是在一定的压力下完成的,这就需要一个能够承受一定压力和一定温度的密闭空间——压力容器。压力容器在化工、冶金、新能源、核电、炼油等领域有广泛的应用。比如核电厂的核反应器,又比如实现潜艇浮沉的压缩空气储存装置,都是压力容器。和一般的机械产品不同,压力容器具有潜在的泄漏和爆炸危险,属于装备中的"特种兵"。各国都出台了一系列法规、标准来规范监管压力容器的设计与制造。

科技,是安全的守护神。浙江大学化工机械研究所郑津洋教授说,随着现代工艺不断发展的需求,压力容器的"压力"正在越来越大,它们往往需要承受高温、深冷,或复杂的介质腐蚀这样的极端服役条件;此外,尺度也越来越向超大直径、超大壁厚和超大容积等极端尺度方向发展。"从整个世界的发展水平来看,最大的压力容器可以做到25万立方米,用来储存原油。厚度可以达到400毫米,单台压力容器的重量要达到2000多吨,这对传统的设计制造和维护技术提出了严峻挑战。"

合肥通用机械研究院、华东理工大学、浙江大学、中国特种设备检验研究院等多家科研机构和企业联手,紧扣国家需求,历时10年研究,使我国率先迈入了基于全寿命周期风险控制的压力容器设计制造与维护的发展阶段。

内部压压强在1000个大气压以上的容器,被称为超高压容器。这样的容器在乙烯合成、食品加工行业大有用途。"这类容器在怎样的情况下会泄漏甚至爆炸?这是一个容器安全必须解决的问题。我们怎样正确预测它的寿命呢?"郑津洋介绍,作为项目主要参与单位之一,浙江大学化工机械研究所在多年来高压容器、深冷容器、大型储罐等方面有深厚的研究积累,团队主要开展了超高压容器断裂失效的机理研究。

"预测容器的寿命是确保安全的一个重要环节。"郑津洋教授说,很长的一段时间里,中国的超高压容器设计参照的是国外的疲劳设计曲线和寿命预测方法,

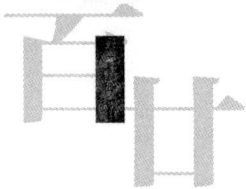

"后来我们研究发现，由于中国采用的材料与国外不同，因此相应的疲劳性能也有很大差异，我们必须画出自己的疲劳设计曲线。"于是，由制造厂提供材料，浙江大学的课题组开展了一系列实验研究，最终获得了超高压容器典型材料疲劳设计曲线，建立了超高压容器寿命预测方法，提高了超高压容器的本质安全性，提升了超高压容器产品的国际竞争力。由此，中国成为继美国、日本以后，世界上第三个拥有自主超高压容器寿命预测方法的国家。

大庆油田用上世界首台高效节能三维永磁电机

单冷

带着巨大驴头的采油机不紧不慢、一上一下运动着，是人们脑海中典型的油田景观。随着采油机的缓速运动，石油从地底处被提出，成为人类现代生活不可或缺的重要能源。但抽油机本身也是一架大胃口的吃电机器，据统计，仅大庆油田，传统抽油机一年的耗电费用是600亿元。但这一持续了多年的骇人数字有望随着浙江大学研制成功的"三维永磁电机"的普及使用而降低50%。

"三维永磁电机"发明人，浙江大学电气工程学院教授叶云岳介绍说，抽油机是油田生产的主要设备，抽油机的驱动都是通过大速比的减速器来实现的。从设备成本上分析，因为要实现缓速直线运动，减速箱、皮带轮、20余米长的游梁、驴头，都是必不可少的机械部件，而其中仅减速箱一项，就已经与电动机等价；从运动成本上算，因为省去了种种中间环节，"三维永磁电机"无功损耗下降92.5%，有功耗电量下降了50%以上。不仅如此，因为机械结构的改变，一台机器减少占地面积近一亩。

要说明"三维永磁电机"的原理，要从传统电机与直线电机的区别说起。1821年，英国科学家法拉第证明了电力可以转变为旋转运动。此后，直流电机和交流电机相继问世，但它们在工作时都是转动的，适用于用旋转驱动的工具，比如汽车、螺旋桨等等。但如果需要做直线运动，比如传输带、起重机等，就需要增加一套把旋转运动变为直线运动的装置。几十年前，科学家研制出一种专门用于直线运动的电机——直线电机，并在邮局、机场等得到应用，磁悬浮列车就是用直线电机来驱动的。与旋转电机相比，它不需要齿轮、连杆等中间转换装置，就能把电能直接转变为用于直线运动的机械能。

浙江大学电气工程学院教授叶云岳的名字，始终与中国直线电机的发展联系在一起。从他的毕业论文算起，叶教授从事这一行，已经有30余年了。"谷歌"一下"叶云岳"，出现的条目无不与"直线电机"联系在一起。几十年的理论与应用结合的研究，使他带领的浙江大学直线电机与现代驱动研究所研究团队成为我国顶级的直线电机研究机构。在他的指导和参与下，我国最大的直线电机生产企业诞生了并在纳斯达克上市。作为项目负责人，他除了完成、参与完成了多项"863计划"项目和浙江省、贵州省重大专项外，还诞生了多个第一：世界首台直线电机冲压机，世界首台超节能复式永磁电机抽油机；国内首台国产化高速邮政包刷分拣机，国内首条自行研制的同步直线电机磁浮试验线，国内首条直线电机地铁试验线。

但叶云岳教授说，普通的直线电机也并不能满足抽油机等大型设备的效率要求，主要的难题是体积要小，功率却要大，这与普通电动机的基本原理是相悖的。2005年，北京一家研究机构带着难题慕名来到浙江大学直线电机与现代驱动研究所找叶云岳教授。此后，叶云岳教授开始研制专门用于驱动抽油机等大力矩直线运动机械的电动机。一年后，他采用外转子电机与盘式电机结构复合，充分利用电机结构的空间，与范承志副教授等一起试制成功了世界上第一台达到了设计要求的复合式"三维永磁电机"，并已在中原油田试用了一年，效果尽如人意。

叶云岳教授介绍说，三维永磁电机的整个结构形式与现有的各种永磁电机完全不同，它包括电机的铁心结构、绕组形式以及材料的应用和加工方法等，在控制方法上也进行了创新。新型复合式三维永磁电机的立体三维磁场更符合电机机电能量变换的要求，充分利用了电机的三维空间，与现在的各种低速大力矩盘式永磁电机相比，在同样体面积下，力矩可显著提高。在油田的石油开采中，抽油机是主要生产设备，它的用电量占总耗电量的大部分。如果新型双盘面电机与外转子电机复合的三维永磁电机能得到普遍应用，仅节能一项产生的经济效益就可达千亿元。该项目已于2006年得到浙江省科技计划项目100万元的支持，申报相关发明和实用新型专利7个，已获授权5个。该项目已在北京航天林泉石油装备有限公司投入生产，大庆等油田已开始批量定购该产品。

给大地"看病"

张冬素

陈云敏教授团队和超重力离心模拟与试验装置

　　近年来，全球地震频频发生，每次听到新的地震消息，浙江大学的陈云敏教授心里就着急一分。

　　陈云敏教授是浙江大学岩土工程研究所所长、教育部长江学者，对地基造成严重破坏的地震，是陈云敏关注的焦点。"我们现在就盼着离心机能早点建好，马上开展地震模拟实验，搞清楚地震时土体的液化情况，以有效控制地震对地基的影响。"

　　陈云敏教授所说的离心机就是浙江大学正在建设的超重力离心模拟与试验装置。这台目前国内高校最大的土工离心机从2005年开始研制，由浙大人自己设计，委托中国工程物理研究院和日本SOLUTION公司加工。

　　在浙江大学紫金港校区的一片工地，我们"潜入"地下9米多，看到了陈云敏教授的"宝贝"。看着这台貌似大型变形金刚的离心机，陈云敏教授笑呵呵地说："我们地面的常规重力加速度是9.8米/秒^2，这个'变形金刚'运转起来时，两臂慢慢伸展至水平，当每分钟达到183转的最高速度时，两臂吊篮上的离心加速度是地面上的150倍。"

　　为什么要建这个离心机呢？"土木工程技术从研究到工程应用，需要用大量的实验来验证，一项技术的研究一做就要十几年。有了离心机，我们可以大大缩短实验时间。"

　　陈云敏教授介绍说，通过改变施加在模型上的离心加速度，离心机可以压缩模型的空间尺度，缩短模型物理过程的运移时间。土越深，受到的重力越大，要研究地底下100米处土的受力变化，只要把离心加速度加到100倍，1米尺度的模型就能模拟出来。而离心加速度达到150倍时，100年的运移过程，模型中只要花39小时就能实现，真可谓"山中方一日，世上已千年"。当年6月，浙江大学的离心机就能进行"时空变幻"。

　　自1979年走进求是园，陈云敏教授就与大地打上了交道，一直琢磨着在软土地基上造房子、修路，怎样更牢固、更安全。

　　沿海地区的土体通常比较软，含水量比较大，在软土地基上进行高速公路、地铁、电厂等重大工程建设，对地基的承载力是个很大的挑战，一旦地基"不堪重负"，土体结构就会发生灾害性变化，造成严重的后果。

　　陈云敏他们做的工作就是先搞清楚软土的特性，土体结构会发生怎样的变化，然后想办法控制住这种变化。这有点像医生给病人看病，所不同的是，大地本没有"病"，因为人类要在上面进行造房子、修公路等工程建设，那些对建设不利的特性也就成了"病"，需要"下药"去控制。

　　经过16年的研究，课题组自主研发了一系列仪器，能实时监控土体结构的破坏过程，这些仪器不但能用于实验室、物理模型，还能直接用于重大工程的现场，并研究出在软土上造房子、修公路时，怎样打桩，房子、公路的沉降最少。

　　2005年，国际土力学与岩土工程学会组织平行试验，全世界23家实验室参加，浙江大学的实验结果处于23家实验室的平均值范围内。大会组织者认为，浙江大学的技术"具有良好的性能来监测土结构破坏过程"。

　　在浙江大学软弱土与环境土工教育部重点实验室里，我们看到有一袋袋的土。陈云敏教授说："这些都是汶川大地震时地下土液化时喷出来的。"2008年汶川发生大地震的第二天，课题组的周燕国博士就出发到灾区，在映秀等地震灾区进行了4个月的调查，带回来一袋袋地震液化喷出来的砂土。通过现场监测、实验室的分析、模拟实验，课题组对重建选址提出的建议被地震灾区采纳。

印度尼西亚是个地震多发国家。我国在印度尼西亚总承包的首个大型火电厂在建造时，采用了浙江大学的技术进行地基抗液化处理，2006年1月，火电厂通过验收。5月，火电厂所在的中爪哇就发生了里氏6.2级地震。结果，火电厂附近的房子都遭到了严重破坏，而火电厂的烟囱安然无恙。

EPA实时以太网——首个工业自动化国际标准

周炜

我国工业自动化领域国际标准实现了零的突破。浙江大学与浙江浙大中控信息技术有限公司牵头，联合国内23家高等院校、科研院所、高新技术企业共同起草制定的我国第一个拥有自主知识产权的现场总线技术国际标准——EPA实时以太网，2006年正式通过国际电工委员会的审查，成为我国工业自动化领域获得的第一个国际标准，并全面进入现场总线国际标准化体系。

现场总线技术是一种工业通信网络，是工业自动化领域的核心技术，可以让工业生产中的各种设备和仪表实现远程自动化控制和管理。从20世纪80年代提出现场总线技术以来，这种技术一直掌握在美国霍尼韦尔、艾默生和德国西门子等著名跨国公司手中，跨国公司利用其制定的现场总线标准和专利技术，一直垄断着我国现场总线技术和产品市场，我国只能进行跟踪研究、开发。

浙江大学智能系统与控制研究所教授冯冬芹介绍，EPA实时以太网摆脱了对国外技术的依赖，是另起炉灶开发出来的新的核心技术，开创性地将以太网应用于工业控制，为我国研究开发拥有自主知识产权的新一代智能化控制系统打下了良好的基础；降低了总线标准理解、开发和应用的技术难度；开发出来的EPA芯片可以大大降低成本，带动一大批仪器仪表企业的技术进步。

目前这项技术在制药、化工、污水处理、汽车制造、通用机械制造等行业的装置上已经成功实现示范应用。

给汽车控制系统装上国产"脑"

汪晓勇

　　汽车的发展在经历了机械时代和电气时代之后跨入了以高效和环保为主要目标的电子时代。汽车电子技术是跨入这一时代的关键手段。然而，在21世纪初期，我国在汽车电子领域的研发还非常薄弱，汽车电子市场基本被国外跨国公司垄断、封锁，制约了我国汽车产业的发展。

　　汽车电子主要包括车载电子、车身电子和车控电子。其中，车控电子是汽车最核心的部分，它相当于电脑中的中央处理器。与德国、美国等国相比，我国汽车电子技术特别是汽车电子控制系统存在巨大差距，自主可控的嵌入式平台是制约其发展的技术瓶颈。因此，我们必须开发出自主可控的嵌入式平台来打破制约。

　　浙江大学吴朝晖教授是我国最早开展汽车电子研究的科学家之一。"2001年，我们团队在吴教授的带领下开始了汽车电子领域的研发。"浙江大学ESE工程中心主任杨国青博士说，当时传统技术已经无法满足汽车电子系统日益复杂的需求，我们面临如下三个难题：第一，以发动机为例，它的运转速度快，控制精度高，因此我们需要电子控制系统能够快速响应，并尽量少占资源，以提高发动机性能。第二，开发一个可靠的汽车电子系统需要经过漫长的设计与验证过程。第三，汽车，尤其是能源消耗巨大的卡车，污染排放非常严重，因此通过电子技术控制发动机实现高效燃烧，减少污染排放是第三个难题。

　　在"863计划"、国家科技重大专项等项目的持续支持下，团队联合中国一汽集团技术中心、吉利汽车研究院，紧密围绕上述难题，经过12年的方法研究、技术突破，成功研制了汽车电子嵌入式平台，实现了关键发明在国内的首次规模应用。"一汽集团技术中心主要完成发动机、变速箱等的应用策略开发和产品应用，吉利汽车研究院主要完成整车的电子电器架构平台设计、开发以及测试验证工作，浙江大学专注于做汽车专用实时控制操作系统和开发环境。"杨国青博士说。

　　面对汽车电子"强实时、高效率、低排放"的挑战，项目团队发明了三项系统性的汽车电子核心技术。一是基于微小内核的两级定时与任务调度技术。两级定时管理方法从单级定时升级为两级定时，操作更细腻，避免了冗余操作，提高了定时效率；优化调度方法细分任务状态，区分调度场景，提高调度效率；基于消息对象的组件间通信方法为接受对象指定唯一的发送对象，通过主动通知机制，提高了对象间通信的效率。这些方法和技术破解了汽车电控系统高性能运行难题。二是基于混合模型驱动的汽车电控系统开发技术。课题组在国际上首次提出了V+开发模式，在V开发模式的基础上增加了形式化验证和评估反馈，使得开发环境的兼容性更好，功能覆盖更全，工具集成度更高。这样的开发环境开发效率高，使用成本低，性价比优于国外产品。三是动力、传动与总线网络节能控制技术。课题组发明了增压共轨喷油方法。通过电子控制技术，对喷油量进行精确控制、变压喷射，解决燃烧不充分而导致的发动机能耗高、污染大等问题。

"这三项技术发明给人们带来的最明显的变化就是中国制造的重型卡车不冒黑烟了，对于一些中重型卡车用户来说，他们可以买到高性价比的汽车了，因为我们有能力制造大型卡车。"杨国青博士说。

经过10余年的研究和技术开发工作，项目组取得了61项授权发明专利、1项国际专利、27项软件著作权，形成了1项国家标准、12项企业标准。此外，项目组还成功研制了我国首个通过国际OSEK认证的嵌入式操作系统；成功研制了国内技术的首套基于OSEK平台的柴油发动机并通过国IV标准检验，项目成果填补了国内空白，技术指标达到了国际先进水平，部分指标居于国际领先地位，推动了我国汽车产业技术的进步，产生了重大的经济和社会效益。

大飞机装配自动制孔　误差不超0.3毫米

朱涵

　　浙江大学的一间实验室中，一台环形轨道制孔装置通过了最后的工艺性能调试，准备进入飞机装配车间，用于大型飞机机身对接区域的制孔。研究人员表示，该装置是国际上首台环形轨道制孔装置，该装置的使用将开启中国大型飞机对接装配制孔自动化时代。

　　飞机前、中、后三段机身对接区域有数千个，甚至上万个连接孔需要进行现场加工。这些机身上的孔有着较高的精度要求，例如一个孔窝的深度误差不能超过0.05毫米，位置误差不能超过0.3毫米，法向误差不能超过0.5度。

　　项目研发成员介绍说，飞机装配中的制孔工作非常关键，如果方向、深度不一，飞机机身强度和安全系数会受到影响。现有制孔工作由人工完成，不仅费时费力，质量一致性也不高。

　　据了解，环形轨道制孔系统由12段圆形刚性轨道拼装而成，在轨道与机身之间通过特别设计的支撑脚结构实现外形补偿和多点接触定位，能够适应机身的曲面造型，一次安装即可完成全部对接区域的制孔任务。这一自动制孔系统具有轨道快捷拼装、执行器自动转站、孔位自动修正、法向自动找正等先进功能，制孔效率达到6孔/分。

　　"环形轨道制孔系统实现了结构轻量化设计、精准定位、精准对接等，解放人力，有效提高飞机的装配效率和质量。"研究人员表示，这种新型的环形轨道制孔系统集成了浙江大学在飞机数字化装配技术领域的一系列原创性科研成果，属于飞机装配的高端工艺装备，为高质量、高效率解决中国大型飞机机身的自动化对接装配提供了先进的工艺装备支撑。

　　该装置的研发历时数年，系列研究论文发表于《国际先进制造技术杂志》（ *Int J Adv Manuf Technol* ）、《机器人学》（ *ROBOTICA* ）、《模式分析与应用》（ *Pattern Analysis and Applications* ）、《航空学报》等国内外著名杂志上。

　　研究人员表示，课题组下一步将着重提升制孔效率，并继续研发系统工作状态的反馈机制和自我诊断功能。

器官3D打印，进了一步

周炜

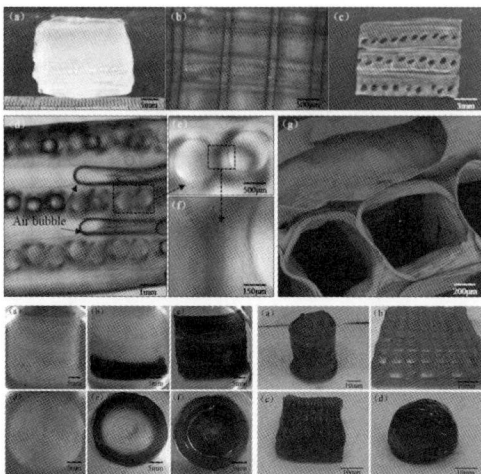

在共聚焦显微镜及扫描电镜下的流道结构，打印出的
含营养通道网络的二维及三维凝胶结构

生命结构如此精巧，即使"打印"人造器官的梦想由来已久，却迟迟不能完全成真。浙江大学机械工程学院傅建中教授课题组日前开发出一种全新的器官打印工艺，在打印组织结构的同时打印出内部的营养输送通道，成功解决了3D打印细胞的营养维持问题。有了营养，细胞就能"活"得更久，这使得大尺寸器官3D打印成为可能。

相关论文"Coaxial Nozzle-Assisted 3D Bioprinting with Built-in Microchannels for Nutrients Delivery"（《营养通道同步制造的器官打印方法》）于2015年5月19日在线发表在*Biomaterials*（《生物材料》）杂志上。论文第一作者为博士研究生高庆，通讯作者为课题组的贺永副教授。

器官打印，是用3D打印的办法，将含细胞的生物墨水进行一层层的精确可控沉积，从而构造出含细胞的三维结构，再加以后续培养，以获得想要的组织。3D

打印人造器官的前景很美，如果能够彻底实现，那么当前器官移植的巨大缺口将得到缓解；科学家还可以直接拿人造器官来做前期的药物筛选实验。

而打印"活物"远比打印一般的三维模型困难许多。"营养输送是器官打印的三大关键难题之一。"贺永说。目前，摆在器官打印面前的有"三座大山"：一是寻找合适的凝胶材料，把细胞包裹起来打印成型；二是组织打印"成型"后，如何对细胞输送营养，实现体外培养；三是培养过程中，如何调控培养环境使得独立的细胞个体融合成功能性组织。

"组织内遍布纤细的血管，它们是输送营养的流道。我们要在体外重构这些'血管'。"贺永介绍，这是3D打印的一个热点问题。由于凝胶材料非常软，现有思路多为先打印组织，再构造流道的"二次打印"法，效果不够理想。

贺永课题组的思路，是同时打印组织结构和营养输送流道——一次成型！在一次实验中，他们偶然发现使用同轴喷头挤中空凝胶丝时，挤出的两条凝胶丝可以融合在一起，并具有一定的强度。"由于凝胶纤维内部是中空的，那应该能利用其进行营养输送，"贺永说，"受此启发，课题组用了一年的时间，尝试基于中空凝胶纤维进行器官打印。"

一次成型的工艺是否可靠？贺永说："除了在工艺上方便快捷之外，一系列实验也证明了这一工艺的优越性：流道不但能稳定输送营养，让大分子营养物质渗透到细胞中去，此外有或没有我们的流道，细胞的活性大相径庭。"

据介绍，目前的器官打印受限于营养输送问题，很多区域营养难以有效输送，导致后续的培养失败，因此器官尺寸无法扩大 。"我们的这一工艺将为接近真实尺寸的器官制造提供可能。"贺永说，"这一方法还可以广泛应用于片上器官、凝胶基微流控芯片、细胞传感器芯片、药物筛选芯片等领域。"

"当然我们只是初步解决了器官打印中的一个问题而已，实现器官制造的终极目标——器官打印还需要诸多学科的科学家持续不断的努力。"

和岩土打了50年交道

潘怡蒙

龚晓南院士正在与同学交流

从事软黏土力学、地基处理、基坑工程等领域教学、科研、技术服务等工作的浙江大学土木工程学系教授龚晓南，这位与泥巴"玩"了50年，专门在夯实"基础"的专家，2011年12月8日，他的大名出现在了中国工程院公布的《中国工程院2011年当选院士名单》中。

土木工程50年

"今年是我学土木工程正好50年。"龚晓南院士笑称，"我人生的大半辈子都在跟泥巴打着交道。"

1961年9月，出生在浙江金华的龚晓南考入了清华大学土建系工业与民用建筑专业。大学毕业后，龚晓南被分配到陕西凤县秦岭山区。开始几年干的是道路和桥梁、防洪堤及挡土墙的设计与施工，后来的主要工作是土建工程中的管理。

真正与岩土大动起"干戈"，还得从1978年龚晓南成为改革开放后第一批考入浙江大学的硕士研究生开始算起。"这得感谢曾国熙教授，他领着我进入了岩土工程领域。"龚晓南说。曾国熙教授是当时该系唯一一位留学回国，并在软土地基领域有科研成果的人。这一领域，当时在国内是一片尚未被开垦的处女地。

1982年春，浙江大学的五位老教授开始招收博士研究生。1984年9月12日，龚晓南成为我国岩土工程专业自己培养的第一位博士。

为此，当时的《浙江日报》在头版头条发表报道《浙江大学培养出第一个博士》。博士学位论文《油罐软黏土地基性状》随后也被EI收录。

"昨摘博士冠，今登玉皇山；抬头向前看，明日再登攀。"这是龚晓南获得博士学位后的第二天，在登西湖边玉皇山时，远眺湖光山色，感慨之余，即兴作的一首诗……

1986年，龚晓南被浙江大学破格晋升为副教授。1988年，破格晋升为教授，并担任浙江大学土木工程学系副主任。1993年，国务院学位委员会聘任龚晓南为岩土工程博士生导师。2002年，龚晓南被授予茅以升土力学及基础工程大奖，并被推选为2007年《岩土工程学报》"黄文熙讲座"人，获省部级奖12项；发表刊物论文和专题报告400多篇，被SCI和EI收录134篇，其中《水泥搅拌桩的荷载传递规律》一文被他人引用328次。

算起来，龚晓南在浙江大学的任教时间，到现在，也有30年了。30年里，龚晓南培养了75位硕士，69位博士；现在，在读的研究生有12位。

地基是建筑"根"

走进龚晓南的办公室，满眼的书都与岩土地基有关，《地基处理》《基坑工程实例》《复合地基理论及工程应用》……进入百度搜索，只要输入"龚晓南"三个字，即搜索出一遍的书，全是他的著作。其中，《复合地基》《复合地基理论及工程应用》《复合地基设计施工指南》是我国复合地基行业里三本引用率最高、最有影响的书。

"实践是理论的基础，"他说，"我们这个专业死读书干不成大事，一定要在实践的基础上再实践，换句话说，我们的学科相当于'土包子'，只有脚踩泥巴，才能丈量出实际数据，才能打起坚实的基础。"

改革开放初期，在资金短缺的情况下，很多房地产开发商采用复合地基建房。

"我们采用的复合地基主要是碎石桩、水泥土桩、钢筋混凝土桩等，"龚晓南说，"它们的特点都是'价廉物美'，特别在沉降性能上，复合地基是'能屈能伸'的。但工程标准始终是个问题，他说："复合地基的形成条件很复杂，不是说两个东西随便搁在一块就可以'复合'的，需要一定的条件支持才可以做到。"

1992年，龚晓南完成的第一部专著《复合地基》，在总结国内外研究成果的基础上，提出了复合地基的框架、定义、分类、承载力以及技术方法，并创建了广义复合地基理论，促进其工程应用体系的形成。

随着国家经济的快速发展，现在的房地产开发比较少采用复合地基了。较之工艺比较复杂的复合地基，直接打桩建楼，不失为一个高效的办法。"从打桩上省下来的钱平摊在每平方米的商品房里是微不足道的。"龚晓南说，现在复合地基主要用于交通和水利工程。

如果说复合地基是龚晓南在岩土工程领域的第一部曲，那么接下来的就是基坑工程技术领域的创新了。

20世纪90年代，已经在浙江大学岩土所任教的龚晓南在厦门做第一个基坑工程。"基坑，最直白的理解就是地下室。"龚晓南笑着说，"别人往地上造房子，我们是往地下造。理论上说，往上能建多高的房子，往下也能造多深的屋。"

当时，不只是浙江大学，就算在全国，也很少有人从事基坑工程方面的研究。龚晓南组织了一支由教授、副教授、博士研究生7人参与的"突击队"赶赴厦门。通过对当地地质特点的调研和岩土结构、性能的精确测量和计算，龚晓南和他的团队顺利完成了第一个基坑工程，他说："因为那时候没有手册、指南等参考用书，所以我们当时做的计算书，都被当地政府拷贝了去，留作以后的参考。"1998年，已经完成了系列基坑工程项目的龚晓南主编了一本《基坑工程设计施工手册》，一直到现在，这本书还是一本重要又实用的参考书。

"工程，重要的是要精心"

从杭州大剧院，到钱塘江过江隧道，再到杭州绕城高速、杭宁高速公路……龚晓南在基坑工程技术领域"一发而不可收"。时至今日，龚晓南每每开车经过杭州市区的庆春路段，心中仍充满成就感："庆春路两旁的建筑的基坑，基本都是我做的。"可以说，杭州建筑的"地下室时代"就是从庆春路开始的。

地下的事，看不见摸不着，却又是"牵一发而动全身"。在建钱塘江第一条过江隧道，也就是庆春路隧道时，隧道的深度要达到30米。"江南的土质松软，而江边的土更软，"龚晓南说，"钱塘江的地下河床情况比较复杂，有河中河的特点，当挖井机挖开第一层河床淤泥后，下面一层竟是流动的地下河，这样一来，随时会出现地下水喷射的状况。"

怎么办？是用抽水机抽水降水位，还是靠造墙堵水？这时，龚晓南主持完成的"高承压水地基深基坑工程关键技术及环境效应研究"对工作井施工提供了强有力的技术支撑。"我们用了一种比较新颖的技术手段，把降水位和截水结合起来，这个方法很有效。"

2008年、2009年，一起又一起建设工程事故让大众震惊，"不靠谱"、"楼歪歪"等词成为网络热词的时候，龚晓南开始了"采取什么措施，能减小工程施工对周围环境的不良影响"的课题。

2010年，龚晓南提出了基坑工程设计中"变形控制设计"和"稳定控制设计"的问题，发展了"深埋重力–门架式围护结构"和"一桩三用"等多种围护新技术。

龚晓南说："最重要的是精心设计、精心施工。近几年我经常讲按'变形控制设计'的理念——在已有建筑物周围施工，变形控制非常重要。岩土工程施工绝对不能抱侥幸心理，要加强监测，实行信息化施工。"

龚晓南认为，岩土工程的研究跟地域有很大的关联，俗话说"橘生淮南则为橘，生于淮北则为枳"，他经常接到"求助急电"，但他总是要说："你们先把地质报告给我，我不是神仙，不可能什么都会。"

水立方是这样"立"起来的

周炜

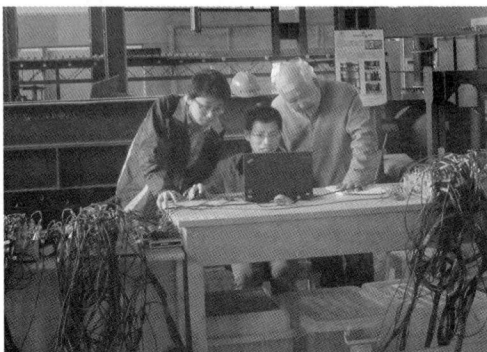

董石麟院士和学生们在实验现场

　　见过水立方的人都会被它美丽轻盈的外表拨动心弦。这个获得国际桥梁与结构工程协会杰出结构大奖的作品，除了有建筑师无比空灵的创意设计外，浙江大学空间结构研究中心为之做出的创新与开发，也是实现"力"与"美"完美结合的关键之一。2012年2月14日举行的国家科学技术奖励大会上，"国家游泳中心（水立方）工程建造技术创新与实践"项目获得国家科学技术进步奖一等奖。

　　水立方的设计灵感来自"水泡"——一个笨头笨脑的"方盒子"，如何能看起来轻盈活泼？中外联合设计师团队提出，可以用理论物理学中的气泡理论与乙烯－四氟乙烯聚合物（ETFE）气枕来实现——当"方盒子"穿上3615个大小不一的"水泡"簇拥而成的外衣，呆板的气氛就一扫而光，变得动感而时尚。可是，怎样实现这个如梦似幻的构想？在此之前，国内外没有任何工程先例可以参考。中国工程院院士董石麟带领浙江大学空间结构研究中心的科研团队要做的，就是让水立方真正"立"起来。"方案理念都是世界一流的，完成它们有很大的艰巨性，我们还有很多工作可以做。"董石麟说。

　　一般而言，进行这样一个庞大的工程，需要工程师先在电脑中建立结构模型，经过复杂的计算分析，绘出施工图，再根据图样进行实地安装施工。"水立方的钢架结构由20000多根杆件和6000多个节点组成，对建筑方案进行任何改动，都会导致整个结构模型重新调整。"董石麟介绍，在方案的初步设计阶段，水立方的结构模型是设计师通过图形建模完成的。每一次修改模型，需要熟练的设计人员花费7天的时间才能完成，而且会形成累积误差。从设计到施工，还有巨大的时间鸿沟。

"在设计阶段修改模型是一件随时都可能进行的事，必须有快速成型的方法，才能保证大体量工程的流畅进行。"董石麟介绍，浙江大学的科研团队为此专门开发了一个建模软件，能同时"驾驭"数万个数据的变化。运用这种数学模型软件，普通计算机8分钟即可完成水立方多面体刚架整体结构的建模，而且无累积误差，精度达16位有效数字。这样，在水立方的深化设计阶段，模型的修改就变得非常简单快捷，这为水立方结构设计深化和施工提供了重要的技术支持。结构工程师只需在电脑前等待片刻，一个符合实际建筑模型的水立方刚架模型就会马上生成。

虽说"水泡"是轻盈的，但支撑这种"轻盈"的却是一个造型独特的大力士——"新型多面体空间刚架结构"。"多面体空间刚架作为大跨度建筑主体结构，它的设计施工国内外都没有专门规范规程可遵循。"浙江大学空间结构研究中心赵阳教授介绍，这种结构的核心部件是一个空心球节点和与之相连的4根钢管。水立方对设计施工有一个前所未有的挑战：从前的空间结构中，空心球节点只受到来自钢管的轴力，其设计方法相对简单，但在水立方中，节点将同时受到轴力和弯矩等多种力量的"牵拉"，其难度也是成倍增加。浙江大学的科研团队经过研究，对空心球节点的受力情况进行了庖丁解牛式的分析，揭示了焊接空心球节点在轴力和弯矩共同作用下的受力性能和破坏机理，建立了焊接球节点复合受力条件下的承载力设计方法。"虽然一般人看起来这些错综复杂的钢管及其所连接的节点没有规律可循，但其实是经过了严密的力学计算与分析的。"据了解，浙江大学开发的这一设计方法填补了国内外已有设计规程中的空白，目前已被国家行业标准《空间网格结构技术规程》（JGJ7-2010）所采纳。

由于在国家游泳中心科技创新工作中的突出贡献，浙江大学水立方科研项目组被"科技奥运（2008）行动计划"领导小组、北京奥运会科学技术委员会授予"科技奥运先进集体"，并获"北京市奥运工程科技创新特别奖"。"这一种结构在过去，不单单在我们国家，在世界上都还是没有的。世界上第一个采用多面体刚架结构形式的建筑物是在我们中国实现的。"董石麟说。

断裂理论　修桥补坝

周炜

　　放眼四周，高楼、桥梁、大坝……每一处基础建筑设施的建造，都离不开一种重要的材料——混凝土。据统计，最近几年，我国仅商品混凝土和大型水利工程使用的混凝土年产量就高达100亿吨。混凝土结构是基础设施建设中最常用的结构形式。

　　但是，这些建筑设施一旦出现裂缝，就有可能引发重大安全事故。如何科学地描述混凝土裂缝的扩展过程？怎样对裂缝进行安全评价？如何有效控制裂缝的扩展？浙江大学建筑工程学院教授徐世烺对此持续研究了30多年。

　　20世纪70年代末，我国多处混凝土大坝出现严重断裂事故，为了给大坝的安全评估和修复提供科学的依据，国内学术界开始启动相关科学研究，当时还是研究生的徐世烺，开始了混凝土断裂力学的研究生涯。

　　复杂的工程问题深处往往蕴含着重大的科学问题。经过30多年的研究，课题组在国际上创造性地建立了以"双K断裂理论"为核心的断裂力学理论，形成了从基本准则、理论框架到国际标准以及方法学的系统工具和方法，并为制备高韧性水泥基复合材料奠定了理论基础。

　　"混凝土结构裂缝，从起裂、稳定扩展到失稳破坏，要经历三个不同阶段，所以我们不能用单一状态的判据来判断整个过程，至少需要两个不同的参数，一个描述起裂，一个描述失稳。双K断裂准则给出了不同状态的判据，起裂韧度描述裂缝的起裂，失稳韧度描述裂缝的临界失稳状态，这样就可以针对裂缝不同的状态，判断裂缝是开裂，还是稳定扩展。"徐世烺说。

　　此前的理论，只能表示裂缝单一临界状态，有一定的局限性。双K断裂理论不但可以描述裂缝导致的失稳状态，还可以准确判断裂缝何时开始稳定扩展。标志性论文发表在权威期刊《国际断裂学报》上，当期杂志一共89页，这篇论文占了81页。

　　据检索，自1969年以来，《国际断裂学报》上发表的混凝土断裂力学领域引用率最高的前10篇论文中，有5篇是课题组发表的双K理论系列论文。2005年，我国第一个水电水利行业标准就是以双K理论为基础制定的。

2012年，南水北调水源工程丹江口大坝加高工程出现裂缝，长委设计院与徐世烺课题组开展研究，并将从大坝取样的5吨芯材样品运到了浙江大学实验室。"这是国家南水北调的水源工程，非常重要，大坝加高后，只有提高蓄水位后才能往北京输水。蓄水位提高后，裂缝内水压力就会增大，裂缝如果进一步扩展甚至发生失稳扩展，大坝的安全就会受到重大威胁。"徐世烺课题组进行了一系列参数测试后，为设计院提出了合理建议，使得供水方案得以顺利实施。"我们提供了一些措施建议，水坝水位提高了，顺利向北京供水。"

截至目前，双K断裂理论在乌江东风拱坝、长江三峡二期三期工程、丹江口大坝加高工程等国家重大工程中成功获得应用，取得了令人满意的实施效果。相关理论工具和方法对提升混凝土性能、促进和提高我国大体积混凝土结构设计和施工质量发挥了重要作用。

2011年，国际材料与结构研究实验联合会（RILEM）成立TDK技术委员会，该委员会负责专门制定双K断裂准则国际试验标准，徐世烺受邀出任委员会主席。这是RILEM首次建立由中国人创立的理论命名的技术委员会，也是中国人首次担任主席。"要成为国际标准，必须进行相应的充足的国际循环实验。"徐世烺介绍，目前，围绕双K理论提出的研究和分析方法，中国、印度、德国、西班牙等多个国家和地区的高校和研究机构承担了不同的实验任务。

2015年11月底，在西班牙召开了"混凝土断裂中的双K方法学国际会议"。在这次会议上，"双K"第一次被称为混凝土断裂力学研究领域的"方法学"，标志着双K断裂理论应用的广泛性得到了新的认可。

"以往我们针对混凝土的裂缝问题，都是被动地研究它的性能，对耐久性的影响，采取什么样的措施。而根据双K理论，就研发了新型的超高韧性材料。"徐世烺课题组的李庆华副教授介绍，从基础理论到材料研发，徐世烺课题组又迈出了关键一步。

"我们还做了很多新水泥基材料的研发，比如超高韧性混凝土的研发，用于桥梁工程、海洋工程，需要涉及疲劳性能测试，因此进一步开展了很多高韧性混凝土的疲劳破坏实验。"徐世烺说。

李庆华介绍："我们以往的混凝土只是根据材料的配合比去选择材料用量，而现在，我们在双K理论的指导下，每种材料的参数是有选择有控制的，选择的水泥基材料、纤维和界面能量都是精准控制的。界面能量就能让裂缝由以前非常单一的非常宽的形态，弥散成很多很多的微细裂缝。"

人们传统印象中的又硬又脆的混凝土，正在课题组的努力下，变得又韧又强，并越来越多地出现在大型建筑工程中。

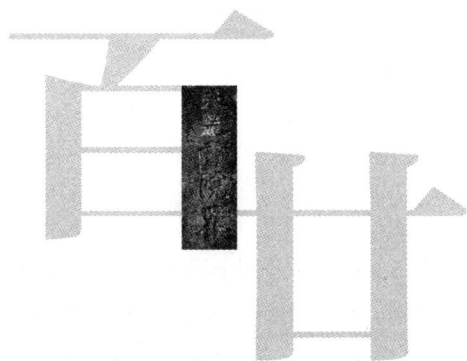

百廿

第四章

巡天问海

起点是好奇心，终点是没有终点的追求。浩瀚的星空与深邃的海洋，激发着人类的好奇心，也考验着人类的耐心，磨炼着人类的意志。科学家们把情怀放进实验室，设计制造出卫星界的"霍比特族"，低空大风中身手矫健的无人机，到千米深海取样的机械手……而当中国第一个科技岛"浮出水面"，更多的科学家会聚于此，开始新的探索。

夜空中最"灵巧"的星

周炜 欣文 章咪佳 曾福泉

"皮星一号A"诞生记

2010年9月22日10时42分,在我国酒泉卫星发射中心,"长征二号丁"运载火箭成功搭载发射了浙江大学研制的两颗"皮星一号A"卫星。13分钟之后,星箭成功分离入轨,地面接收站监测到了数据信号,而当《浙江大学校歌》的歌声从星际传回发射现场,总指挥兴奋地与浙江大学研究人员握手、拥抱。

这颗中国最小的卫星圆满地完成了全部技术试验任务,这意味着中国首颗皮卫星发射成功,天上的"小"精彩从此有了中国的声音。

挑战微小型化

凭一颗普通电珠发光所需的功率(3.5瓦),这个外形为边长15厘米的立方体,重3.5千克的"皮星一号A"卫星要在空中完成测控通信、姿态控制、照相、数据存储和管理、热控等多项综合任务。这是浙江大学微小卫星研究中心主任、浙江大学信电系教授金仲和项目团队10年前没有想到的事。

17年前,金仲和的博士论文《低温多晶薄膜晶体管及其相关材料研究》在2000年被评为"全国百篇优秀博士论文"。

2000年,浙江大学信电系王跃林教授就任中国科学院上海微系统与信息技术研究所一室主任,并作为首席科学家主持国家"973计划"项目"集成微光机电系统",进行微小型传感器和执行器的研究。在进行项目策划时,王跃林及其研究团队设想将所研究器件的应用目标之一定位在航天领域,以推动我国航天器部件的微小型化。为此,与卫星研制单位探讨了微机电系统(MEMS)器件在卫星上进行试用的想法。然而,由于卫星对可靠性要求极高,卫星研制单位均表示将刚刚完成研究的MEMS器件在卫星上进行试用有较大难度。

在2000年年初,美国斯坦福大学研发的世界上第一颗皮卫星发射成功并正常工作，仅重245克。这给了项目组很大启发，他们产生了一个大胆的想法：自主研发一颗皮卫星，让我们的部件能够搭乘在自己的卫星上，上天试验。

2000年前后，美国、欧洲、日本等国家和地区已陆续开始进行公斤级卫星——皮卫星的研发，但在中国这仍是个全新的概念。当时卫星任何一个部件的重量都超过整颗皮卫星的重量，例如卫星的必备部件之一测控应答机的重量就在10千克左右，功耗也超过皮卫星整星可能需要的全部功率。要研制皮卫星，就得从必备部件的微小型化开始。"我们要把它做成几十克。"金仲和与同事通过调研后，确定了应答机微小型化的目标和技术路径。

2001年，浙江大学和中国科学院上海微系统与信息技术研究所的科研人员开始行动了：那年，"MEMS皮卫星"成为"973计划"项目"集成微光机电系统"的第10个课题，目标锁定在皮卫星研发。同年，金仲和就皮卫星项目申报教育部"全国优秀博士论文"获得者专项基金被批准，研究经费为70万元，这笔经费和"973计划"项目经费成为浙江大学科研人员自由探索皮卫星研制的经费来源。浙江大学与上海微系统所签订合作协议，成立联合课题组，浙江大学负责应答机及电子系统研究，上海微系统所负责卫星总体研究。这项合作持续了3年多。

"现在回想起来，确实有无知者无畏的味道。"金仲和说。当时的他们并不知道，这一脚迈出去，这条路要走多远，前面究竟会有什么风险。

最初的研究，是金仲和与信电系的三位研究生开始的。原始创新，就意味着从零开始。项目得到了全国相关单位众多学科专家的鼎力相助，项目也聘请了多位退休的航天专家，例如航天八院从事结构设计的高级工程师邹玉定专家。

2003年，第一颗接近球形的皮卫星原型样机出炉，当时课题组第一位研究生徐贻斌已经基本完成了应答机的原理设计，与传统应答机相比，其电路结构大大简化，奠定了应答机微型化的基础。但原型样机中的主要技术指标尚不能满足工程要求。接下来的几年中，设计被不断改进。国内从事测控总体、设备研制各单位的许多专家对该项研究提供了大量帮助。2007年，除可靠性和个别指标外，应答机终于研制完成。2009年，完成了可靠性设计和验证，并搭载在航天东方红卫星有限公司的"希望一号"微小卫星上进行了空间试用。这是皮卫星研究中最早成熟的关键部件。

在离地球表面650千米之外运行的"皮星一号A"，它的应答机只有70克重。

"新技术有新风险，我们稍稍胆子大了点，敢用很多新的微型器件，降低了体积、能耗和重量。"课题组成员郑阳明副教授说。

国家战略下的大学责任

2004年，皮卫星课题组遇到了成立以来第一次大的波折。上海微系统所由于有新的工作安排，决定在完成"973计划"项目后不再继续皮卫星的研究工作。浙江大学剩余的研究力量显得形单影只。

那是金仲和最难熬的一年。因为很多人对他说，光凭一个教授和几个学生是做不了整星研制的，只能做一些单项研究。强烈的国家责任感使困惑中的研究团队不言放弃。

在一次去德国参加国际学术研讨会的途中，王跃林、金仲和把项目组的研究设想和担忧告诉了时任浙江大学微系统交叉研究中心主任的浙江大学党委常务副书记陈子辰。会间，三人深夜长谈，仔细分析了皮卫星研制的目标和现状，尤其是国际现状和国家目标、浙江大学的优势、研究团队面临的困难。那时斯坦福大学已经制定完成了皮卫星研制标准，而在中国，这项研究尚处于起步阶段。作为一所多学科的综合性大学，主动对接国家重大战略目标、对接国际科技前沿是科学家的责任，同时，在需要多学科协同作战的大目标下，浙江大学的多学科优势将会得到明显凸现。

在研究团队路遇狭道之时，"关于皮卫星研究"的议题很快在浙江大学党委常委会上达成了一致意见，确立了服务国家创新目标、"原始创新+多学科集成创新相互结合"、"行政指挥系统+技术指挥系统双轨并行"的研发组织系统。时任校党委书记张曦强调，围绕国家重大战略目标开展科研工作，是学校的"一号工程"。学校的一切工作都要为科学研究和创新人才培养服务。

至此，这一以学者的科学自由探索起步的项目，在国家目标下，完成了它的华丽升华。从此，"国家目标"成为一面旗帜，不论组内组外，不论校内校外，不论顺境还是逆境，有无数人为它贡献自己的智慧和力量。

2005年12月，学校研究决定，将皮卫星项目列为学校重点项目，成立了以陈子辰常务副书记为总指挥的行政指挥线，校科研院、先进技术研究院负责日常事务处理，全力参与皮卫星项目的对外协调、项目管理、进度和质量监督等工作。

汪乐宇、吴丹青、史红兵、金钢等一批学校科研管理干部全面参与到皮卫星研制的组织管理和服务工作中。信电系、机械系、光电系等各个院系的研究力量组成了多个学科研发团队，分工合作，攻坚克难。时任浙江大学校长潘云鹤教授向主管部门递交了搭载发射皮卫星进行空间试验的申请报告。

学校聘请了卫星总体、测控、姿控、热控、结构、工艺等各方面专家担任项目组顾问，积极寻求国家相关部门、研究机构的支持。各相关单位的大力支持为接下来皮卫星的顺利搭载奠定了良好的基础。浙江大学科研院的金钢老师说："航天工程即使一个小错误都会放大成为毁灭性的破坏，形成数亿甚至数十亿元的损失，事关国家利益。谨慎和质疑，都是必需的。粗粗统计一下，在学校的支持下，为论证风险，2006年课题组成员在北京、西安、上海、杭州来回奔波，为了这个项目，先后在四地开过的论证会不下百场，近百位航天界的领袖级科学家多次参加论证会。没有他们的加盟，浙江大学不可能成功。"金仲和记得，论证最紧张的那一段时间，他一个星期去了三趟北京。更让他感动的是，老专家们有求必应，一次次地参加论证，按照航天工程的要求提出意见和建议。

2007年1月，浙江大学成立了航空航天学院，在院长沈荣骏院士的提议下，学校在原有皮卫星团队的基础上，成立了微小卫星研究中心。

沈荣骏院士在航空航天界可谓德高望重。他来到浙江大学后，把航天工程严谨的管理体系和工作作风带到了浙江大学。他亲自指导微小卫星研究中心工作，手把手、一个环节一个环节地指导，使微小卫星研究中心的工作走向规范化。金仲和说："这一点非常关键。科学研究与工程研究不一样，一般的工程研究与航天工程又不一样。我们国家的航天事业从无到有，到今天立于世界强手之林，就是老一代航天人积年累月、精益求精地干出来的，皮卫星是'小'，但除了'小'，所有标准都要参照航天工程的要求来进行。"

几年来，课题组队伍的学科背景越来越丰富多样，分工越来越细致，光电系白剑教授团队研制的360全景相机、机械系徐月同副教授团队研制的分离装置……全校电子、机械、航天、控制、光学、力学、能源甚至化学等多个领域的教师都为该项目做出了贡献。

"参照"航天标准"归零"

"参照航天标准",是2007年皮卫星首次上天失利后,项目组总结教训之后提出的。"参照……"与"按……"有什么区别?金仲和说:"有很大区别。我们目前做到的,只能说是'参照'。'按航天标准',是我们的目标,但我们还没有做到。"

2007年5月25日,皮卫星搭载火箭发射升空。入轨后,大家等来的却是一个令人失望的结果:未能接收到来自皮卫星的信号。西安卫星测控中心组织力量经过10天的努力,也没有接收到来自皮卫星的任何信息。

在微小卫星研究中心实验室,有一面警示墙,墙上写着这样一段话:"搞航天装备要有强烈的航天意识和管理程序、手段、方法。失利了,要认真总结,不是小修小补的问题,要全面整治,否则还要交学费。"这是航天领域一位德高望重的领导在皮卫星失利后说的一句话。郑阳明说:"我们把它放大了挂起来,就是要时时提醒自己。"

皮卫星发射失利后,学校并未放弃,而是加大投入和管理力度,鼓励项目组继续努力。时任浙大校长的杨卫带领相关部门负责人专门听取项目组汇报,一起总结经验教训,要求项目组静下心来,按照航天要求,努力工作。他在全校中层干部扩大会议上强调,学校一定要做好皮卫星项目,保证皮卫星入轨正常运行。

"那是一次刻骨铭心的教训,但从发射现场回来时,我们就打算还是要继续干下去。"金仲和说,"回来后,在学校组织下,课题组马上开始了卫星的故障'归零'工作。"

"归零",是航天研制部门的常用术语。王慧泉博士是总体组成员,"归零"是其负责的重要工作内容之一。他介绍,"归零"有五条原则:第一是定位准确,清晰地找到问题所在;第二是机理清楚,分析清楚导致问题的机理和过程;第三是故障复现,不是解决问题就好了,而要能够在设定条件下让问题重复出现;第四是措施有效,即要通过充分的测试,验证改进措施确实解决了问题;第五是举一反三,对于航天企业,主要是指这个产品中出现的问题,需要查清在其他产品中是否存在相同的问题,而在皮卫星中,举一反三是指某个部件中出现的问题,需要查清在整星其他部件中是否存在相似的问题。2007年的那次"归零",全面复查了卫星的设计图纸,拆开正样备份星检查布局布线,对可能出现的故障构建故障树,按照故障树中的可能问题进行试验。

在实验室的库房里，满满当当存放着一房间资料，那是课题组每一个工作流程和技术环节的详细"日志"。在"归零"阶段，课题组就要"重翻旧账"，追查过去工作中可能存在的失误。

"从2007年5月以后到2007年年底的这大半年，我们一直在做'归零'。拜访了很多专家，请他们提供一些好的建议。"也就是在这段日子里，项目组的每一个成员都深刻领悟了做科学与做工程，特别是航天工程的差异——航天工程，需要的不仅仅是"奇思妙想"，更需要"一丝不苟"，更需要"废寝忘食"，更需要"团队精神"。

2007年11月底，学校在杭州组织召开了"皮卫星故障'归零'暨'皮星一号A'卫星设计方案评审会"，对皮卫星搭载发射故障进行分析、总结，根据故障分析，对皮卫星进行全面的设计改进。在随后展开的"皮星一号A"卫星研制过程中，课题组吸取教训，特别加强了工艺控制和管理。"从2007年到现在3年了，我们一步步踏踏实实走过来，工艺和可靠性上得到了极大提高。"郑阳明说。

承担皮卫星机械结构、分离机构和热控设计工作的吴昌聚老师对"归零"有刻骨铭心的记忆。2009年10月中旬，"皮星一号A"初样开始做鉴定级试验。在完成力学环境试验后，皮卫星在分离试验中卡住了，卫星有1/3没有顺利弹出。"'归零'过程中，课题组分析了多种可能的原因，包括卫星底面电缆突出太高形成刮擦、舱门反弹、分离机构导轨润滑程度降低等。这些问题解决后，又反复试验，确认可以正常分离。在正式的鉴定级试验中，常温和高温下试验都没有问题，我们差点以为问题已经解决了。但是在低温下分离试验中，舱门打开过程出现了异常停顿。看来当时的'归零'还不够彻底。"

低温试验中，吴昌聚按捺不住，直接钻进了零下40摄氏度的试验箱中观察。又做了11次试验，8次成功，3次有停顿。通过近距离观察，他终于发现是由一个凸轮的结构设计不合理引起的。由于温度太低，每做三轮试验吴昌聚就要跑出来调整一下。但问题终于查清了，继续分析、改进、验证之后，项目组再次去航天八院做鉴定级试验。

2010年6月初在航天八院进行了正样星出厂试验。吴昌聚说："那是我从事科研工作以来最紧张的一次。这是上天前的最后一次试验，不能有任何差错。"在这次测试过程中，卫星每次都顺利出舱，吴昌聚那颗悬着的心终于落下了。

"'未知的风险是最大的风险'，这是我们最深切的体会。我们只有把所有可能出现的问题都排查测试清楚，才能确保产品的可靠性。"郑阳明说。在没有航天产品研发经验的情况下，皮卫星课题组多方求教，在航天各部门相关专家的协助下，反复论证，在2007年至2010年3年间，共解决测试过程中所有设想和发现的680多个异常现象，确保皮卫星系统的可靠性。

天上的"小"精彩有了中国的声音

2010年3月至2010年6月，微小卫星研究中心完成了3颗正样星总装，并对正样星完成了电性能详细测试和各项环境试验。2010年6月24日，完成了出厂评审，皮卫星待命出厂。

2010年8月28日，浙江大学组织试验队进入酒泉卫星发射中心，对两颗发射星进行最后的性能测试和状态检测。2010年9月22日，"皮星一号A"01和02随运载火箭发射升空，到达预定轨道后成功分离入轨。不久，地面接收站收到了卫星传回的声音——《浙江大学校歌》。截至2010年9月29日，两颗皮卫星在轨道上连续正常工作7整天以上，下传了大量珍贵的在轨测试数据和照片，完成了任务要求的全部试验项目。"皮星一号A"研制任务取得了圆满成功。

"皮星一号A"是目前我国首颗完全自主研制的最小卫星。它具备卫星热控、姿控、测控、能源、星务管理等多项功能。对皮卫星携带的半球成像全景光学相机、MEMS加速度传感器和角速度传感器进行了飞行试验，检验了其空间环境条件的适应性。对新型太阳能电池在空间环境中的性能进行了测试。

"皮星一号A"卫星每96分钟绕地球一周，它每天会从太空传回两组数据。读到这些数据，负责热真空试验的郑阳明非常欣慰："从现在的结果看，天上返回的温度数据，和我们当时地面测试的结果非常吻合。"

卫星在上天之前，必须经过模拟太空环境的试验。其中，热真空试验需要一个真空设备，这一设备必须满足两个条件：内部抽真空；内壁温度达到零下170摄氏度，这一温度必须采用液氮管路冷却才能实现。信电系王德苗等老师设计制作了真空系统，并协助课题组完成了液氮管路的设计。但该系统在通入液氮时出现了持续漏气现象，在航天相关专家及王德苗等老师的帮助下，课题组经过多次试验探索，终于解决了这一问题。整个热真空试验设备的研制花费了大约一年时间。

　　研发设备很艰苦，用设备更艰苦。仅仅对于大家体能的考验就已逼近极限。为了测得卫星在各种"工况"下的温度数据，需要做长期测试，最长的一次持续了20多个昼夜。维持低温需要用到大量液氮，每罐液氮只能用4到5小时。液氮存放仓库离实验室不远，只有400米距离。液氮的空罐重180千克，如果装满液氮则是300多千克，重心很高，需要四个壮劳力小心翼翼协作推行。这400米的路途有不少高低坡，还有几个台阶，为了方便推送，在台阶上专门搭了一个铁制的斜坡，现在，这个"人造斜坡"上已经布满了密密麻麻的"挪"痕。负责管理液氮的张老师和申屠老师已习惯在夜里十一二点被这些年轻人"吵醒"。

　　"工程上的数据真是来之不易啊，是一点一点熬出来的。"郑阳明感慨地说。这个团队核心成员中，金仲和是唯一的"70"人，皮卫星伴随了他从而立走向不惑；郑阳明、吴昌聚、王昊、金小军是"70后"；其余的，都是"80后"了。这个团队的平均年龄是30岁。为了"国事"，他们把"家事"都放下了。同事说："郑老师的妻子和儿子在外地，儿子出生后，他极少有机会见到，儿子发烧生病他也都无法回家看望。"为了皮卫星，"熬"已经成为课题组成员的生活常态。王慧泉、王昊均是新婚宴尔即赶回投入到紧张的科研任务中；吴昌聚、张朝杰和刚出生的儿女相聚时间寥寥无几。王春晖和金小军常年辛劳，才二十几岁就先后患上了严重的腰椎间盘脱出，但即使卧病在床，仍然坚持做分析和设计复查工作。

　　课题组初步摸索出了一套适合于皮卫星的研制技术流程和可靠性保证方法，在推动我国微小卫星向前发展的道路上迈出了坚实的一步。

　　近年来，国际上皮卫星的研究已开始进入有明确应用目标的研究阶段，如地震监测、空间探测、短数据通信等。皮卫星研制投入比较小，特别是当形成皮卫星设计标准后，这一投入将会更小。因此，一方面，利用皮卫星可以进行大量的新技术、新器件演示试验，从而有力促进航天技术的发展；另一方面，皮卫星研究吸引了许多高校和研究机构参与到航天技术的研究中来，这样在投入不大的情况下，可为航天领域带来大量的创新思想，同时也可为航天领域培养大批复合型、创新型人才。

　　由此，浙江大学的科研人员确感责任重大。时任浙江大学副校长的吴朝晖教授说，下一步，学校将整合航空航天学院、信电系等相关学科的研发力量，做实微小卫星研究中心；一方面致力于航天领域新技术的开发，如小型化部件、算法、方案等，推动我国微小型卫星发展；另一方面，要充分运用现有技术，针对具体应用目标开展应用型皮卫星研究，如进行大气掩星测量、空间粒子探测等。此外，中心还将结合学校多学科资源，以皮卫星为试验平台，将浙江大学各学科的基础研究成果引入航天领域，以促进航天领域的技术革新，使学校在中国航天事业中发挥更大作用。

2010年9月28日，学校党委常委会召开专题会议，听取皮卫星发射工作汇报。时任校党委书记张曦意味深长地说，皮卫星发射成功"长了浙江大学的志气"。这次研制和发射取得成功，有四个方面的主要原因：一是浙江大学始终坚持对接国家重大战略目标、对接国际科技前沿的"两个对接"科研工作方针；二是科技工作者十年磨一剑，默默无闻，顽强拼搏；三是团队合作、相互配合，发挥浙江大学学科综合优势；四是学校深化科研体制机制改革，激发科研人员创新活力。他鼓励研究团队"再接再厉，乘胜前进"。

（周炜　欣文）

"皮星二号"漫步太空

2015年9月20日7时零1分，我国新型运载火箭长征六号在太原卫星发射中心点火发射，成功将20颗微小卫星送入太空，创造了中国航天一箭多星发射的新纪录。浙江大学自主研制的两颗皮卫星"皮星二号"与另外的18颗卫星一起准确入轨。

"皮星二号"是浙江大学微小卫星研究中心研制的第二代微小卫星，将在轨验证微机电系统（micro-electro-mechanical system，MEMS）、微型轻质展开机构、皮纳卫星组网等技术，探索发展我国未来皮纳卫星的在轨应用技术。

皮卫星是指重量为公斤级的微小卫星。相比大卫星，成本低廉、制造和发射周期短、应急反应快是皮卫星的最大优势。

2010年9月，浙江大学微小卫星研究中心研制的两颗"皮星一号A"即由"长征二号丁"运载火箭成功搭载发射，是国内首次发射成功的公斤级卫星。

"皮星二号"成功入轨，使得太空中浙江大学卫星的阵容进一步扩大。

自美国斯坦福大学2000年初发射世界上第一颗正常工作的皮卫星以来，皮卫星已日益成为航天领域研究的热点之一。在通信、遥感、海洋探测、天文观测等领域，如舰船定位、危险品运输车跟踪、对地观测等任务，大卫星能做的，皮卫星也能做到。

浙江大学2005年就将皮卫星项目列为学校重点项目；2007年成立航空航天学院，在原有皮卫星团队的基础上，成立了微小卫星研究中心。2012年以来，浙江大学微小卫星研究中心发起面向本科生的微型手机卫星科研训练项目，已吸引数百名本科生航天爱好者自行组织队伍，研制属于自己的微小卫星。中心给每个项目选配相应的指导教师，并通过科普讲座、教师指导、学长辅导等多种方式，帮助本科生快速了解微小卫星的组成与各部分工作原理。

浙江大学微小卫星研究中心还参与了由欧盟资助的"QB50"项目，即全球50所高校各自独立研制一颗皮卫星，由一枚运载火箭将这50颗皮卫星同时发射到离地面320千米的轨道上，实现对90千米至320千米高度上的大气层的物理特性的探测研究。

据了解，浙江大学微小卫星研究中心未来还将结合学校多学科资源，以皮卫星为试验平台，将浙江大学各学科的基础研究成果引入航天领域。

（曾福泉）

生日趴：卫星界的"霍比特族"

2016年9月25日，浙江大学微小卫星研究中心用学术研讨方式开了个生日趴。庆生对象，全上了天——距离地球640千米和525千米的轨道上，四颗浙江大学自主研发的皮卫星正在工作，两颗"皮星一号A"卫星进入太空工作6周年、两颗"皮星二号"卫星入轨服务1周年。

皮卫星不是调皮的卫星，而是按照重量大小来形容的概念，指重量在公斤级别的微小卫星。

对于浩瀚的宇宙来讲，皮卫星像是卫星界的"霍比特族"。相比大卫星，皮卫星成本低廉，研制和生产周期短，应急反应快。

在这个特别的生日派对上，科学家们首次讲述了浙江大学皮星家族许多鲜为人知的故事。

"皮星一号"
神秘失踪了9年

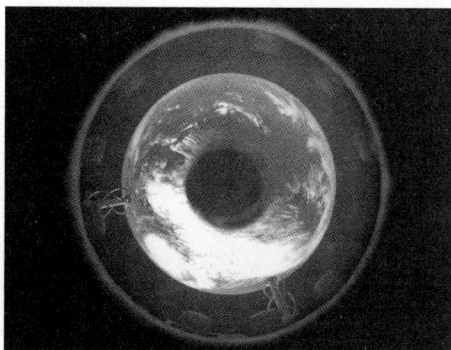

"皮星一号A"卫星在运行到第14圈时，曾用卫星
自带相机拍下并向地面传回的地球照片

已经发射成功6周年的"皮星一号A"，名字里拖着个字母"A"，是因为"皮星一号"这个名字，属于另外一颗皮卫星。

那是中国首颗发射升空的公斤级皮卫星，尺寸和"皮星一号A"一模一样，是一个边长15厘米的立方体卫星，也由浙江大学微小卫星研究中心研制。但遗憾的是，自从2007年5月25日搭载"长征二号丁"运载火箭飞向太空以后，这颗卫星就再也没有和地球联系。

"升空以后，它就一直没有自动开机。"浙江大学微小卫星研究中心主任、浙江大学航空航天学院副院长金仲和教授告诉记者，"当时'皮星一号'上天后杳无音讯，大家压力非常大。连续两周时间，所有相关的科学家和工作人员在西安卫星测控中心的帮助下，每天都在寻找这颗皮卫星，最后还是放弃了。"

金教授团队做了大量的分析，认为"皮星一号"很有可能出现"水土不服"的问题。

卫星上天，首先要经受在火箭中剧烈震动的考验；而到了太空，又面临着极冷极热的环境。"'皮星一号'在设计时，并没有充分考虑这些恶劣的环境。"金教授说。而在制作工艺上，"皮星一号"几乎所有装备当时都是由浙江大学的学生自己手动焊接装配的，在发射前，团队还拆开卫星进行了最后一次调试，这可能都是导致卫星失踪的原因。

"'皮星一号'现在还在天上吗？"记者问。

"按照轨道寿命，它应该还在天上飞。"金教授说。

"皮星二号"
撑开了一把纤维"伞"

"皮星二号"模型

"皮星一号A"的两颗孪生星的生日在中秋节。2010年中秋节，它们搭上"长征二号丁"运载火箭，顺利进入太空。

记者在浙江大学微小卫星研究中心看到了"皮星一号A"的模型——边长15厘米的立方体，重3.5千克，外身披着36片太阳能电池，其中对地面的一角安装了一个由浙江大学光电系研制的360度视场全景相机，用于成像实验。

金教授给记者看了"皮星一号A"拍摄的地球照片。前一页超广角的照片叫人忍俊不禁，仿佛能想见"皮星一号A"在天上卖力工作的样子——

照片中除了能看到云雾缭绕的地球，还能看见"皮星一号A"自己身上的9个螺丝和两根天线。

金教授说，"皮星一号A"位于离地球表面640千米的轨道上，每96分钟绕地球一圈。每天它们会与西安卫星测控中心有一次通信联系，传回轨道定位、健康数据、拍摄的图像等信息。每隔一段时间，研究中心会从卫星测控中心取回数据。

"皮星二号"要更大一些，上天的也是两颗孪生星——边长25厘米的立方体卫星。

2015年9月20日，我国新型运载火箭"长征六号"在太原卫星发射中心点火发射，成功将包括两颗"皮星二号"在内的20颗微小卫星送入太空。这趟"飞天专车"，创造了中国航天乃至亚洲航天一箭多星发射的新纪录。

20千克重的"皮星二号"包含了约10千克的任务载荷质量：其中5.6千克的任务载荷是一把高级碳纤维"伞"，直径有1.6米。搭载火箭起飞时，这把"伞"收拢，当卫星进入轨道后，碳纤维"伞"就展开，面积有大约2平方米。"皮星二号"是中国首例承担重大试验任务的应用型皮纳卫星。这朵太空中奇特的"花"，包含有多项堪称国际首创的关键技术。

一年的时间，"皮星二号"已经绕地球飞行了近6000圈。通过这次验证，伞状天线结构将可用于皮卫星和纳卫星中，从而能够在通信、地震监测、行星际探测以及新技术的演示验证等多个领域发挥更大的作用。

"皮星三号"
开启民用订制时代

记者在浙江大学微小卫星研究中心看到了"皮星三号"，遗憾的是，它现在的图片还不能公布。

这颗边长25厘米，重约20千克重的立方体卫星跟前面上天的几对"孪生兄弟"不同，这两颗可以说是一对"龙凤胎"：一个正方体卫星，上面是一个球体；另一个正方体，上面是一个"金字塔"。球体和"金字塔"的功能，暂时不能透露。金教授表示，"皮星三号"预计在明年发射。

而从"皮星三号"时代开始，浙江大学微小卫星研究中心也将正式面向民用需求，供普通大众订制这样轻巧高能的皮卫星。

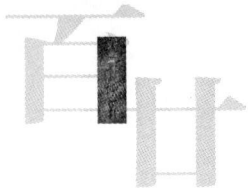

原来依赖大卫星做的许多工作，现在皮卫星也能做了。金教授介绍，目前各国小卫星已涉足特种通信、对地观测、导航增强、海洋探测、航道监控、天文观测等领域，具体应用包括舰船定位、大气PM2.5测量、渔业纠纷取证、工厂发货业务量评估、危险品运输车和动物监控跟踪等，甚至把通信基站放到太空轨道上，实现天基互联网。"谷歌计划发射2000颗小卫星，实现互联网对地球表面无死角的全覆盖。"金教授说。

"制造一颗几百千克的大卫星，成本在10亿～20亿元，需要花费至少两年时间。就算制造一颗微小卫星也需要几亿元。"金教授介绍，但制造一颗皮卫星，成本仅为几百万元，时间仅需几个月。皮卫星对火箭发射的要求也较低。大卫星从进入发射基地到上架发射，最快也要30～40天，而皮卫星从进场到发射，短短几天就能完成。

当然，单颗皮卫星的功能相对于大卫星来说是弱的。"皮卫星的编队飞行，是目前皮卫星研究者的一个美好愿景。几个甚至数十个皮卫星会被同时运送到太空轨道，我们称之为'星群'，就像候鸟一样，按照不同的序列组合起来。卫星之间可以实现数据通信，一起把探测到的数据传到地面。"金教授说。

（章咪佳）

浙江大学光学镜头在"嫦娥二号"上显身手

周炜

　　蓝紫色的太阳翼缓缓展开，远处升起一轮白色的光球，随着曝光自动调整，光球变成了一枚深蓝色星球，山川白云清晰可见。——2010年10月2日凌晨3点59分，"嫦娥二号"第一次拍摄了从中国奔月卫星上遥望地球的高清视频。这台相机的"眼睛"——光学镜头是由浙江大学光学工程研究所徐之海、冯华君教授等7位科研人员组成的研究团队历时五年研发的成果。

　　遨游在太空中的"嫦娥二号"比"嫦娥一号"多了一项"眼观六路"的本领。除了一台对月观测主相机之外，它第一次搭载了三台监视相机和一台降落相机。监视相机分别监视卫星的太阳翼、定向天线和490N发动机；降落相机则是为未来"嫦娥三号"成功实现月面软着陆的先期试验相机。这些轻小型CMOS相机的光学镜头均由浙江大学的科研人员研发，由宁波永新光学股份有限公司制造。现在，四台相机工作正常，镜头成像清晰，顺利实现了对卫星关键动作监视成像和对地球与月球拍照的预期目标，梦幻的地月空间高清视频与组照目前正陆续源源不断传回地球。

　　浙江大学研发团队负责人徐之海介绍，监视相机对于了解卫星的工作状态非常关键。比如，太阳翼是为卫星提供能量的部件，卫星发射时处于折叠状态，太阳翼监视相机就记录了"嫦娥二号"太阳翼的整个展开过程。另一台监视近月制动490N发动机的相机，则能拍摄到发动机红彤彤的喷嘴，发动机是否正常工作就一目了然了。

　　"嫦娥二号"上有效载荷的体积与重量是受严格限制的。为了尽可能减小体积与重量，研究团队进行了轻量化设计，采用了钛合金轻质镜筒材料，将镜头重量控制在12～50克之间，其中的镜片直径仅为3.8～20毫米。这样的小不点要在太空变幻莫测的环境中完成高精度成像的任务，浓缩了科研人员很多心血。"五年中我们动了不少脑筋，通过优化设计与反复试验，使镜头实现了最高精度和最佳性能，让'嫦娥'的'眼睛'更加明亮。"徐之海说，"每个镜头都是由多片镜片组成的，保证各镜片之间的同心度和间隙精度是高质量镜头研制的关键。为此，我们精心构思，在不断完善光学设计的基础上，对其中的一些光机调整结构进行了创新设计，取得了良好效果。"

据了解，这几台相机不但经受住了"嫦娥二号"发射时的剧烈震动和过载冲击的考验，还在太空中对太阳粒子辐射、温度变化、气压变化等挑战应付自如。

无人驾驶也能"步步为营"

周炜

实验现场

　　浙江大学玉泉校区信电大楼三楼的一间实验室，近80平方米，一地沙土，空旷得像是另外一个世界：一个伸长了"脖子"的机器人兀自站在起伏不平的沙层上，时走时停，"大眼睛"闪闪发光，停下来时，仿佛是在思考。

　　实验室的主人是刘济林教授课题组的师生。刘教授告诉记者，这个机器人有一位非常著名的"兄弟"，那就是在月球执行任务的"玉兔号"月球车。课题组围绕月球车对月面地形环境的感知、建模和导航等问题进行研究，历时近9年，相关技术已经成功应用于"嫦娥三号"探测器的"玉兔号"月球车中。

缘起无人车研究

　　浙江大学信电系机器视觉与导航方向的师生在机器视觉用于无人车导航的领域已经做了20多年的探索。时任浙江大学副校长的顾伟康教授数次带队去天寒地冻的地方做野外测试。2004年，美国举行全世界最高水平的地面移动机器人大赛，俄亥俄州立大学的无人车在100多支参赛队伍中名列第五，负责其中视觉传感研究部分设计的，是浙江大学信电系毕业的博士项志宇，项志宇从俄亥俄州立大学博士后流动站出站后，又回到了刘济林教授的课题组，成为一名研究主力。

　　2000年11月，我国首度公布将开展以月球探测为主的深空探测的技术预研，"绕"、"落"、"回"三个阶段探月计划拟于2020年前完成。"这个'落'的过程，就要有月球车落到月球上去执行任务。无人车视觉导航技术会派上用场！"2005年，刘济林教授申请到省科技厅和国家自然科学基金重点项目，"我们希望月球车不但能看清前方'路况'，还能自主设计最安全的路线或者最快的路线。"刘济林教授说，那时候，课题组正式开始了关于月球车视觉系统关键问题的基础研究。

2006年10月，浙江大学的这项研究引来了航天八院的关注。刘济林教授收到了一封邮件，发信人附上了几张有石头的照片和一个问题：听说你们这里做三维重建很厉害，能不能根据照片，算出石头之间的距离？刘济林教授回复：可以。几天之后，刘济林教授接待了来自八院的客人。听了刘济林教授的报告之后，八院负责技术的"高博"摊开写有"标准答案"的纸条。精准，是可以验证的。合作，就此开始了。

2009年起，刘济林教授课题组的月球车从基础研究正式转入应用研究阶段。在航天科技集团的抓总和领导下，先后完成了中国航天科技集团公司五院502所委托的月面巡视器的"GNC地面遥操作设备"等4个有关月球车导航的课题。

月面行走"危机重重"

月球表面有月尘，有坚硬锋利的石头，还有大大小小、深深浅浅的环形山，加之没有大气层的散射，被太阳照射时光线非常强烈，照不到的地方则异常黑暗，影响成像，在这样的地方行走"危机重重"，如履薄冰，万一发生打滑、卡壳等故障，那可找不到任何救兵。

"月球车停下来的时候，其实是在'观察'和'思考'，前面的路况怎么样，下一步应该怎么走。"刘济林教授介绍，月球车靠相机来"认路"，长长的桅杆顶端有一对导航相机，可以拍到7米甚至更远的图像。"肚皮"底下还有一对广角避障相机，可以"看"清4米以内的月面环境。课题组的任务，就是帮助月球车精准地"观察"，正确地"思考"与"决策"。

课题组开发了广角相机标定、立体匹配与三维重建、月面环境评估、环境感知、路径规划、视觉里程计定位等一系列模块。现在，只要月球车"眨眨眼"，咔嚓咔嚓拍下左右两张相片，接下来，就像很多科幻电影中描述的那样——计算机程序迅速地将两张二维照片转化为相关物体的三维坐标，形成一张立体的地形环境图；计算机程序还会自行对前方路况进行"风险评估"：哪里安全可以走，哪里是危险的'雷区'，一目了然；要到达目标地点，怎样的路线最安全，怎样的路线最迅速，它也能"自动规划"。

月球车还有一个"绝招"，那就是还原变形的图像。为了让避障相机看到更大的范围，相机采用的是鱼眼镜头，这种相机拍下的照片四周变形非常严重，只有中央不变形的部分才能用。课题组研发了一种特别的办法，能让周围变形的部分重新"复位"，这样，既扩大了玉兔的"视野"，也提升了环境重建的准确度。

眼睛"看看"就能记录里程

实验用的月球车也并不是终日深居闺中，有时候，它也要走出实验室，到大马路上去"遛遛"，特别是在试验视觉里程这一模块时。月球车走过什么地方，走的是什么路线，走了多远，都需要"如实汇报"。2012年，刘济林教授课题组的模拟月球车载着电脑，走到了户外。

每辆汽车的操作系统里都有一个靠车轮转动计数的里程表，但是这个计算方式搬到月球车上就不行了。"美国的火星车就发生过一件事，车辆不断执行前进命令，里程计不停地计数，可拍回来的照片却显示车在原地没动。原来车陷在坑里，原地打滑了。"刘济林教授设计了一套"双目视觉里程计"，加上了一套能够随时记录方向的蓝牙装置和实时加速处理的GPU。靠这套"视觉地形计算"的系统，他们解决了原地跑里程的问题。

"研究真的上天了"

"咱们做的这个实验样机，最后是不是真的会用上呢？"已经上博士研究生三年级的曹腾心里一直有这样的疑问。他从小就爱车，本科时和同学组队参加过全国的无人车电子设计竞赛。那时，他注意到系里的刘济林教授是研究智能车的，保送研究生时，他果断选择了刘济林教授的课题组。

"师哥师姐们已经做了视觉里程计的深入研究，我们的任务则是更加偏向工程应用，进一步优化路径规划等三个模块。"2011年一入课题组，曹腾就加入了月球车项目的模块研究。时间紧，内容多，他与任建强、江文婷等同学一起，在归国博士龚小谨老师的指导下，写了两万行左右的源代码。2013年，新的任务又来了，要整体设计研发月球感知与导航系统的11个功能模块。"承担一套完整系统，比原来的规模要大得多。"

　　曹腾在"嫦娥三号"发射前两天才从航天五院回到杭州。在那里，他和比他大10多岁的"嫦娥三号"巡视器GNC副主任设计师滕宝毅成了好朋友。2013年12月15日，"玉兔号"月球车与"嫦娥三号"着陆器分离，踏上了月球表面。16日下午，在北京航天飞行控制中心工作的滕宝毅给曹腾发了一条微信："刚刚在'中国航天网'上参加在线访谈，我着重介绍了我们的月球车视觉导航系统。"

　　刘济林教授说，项目的成果，一方面将继续为我国探月工程的后续研究服务；另一方面也可以应用到地面无人车的研制，以及未来的火星探测中。

"实践十号"为什么要飞上去又飞回来

章咪佳

北京时间2016年4月6日凌晨1时38分，中国首颗微重力科学实验卫星——"实践十号"返回式科学实验卫星，由"长征二号丁"运载火箭在酒泉卫星发射中心成功发射。

总设计寿命为15天的"实践十号"，将在太空中完成19项微重力科学和空间生命科学实验后，利用我国成熟的返回式卫星技术按预定程序返回地球。

来点接地气的解释。

当昼夜不再是以24小时为一周期，当世界不再有四季的变化，未来将要进行星际穿越、移民的地球人，会在其他行星上遇到什么样的挑战？

给15天先。

未来15天，小鼠的早期胚胎会在太空微重力环境中经历最艰难的生物早期发育过程。这段特殊的生命活动规律，将为保障人类在太空活动中的生殖发育健康提供科学依据；

未来15天，在微重力状态、空间辐射、超真空环境中生活的家蚕胚胎，将通过基因表达的变化，告诉人类，生物在太空中会发生哪些基因突变；

……

15天之后，中国科学家将揭开一系列的奥秘，帮助积累和增进人类未来在宇宙的生存之道。

为了人类未来在宇宙谋生，中国科学家准备烧上几把火

这颗重量约为3.4吨的返回式卫星，造型像一个巨型的酒心巧克力，上面一个小直径的圆柱体，是返回舱，舱内空间主要用来做生命科学领域的实验；下面连通的一个粗壮的圆柱体，是留轨舱，承担物理、材料科学等领域的研究。

浙江大学航空航天学院的金仲和教授告诉记者，"实践十号"体格跟我国的一

系列载人飞船的返回舱差不多，大约有一层楼高。

这颗卫星上天后，会像回娘家的小媳妇儿一样，给太空带去一"麻袋"科研价值赛过金银细软的地球物品——等待开花的水稻、拟南芥（拟南芥的基因组是目前已知植物基因组中最小的，很有研究价值）、体态轻盈的果蝇、上千只蚕卵（其中一部分将长期留在太空中孵化）、细小的线虫、小鼠的胚胎……

在太空旅行过程中，这些"乘客"将进行各自的太空实验。15天后，它们随卫星返回舱重返地球，着陆在内蒙古四子王旗，将帮助科学家揭示微重力环境和空间辐射对生命的影响。

为什么这颗卫星要专门上一趟天，去做这些科学实验？

"地球上的物理现象，都受到地球重力的制约，比如浮力、沉降、压力梯度等。在微重力环境下，在地面上被重力掩盖的因素就开始变得重要。所以微重力环境能观察到很多地球上不可能观测到的独特现象。"金仲和教授解释道，"实践十号"卫星是专门为科学而设计的卫星，虽然这个实验室场地远不能和未来的空间站相比，但是它可为实验提供比空间站更低的重力，对一些实验更加有利。

"返回式卫星有着独特的优势，不少生物实验、生命科学实验和科学搭载实验，在完成在轨实验后都需要返回地面来直接分析资料。此外，样本在太空停留时间不能太长，而如果在未来空间站进行，返回一次时间较长，所以这种短期、需实物的实验用返回式卫星非常合适。"金仲和教授说。

"此外，在返回式卫星上做实验，比空间站的机动性更好。比如一些实验样本装到卫星上的时间需要离发射越近越好，像生命实验中的干细胞、骨髓样品、胚胎等，都是在临发射前几个小时才装入卫星的。在实验结束后，样品能随返回舱尽快回收，取出分析。""实践十号"首席科学家、中国科学院院士胡文瑞说。

同时，"实践十号"既有返回舱还有留轨舱，一些空间站上不敢做的实验，就可利用留轨舱来完成。据悉，中国科学家准备在"实践十号"里烧上几把火，观察液滴如何蒸发，以及沸腾的液体中冒出的泡泡……

除了为人类未来在宇宙谋生想法子，"实践十号"的科学实验也将脚踏实地地帮助目前还在地球上生活的人类拥有更美好的生活，例如，如何更高效地开采石油，减少燃煤污染。

实践十号带去19项科学实验
有一项来自浙江大学，和骨头有关

在搭载"实践十号"卫星飞天的19项科学实验中，有一个项目来自浙江大学生命科学学院王金福教授的团队。

此前，记者跟王金福教授通上电话的时候，他正在西安转机。

从酒泉到杭州，需要从嘉峪关机场起飞，经停西安再飞回杭州。

王金福教授领衔的这个科学实验，学术名字叫"微重力条件下骨髓间充质干细胞的骨细胞定向分化效应及分子机制研究"。

在地球上，人类每时每刻都在经历骨钙的生成和丢失这两个过程。

"如果是健康的人，这一进一出的过程是保持平衡的。如果骨钙生成多于丢失，就会出现骨质增生；如果丢失多于生成，就是骨质疏松。"王金福教授说，骨钙的生成，主要由骨质干细胞分化而来。

但是当人体进入太空微重力环境，会出现很明显的骨质变化。

2016年3月2日，美国宇航局（National Aeronautics and Space Administration, NASA）宇航员斯科特·凯利返回地球，此前他已经在国际空间站连续待了340天。

研究人员认为，在重力如此小，且辐射很强烈的环境中停留这么长的时间，斯科特的骨骼可能会更脆弱，而且他的动作技能和视力会受损。

在斯科特回到地球后，美国科学家用斯科特的身体数据，与他在地球上的同卵双胞胎哥哥进行了一系列的实验比对。这其中很重要的一项研究内容，就是验证微重力环境下人类骨质疏松的情况。

发射前，浙江大学团队将一定量的健康人体骨髓中的干细胞，从航天城运送到发射场，然后装舱。这些干细胞进入太空中后，会在微重力环境下，经历分化实验。

15天后返回式卫星飞回时，科学家就能够观察到干细胞的形态变化，并验证在空间微重力条件下，干细胞向骨细胞分化的能力，以及导致这种变化的分子机制。

这是全世界首次在太空条件下，开展干细胞定向分化及其分子机制研究。"搞清楚这个问题，我们就有可能研发相关的药物，防止人们到太空环境后患上这类疾病。"王金福教授说。

测控数传一体机用于"天宫二号"

周炜

2016年9月15日22时04分，搭载"天宫二号"空间实验室的"长征二号FT2"运载火箭，在我国酒泉卫星发射中心点火发射，约575秒后，"天宫二号"与火箭成功分离，进入预定轨道，发射取得圆满成功。

"天宫二号"携带并将在轨释放一颗由中科院上海微小卫星工程中心抓总研制的伴随卫星，负责空间监测并与"天宫二号"开展联合实验。它是一颗微纳卫星，是"天宫二号"试验任务的一部分。

浙江大学微小卫星研究中心团队，自主研发了一台该伴随卫星上的关键设备——测控数传一体机，负责地面和太空通信联络。中心主任金仲和教授介绍，这台设备长110毫米，重量不足100克。传统的卫星测控通信设备重量在数千克到数十千克，中心采用软件无线电技术和现代微电子技术，在国际上率先将这类设备的重量降低到百克量级，同时可通过加载不同软件实现测控、数传等多种功能，可极大地减小卫星的重量和造价。该设备已成功应用于10余颗已发射的卫星中，在轨工作表现出色，圆满完成各项任务。

金仲和教授介绍，目前团队正在设计视频成像微小卫星，可以实现更加复杂的空间操作任务。

"沙锥"无人机成功完成首次工程应用任务

夏平

2016年8月，由浙江大学航空航天学院无人机研究中心研制的"沙锥"隐身无人机配合我国某重点型号任务，在西北某基地成功完成首次工程应用任务。

"沙锥"无人机是航空航天学院首个通过国家技术鉴定的无人机型号，集高空、高亚音速、隐身、超低空、机动性等特点于一体，是我国首架高空高亚音速小RCS无人机。在本次试验任务期间，无人机研究中心参试人员在高温、大风等不利环境条件下，实现了风速为10米/秒的大风环境下无人机的安全起飞，突破了之前的起飞条件限制，成功完成了"沙锥"无人机首次工程应用试验。

在试验过程中，"沙锥"无人机充分展现了速度高、控制准、航时长等优点，精准完成了预定的飞行任务。

"无创心功能监测仪"为航天员保驾护航

盛仪

2016年10月17日,"神舟十一号"飞船发射成功。在此之前,由浙江大学研制的"无创心功能监测仪"已于2016年9月15号随"天宫二号"在太空中静候,将为"神十一"航天员进行心率、血压、血氧饱和度等生理参数的实时监测和分析,在保障航天员健康以及航天员太空长期生存活动中发挥重要作用。

浙江大学生物医学工程与仪器科学学院和中国航天员科研训练中心有多年合作历史。1977年,浙江大学在国内率先设立生物医学工程专业,作为国家一级重点学科,浙江大学生物医学工程的科研实力位于全国前茅。2006年9月开始,双方合作研发"无创心功能监测仪",经过5年的艰苦研制,满足了交会对接任务对航天员新型医监医保设备的更高要求。

2011年9月29日,"无创心功能监测仪"随着"天宫一号"目标飞行器成功进入太空。当时新华社报道:"测血压的设备和地面袖带式不同,在胸部连上心电电极,在手指上戴上血氧、脉搏波传感器,对心电信号和脉搏波信号进行分析处理,计算出心率、血压、血氧饱和度等生理参数。"

2012年6月16日,"神舟九号"发射,与"天宫一号"成功实施了中国首次载人交会对接任务。刘洋等三名航天员首次成功使用"天宫一号"中的"无创心功能监测仪"进行了血压和心血管参数的无创连续监测,并将数据顺利传回地面,效果良好。2013年6月又为"神十"的三名航天员做了生理监测,仪器工作状态稳定。这次待"神舟十一号"与"天宫二号"成功实施载人交会对接任务之后,将对航天员进行在轨生理状态的监测,继续为"神舟十一号"保驾护航。

10年来,浙江大学生物医学工程与仪器科学学院和中国航天员科研训练中心的合作全面密切,包括航天医学信息技术研究、航天医学影像技术研究、空间环境电生理检测仪器研究以及空间环境下心脑血管基础生理研究等,同时还进行了人才联合培养。在"无创心功能监测仪"应用于"天宫一号"后,研究团队继续在心脑血管监测仪器领域进行开发,2015年三个新的产品已经完成第一轮样机验收。

　　为深化合作、推进发展，"中国航天员科研训练中心–浙江大学航天生物医学工程联合实验室"将筹备成立。借助这个平台，浙江大学生物医学工程与仪器科学学院将进一步发挥学科上的综合交叉优势和雄厚的科研实力，为国家成为航天强国做出贡献。

万米深保真水样创世界纪录

周炜

浙江大学研制的全海深保压气密取样器搭载着陆器下潜

浙大HOME团队吴世军副教授正在"探索一号"科考船上
进行保压气密样品转移

2017年3月23日，中国"探索一号"科考船后顺利回港，此次科考在马里亚
纳海沟和雅浦海沟共执行113项试验与科考任务，取得多项世界级重大突破。其

中，浙大研制的国际首例万米深渊保压气密取样器上获得2800毫升保压气密水样，实现了世界在万米深度获取保压气密水样零的突破。

"深海中有许多我们未知的奥秘。比如，阳光无法抵达的万米深渊居然还有生命存在，它们与环境之间的物质能量交换是怎样进行的？我们希望能研究出相关的装备，帮科学家从深渊中取到原真的样品，放到实验室。"所谓保真取样，就是取回的水样指标要与在海底时毫无偏差，包括压力也要保持海底的压力水平。

浙江大学是国内最早开展深渊气密取样技术研究的单位之一，在"863计划"和"国家重点研发计划"的资助下，杨灿军教授所带领的HOME（Human-Machine and Ocean Mechatronic Engineering）研究团队十多年来一直致力于深海水体保真取样技术的研究和应用。

据介绍，HOME研究团队此次突破了超高压双向密封、样品压力维持与转移处理等深海关键技术，解决了深渊水体采样面临的样品保压困难、气体组分容易散失等难题。事实上，浙大早取样器在国际上已有很高的知名度。美国明尼苏达大学著名海洋地质科学家W.E. Seyfried教授等对浙大造取样器给予了高度评价，而美国的潜水员们则亲切地称之为"Six Shooter"。2016年7月，浙大研制的取样器曾搭载 "蛟龙号"在深度超过6000多米的海洋中取得保真样品。

作为"十三五"国家重点研发计划"深海关键技术与装备"重点专项的"全海深海底水体和沉积物气密取样装置研制"项目首席科学家，浙江大学HOME研究团队博士研究生导师吴世军副教授参加了本次深渊科考航次，在航次中负责全海深水体气密取样器的海试验证和应用。这次浙大的取样设备搭载在中国科学院深海科学与工程研究所研制的原位实验号和万泉号深渊着陆器上一起成功进行了十多次深潜试验与应用，获取了大量深渊气密保压样品，充分验证了国产全海深气密取样器的保压可靠性。

深海作业机器人中国造

张进

遥控汽车玩具相信大家都玩过，似乎不难；但要在4500米深的海底，遥控一个水下机器人，其中要解决的"疑难杂症"可就不是一般人能想象的。

顾临怡是浙江大学流体动力与机电系统国家重点实验室教授。从2008年开始，他所带领的团队参与过由广州海洋地质调查局、上海交通大学、哈尔滨工程大学、青岛海洋化工研究院、同济大学的同行们组成的联合研究团队，在中科院沈阳自动化所、海洋二所专家的帮助下，协同攻关，研制4500米级深海作业机器人，并在杭州市上城区浙江大学成果转化基地实施产业化，这一项目，已经被列为"863计划"项目。

随着科技的发展，海洋资源的开发和利用价值日益显现，但要利用海洋，首先要了解海洋，而海洋的客观环境对人类"亲近"海洋造成了很大的障碍。因此，深海科学考察、海水油气及水合物资源勘探开发和水下工程作业，都需要有水下机器人的帮助才能实现。目前，科学家们已经研制出了获取深海调查数据的各种水下仪器设备，比如，用于大范围地形地貌调查的多波束声呐、旁测声呐和测深侧扫声呐等声学设备，用于海底地质调查的声学浅剖仪、钻探等，用于水深调查的声学测深议、深度传感器等，用于海底目标识别的搜索声呐、水下电视和照相机等，用于海水物理化学和生物资源调查的作业工具、取样器和各种传感器等。但是，使用这些水下仪器和设备，都需要合适的水下机器人作为搭载和作业支持平台。

顾临怡教授介绍说，在深海设备的研制和开发上，欧美等发达国家和地区发展迅猛，而国内相关配套设备技术却严重缺乏，主要设备、材料，甚至元器件基本靠进口。可以说，以前我国水下机器人基本是自行设计完成后购买国外零部件组装。但这只解决了一个庞大而复杂的系统中的一小部分问题，发达国家的技术封锁和禁运，使我国水下机器人的自主开发水平长期处于严重落后和被动状态，也给现有设备维护维修带来了严重障碍。

　　走进顾临怡教授的实验室，这台中国科学家自主研制的4500米级深海作业机器人静静地"站"在架子上，它的身上"长"满了各种特殊材料制成的导线和阀门；它的"上半身"是一个矩形黄色箱体，主要是放置浮力材料与声呐系统，这让它在水中可以始终处于悬浮状态；它的"下半身"是动力系统与液压系统、机械手等核心部件。而它的"大脑"则被安置在水面的船只上，由操作人员向它发出指令。这台机器人的核心设备的每一个零件、每一条线路，都是由这个创新团队自行设计和制造的。每一个系统的总成，都会在实验室的大池子和深海高压环境模拟舱里经过严格的测试。顾临怡教授告诉记者，由于在深海活动的机器人，要承受4150个大气压强，所以机器人身上每一个细微的改进，都需要经过半年甚至是几年的努力才能实现，也正是合作单位的群策群力，才使研究过程少走了很多的弯路。

　　顾临怡教授说，我们只有耐得住寂寞努力工作，潜心攻克水下机器人关键配套技术和设备的研究开发，形成水下机器人综合配套能力，开发出拥有自主知识产权的水下机器人系列产品，才能迅速提高我们国家在这一领域的竞争力。

1700米深海，接驳成功

周炜

海底观测网次级接驳盒水下插拔作业操作

　　2016年8月29日至9月6日，海底观测网络试验系统成功完成了在中国某海域海上布放、深海组网接驳测试、海底持续观测等建设任务，持续数天的测试均正常运行。浙江大学机械工程学院流体动力与机电系统国家重点实验室杨灿军教授所带领的HOME研究团队研制的接驳盒设备顺利完成海底观测网络的组网接驳任务。

　　海底观测网络是指能够对海底区域进行长期实时探测、数据传输、样品采集分析以及进行原位实验的海底无人网络系统。作为可以实现对海底进行长期实时观测的一种新型平台，它将是继调查船舶和遥感通信卫星之后，人类探测深海的第三个重要平台。

　　该海底观测网络试验系统属国家高技术研究发展计划海洋技术领域海底观测网试验系统重大项目，由中国科学院声学研究所牵头，浙江大学、中天科技海缆有限公司、同济大学、中国海洋大学、清华大学等多家单位参与建设。该项目的实施将为我国海洋科学研究和海洋安全监测提供有力支撑。

　　本次海试建立的海底观测网络试验系统是国际海底观测网的最高电压等级

（10千伏），在国内首次实现在超过1700米的深海区完成国内最长距离（约150千米）的海底观测网络组网建设任务，达到国内最大深度和最长距离。这标志着中国海底观测技术已达到国际先进水平，具备了建设更大范围海洋观测组网的能力。目前，数据正源源不断地从海底传输到岸基服务器上，随时可以通过岸基服务器传到全球各地。

海底观测网络需要依靠一根纵深到深远海或者形成环网的主干缆，将多个接驳盒挂接到主干缆上，再通过树状结构连接水下定点监测设备和水下移动设备，从而形成区域性的海底观测系统。因此，节点技术与装备研发是建设海底观测网络的必经途径，海底接驳盒装备是其中的技术关键之一。

在"863计划"、教育部985高校支持计划等项目的资助下，浙江大学机械工程学院HOME研究团队15年来持续致力于深海组网接驳技术攻关和设备研制。2016年参加的这次海试中，浙江大学的接驳盒设备主要承担海底观测网络的组网接驳任务。主要实现的功能包括：负责为海洋观测设备提供长期有效的10千伏@10千瓦电力支撑和1G带宽通信链路，可提供多电压等级和多通信协议的外部扩展接口，可让所有海洋观测设备随时由深海机器人通过水下湿插拔接插件接入系统，进行海底观测网络的功能扩展。

此前，浙江大学HOME研究团队先后成功进行了东海嵊山岛海试、美国蒙特雷湾组网海试、摘箬山岛海试，并于2014年成功建成摘箬山岛高压大功率（10千伏@10千伏）海底观测网示范系统，一直成功运行至今。

据了解，浙江大学深海组网接驳技术还于2015年年底开始进行了技术转化应用，浙江大学和江苏中天科技集团以及中天海缆公司等多方合资成立了中天海洋系统有限公司，并成功研发出"水下观测网水质监测系统"新产品，在北京钓鱼台进行了全国新产品发布。中天海洋系统有限公司在本次海试中也发挥了重要作用。

汇聚多学科　科技岛浮出水面

曾福泉

在舟山西南面的海域中，有一个陆域面积不足3平方千米的小岛——摘箬山岛，因为浙江大学师生的到来而旧貌换新颜。岛上，1.1万余平方米的现代化实验大楼拔地而起；沿着海岸线，形成了海下技术系统试验平台等一系列试验群；附近海面上漂浮着橙红色的海上试验平台，引来过往渔民好奇的目光。

日新月异的摘箬山海洋科技岛，是浙江大学围绕我省加快发展海洋经济、建设海洋经济强省战略决策开展学科建设与人才培养、提供智慧支撑迈出的强有力的一步。浙江大学校长助理、海洋学院院长陈鹰教授介绍，2011年，国务院批复《浙江海洋经济发展示范区规划》，摘箬山岛也于当年开工建设外海实试基地，不到4年，箬山岛已被打造成一个名副其实的"科技岛"，一期16个项目已建成9个，涵盖海洋信息、海洋能源、海洋工程等多个领域。

从长峙岛码头出发，坐快船不到一刻钟，摘箬山岛东岙矗立的两座风力发电机就映入眼帘。不远处的海面上，平稳锚泊着由浙江大学按照我国深水半潜式钻井平台"海洋石油981"等比缩小设计建造的浮式科学试验平台——"华家池号"，以及浙江大学自主设计制造的国内唯一长期实效发电的潮流能发电机组。浙江大学海洋学院副院长胡富强介绍，"华家池号"可模拟钻井等大型设备在各种海况下的运行情况，还可开展海底管道、水下生产设备的安装试验，达到了世界先进水平，不仅已为中海油、中石油等提供技术服务，还吸引了西澳大利亚大学等前来开展新式锚泊系统试验。

浙江大学专家在摘箬山岛上搭建了一系列海洋科学和工程装备的试验场，企业生产的各种类型的水下传感器、海工材料等都可以在这里实地接受东海海水的检验，取得大量宝贵数据。目前，我省海洋产业相关企业为了试验产品，有的甚至要远赴韩国，而摘箬山岛的这些试验场全面建成后将对外开放，能让企业就近获得服务，并有望依据东海海洋环境制定专门的技术标准和规范。

海洋科学是新兴学科，科技岛的建设汇聚了电气、地科、能源、建筑工程等多学科专家的心血。浙江大学海洋试验站站长陈家旺说，兴建之初生活条件不完备，浙江大学师生就在水泥平房里打地铺，观测数据、维护设备；海上浮式平台需要有人长期值守，专家们就自带干粮，在狭小的空间里吃住，一待好几天。

　　科技岛建设的顺利进展，为高校与政府合作在国家战略层面实现协同创新提供了典型范例。舟山不仅将摘箬山岛零地价、零租金长期提供给浙江大学使用，2012年还和浙江大学签约共建浙江大学舟山校区，总投资20余亿元。浙江大学目前有近百名学者长期在舟山开展科研，大量成果可直接服务于海洋新兴战略产业。于2015年9月建成开学的浙江大学舟山校区，不仅拥有多个国际领先的海洋工程装备实验室，还建成了8000吨级码头，配备教学实验船，并正与摘箬山岛一起申报建设浙江省海上试验科技创新服务平台。

太阳照在科技岛上

崔雪芹

2015年5月中旬，笔者来到摘箬山岛的这天，天气正好，金色的阳光洒满了整个海岛。摘箬山岛位于浙江省舟山市西南海面，距离舟山本岛不足8千米，全岛陆域土地面积2.34平方千米。因为浙江大学师生的到来，小岛现在变成了一个"全副武装"的科技岛。

各个相关学科都在这座岛屿上建立实验室、试验场，开展广泛的科研工作，这在全国也是独一无二的。

"水下风车"

浙江大学集基本实习、作业、科研等功能于一体的"紫金港号"交通船慢慢驶近摘箬山岛，矗立在东岙的两座雪白的风力发电风车渐渐地巨大起来。

风、阳光、海流……通过高效的储能技术，这些生态化能源成功地带来了"绿色的电"。浙江大学电气工程学院院长韦巍介绍，浙江大学的科学家在摘箬山岛进行的微电网尝试，有望在将来为高山、海岛等偏远地区独立的微电网建设提供可靠的标准模型。

海流发电装备是指能直接捕获海水流动的动能并转换成电能的装置，主要有水平轴、垂直轴和振动式3种形式，形似"水下风车"。

浙江大学机械工程学院教授李伟表示，浙江大学研究开发海流能利用装备已历时10年，发展了3种基本传动方式的装备。2014年5月8日以来，浙江大学研制的60千瓦水平轴半直驱三叶片海流发电机组及其海试平台在摘箬山岛海域实现跨年度试验运行，成为目前国内单机日平均发电功率最大、实际发电时间最长、累计发电量最大的海洋能（包括海流能、波浪能）发电装备，也是国内第一个经第三方独立机构检测的海流发电装备系统。

"来，喝杯热水，就是用海流发电烧开的水。"在试验平台上，科学家准备了许多蓄电池，将海流能带来的巨大电量储存起来，供日常使用。但电太多了也是个问题，于是又搬来了海水淡化装置，通过为海水脱盐，巧妙地把电能"存"在淡水中。还是用不完，就索性用来点亮霓虹灯，到了晚上，整座海流发电试验平台在东海洋面上熠熠生辉。

海上试验场

华东地区大批造船厂等海洋工程相关产业长期缺少一个试验产品的场所。新开发的传感器，放在水下一个星期，温度、盐度、微生物……会对它造成哪些影响？要获得科学的答案，就非做科学实验不可。

"不能总在浴缸里学习游泳。"时任浙江大学建筑工程学院常务副院长的王立忠的这句话道出了摘箬山岛上一大批科研项目的重要意义。

现在，海洋就在浙江大学的科学家的眼前。摘箬山岛附近海域上平稳锚泊着的"华家池号"，是按照我国深水半潜式钻井平台"海洋石油981"等比缩小设计建造的浮式科学试验平台，其下水深达50米。2014年夏天，"华家池号"成功地"潜伏"到水下，经受了10级台风的考验。

王立忠介绍，"华家池号"可以模拟钻井等大型设备在各种海况下的运行情况，还可以开展海底管道、水下生产设备的安装试验，达到了世界先进水平。消息传到了南半球，海洋工程学科实力雄厚的西澳大利亚大学已经提出申请，把新开发的锚泊系统安装到"华家池号"上，开展试验。

海洋工程材料的科学试验同样可以在摘箬山岛上进行。同样的一批材料，有的完全暴露在海风中，有的放在不断被海浪拍打的岸边，还有的一部分沉浸在海水里……不同的环境产生的不同数据，都被科学家收集到了。由此获得的宝贵发现，从跨海大桥到远洋巨轮都将受益。

海岛的明天

2009年5月，浙江大学与舟山市曾签订全面合作协议，双方在舟山以"1181"

行动计划为框架进行合作共建：建设一个"海上浙江"示范基地；建设一个国家级"海洋技术海上公共试验场"；聚焦"海上浙江"战略研究、船舶与港航工程、海洋生态环境保护和海洋科技支撑体系等八大领域；实施一批项目，服务"海上浙江"示范基地建设。

笔者了解到，摘箬山科技示范岛一期工程已完工，浙江大学与舟山市正共同开展其未来新布局，主要包括：发挥科技示范岛公共服务、科技示范和产业支撑三大职能；通过科技示范，解决关键技术问题，研发核心装备，延长产业链，推进海洋战略性新兴产业发展；体现科技示范岛的科技引领、创新推动及文化集聚三大特色；实现科技示范岛成为海洋科技岛、海洋创新岛及海洋文化岛三大目标。

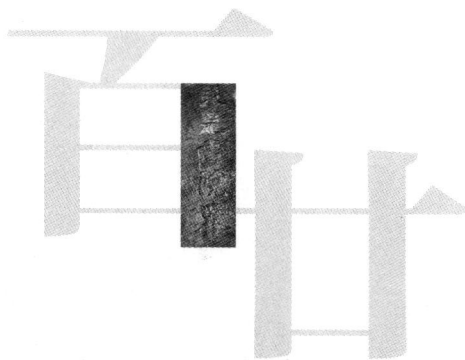

百廿

第五章

新型材料

高新材料通常被认为是高科技的重要支撑。浙里的科学家们，有的以操纵原子分子，获得新物质为专长；有的为新材料寻找新的应用空间，在量子点、石墨烯、高分子等领域取得了一系列领先世界的研究成果：国际上第一个溶液法制得的量子点发光器件、世界最轻的超轻气凝胶、可不断植入"记忆"的新型塑料……点亮了未来产业最初的曙光。

量子点：现状、机遇和挑战

讲述人：彭笑刚（化学系教授）

一类明星材料———量子点

量子点属于一大类新材料——溶液纳米晶中的一种。溶液纳米晶具有晶体和溶液的双重性质，量子点是其中即将具有突破性工业应用的材料。

与其他纳米晶材料不同，量子点是以半导体晶体为基础的。尺寸在1～100纳米之间，每一个粒子都是单晶。量子点的名字，来源于半导体纳米晶的量子限域效应，或者量子尺寸效应。当半导体晶体小到纳米尺度（1纳米大约等于头发丝直径的1/10000），不同的尺寸就可以发出不同颜色的光。比如硒化镉这种半导体纳米晶，在2纳米时发出的是蓝色光，到8纳米的尺寸时发出的就是红色光，中间的尺寸则呈现绿色、黄色、橙色等。量子点的发光颜色可以覆盖从蓝光到红光的整个可见区，而且色纯度高，连续可调。

量子点可以应用在生物医疗领域。我们能用量子点把细胞的骨架完全显示出来。与其他种类的检测手段相比，用量子点发光材料做检测肯定是有优势的。我们可以很容易地利用量子点的不同颜色来同时检测多种病菌或者农药残留。而且，量子点吸收能力非常强，能够大大提高灵敏度。

量子点也能应用于照明产业。目前照明消耗的能量大致相当于电能的20%。但人造光源的光效率是很低的。例如，照明质量高的白炽灯，光效只有2%。如果能把效率提高到20%，就意味着能节省能源消耗的20%。美国能源部的固态照明路线图写了这样一句话：量子点在人类照明领域将起到重要作用。

另外，还有显示产业。目前第一代量子点显示设备，是氮化镓发光二级管（LED）与量子点结合的背光源产品，纳晶科技公司和美国两家高科技公司都已经进入商业化阶段。这种新型的背光源，让显示颜色的纯度、色饱和度达到很高，是其他显示技术难以企及的。

从发端到热潮

量子点领域的发端，大约在20世纪70年代末。当时，西方国家的化学家受石油危机的影响，想寻找新一代能利用太阳能的光催化和光电转换系统。借鉴半导体太阳能电池的原理，化学家们开始尝试着在溶液中制备半导体小晶体，并研究它们的光电性质。有代表性的人物，包括美国的Bard和Brus、苏联的Ekimov、德国的Henglein等。

在实验室里，研究人员发现了一个非常奇怪的现象。比如，硫化铅的大块单晶总是大家熟悉的黑色，但是，化学家在溶液中做出来的纳米晶体颜色各不一样，有的黄，有的红，有的黑，有的甚至没有颜色。到底发生了什么奇怪的事情？

最后，美国科学家Brus、苏联的E-FROS给出了一个漂亮的解释，这就是"量子限域效应"理论。他们俩的文章发表时间有些不同，但由于苏联的隔离，彼此并不知道对方的工作。

到目前为止，这个领域还是化学家在起主导作用，合成出性能达到要求的量子点还是该领域最关键的事情。1990年以前，合成方法都是基于传统的制备胶体小粒子的化学方法，例如共沉淀、微乳液、胶束等。这些方法能够在一定程度上把尺寸控制在要求的范围内，但光学性能非常差，基本上不发光。

量子点研究在1990年到1993年之间发生了一件非常重要的事情，出现了一种新的合成方法，叫作"金属有机-配位溶剂-高温"路线，这个方法最早在贝尔实验室发明，它以具有高毒性、非常不稳定的二甲基镉作为镉源，在高温（300摄氏度左右）条件下，在有机配位溶剂中合成高质量硒化镉。这对于整个领域具有里程碑式的意义。但是，这同时也给这个领域留下了一个挑战。他们用的原料，是从"金属有机气相沉积"借鉴而来，其中的二甲基镉是爆炸性的，即使是室温下也不稳定，而且毒性很大，成本很高。这些因素，导致在后来的10年间，这个领域发展并不快，而且只能做一种材料。

后来到了阿肯色大学，我们找到了一种"绿色"有机溶剂路线，它让量子点的简便合成走进了全世界的实验室。只要有一个普通的化学合成实验室就可以做，在中国也可以做。接下来，我们系统探索了量子点生长机理，使得相对高质量的量子点的范围也逐步扩大到其他种类的半导体。由于这些原因，这条"绿色"路线得以很快地在全世界推广，包括工业界和学术界。

我认为，科学研究分两类，分别是"前瞻性探索"和"系统性攻关"。上述贝尔实验室1990年的工作，就是典型的前瞻性探索，我们实验室在21世纪的工作则更接近系统性攻关。科学研究面对的未知世界不像考试一样有标准答案。因此，我们既不能否定前瞻性探索，也不应该看不起系统性攻关。目前，中国科学研究有过于看重前者的倾向，对科学热点过于关注。

颠覆性进展

回到浙江大学后，我慢慢认识到量子点合成化学真正的核心问题是激发态控制。这是因为，作为发光材料，其性能的实现只能在激发态。而对于传统的合成化学，化学家只关心基态。基于这个新认识，我们采用了一些新的合成控制方法。由此，得到了一些性能前所未有的量子点。

以这些新型量子点为基础，通过与浙江大学材料系金一政副教授小组和纳晶科技公司合作，我们已经看到了第一个带有颠覆性意义的量子点应用，那就是性能优异的量子点LED（QLED）。在申请专利后，我们把相关的第一篇文章投给了《自然》（*Nature*）杂志，已经在线发表。

LED正在改变我们的生活，在照明和显示领域的节能效果已经得到公认，这就是2014年诺贝尔物理学奖（氮化镓蓝光LED）的基础。氮化镓蓝光LED已经大面积量产，相关知识产权被日本、美国、欧洲公司牢牢控制了。但是，氮化镓蓝光LED的技术，是基于在蓝宝石单晶衬底上外延生长多层半导体单晶，要求高真空设备、超高纯度原料，且制备过程能量消耗大。因此，其基础成本大。

如果量子点合成达到了LED光电性能的要求，那么，量子点LED有望结合氮化镓LED和OLED有机发光二极管两者的优势。我们近期的工作，证实了这个设想。《自然》的审稿人给出了几个指标，让我们与OLED和其他溶液加工LED做一个横向比较。结果表明，尽管我们的QLED是在相对简陋的条件下用溶液法制备的，但我们的器件几乎全面胜出。

LED也是照明产业的核心器件。但是和太阳光比较，现在的白光LED灯是有

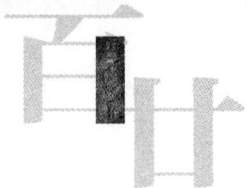

缺陷的，它是人造白光，有很多的高能光子。高能光子对人类健康的不利影响，已经有一些医学证据证明。另外，现行白光LED发热比较明显，这也不是好消息。QLED的白光，从原理上可以完全做到与理想照明光源一致，更加接近于自然光，并且发热大大减少。我们最近工作的进展表明，有一天量子点LED将为照明产业做出贡献。量子点这个领域，目前已经发展到了更高深、更系统、更集成（或者更交叉）的水平。我们的QLED技术，目前处于国际领先地位，并正确立了自己的知识产权。但是，来自麻省理工学院（QD Vision）、三星等方面的竞争仍是不容小觑的。

（根据彭笑刚教授在2014年汤森路透科学新论坛上的报告整理。）

看不到的量子点，为你发光

余建斌

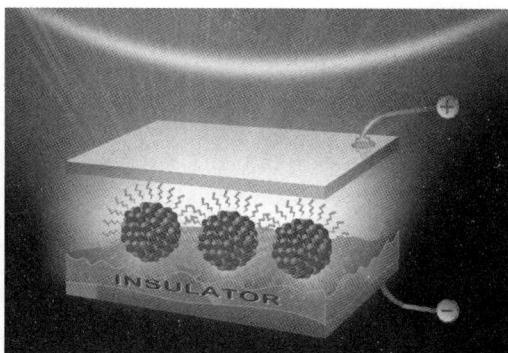

QLED器件示意图

2014年10月，诺贝尔物理学奖颁给了发明蓝光发光二极管（LED）的三位日裔科学家。"白炽灯点亮了20世纪，LED点亮了21世纪"，从颁奖词看出，发光二极管即LED是公认的下一代显示与照明技术的核心器件。

几十天后，一篇来自中国科学家的论文在《自然》（Nature）上发表，报道了在量子点LED领域取得的重要研究进展。在浙江大学课题组的这项研究中，科学家们设计出一种新型高性能量子点LED（QLED），并将使用亮度条件下的寿命推进到10万小时的现实应用水平，这意味着这种新型器件有望成为下一代显示和照明技术的有力竞争者。

"我们已经看到了第一个带有颠覆性意义的量子点应用，那就是性能优异的量子点LED。"研究团队负责人、浙江大学高新材料化学中心教授彭笑刚说。

量子点能大大提高二极管的发光性能

"发光材料对人类的重要性，决定了量子点会成为明星材料。"彭笑刚教授认为。

光是能量的一种形式。当物质中的电子从一个高能级跃迁到一个相对较低的空能级，能量就会被释放——如果这份能量以光的形式表现出来，就会看到这个物质在发光。

科研人员解释说，在半导体材料中，如果电子掉进空能级的空穴，就会发出光子，这被称为"电子空穴复合"。然而，能复合的电子和空穴在物质中并不是常存在的，复合过程需要电激发或光激发。LED就是电激发的发光器件。

发光二极管通电时，电子和空穴在电场作用下发生迁移，它们在相遇时有可能发生复合，但这个过程并不容易。它们要有缘邂逅，发生相互作用形成"电子—空穴对"，最终才能在适合条件下复合，发出"幸福的象征"——光子。

为了保证一个较高的复合效率，科研人员常会提供一个复合介质，也就是"发光材料"。在这类材料里安排电子和空穴"相亲"，成功概率会大大提高。学名叫"可溶的无机半导体纳米晶"，简称为溶液纳米晶的量子点，正是非常优异的发光介质，只要电子和空穴一对一地进入量子点，就会复合发光，发光量子效率可以高达100%。

彭笑刚教授课题组正是合成了一种适合于LED的量子点发光材料，然后与浙江大学金一政课题组合作做成了新型的量子点LED。同时精巧地设计了结构，让电子减缓"步伐"，空穴则加快脚步，促成电子与空穴的有效相会，大大提升了量子点LED的高效率发光性能和稳定性。

这也恰恰解决了彭笑刚教授所认为的要让量子点LED达到现实应用水平的两个关键问题——一是怎样量身定制适用于LED的量子点材料；二是怎样设计其结构，以达到最大的电光转换效率。

至关重要的量子点，究竟是一种什么材料呢？

不同尺寸的量子点，能表现不同的颜色

"量子点是一种纳米尺寸的半导体晶体，它的三维尺寸都在100纳米以下。把它放入溶液，从此人类有了一类全新的材料，它具有晶体和溶液的双重性质。从化学角度讲，甚至是一类全新的分子；从材料的前途看，它代表着很多新的可能性。"彭笑刚说。

量子点的大小，大概是一根头发丝直径的1/100000，人眼已经无法看到。正是在纳米尺度，量子点表现出了量子效应——当这些半导体晶体做到小到纳米尺度，不同的尺寸就可以发出不同颜色的光，即使是尺寸相差几个或十几个原子。而通过调整量子点的尺寸，就能得到所需颜色的光。比如，硒化镉这种半导体纳米晶，在2纳米时发出的是蓝色光，到8纳米时发出的就是红色光，中间的尺寸则呈现绿色、黄色、橙色等。

"使用不同尺寸的量子点，我们将会看到不同的颜色，而且色彩非常鲜艳。"参与课题合作的纳晶科技公司的赵飞博士说，量子点的名字，也正是源于半导体纳米晶的量子尺寸效应。

长期以来，量子点的合成依赖于一些特别活泼的、毒性特别高的物质，遇到空气就会爆炸，所以必须保存在冰箱里。彭笑刚教授在国外时，其较早的贡献在于，找到了一种"绿色"有机溶剂路线，只要有一个普通的化学合成实验室就可以做量子点的简便合成。之后，又进一步系统地探索了量子点生长机理，使得相对高质量的量子点的范围逐步扩大到其他种类的半导体。很快，这条"绿色"路线得以在全世界推广。

"最后找到的方法，就是通过理解晶体生长的特殊机制，用常见的化学品取代昂贵的不稳定原料。科学就是这么回事，没找到之前一头雾水，找到之后觉得挺简单。"彭笑刚教授说。

有望在照明与显示产业中扮演重要角色

在纳晶科技公司，几支试管和几个或大或小的塑料瓶中，分别装有绿、黄、红各色液体，这就是量子点溶液。把一桶2000毫升的溶液提纯后，晶体大概只有手指头那么点。"但里面'有'1万台电视机。"赵飞博士说。这些量子点，可以用来制造1万台使用量子点的新型彩电。

从量子点电视机播放的演示画面来看，同样是蓝色或红色，量子点电视机可以分辨出很多不同的鲜艳程度。同样是红色唇膏，画面上却能够呈现和分辨出不同色差的100支唇膏。

彭笑刚教授介绍说，量子点应用领域十分广泛。在生物医疗领域，能用量子点把细胞的骨架完全显示出来。可以很容易地利用量子点的不同颜色来同时检测多种病菌或者农药残留。而且，量子点吸收能力非常强，能够极大地提高灵敏度。照明也是一个很大的产业，使用量子点的LED，更加接近于自然光，并且发热大大减少。

科学家认为，可能因为量子点产生重大变化的产业，首先是显示。目前第一代量子点显示产品是基于光激发发光，纳晶科技公司和美国的两家公司都已经进入商业化阶段。这种新型的背光源，让显示颜色的纯度、色饱和度高。而量子点LED则会把量子点显示带入第二代。目前，浙江大学与纳晶科技公司在第二代量子点显示技术上处于国际领先地位。

"一系列的实验结果验证了量子点发光二极管的实用性。这进而预示着，量子点发光二极管有望在照明与显示两个产业中扮演更重要的角色。"彭笑刚教授说"显示和照明都需要白光或者红绿蓝三色光，研究团队接下来将在保持低成本的溶液制备工艺的前提下，开发出各色发光波长的高效QLED，让电子和空穴复合产生的光子为千家万户照明。"

ZnO-LED大面积均匀发光

张俊

2009年7月，由硅材料国家重点实验室叶志镇教授课题组研制的ZnO发光二极管（LED）原型器件取得重要进展，实现了室温下长时间、高亮度、大面积均匀电致发光。单个LED原型器件大小约4平方毫米，发出由紫蓝光和缺陷黄绿光混合而成的类白光，持续发光20多分钟。

新型半导体固态照明是21世纪最具发展前景的新技术之一，将成为人类照明史上继白炽灯、荧光灯之后的又一次飞跃。ZnO作为一种可直接用于照明的高效半导体发光材料，具有用途广泛、价格低廉、节能环保等优势，在绿色照明领域具有极大的发展潜力。我国是一个能源消耗大国，每年传统照明电能消耗约占全部电能消耗的12%～15%。自2006年"十一五"开始，国家就把半导体照明工程作为一个重大工程紧急推动，采用半导体LED固态光源替代传统照明光源是必然趋势。实现ZnO-LED持续高亮度发光，将对推动国家节能照明工程、拥有具有自主知识产权的ZnO光电材料应用产生重要影响。

研究表明，实现ZnO发光应用的关键是ZnO的P型掺杂，而ZnO的P型掺杂又是长期以来一项公认的国际难题。浙江大学叶志镇课题组在国际上较早开展ZnO的P型掺杂研究工作，先后提出N替代-H钝化非平衡掺杂、Al-N施主-受主共掺等N掺杂特色技术，建立N、H共激活理论模型，解释P型掺杂机理。同时，连续承担多项"973计划"、国家自然科学基金重点项目，在国内首先实现P型ZnO转变，在国际上首次采用MOCVD结合NO-N₂O混合源N掺杂技术，研制出ZnO同质PN结和LED原型器件，实现室温电致发光。研究成果获2007年国家自然科学奖二等奖，并得到国际同行的认可。

叶志镇课题组在前期工作的基础上，采用脉冲激光沉积（PLD）技术，提出富氧条件下Li、Na掺杂技术，实现空穴浓度10^{18}/厘米^3。此次制备的ZnO-LED，就是采用PLD技术，在N型ZnO单晶衬底上，通过Na掺杂，生长出一层P型ZnMgO薄膜，得到PN结。随后，在PN结两侧分别沉积Ni/Au和Ti/Au电极，制

备出LED原型器件。器件在室温下接通电流，能持续大面积均匀发光20多分钟。

课题组将在现有工作的基础上，拟采用多量子阱结构，改进工艺，实现封装，进一步提高LED发光效率，为ZnO节能环保白光照明的早日实现提供技术支撑。

新型超分子形变后一分钟"自我修复"

周炜

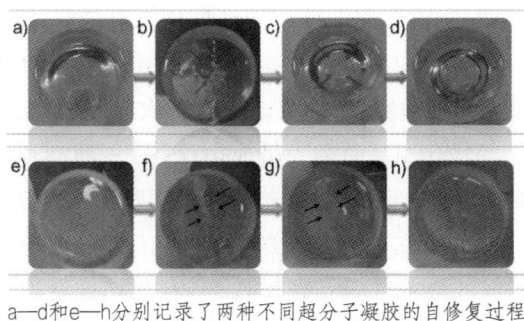

a—d和e—h分别记录了两种不同超分子凝胶的自修复过程

　　2016年6月，在浙江大学玉泉校区第八教学楼的一间实验室里，一项有趣的实验正在进行：试管里"果冻"状的物质被划开一道口子，没过几分钟，这道口子就神奇地完成了"自我修复"，完好如初了——浙江大学化学系黄飞鹤的超分子化学课题组最新研制成功具有自修复功能的超分子凝胶，它形变大，恢复时间短，展现了优越的材料应用前景，相关研究论文发表在《德国应用化学》（*Angewandte Chemie International Edition*）杂志上。

　　凝胶是一种特殊的分散体系。在这个体系中，胶体粒子或高分子互相连接，形成空间网状结构，结构空隙中充满了作为分散介质的液体或气体。超分子凝胶则是胶体粒子通过非共价作用形成缠结，然后包裹溶剂分子形成的。这种"果冻"状的物质，就是黄飞鹤课题组在制备的两种基于主客体作用的超分子凝胶，制备过程简单，其自修复性能极其优异，甚至能在10000%的形变下进行快速自修复。

　　论文第一作者张明明博士介绍，该研究采用了两种不同的小分子交联剂，交联侧链含有双苯并–24–冠–8的共聚物，得到了两种不同的超分子凝胶。这种超分子凝胶内部形成了一种特殊的"轴–环"穿入的结构。当收到外部刺激，轴和环穿入的构型会受到破坏，但是由于其组装的稳定性，经过一段时间，它们会自己再形成穿入的构型。实验显示，这些超分子凝胶在被"拉长"100倍的情况下，可以

在60秒内完全恢复高分子弹性和黏性性质，三四分钟内实现形态的完整修复。

正因为这种能够"自修复"和"可降解"的神奇特性，这种超分子凝胶有广阔的应用前景。张明明博士举例说，它们可以作为智能材料应用于被划后可以自修复的汽车涂层，以及一些航空航天材料仿生材料的骨架等。

据了解，制备具有"自修复"性能的材料是21世纪材料科学领域的一项热门课题。2001年，美国伊利诺伊大学香槟分校（UIUC）的White等研究人员制备了可以自修复的"微胶囊"，但只能修复一次；2002年，美国加州大学洛杉矶分校（UCLA）的Wudl等研究人员成功制备了一种可以在120摄氏度的温度下实现多次自修复的聚合物膜；2008年，法国巴黎高等工业物理化学学院的Leibler等实现了一种能在室温下自我修复的"绳子"，但其修复需要五六个小时；2010年，日本东京大学的Aida等制备了一种机械强度和自修复性质都较为理想的"水凝胶"，其缺点是制备过程较为复杂；2012年美国凯斯西储大学的Rowan发明了一种光响应的自修复材料，能够在紫外光下实现自修复，并且可以实现局部修复。

续写石墨烯神话

周炜

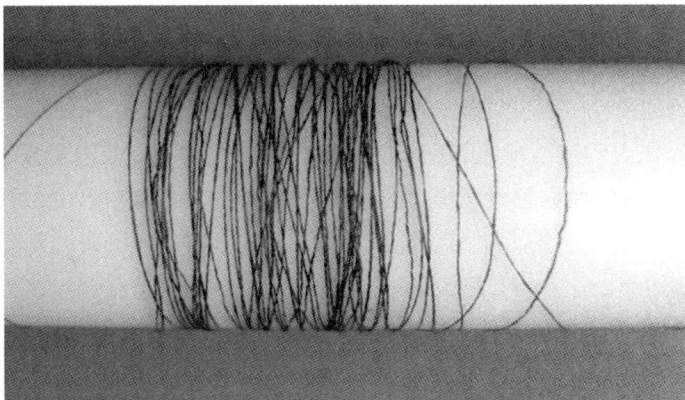

一根4米长的石墨烯纤维

用石墨烯纺成米级纤维

　　浙江大学高分子系教授高超课题组证明：纳米级的氧化石墨烯片可以纺制成长达数米的宏观石墨烯纤维。所制备的纤维不但强度高，而且韧性好，可以打成结或者编织成导电的垫子。这种纤维可能是实现石墨烯在现实器件（例如柔性电池和太阳能电池）应用的关键材料。

　　相关论文发表在《自然—通讯》（*Nature Communications*）上（2011(2):571）。同时，该论文被 *Nature News* 以 "Graphene Spun into Metre-Long Fibres" 为题做了专门报道。

　　石墨烯（graphene），即单层石墨片，是继富勒烯、碳纳米管之后碳纳米家族的一个新成员。由于石墨烯有着丰富而独特的固相性质，如很高的电导率、优异的导热性、极快的载流子传输速度及最高的机械强度等，在场效应晶体管、透明电极、纳米结构及功能复合材料、锂离子电池、超级电容器等诸多领域具有广阔的应用前景。但石墨烯也有一个"坏脾气"，那就是难以溶解，这引发很多科

学家对其液相性质开展深入的研究。另外，由于溶解度低、缺少组装方法，如何实现石墨烯有序排列的宏观纤维是该领域的一大挑战。想要很好地利用石墨烯的这些性质，就要找到将微小的（1微米宽）二维碳纳米片有效地排列成宏观材料的方法。

高超教授课题组的研究人员找到了其中的方法。他们使用了一种叫湿法纺丝的工业方法将氧化石墨烯（一种易溶解的石墨烯衍生物）的水溶液纺制成长达数米的纤维。然后，采用化学还原的方法将其处理，得到了石墨烯长纤维。

"近些年，人们在石墨烯的基本性质研究方面取得了很大的进展。但在我们的研究之前，人们很难想象怎样才能将不足1纳米厚的石墨烯片变成宏观的纤维材料。"论文作者之一高超教授介绍，"在这一领域，之前的研究都集中于制备石墨烯纸。然而，这一形式的材料在尺寸上只有数毫米至几厘米，无法像纤维一样能够连续制备以得到人们想要的长度"。

课题组制备石墨烯纤维的诀窍在于先制备高浓度的纯氧化石墨烯溶液。尽管这一看似半固体半液体的分散液可以像黏稠的液体一样流动，但是，其中的氧化石墨烯大分子却自发地整齐排列。高超教授解释道："正是这种有序的内部结构，使得我们得到的液晶分散液可以很好地用于纤维的纺制。"据介绍，这种石墨烯纤维在室温下用水溶液纺丝即可制得，其制备过程相当方便快捷、绿色环保。

提高石墨烯纤维的力学强度是高超课题组的下一个目标。他们初步制备的石墨烯纤维有着一些结构上的缺陷，这些缺陷降低了它的力学性能。"尽管现在石墨烯纤维的力学强度与碳纤维相比还有较大的差距（其韧性远优于碳纤维），但我们相信其进一步提高的空间还很大。"高超教授说。

超轻气凝胶刷新世界最轻纪录

浙江大学高分子系教授高超课题组制备出了一种超轻气凝胶——它刷新了目前世界上最轻材料的纪录，其弹性和吸油能力令人惊喜。这一进展被《自然》（*Nature*）杂志在《研究要闻》栏目中重点配图评论。

超轻气凝胶轻轻落在桃花花蕊上

　　气凝胶是入选吉尼斯世界纪录的最轻的一类物质，因其内部有很多孔隙，充斥着空气，故而得名。1931年，美国科学家Kistler用二氧化硅制得了最早的气凝胶，外号"凝固的烟"。2011年，美国HRL实验室、加州大学欧文分校和加州理工学院合作制备了一种镍构成的气凝胶，密度为0.9毫克/厘米^3，创下了当时最轻材料的纪录。把这种材料放在蒲公英花朵上，柔软的绒毛几乎没有变形——这张照片入选了《自然》杂志年度十大图片，也给高超留下了深刻印象：能不能制备出一种材料，挑战这个极限？

　　我国的石墨储备非常丰富，占全世界的2/3。科学家一直在探索石墨高效利用的方法。"把石墨变成石墨烯（一种由碳原子构成的单层片状结构），其价值可以上升数千倍。"高超教授课题组经过五六年的探索，解决了制备宏观有序的石墨烯材料的方法，制备了一维的石墨烯纤维和二维的石墨烯薄膜。这次，他们打算把石墨烯做成三维多孔材料来冲击这一纪录。在实验室，记者看到了一个个大小不等的"碳海绵"：它们大的如网球，小的如酒瓶塞。在电子显微镜下，碳纳米管和石墨烯共同支撑起无数个孔隙。"就像大型体育场馆等大型空间结构，用钢筋做支架，用高强度的薄膜等做墙壁，材料整体既轻又强。"课题组博士研究生孙海燕说，"在这里，碳纳米管就是支架，石墨烯就是墙壁。"

　　在已报道的成果中，高超课题组制备的"碳海绵"仍是最轻纪录保持者——可达到0.16毫克/厘米^3，低于氦气的密度。相关论文2013年2月18日在线发表在

《先进材料》（*Advanced Materials*）上。但是，课题组对于申报吉尼斯世界纪录兴趣不大。"'轻'并不是它最大的新意所在，"高超教授解释道，"这项成果的价值在于其简便的制备方法，以及材料所展现出来的优越性能。"

气凝胶的基本制备原理是除去凝胶中的溶剂，让其保留完整的骨架。在以往制备气凝胶的案例中，科学家主要采用溶胶—凝胶法和模板导向法。前者可以批量合成，但是可控性差；后者能产生有序的结构，但依赖于模板的精细结构和尺寸，难以大量制备。高超教授课题组另辟蹊径，探索出无模板冷冻干燥法：将溶解了石墨烯和碳纳米管的水溶液在低温下冻干，便获得了"碳海绵"，并且可以任意调节形状。"不需要模板，只与容器有关。容器多大，就可以制备多大，可以做到上千立方厘米，甚至更大。"高超教授说。

《自然》杂志点评的标题是"固体碳：有弹性而轻盈"这一新生事物的性能令人惊喜。它高弹，"碳海绵"被压缩80%后仍可恢复原状。它对有机溶剂具有超快、超高的吸附力，是已报道的吸油力最高的材料。现有的吸油产品一般只能吸自身质量10倍左右的液体，而"碳海绵"的吸收量则是自身质量的250倍左右，最高可达900倍，而且只吸油不吸水。此外，这个"大胃王"吃有机物的速度也极快，每克这样的"碳海绵"每秒可以吸收68.8克有机物。这让人联想到可以用来处理海上的漏油。"也许某一天发生漏油时，可以把它们撒在海面上，就能把漏油迅速地吸收进来。因为有弹性，吸的油能够被压出来回收利用，'碳海绵'也可以重新使用。"据介绍，"碳海绵"还可能成为理想的相变储能保温材料、催化载体以及高效复合材料。

这一新生材料，就如一个呱呱坠地的婴儿，对其科学家还很难准确预计它的应用领域与前景，还得依靠现实社会以及产业界的想象力，让这种新材料走出实验室，实现对世界的实际应用价值。

绿色方法可1小时制备单层石墨烯

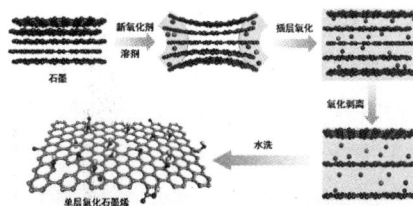

绿色方法可1小时制备单层石墨烯

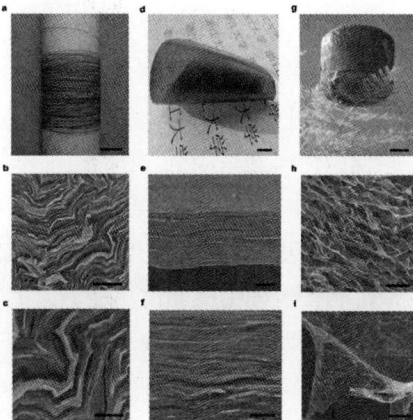

绿色方法可1小时制备单层石墨烯

　　石墨烯，科学界的热点材料，工业界的新宠，却一直没有快捷而安全性高的工业制备方法。浙江大学高分子系教授高超课题组，避开了现有方法的诸多缺陷，找到了一条制备单层石墨烯的"绿色"路线，过程快、成本低、无污染，适用于工业化大规模制备。

　　2015年1月21日，相关学术论文"An Iron-Based Green Approach to 1h Production of Single-Layer Graphene Oxide"发表在《自然》（*Nature*）杂志子刊《自然—通讯》（*Nature Communications*）杂志上。杂志审稿人认为，这种方法突破了传统的氧化石墨(烯)制备方法，对石墨烯在未来的进一步应用具有重要意义。

寻找石墨变薄之方

石墨烯是一层碳原子形成的薄片，原子之间形成一个六角形的环，环环相连形成蜂窝状的平面。20万片石墨烯加在一起，相当于一根头发丝那么粗。此前，碳的这种二维结构形式一直存在于人们的猜想中，却一直做不出来。关键的难题，就是怎样让石墨分层到极薄的薄片。

2004年，英国曼彻斯特大学的海姆和诺沃肖洛夫，用透明胶将一块石墨片反复粘贴与撕开，石墨片的厚度逐渐减小，最终形成了厚度只有0.335纳米的石墨烯。这是世界上第一次得到单层的石墨烯，两位科学家因此而获得2010年度诺贝尔物理学奖。目前，由胶带纸粘贴法演化而来的机械剥离法，已经成为实验室制备石墨烯的一种方法。然而，这一方法的局限性很明显，所得产物为不同层数石墨烯的混合物，难以大规模制备单层石墨烯。

科学家找到了另一条路，氧化还原法，先将石墨氧化成"层层细分"的氧化石墨烯薄片，再经过还原反应，得到石墨烯。国际上最有名的是Brodie法(1859年)、Staudenmaier法(1898年)和Hummers法(1958年)，均以科学家的名字命名。但是，这些方法要么存在爆炸隐患，要么会产生重金属污染或者有毒气体，同时制备时间至少需10小时，在制备过程中得非常小心。以最常见的Hummers法为例，它是利用高锰酸钾当氧化剂，生产过程中产生的锰离子会造成重金属污染，且氧化锰中间体也很容易发生爆炸。

新方法可用于大规模量产

高超教授课题组经过多年探索，发现了一种新型、廉价、无毒的铁系氧化剂，取代了沿用半个多世纪的氯系、锰系氧化剂。"我们发现，这种铁系氧化剂分子的'奔跑'速度很快，能像楔子一般快速穿插进入石墨内部，让石墨很快分层。这一过程中还会产生氧气，而气体会帮助'顶'开层层石墨，让制备速度加快。"高超说，这种方法很"绿色"：没有爆炸隐患，不会产生有害物质，对环境友好。同时，生产实验数据显示，用这种方法做单层氧化石墨烯，在一个小时之内就能完成，有望在工业上大规模应用。

高超教授给记者展示了一种类似于咖啡粉的褐色粉末，这就是用"绿色"方式制备的单层氧化石墨烯。据介绍，这一原料在溶液中制得后，可以收干恢复成石墨烯粉末，在制作材料时，又能"速溶"于溶剂。高超教授解释，这一特性使得石墨烯原料便于保存和运输。

奇妙的石墨烯世界

"原料、材料、器件"是科学家要考虑的关于石墨烯应用的三个重要问题，之前课题组已经用石墨烯做出了多种形式的宏观材料和超级电容器、锂电池等器件，高超教授说："我们就进一步考虑，怎样在原料的层面去突破现有的难题，来推动单层石墨烯的规模化、低成本制备及现实应用。"

在高超教授的实验室里，大大小小的玻璃瓶里装着形态各异的石墨烯宏观材料。有缠绕在圆柱体上的石墨烯纤维，高强、高韧、高导的纤维，实验室拍摄的石墨烯打结图入选了《自然》的2011年度图片；有"飘浮"在文竹纤细的叶子上不掉下来的石墨烯弹性气凝胶，是2013年世界最轻固体材料纪录的创造者；还有像电影胶片一样的连续石墨烯薄膜，每分钟可以"纺"10米，它是未来手机导热膜、超级电容器、飞机除冰的理想材料。

（周炜）

看一张纸的"72变"

潘怡蒙

浙江大学化学系教授黄建国发明了一种"造纸术"：在普通的实验室用滤纸和多种化学分子组合，"复制"出高科技的"纳米纸"，实现功能"72变"。

在黄建国教授的实验室里，我们看到了一张四方形状的白色纳米纸，用肉眼看，它和普通的纸没什么不同，但如果将其进行"解剖"的话，就会发现，构成纸张的纤维表面安放了一层对亚硝酸根敏感的染料分子。"这张纸能够测试出腌制食品里是否存在致癌的亚硝酸根，如果有，它的颜色就会从白色变成粉红色。"黄建国说。按颜色的深浅，还可以判断出亚硝酸根的大致含量。近日，英国皇家化学会的一份杂志 RSC Advances 刊登了有关的研究结果。

2000年，化学专业毕业的黄建国开始在日本理化学研究所深造。那时，纳米这一领域在化学和材料科学等学科中的势头正如日中天。"一般看来，都以为纳米是一种很深奥的东西，其实在我们的日常生活中有很多东西都与纳米有关，就是在厨房里也找得到。把平常手边的东西变成高新的纳米材料，其魅力不亚于刘谦的魔术。"2003年起，黄建国开始涉足仿生功能纳米材料的研究。

2007年，黄建国回到了国内并在浙江大学安家落户，同时还带回来做"百搭"纳米纸的构想。

做"百搭"的纳米纸，首先要选择合适的"模板"，黄建国就从化学实验室中最常见的滤纸入手。"就像做手套一样，手套越薄，越能看出手的形状，动作就越灵活。"黄建国说。滤纸是一种普通的原木浆纸张，它是由无数的纤维素纤维组成的，具有自然形成的从宏观到纳米以至分子层次的阶层结构，源于造化之功，至少目前是非人力所能及的。

"模板有了，接下来就是复制"，表面富含羟基的二氧化钛薄膜，进入了黄建国的视线。"二氧化钛听起来很学术，其实在我们的生活中随处可见。它是一种食品添加剂，无毒无害的。"黄建国说。如果大家留心我们吃的食物的外包装袋，十有八九会看到有标注这个成分的说明。"选择它来复制由纳米级的纤维素组成的纸，是因为羟基有个很好的特性，就是'百搭'。"

实验室里，研究人员通过特殊的手段，让二氧化钛在纳米级的纤维素纤维周围形成了一层薄膜，也即每一根纳米纤维都被极薄的二氧化钛膜所包裹。如果把其中的纤维素烧掉，就得到一张二氧化钛纳米纸，就像把原来的纸张"化石"了一样，而不一样的是它的性能。

"这还不是最奇妙的地方。"黄建国说，因为二氧化钛薄膜表面的羟基具有足够的化学活性，很多具有特异功能的分子都可以组装到二氧化钛包裹的纤维素纤维表面，形成功能不同的新型材料。"这就是为什么说这张纳米纸是'百搭'的了。"

纳米纸的神奇之处在于，它和不同的材料结合能形成不同的特性，黄建国实验室把一种碳氟链化合物组装在二氧化钛包裹的滤纸上，滤纸就变得不吸水也不吸油了。"我们又试着将一些细菌放在这张纸上，结果细菌都不能停留。"黄建国说，那是因为几乎所有的细菌都是亲水性或者亲油性的。"所以，这张纸我们也可以用来做食品的外包装，这样不仅能够保持食品的清洁，还能有效地减少包装污染，因为纸张是可以很容易地被降解的。"

大动脉紧急止血，12秒就够

周炜

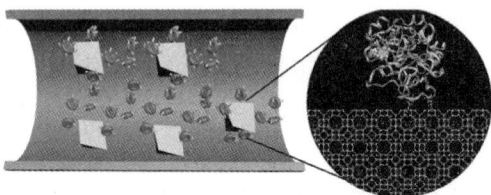

大动脉紧急止血，12秒就够

假如你的手指不小心被划伤，贴个创可贴就能把血止住。那么大动脉出血呢？用创可贴、纱布都没辙。外伤导致的死亡中有2/3是由于失血过多，那么有没有立竿见影的止血方法？这是近十几年来科学界的新兴研究领域。近日，浙江大学化学系教授范杰课题组发明了一种新型沸石材料，具备12秒瞬间止血能力，有望发展成为新一代止血材料，为大出血止血治疗赢得宝贵时间。

相关研究论文"In Situ Generated Thrombin in the Protein Corona of Zeolites: Relevance of the Functional Proteins to Its Biological Impact"（《沸石表面蛋白质环中原位激活的凝血酶：功能蛋白分子和其生物作用的关联》）2014年12月在《纳米研究》杂志发表。

最初，沸石是在工业上被广泛采用的催化剂和气体吸附分离剂，因灼烧时会产生沸腾现象而得名。20世纪80年代末，美国的Frank Hursey博士刮胡子时不小心刮伤了脸，血流不止。情急之下，他拿起沸石往脸上抹，发现血很快止住了。之后，他很快开发了一种沸石紧急止血剂，申请了专利，并通过了美国食品及药物管理局（FDA）认证。沸石止血剂自2003年在伊拉克战场上被美国部队用作紧急止血剂以来，已经成功挽救了许多人的生命。如今，沸石止血剂及其改进产品已经成为每一位美军的标准随身装备。

"最初，人们猜测沸石的微观多孔结构可以吸附血液中的大量水分，浓缩富集血液中的凝血因子，从而加速凝血过程。"范杰教授说，基于这种理解，人们希望开发出吸水功能更强的材料，以提高止血效率。可是，副作用来了。材料虽然吸水能力强，但同时会放热，止血的同时会灼伤皮肤，影响伤口愈合。

"有的材料吸水性能更强，但为什么是沸石，尤其是含有钙离子的止血功效反而好？"范杰教授认为，答案应该在更为微观的结构中，沸石在止血的过程中，到底发生了什么变化？传统的"吸水说"，已不能解答。课题组将"材料表面功能蛋白质环（protein corona）"的概念引入高效沸石止血材料开发，发明了一种新型的Ca–沸石止血材料，并验证和解释了这种材料的止血机制。

课题组首先制备了一种Ca–沸石材料，并使其与血液接触。"我们发现，沸石表面会被血浆蛋白包裹，从而形成一层'蛋白质环'。"实验发现，这个复合的蛋白质环具有超高促凝血活性和凝血酶活力，材料的凝血时间从120秒缩短到12秒，使得材料具有瞬间止血的能力。"我们补充了稳定性试验，这种复合材料在室温下保存30个月后，仍然具有原来的高效止血能力，有效克服了传统生物酶止血材料容易失活的缺点。"

课题组又通过免疫分析和生物质谱分析，发现沸石孔道中的钙离子能从血液中"捕获"并活化一种关键凝血蛋白——凝血酶。血液中的凝血酶是激活凝血过程的一种关键蛋白，在自然状态下，它只有几十秒的活性，但在范杰发明的这种新型的沸石材料中，"钙离子紧紧'抓住'这些凝血酶，让它们持续地发挥止血功效。也就是说，这种材料能让凝血酶一直处于'开机'状态"。如果把沸石孔道中的钙离子移除，表面蛋白质环中的凝血酶则逐渐被抗凝血酶抑制，失去其稳定的凝血活性。

"这一止血过程不是简单的物理吸附现象，而是发生了化学反应。"范杰介绍，这是在国际上首次揭示了沸石凝血作用的分子机制。这种新型的生物–无机复合材料具有了无机硅酸盐材料的稳定性和生物凝血蛋白分子优异的紧急止血性能，有望取代目前无机硅酸盐和生物凝血蛋白止血材料，成为新一代生物–无机紧急救生止血材料。

"在此之前，我们研发的都是无机紧急止血材料，这次是第一次研发出生物–无机复合材料。"范杰教授介绍。目前国际上的紧急止血产品主要分为三类：生物凝血蛋白、壳聚糖生物高分子和无机硅酸盐。其中，无机硅酸盐类产品是以沸石和黏土为代表的无机型止血材料，由于其价格相对低廉，止血效果优良、稳定而受到美国军方和民众的广泛欢迎。壳聚糖生物高分子和凝血蛋白等生物型止血材料虽然止血效果不错，但产品价格昂贵，而且稳定性受环境影响比较大。"我们一直希望能开发一种价格适中、止血效果优异，且性能稳定的紧急救生止血材料，提高我国紧急救生技术。"范杰教授说。这种新型的生物–无机复合材料同时具备了无机材料的稳定性和生物材料的高有效性，有望取代现有的止血材料，成为新一代紧急止血材料。目前已经获得中国发明专利，并完成了动物实验，于2015年面世。

用温度折纸

周炜

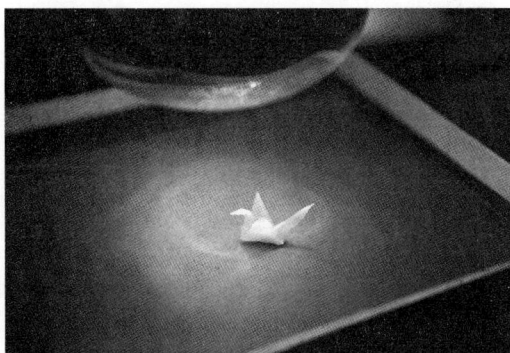

升温后恢复记忆的材料

　　一只折叠好的"纸船"放到热水里，短短几秒钟，它重新舒展又收缩，变成了一只"鸟"。科学家说，他们曾在"纸船"中植入过"鸟"的"记忆"，温度让它恢复了"记忆"。

　　这张"纸"，是浙江大学化学工程与生物工程学院教授、国家"千人计划"学者谢涛课题组最新研发的一种新型的形状记忆塑料，它在国际上首次实现了复杂可变形"折纸"。它能被多次植入复杂形状"记忆"，实现多样的形变。

　　其　论　文 "Shape Memory Polymer Network with Thermally Distinct Elasticity and Plasticity" 于美国当地时间2016年1月8日14：00在《科学》（*Science*）子刊*Science Advances*上在线发表后，即刻引发《华尔街日报》《科学》杂志在线新闻、*Popular Mechanics*等媒体的广泛关注与报道。

　　形状记忆塑料，学术上称为形状记忆聚合物（shape memory polymer, SMP），是一类能够固定临时形状并且在外界刺激下恢复到初始形状的智能材料，在柔性电子、生物医学和航空航天等领域展示出越来越广的应用前景。谢涛教授说，形状记忆材料大家并不陌生，但是，它从永久形状变成临时形状发生的是弹性形变。从微观看，变形过程中分子之间的连接关系并未断裂。"也就是说，传统的形状记忆材料只有一个永久'记忆'。"

为什么这种新型塑料能被植入复杂形状"记忆"呢？"我们在设计形状记忆材料的过程中，加入了一种可交换共价键，重组了分子间的连接关系。在论文中，我们进一步阐明了这类新材料相比传统形状记忆材料无可比拟的新性能，这是我们学术上最大的创新。"

谢涛教授解释："引入可交换化学键，意味着整个分子网络可以被重新组合，这相当于很多分子手拉手跳一支'集体舞'。当处于较高的温度时，分子之间相互'换手'，找到了新的伙伴，产生了新的'队形'，也就是塑性形变产生永久'记忆'；当处于较低温度时，分子之间不会'放手'，无论怎么折叠，都是弹性形变产生的临时形状。"

论文第一作者赵骞副教授说，正是这种"换手"，让新型的形状记忆塑料有不断被植入复杂形状"记忆"的性能。更重要的是，植入新形状的过程不是"擦除"之前的永久形状，而是将新形状叠加到其中，称之为形状累积效应。利用这种效应，可以制备目前加工方法无法实现的复杂形状。

杂志评审专家认为："这项研究是形状记忆聚合物领域的重要突破，从本质上加深了人们对其的认识，为这种材料的设计与加工提供了全新的指导。"

在此之前，记忆塑料已经被广泛用于饮料瓶包装、电线制作等。"受制于模具制造的限制，之前的技术只能实现从复杂的临时形状变回简单的永久形状。但难以实现从简单的临时形状变成复杂的永久形状。"

在实际应用过程中，"简单变复杂"或者"复杂变复杂"更具有实用价值和应用前景，科学家期待这一材料能早日应用于生物医疗或柔性电子领域。"比如心脏支架，我们希望它在到达植入'目的地'以后，可以舒展成为一个复杂的三维形状。"谢涛教授说。

气"兄"气"弟"高效分离

夏平 周炜

美国当地时间2016年5月19日《科学》（*Science*）杂志在线发表浙江大学化学工程与生物工程学院邢华斌实验室与国际合作者的研究进展：采用杂化多孔材料分离乙炔和乙烯，可兼具高分离选择性与高吸附容量。这一研究被认为是气体吸附分离技术领域的一大突破，为相关气体分离技术的发展提供了新的思路。

相关论文"Pore Chemistry and Size Control in Hybrid Porous Materials for Acetylene Capture from Ethylene"（《杂化多孔材料孔化学和尺寸控制实现乙炔乙烯分离》）中，浙江大学为论文第一完成单位；邢华斌教授、利莫瑞克大学Michael J. Zaworotko教授、德克萨斯大学圣安东尼奥分校陈邦林教授为论文共同通讯作者；浙江大学化工学院博士研究生崔希利和利莫瑞克大学陈凯杰为共同第一作者。

近年来，随着天然气、页岩气和乙烯等气体成为越来越重要的能源和化工原料，研发高效节能的气体分离技术变得越来越迫切。但是，气体分离过程中普遍存在选择性和容量难以兼具的现象（trade-off效应）。选择性好的材料，往往吸附的容量不大；吸附容量大的，又在选择性上不尽如人意。邢华斌教授说："这就像一个跷跷板，一头沉下去，另一头就得翘起来。"

邢华斌教授与合作者选取化学工业重要气体——乙烯和乙炔作为分离对象，他们是非常重要的化工原料。乙烯生产的技术水平、产量和规模标志着一个国家石油化工业的发展水平，乙炔则被誉为"有机化工之母"。在聚合级乙烯和乙炔的生产过程中，至关重要的一步是乙炔和乙烯的分离。课题组首次提出了离子杂化多孔材料吸附分离乙炔和乙烯的方法。

该材料拥有三维网格结构，网格上嵌的无机阴离子通过氢键作用可专一性地识别乙炔分子，获得迄今为止最佳的乙炔乙烯分离选择性（39.7～44.8）。与此同时，调控阴离子的空间几何分布和孔径大小，促使被吸附的乙炔分子之间或乙炔–多孔材料之间形成协同作用，获得极大的乙炔吸附容量（0.025巴时达

2.1mmol/g）。从而解决了传统气体吸附过程选择性和容量难以兼具的巨大挑战。与美国国家标准与技术研究院（NIST）的周伟研究员合作，采用中子衍射验证了杂化多孔材料吸附乙炔的结构和机理。"我们使用的材料不但'专一'，而且'胃口'很大。"邢华斌教授说，"令人感兴趣的是，我们第一次发现每四个乙炔分子可以'手拉手'，形成团簇，这样材料的'胃口'就更大了。"

针对乙烯中痕量乙炔脱除这一工业重要过程，文章所报道的杂化多孔材料的动态吸附容量是目前已知最佳吸附剂的5.7倍，且吸附穿透曲线十分陡峭，表明该材料具有优秀的扩散传递性能，这对未来的工业应用十分关键。文章第一作者崔希利向记者展示了实验室中应用该材料分离乙烯和乙炔的过程：将杂化多孔材料填入吸附柱中，混合气体以一定流速通入吸附柱，乙炔被完全吸附，得到高纯度乙烯。

该研究成果不仅为乙烯和乙炔的高效分离与过程的节能降耗提供解决方法，也为其他重要气体的分离提供了新的思路。《科学》杂志的三位审稿专家对这篇文章均给予很高评价，认为文章报道的吸附分离性能令人非常惊讶，在乙炔分离领域设立了新的标杆。

该项研究得到了国家自然科学基金优秀青年基金项目、重点项目和面上项目，以及中组部"万人计划"青年拔尖人才、教育部新世纪优秀人才、浙江省杰出青年基金和中央高校基本科研业务费优秀青年人才计划的资助。浙江大学杨启炜副研究员、鲍宗必副教授和任其龙教授也是论文的作者。

邢华斌教授在离子材料分离乙炔乙烯领域进行了长期研究，采用分子模拟揭示了乙炔和乙烯选择性分离中的氢键识别机理及阴离子的关键作用。在吸收分离方向，设计离子液体获得了文献报道最大的乙炔吸收容量。

人造电子皮肤首次应用于生物体

焦协中

经过近一年时间的共同研究，浙江大学一支由信电系、高分子系、医学院、计算机学院各学科教授组成的合作团队完成了一项新型技术，将电子系统与组织再生系统融合，发明出一种具有感知生成、实时监控和调节皮肤修复过程的能力，且能较好地融入生物体的人造电子皮肤系统。

这一人造电子皮肤系统结合了组织再生材料和柔性电子器件的优势，既具备现有电子皮肤系统的感知能力，又能通过组织再生材料很好地融入生物体。可监控皮肤再生过程中温度、湿度、生长因子等多种生理信号的变化，从而对伤口恢复过程进行实时监控，可提高诊断和治疗时效性，减少伤口二次损伤和感染，对皮肤的再生具有重要意义。同时，通过上述手段能够实时原位检测皮肤生长过程，有助于建立皮肤生长模型，了解皮肤修复机理。

皮肤是人体与外界之间的屏障，同时，皮肤还具有调节体温、感知触觉、维持体内水分和电解质平衡的功能。然而，由于皮肤组织时刻与外部环境直接接触，可能受到的损伤也最直接，其中烧伤、机械创伤以及慢性疾病导致溃疡是造成皮肤缺损及功能丧失的主要原因。全国每年需要进行皮肤移植的病例大约在300万人次以上，而依靠自体皮移植往往存在供皮部位不足等问题。近年来，皮肤再生技术的研究已是组织工程和再生医学领域的研究热点。

什么是电子皮肤？

电子皮肤系统是一种新型柔性可延展传感系统，通过将传感器和电路在柔性基底上制作而获得独特延展性，且可感知各种物理、化学以及生物信号，是柔性电子领域的研究热点。国内外已有一批有代表性的电子皮肤系统，如美国伊利诺伊大学香槟分校发明了电子刺青系统，日本东京大学2003年推出了全球最早的触感电子皮肤，英国剑桥大学在弹性硅胶基底上制造了具有较好生物相容性的电子皮肤，我国中科院纳米所于2012年研发了高灵敏度的触感电子皮肤，可感知毫克级的压力变化。上述电子皮肤的各种实现方式为刻画生物体的"感觉"提供了一些可能的途径，但并未能真正与生物体结合。如何将电子皮肤与生物体进一步结合成为当前该领域研究者探索的重要方向。

软电子交叉课题组成功研制的这种人造电子皮肤系统，已先后在大鼠和巴马小型猪上开展了动物实验，验证了其三个重要功能：其一，促进真皮组织生长和皮肤再生；其二，实现皮肤生长过程的监护和控制；其三，根据监控信息实现对伤口状况的判断。该人造电子皮肤系统可在伤口恢复初期植入伤口表面，实时监控愈合过程。随着伤口逐渐愈合，再生材料被不断吸收，电子器件部分从伤口自然剥离。这一成果在现有国内外相关文献中未见报道，是首例生物–电子融合的人造电子皮肤系统。

如何促进真皮组织生长和皮肤再生？

浙江大学高长有、马列等老师通过对皮肤双层结构的仿生模拟，研制了一种胶原–壳聚糖／硅橡胶皮肤再生材料。该皮肤诱导再生材料的多孔支架层以细胞外基质(ECM)主要成分——胶原为原料，同时添加具有良好的抗菌、促进伤口愈合以及促进上皮细胞生长性能的天然生物材料——壳聚糖，起到诱导真皮再生的作用。硅橡胶层则作为临时表皮层起到隔离外界环境、避免细菌侵入及防止水分蒸发的作用。该皮肤诱导再生材料具有原位使用、原位诱导、避免种子细胞使用的局限性和安全隐患等特点，其细胞毒性、致敏性、刺激性、热原性、溶血率、遗传毒性以及亚慢性毒性等7个指标均达到国家三类医疗器械的标准，具有良好的生物安全性。

如何实现皮肤生长过程的监护和控制？

皮肤在生长过程中，若能实时监控皮肤生长状况，则便于"对症施治"。对皮肤损伤患者而言，打开伤口包扎查看会造成二次伤害和二次感染，极大地影响伤口恢复的过程；若能植入电子系统进行伤口原位实时监控，则会极大地改善这一状况。这就需要植入伤口的电子系统具有柔软可延展变形、生物相容性等特点，以适应皮肤生长的需求。信电系董树荣、汪小知、郭维、金浩等老师研制出了基于聚二甲基硅氧烷（PDMS）的可延展无线监控系统。该系统在人造皮肤上布设了柔性的电路系统，包括中央处理器、蓝牙模块以及众多传感器，如温度、湿度、压力、皮肤阻抗、血氧和心电图ECG，肌电传感器等，用于监控皮肤生长。同时，还加装了一些辅助治疗手段和柔性治疗电路，实现及时的无创治疗，例如通过热控制脂包覆药物缓释杀菌、热敷促进组织生长、冷敷及紫外杀菌消炎、电刺激真皮神经生长等。

如何根据监控信息实现对伤口的诊断？

计算机科学与技术学院李石坚副教授根据皮肤生长过程传感数据，包括温度、压力、皮肤阻抗、血氧变化以及心电信号等进行数据挖掘，建立起人造皮肤生长模型。据此可根据伤口感知数据，通过蓝牙与手机通信，借助云端计算，实时监控伤口原位的状态是"正常"、"炎症程度"还是"生长程度"，判断并实现辅助治疗。这一结果被集成到一个手机应用软件中，用户可通过此软件监控伤口状况，并控制植入系统工作。

如何模拟人工皮肤的感觉？

信息与电子工程学院汪小知副教授和董树荣教授致力于为类皮肤材料开发人类皮肤的四种感觉——触觉、压觉、温觉和痛觉，在高分辨率多感觉电子皮肤的研究上取得了突破。利用碳纳米管等材料制作的大面积电子皮肤，可以在微米级别分辨出最低55帕的触觉压力，同时还能对压力分级从而区分触觉、压觉和痛觉。在此基础上，利用模式识别等数据处理方法，实现了温觉的同步检测。现有的电子皮肤甚至能像人类皮肤一样通过多点信号，复原出完整的三维形变。

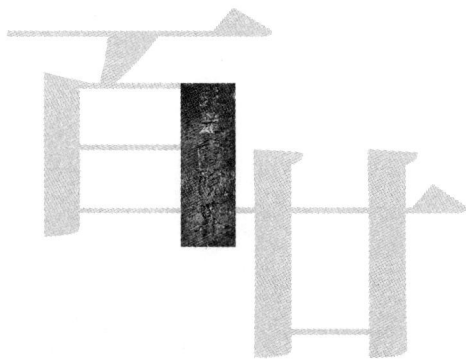

第六章

洁净环境

有一群科学家，他们平时一半时间在实验室，一半时间在工地。他们的成果，有可能是煤烟里"熏"出来的，有可能是污水里"泡"出来的，也有可能是垃圾山中"走"出来的。他们在又脏又臭的环境里工作，而心愿是干净清新的——我们每个人都向往的碧海蓝天。面对全球共同面临的环境问题，在燃煤排放、新型能源、垃圾处理、水环境改善等方面有了一项又一项可喜的"中国方案"。

努力，为了更新鲜的空气

涵冰　高楚清　朱燕群　朱涵

回答燃烧界一问又一问

"水煤浆的理论提出来时，大多数人都觉得荒谬。水是灭火的，加到煤里去，怎么还能烧起来？"

20世纪80年代，中国有不少洗煤厂，产生的废渣含有很多有毒有害物质，如何处理成为困扰全世界科学家的难题。

中国工程院院士、时任浙江大学机械与能源工程学院院长、浙江大学热能工程研究所所长岑可法给出了漂亮的答案。他在"以煤代油、煤的高效率低污染燃烧、垃圾等有机有毒废弃物焚烧、煤的多联供技术"等领域均有开拓性成就，其中多项研究达到国际先进水平或国际领先水平，人称"燃烧界泰斗"。

30年前，岑可法就意识到，中国是个贫油国家，应该积极寻找替代石油的能源。20世纪80年代初，他随一个科学代表团到美国。美国人拿出一小袋东西说："我们已经搞出了'水煤浆'，可以100%地代替油。"开价几千万元要中国人买他们的成果。

回国后，岑可法就向国家提出了要攻克水煤浆代油的难关，但当时很少人相信能成功，岑可法顶住了很大的压力。之后，岑可法和他的团队攻克了这个难关，光是煤和水，不加天然气，不加一滴油，就代替了100%的油。购买一吨原油，需要2800到3000元，而1000元左右的水煤浆新能发出相同的电量，价格是油的1/3，能源的成本大大降低了。岑院士介绍，水煤浆能100%代替石油、无污染、易运输、低成本……

2005年，中国最大的水煤浆发电厂建成，年发电量20万千瓦，是目前发电量与规模都处于国际领先地位的水煤浆发电厂。目前，水煤浆技术在国内外正趋成熟并已进入生产应用阶段。现已广泛用于电站锅炉、工业锅炉和工业窑炉，替代原来的燃料油和燃气，并已经在茂名热电厂、汕头万丰电厂、白杨河电厂、燕山石化电厂、胜利油田、山西汇河水煤浆厂、枣庄矿务局等单位25台套上应用。

岑院士的另一项代表作是"煤泥发电"。"原煤总是夹杂了很多杂质，国家建了不少'洗煤厂'，但是产生的废渣'煤泥'堆积如山，污染十分严重，当时连美国也无法解决这个难题。""有没有变废为宝的方法？"岑院士通过研究，探索出了将"煤泥"通过一定的燃烧方法，用于发电，并转化成清洁垃圾的思路。

进一步探索，垃圾也能发电吗？能。近年来，岑院士的研究成果陆续转化成生产力：杭州乔司、余杭建成的垃圾发电厂，日处理城市生活垃圾800吨与150吨。目前，我省已建有8个垃圾发电场，并还将再建10个。

"这是正宗的原始创新国产技术，乔司的项目，只投了两亿元。"岑院士表示，尽管宁波、上海等地引进国外技术建成了规模略大的垃圾发电厂，但其投入都在6亿元以上，原始创新技术的开发，对我国摆脱国外技术垄断、节约国力，有很重要的意义。

岑院士的科研之路让人信服，任何事物都有可爱的一面：他正在和他的创新团队，探究燃烧界一个又一个疑问，比如，秸秆能发电吗，医疗垃圾能吗……

（涵冰）

破解"污泥围城"

在我们生活的每一座城市里，都有大大小小的污水处理厂在日夜不停地运转。生活和工业过程产生的污水经过污水处理厂处理，达到排放标准后重新进入江河湖泊，剩下的污染物浓缩成了成千上万吨的污泥。如果这些污泥不能及时安全地处理处置，"污泥围城"的困局将不可避免地影响我们的生活环境。

浙江大学热能工程研究所严建华教授是我国最早开展污泥处理处置研究的科学家之一。早在20世纪80年代，严建华所在的团队在进行"煤泥"等工业废弃物处理研究的过程中，敏感地意识到在环境污染治理过程中，特别是污水处理过程中，对污泥这种污染物研究的重要性。在岑可法的指导下，严建华和课题组的同事们率先在国内对污泥展开基础研究。

"污泥是污水处理过程中间产生的浓缩的废弃物，其中包含了一些特殊的有害物质，包括微生物、细菌、重金属等污染物。"严建华说。这些污泥如果不妥善地处理，或者被偷排到生态体系中去，既浪费处理的费用，也会引起新的环境污染问题。

在我国，早期对污泥的处理处置以农田利用和简易堆放为主。随着城市发展，污水处理量越来越大，产生的污泥量也不断增大，然而，农田利用和堆放填埋等方式不仅占用大量土地资源，而且极易对土壤和地下水造成二次污染。近年来，发达国家逐渐降低了填埋的比例，像日本、德国、荷兰、比利时、奥地利等土地资源紧缺的国家，都以焚烧方式为主来处置。但是，面对国产污泥成分复杂、水分高等特性，从国外高价购置的进口干化焚烧设备"水土不服"。

结合国家重大需求和20余年在固体废弃物处理处置方面的研究经验，严建华课题组将研究方向聚焦在干化焚烧这一具有减容明显、无害化彻底、占地少、可能源化利用等诸多优点的技术上，重点围绕干化黏滞磨损严重、焚烧效率偏低、污染物排放控制难、工艺系统集成弱等难点，进行深入细致的基础研究和技术开发工作。"我们必须面对这类废弃物如何实现无害化、清洁高效处理，而且要实现资源化利用。"严建华说。

针对污泥水分含量高，常导致干化设备黏滞、磨损严重，难以用机械方法脱除的难题，课题组从对污泥的物理化学特征的基础研究入手，创新性地提出了克服污泥黏滞的间接热干化的工艺，在此基础上成功开发了搅动型的热干化装置。

"如何脱水，首先要了解其水分的分布形式，我们发现，除了外在水分以外，还有一些间歇水，甚至细胞结合层面的水，有的是很难用机械方法来脱除的。我们提出了热干化创新技术的工艺，利用低品位的余热蒸汽作为热源，通过我们开发的创新的热干化装置，实施间歇式的污泥热干化过程。"严建华介绍。通俗地讲，这个装置里面通的介质是一些低品位的余热蒸汽，外面是需要脱水的待处理的污泥，通过工艺的创新，很好地实现了污泥中80%的水分脱到40%、30%、20%，可以根据不同的需要，为后续的污泥的热干化处置提供一个重要的基础条件。

经过热干化以后的污泥，变成了一种比煤炭热值稍低的低品位燃料。为提高焚烧炉的燃烧效率，课题组从能源化利用的角度，又专门开发了基于复合循环流化床的新的燃烧技术。同时，在研究探明污泥燃烧过程中二噁英生成和控制规律的基础上，研发了对污泥干化焚烧全过程污染物协同控制的技术。

"以往国内外解决这些污泥的燃烧问题，有的采用直接燃烧高水分的污泥的方式，有的采用鼓泡流化床的燃烧方式，都很难实现高效清洁燃烧的目的。"严建华说，课题组发展了基于多段燃烧、复合循环、高效的循环流化床新一代的燃烧技术，它既解决了低品位、低热值干化污泥的高效燃烧问题，同时解决了它的清洁燃烧问题，比如二氧化硫、氮氧化物、氯化氢，乃至二噁英等有机污染物的低排放问题。

经过持续近20年的研究和技术开发工作，严建华团队研发了一套完整的间接热干化和复合循环流化床清洁焚烧集成技术体系。研发期间，团队及时与国内产业界的龙头企业开展产学研合作，将实验室成果通过基础研究、中试研究后，快速产业化。目前，课题组研制的热干化设备在全国16个省市已推广应用110余台（套），市场占有率超过70%。利用该技术体系，每天处理污泥12600多吨。技术成果被列入科技部《水污染治理先进技术汇编》、中国环境保护产业协会《2012年国家鼓励发展的环境保护技术目录》，并出口至韩国。主要示范工程被列入住建部、国家发改委首批"城镇污水处理厂污泥处理处置国家级示范项目"。

"这个成果大量推广的话，可以很好地解决污水处理过程中的重大技术支撑问题，把污水处理厂的有害污染物，通过我们这个技术实现无害化处理，实现能源化的利用。"严建华说。

（高楚清）

抓住烟囱里的"活性分子"

2015年4月，由浙江大学自主研发的"燃煤烟气活性分子氧化污染物一体化脱除技术"成功应用于杭州中策清泉炭黑锅炉烟气处理项目，并顺利通过168小时的运行考核。这一技术的成功示范，为我国工业锅炉烟气实现"超低排放"提供了具有自主知识产权的新型技术方案。

"示范工程实现了锅炉烟气NO_x由初始浓度800毫克/纳米^{3}降至10毫克/纳米^3，SO_2由初始浓度1000毫克/纳米^{3}降至15毫克/纳米^3。"浙江大学热能工程研究所王智化教授介绍。这样的排放浓度，不仅远低于环保部最新的重点地区燃煤电厂排放标准限值，同时也低于"超低排放"，即天然气机组排放$NO_x<50$毫克/纳米^3，$SO_2<35$毫克/纳米^{3}的限值。

自2000年开始，在岑可法院士的带领下，王智化教授团队面向国家节能减排的重大需求，在国际上首次提出"活性分子多种污染物一体化脱除"的新思路：采用活性分子将烟气中的NO、HgO氧化为可溶的NO_2、Hg^{2+}，结合碱液喷淋等形式实现SO_2、NO_x和Hg的协同吸收；同时利用活性分子将苯、甲苯、二噁英等大分子有机物氧化降解，从而保证多种污染物一体化协同高效脱除。该技术可实现一塔多脱，克服了传统方案中单一功能的污染物处理设施叠加的缺点。

在国家自然科学基金、国家优秀青年基金、"973计划"课题和"863计划"项目的资助下，经过多年的基础研究和中试试验，热能所最终形成了具有自主知识产权的"活性分子多种污染物一体化脱除"新理论和新技术，相关研究成果在国内外著名学术刊物上发表论文90余篇，申请和获得国家授权发明专利10余项，多次受邀在国际系列会议上做大会特邀报告，受到美国、英国、瑞典、日本、波兰、韩国等相关研究者的关注和引用，并接受德国Springer出版社特邀撰写英文专著。

"此次杭州中策清泉烟气处理项目的顺利实施，标志着我校具有完全自主知识产权的'活性分子多种污染物一体化脱除'取得重要突破，已进入工业化应用阶段。"王智化教授说。

（朱燕群）

清洁技术大幅降低燃煤有害排放

空气中的氮氧化物是PM2.5的主要来源之一。浙江大学研发的一项清洁排放技术大幅降低了燃煤烟气中氮氧化物的排放，可有效控制由燃煤带来的PM2.5污染问题。在2015年4月15日举行的浙江省科学技术奖励大会上，该项目被评为浙江省科技进步奖一等奖。

我国煤炭年消费约36亿吨，约占全球总消耗量的50%，燃煤排放的氮氧化物约占总量的67%，是造成区域PM2.5污染和酸雨问题的重要原因。

"空气中的PM2.5，除了扬尘等直接排放，还包括二次颗粒物。氮氧化物是空气中微粒子的源头，也是光化学反应前体物之一，是灰霾天气的一大罪魁祸首。"该项目的负责人、浙江大学能源工程学院副院长高翔说。我国东部重点用煤地区单位国土面积的平均煤炭消耗强度是一些发达国家的10多倍，煤质和锅炉运行条件也较为复杂，要使空气质量达标，就必须使用最为先进的污染控制技术，实行最为严格的排放标准。

高翔副院长介绍说，清洁排放的关键在于找到适合我国高硫、高灰等劣质煤的催化剂，通过有效的还原反应降低有害物质的排放。课题组通过对催化剂配方、催化工艺进行改进，以钒钨钛为主体，添加稀土等元素，提高了催化剂的强度、抗中毒和抗磨损的能力，并扩大了其温度适应范围。

此外，课题组通过工艺创新实现了失活催化剂的再次利用，活性可恢复到新鲜催化剂的98%以上。"催化剂再利用意味着催化剂成本投入可以降低一半以上，也缓解了失活催化剂填埋及可能造成的二次污染问题。"高翔说。

在治理氮氧化物方面，火电企业可谓责无旁贷。据了解，目前，中国对火电厂氮氧化物的排放标准设定为100毫克每立方米，而高翔课题组的实验数据显示，在改进催化剂和精确调控反应过程的基础上，氮氧化物的排放量可下降到20至30毫克每立方米。

中国环境监测总站2014年对应用了该项技术成果的浙能集团嘉兴发电厂三期7号、8号机组进行了检测，检测报告显示，主要烟气污染物的排放均远低于被称为"史上最严"的国家标准《火电厂大气污染物排放标准》，有的指标甚至低于天然气发电的排放浓度限值。

本项成果已在全国300多台燃煤锅炉上进行应用。高翔副院长表示，课题组正在将该项技术拓展至水泥、钢铁、船舶等氮氧化物排放源头产业。

（朱涵）

助力LNG船用绝热材料国产化

高楚清

液化天然气（LNG）船是用于液化天然气运输的特殊船舶，迄今只有少数国家有能力建造，尤其是长期以来在超低温条件下使用的保温绝热材料只有美国、意大利、日本等少数发达国家才能生产。如今，这一状况被打破。浙江大学与浙江浦森公司合作，成功研发的刚性绝热聚氨酯泡沫等材料将在国产LNG船上投入使用，产品供应合同200年8月在上海签订。

"LNG船使用的绝热材料，是在零下162摄氏度的超低温条件下使用的保温绝热材料。用于LNG船的保温绝热材料技术是保证液化气储运过程中的安全性和经济性的核心技术之一，此前被少数国家所垄断。"浙江大学材化学院高分子科学研究所副所长、LNG船用绝热材料项目组负责人王利群教授说，经过近两年的科技攻关，浙江大学与浙江省德清县浦森耐火材料有限公司首次在国内采用聚氨酯原料开发出刚性绝热聚氨酯泡沫材料，获得了法国GTT公司和美国ABC船级社等国际上权威船级社的认证书，可应用于LNG船。经沪东中华造船（集团）有限公司在LNG船的试用评价，产品的全部技术指标符合设计要求。

沪东中华是目前国内唯一一家建造LNG船的企业，公司从2004年年底开始开工建造我国第一艘LNG船。"当时，沪东中华委托浦森公司探索LNG船用保温绝热材料的国产化问题，这个项目就落到我们头上。"王利群教授介绍说，浦森公司是一家民办企业，已有20余年的历史，早在2000年就和浙江大学开始科技合作。"我们于2005年8月在浦森公司共建了研发中心，成立了项目组，组织学校和企业的技术骨干共同攻关。"

根据LNG船的技术要求，材料应具有良好的绝热性能和承力性能，同时必须具有较低的密度。项目组以刚性聚氨酯泡沫材料等为切入点，以LNG船的专利权人——法国GTT公司的技术规范书为目标进行研发攻关。"我们从材料的分子结构出发进行设计，得到超高压缩强度的聚氨酯泡沫刚性绝热材料；同时引入刚性结构使材料具有抗蠕变性能；还对材料进行微观和亚微观的创新设计，使它能在

80—零下162摄氏度的温度范围内具有物理稳定性。"王利群教授说。课题组先后解决了这些关键技术，首次在国内采用聚氨酯原料开发了刚性绝热聚氨酯泡沫材料。2006年，产品先后通过了法国GTT公司和美国ABS船级社的认证，获得了国内唯一的LNG船用绝热材料认证书。

"优秀的团队以及与浦森公司长期的、全方位的科技合作，并由此建立的良好的互信关系，是我们取得创新成果的两个最重要的因素。"自2000年以来，王利群教授的课题组为企业相继开发了6种新技术、新材料。他说，浙江大学把自身技术攻关和产品开发的科技优势，与企业捕捉市场需求信息的能力和市场优势有机结合起来，立足企业需求，服务国家目标，使新材料、新技术、新产品以及新工艺的开发走上成功的快车道。

治理垃圾山三大灾害

张骞

人人都讨厌垃圾，人人都制造垃圾。我国城市垃圾年产量达2.4亿吨，居世界之首。

我国80%以上的垃圾采取填埋技术处理。填埋技术的特点是投资小、处理量大，可以全天候处理所有种类的垃圾，但存在严重的二次污染风险：垃圾渗出液污染地下水及土壤；垃圾发酵产生的甲烷气体既是火灾及爆炸隐患，排放到大气中又会产生温室效应，臭气严重影响场地周边的空气质量；松散的垃圾山还很容易产生失稳滑坡情况，发生事故。填埋场的三大灾害犹如一颗巨型定时炸弹，潜伏在城市周围。

浙江大学建工学院陈云敏教授研究团队从1995年开始关注这一问题，之后又联合中国市政工程华北设计研究总院、上海市政工程设计研究总院，研究垃圾山三大灾害的治理。

"欧美国家垃圾组成中近50%是纸，属于'干垃圾'，而我国近50%是厨房垃圾，有机质和含水量高达60%。"陈云敏教授介绍说，"降解污水给我国的填埋场带来了许多特有的隐患。"

成千上万座有中国特色的垃圾山灾害如何防控？填埋场的新建、扩建、运营和治理应该遵循怎样的科学规律？这是研究团队需要解决的问题。

填埋场水位高，水多了，填埋气体就不像发达国家那样容易跑出来，气出不来就容易引发爆炸。但填埋气的主要成分是甲烷和二氧化碳，搜集起来有效利用便是能源。"我们在测试中发现，水减少后会显著提高导气性。在垃圾山中，水并不是聚在一起的，而是分层存在的。这样，国外用单根竖管子抽气的技术就行不通。"陈云敏教授介绍说，"早期杭州第一填埋场采用法国威立雅公司单管抽气井技术，气收集率只有28%，这也验证了这点。要想抽气先排水，不同层的水要各个击破。我们设计了水平和垂直的导排井同时工作，在垃圾堆体中形成了一个纵横结合的排水管网，大大提高了排水性。为了进一步提高导气性能，我们还研发了双套管抽排竖井，内管抽水，外管施加负压，抽取填埋气，加速渗沥液导排。"这套基于液气分离的填埋气高效采输技术目前已被应用于我国具有填埋气发电条件的18个大型填埋场，填埋气收集率显著提高。18个填埋场每年新增填埋气收集量2.06亿立方米，新增碳减排量173万吨。

垃圾在降解过程中会产生含有各种污染物的液体，填埋场底层的防污屏障就像一件密封的外套，将污染物与地下水分隔开。屏障的使命是保证在填埋场稳定化之前不被污染物击穿。如何加强屏障？哪些因素影响着屏障寿命？"屏障什么时候会被击破，不可能等填埋场工作几十年后再来看。我们利用超重力离心机的缩时效应，100个重力加速度下24小时实验模拟了27.4年的屏障击穿过程，在实验中发现垃圾体水位升高和屏障受损变形，是导致屏障失效的关键。"知道了问题的症结，研究团队着手研究解决之道。"我们研发了淤堵反冲洗技术，在排水系统淤堵钙化前，使用高压水反冲洗，增加水的导排，延长屏障服役寿命。另外，我们给防污屏障加了特殊的'筋'，这样即使垃圾体降解沉降产生很大的拉力，屏障也不容易被撕裂，通过试验也验证了。"陈云敏教授说。

垃圾体本身比较松散，高水位的垃圾山很容易失稳滑坡。为保证垃圾山稳定，要求填埋高度尽量低，但为增加填埋场容量，又要求增加填埋高度，如何在保障稳定的条件下实现大幅增容？"这就要研究清楚垃圾强度与变形的关系，多大程度的变形会滑坡。"研究团队在全国7大地区、32座填埋场、13年填埋龄期的实地调研中，积累了数据，研发了一套填埋场稳定评估的软件，提供了确保填埋场稳定的警戒水位的方法，并得到了超重力离心模型试验的验证，为填埋场稳定控制和堆高增容提供了依据。2009年，国内首个竖向扩建的苏州七子山填埋场采用研发团队技术，将延长填埋年限18年。

"15年时间里，我们慢慢弄清楚了填埋场固、液、气的相互作用规律，建立了填埋场降解—渗漏—压缩耦合模型，形成了填埋场环境土力学基本理论。"陈云敏教授说，14项技术与方法最终编成了行业规范《生活垃圾卫生填埋场岩土工程技术规范》，为我国填埋场新建、扩建、运营和治理提供了自主核心技术，实现了填埋场设计由传统土力学方法到环境土力学方法的转变，填埋场运营由单纯消纳城市固废到高效利用填埋气和填埋土地的转变。

据悉，项目成果已在全国23个省市的112座填埋场新建、扩建及未达标治理工程中使用。

（张莺）

用污水细菌发电，酷！

余建斌

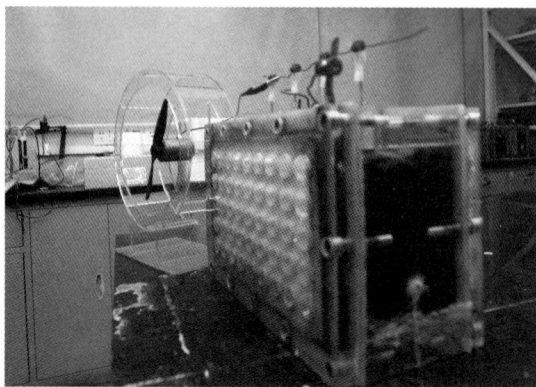

成少安教授实验室摆放的污水细菌发电模型，细菌发电驱动风扇转动

在汤森路透发布的《2014世界最具影响力的科研精英》报告中，浙江大学能源工程学院教授成少安入选环境与生态学科的"高被引科学家"。在他的实验室里，成千上万受了"驯化"的细菌正在利用污水进行发电。

细菌经过"驯化"，既能清洁废水，又能发电

走进成少安教授的实验室，我们看到几十个比火柴盒大一些的透明"盒子"摆放着，这就是细菌电池的"原型"。仔细看，盒子上方有两个小孔，一个孔注入污水，另一个孔则排出被细菌"消化"过后变清的水。盒子的两侧是两块圆形的材料，一个是阴极，一个是阳极。细菌在阳极表面生长，靠消耗废水中的有机物进行新陈代谢，产生的电子则传递到电极上。在上面加一个载荷，就形成了电流。

"我们从每平方米电极材料产生零点几毫瓦，到几十毫瓦电，再提高到几千毫瓦，已经提高了5个数量级。"成少安教授说，"细菌经过'驯化'，就能持续地消耗废水中的有机物，既清洁了废水，又能有发电效果，而且对环境来说是'零负担'。"

细菌发电研究曾是"孤独"的研究。从20世纪90年代之后，科学界对细菌发电的关注逐渐升温。美国宾夕法尼亚州立大学的教授布鲁斯·洛根提出，如果细菌让废水发电能实现，那么既处理了废水，又产出了电能，一举两得。

布鲁斯·洛根教授的课题组从污水厂取来污水，开始了雄心勃勃的实验。当时是课题组成员之一的成少安负责实验装置的搭建和电极材料的研发。"在最初的可行性验证阶段，电量只有几毫瓦，但我看到浑浊的废水慢慢变得清澈，说明细菌在工作啦！"成少安教授说，那是细菌第一次带给他"感动与信心"。

期待走出实验室，走向实际应用

2009年，成少安回到母校浙江大学继续他的研究。他的课题组一方面对细菌燃料电池的发电机理做进一步研究，另一方面也在进行大体量单体细菌电池的研发，努力让这项技术早日走向实际应用。

细菌燃料电池的难点之一，是让尽可能多的微生物附着在电极表面，而不是在污水中"自由泳"。"给它们一个舒适的环境，让它们高效工作。"电极材料的研发就是一个攻关方向。成少安设计的实验装置和材料，由于十分巧妙，被全世界很多实验室沿用。

"细菌比我们想象的聪明得多。"成少安说。比如，一开始课题组用一层薄膜把污水中的细菌分成厌氧、好氧两个"房间"，但"墙壁"会令电池内部的电阻增大，影响发电效率。拆掉"墙壁"会怎样呢？课题组发现，当细菌进入反应器一段时间之后，无须人为干预，就会自动"站队"，形成两个区域，好氧的细菌紧贴在空气阴极一侧，而厌氧的细菌则舒舒服服地附着在另一头的碳材料阳极上工作。"这样，我们的反应结构就可以简化不少！"

成少安教授说，他通过计算得出，一个10万人的小城市，生活产生的污水用来发电的话，发电量可以供给1000户人家使用。

"我们国家一天产生的废水量是54亿吨，用实验室里这样迷你的装置肯定不行。还要做扩大化研究，就是把它变成立方级的，甚至几十立方、几百立方的单体，这样才能在现实中应用。"成少安教授说，要让这项技术走出实验室，还需要科学家们的共同努力。

"膜"法：脏水进去，净水出来

柯溢能

净水装置，在今天已经不是什么稀罕的物件了。但对于一般非专业人士来说，引起他们关注和兴趣的，往往是一幅一目了然的商品宣传画。然而，其中的科学原理却很少有媒体进行科普式的解读。那么，我们中国人又是怎么做的呢？今天，我们就把这个"神器"拆了，借电子显微镜的"眼"，看看中国人是怎么做的。

浙江大学高分子系黄小军副教授新近研发的一款净水器，给出水原理就像自行车打气一样简单，轻轻松松就将户外水源转化为安全直饮水。

在家用净水器并不鲜见的当下，这款中国"智造"的户外净水器悄然改变了市场格局，其核心竞争优势并不是它的机械结构，而在于黄小军副教授研究团队实现的国产化的滤芯组件——超低压下过滤、大通量产水、净化效果优异的"过滤纸"。

这种"过滤纸"，无论从颜色还是外观上看，都像是"拉面"，但将其在电子显微镜下放大，图像是这样的：

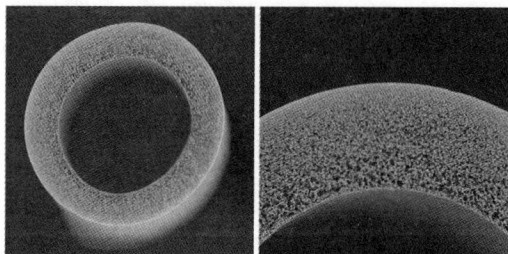

（a）截面（x300）　　（b）截面（x1,000）
梯度微孔结构的净水中空纤维膜截面

该膜的学名为"梯度微孔结构的净水中空纤维膜"，它的工作原理是水源从外壁迅速进入，过滤后由内壁渗出收集成净化水。这种外压式的过滤模式，可将户外水源中的各种杂质都截留在致密的管壁之外。团队的伙伴们画了这样一幅解说图：

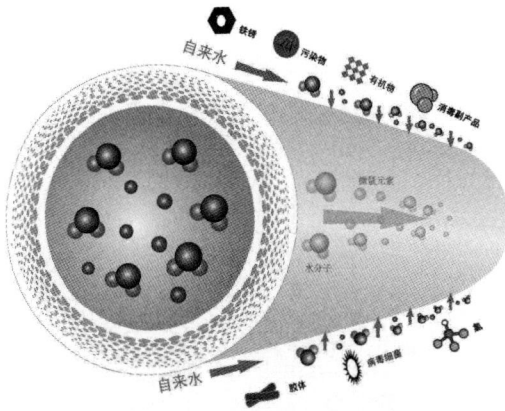

完美的梯度孔结构是保证高截留，高通量的技术条件
梯度微孔结构的净水中空纤维膜过滤示意图

　　中空纤维膜这种特殊"过滤纸"的制作工艺，首先特殊在其添加了亲水组分。这类助剂可以在过滤水的过程中开启捕获功能，"伸手抓取"水分子进入膜内。与此同时，研发团队还提高了水分子"抓取"的效率和数量。黄小军说："通过反复试验对比，我们最终通过梯度温控和微张力反馈技术，制造出具有国际顶尖水平的梯度微孔结构的净水中空纤维膜，实现更快速、更轻易的过滤净化过程。"

　　研发团队通过梯度温控技术在膜的制备过程中"吹出"不同大小的"微气泡"，并在微张力反馈技术牵引下将"微气泡"按大小顺序排列成外密内疏的阶梯式分布，最终形成梯度微孔结构。这样一来，密度较大的致密外壁可以截留水中杂质并保持膜的机械强度，而疏松的内壁则可以最快地将水迅速排出，增大过滤水流量，提高净化效率。

　　梯度微孔结构的净水中空纤维膜制备好后，科学家们将它们化零为整，集成膜束，曲折成180度置于滤芯底部。这种倒U形结构，使进入滤芯的水源能够与中空纤维膜充分接触并凭借自重从底部流出。滤芯底部的膜束之间使用封胶层密封，隔开进水与出水的交互污染。为了确保整个滤芯组件更安全高效地运作，在膜滤芯组件前置过滤中，还加入了纳米碳纤维材料吸附净化方式，进一步改善水质与饮用水口感。

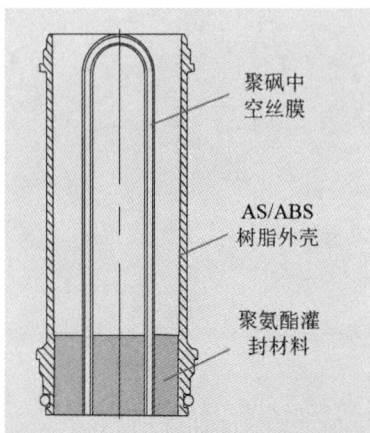

聚砜中
空丝膜

AS/ABS
树脂外壳

聚氨酯灌
封材料

梯度微孔结构的净水中空纤维膜制成滤芯的结构图

"膜"的研究和制备，一直是浙江大学高分子学科领域的强项，并以前端基础研究推动着我国膜产业的发展。这次应用于净水器的梯度微孔结构的净水中空纤维膜，其过滤精度可达0.03微米，远远小于自然水源中的最大威胁——细菌的直径，可以完全保证净化水的安全性。目前，"梯度微孔结构干态超亲水中空纤维膜"这一研究成果，通过了"十二五"水重大专项"863计划"项目总体专家技术鉴定，并被推选为年度"863计划"项目技术亮点成果，目前已经进入规模化生产。在供给侧结构性改革的当下，拥有浙江大学"芯"的中国品牌净化器，不仅可以为户外爱好者提供清洁可靠的取水方式，而且未来还将在重大自然灾害中提供安全的户外直饮器。

为太湖减"肥"

潘怡蒙

2010年10月12日，记者从"水体污染控制与治理"国家科技重大专项"面源污染控制技术"研讨会上获悉，浙江大学水环境研究院研究团队对流入太湖的重要河流苕溪的水体综合整治取得了阶段性成果。

太湖，是我国第三大淡水湖，面积为2400平方千米，流域面积36895平方千米，是上海和苏锡常、杭嘉湖地区最重要的水源。如果把太湖流域视为人体的话，无论从其地理位置、轮廓还是战略功能上看，它都是上海和苏锡常、杭嘉湖7城市的"心脏"，纵横交错的河网，就是维系该地区生存、发展的各类"血管"。但是由于工业与农业的污染，水体的富营养化加剧。"太湖美呀太湖美，美就美在太湖水"这句歌词已经变了味。这个城市的'心脏'随时会停止跳动。

太湖的污染，特别是富营养化带来的大面积蓝藻的出现，很大程度上是农业面源污染造成的，换句话说就是现在的太湖太"肥"。已有资料显示，部分农业高产地区如环太湖地区的苕溪流域农业农村面源污染对整个太湖污染负荷的贡献已超过工业污染，占浙江省对太湖总污染负荷量的50%以上。所以，为了还太湖一个洁净的空间，科学家要从源头为太湖的水进行减"肥"。

苕溪是太湖源头和重要饮用水水源，多年平均入太湖的水量达27亿立方米，是太湖流域最大的入湖河流。而苕溪流域种植业集约化程度高、养殖业发达且农业生活污染点散面广，其中苕溪流域总污染排放量分别为化学需氧量（chemical oxygen demand,COD）120014吨/年、总氮18692吨/年、氨氮11838吨/年、总磷1843吨/年，面源排放量占总污染排放量的比例分别为COD 59.8%、总氮67.9%、氨氮61.4%、总磷76.5%。因此，苕溪的农业污染治理对太湖水质改善影响重大，但传统的治理污水手段无法根治苕溪的水体污染。

研究团队建设了六大示范工程。这六大工程专门针对苕溪农业污染的突出问题。如畜禽养殖业，它是我国水环境中最为严重的污染源，也是引起太湖富营养化的主要成因，而畜禽养殖废弃物生态循环利用和污染减控综合技术大大削减

了污染物排放。同时，通过农村生活污水控制技术体系与模式创新、苕溪上游健康水生态系统构建技术示范、入湖口污染物削减及水生态修复技术等新技术的运用，目前苕溪水质呈现明显的改善趋势。

据悉，"太湖流域苕溪农业面源污染河流综合整治技术集成与示范工程"总经费达3.135亿元，国拨经费1.0544亿元，是"十一五"国家科技重大专项的重点课题之一，对我国河流水污染防治战略具有重要的现实意义。

钱塘江水每小时测咸一次

周炜

从2009年10月中旬开始，钱塘江水将每小时接受一次"体检"，浙江大学的专家将运用这些"体检报告"，开展"潮汐影响地区饮用水安全保障技术集成与示范"课题的研究，以让我省率先在全国告别咸潮威胁，并为我国河口城市的饮用水安全提供技术示范。这一研究标志着浙江大学承担的国家科技重大专项"水专项"相关课题全面启动。

被称为"水专项"的水体污染控制与治理科技重大专项是《国家中长期科学和技术发展规划纲要（2006—2020年）》确定的16个重大科学技术研究专项之一，是迄今为止我国资金投入总量最大的环境科研项目，总投入资金达到上百亿元。据介绍，"水专项"将着重解决制约我国经济社会可持续发展的水污染重大技术瓶颈问题，研究涉及湖泊、河流、饮用水、城市、监控预警、战略政策等六大方面，共有33个项目、238个子课题，实施周期长达13年。浙江大学张土乔教授是其中饮用水主题的专家组成员。

浙江大学在"水专项"中承担了"长江下游地区饮用水安全保障技术集成与示范"和"典型城市饮用水安全保障共性技术研究与示范"两个项目的研究，涉及"太湖流域苕溪农业面源污染河流综合整治技术集成与示范工程"等9个课题，是全国高校获得"水专项"国拨经费最多的牵头单位之一。为此，浙江大学专门组建了水体污染控制与治理研究中心，课题组分别以钱塘江流域、嘉兴地区水域等重点区域进行技术研发和工程示范。

杭州是我国受潮汐影响最严重的城市之一，"典型城市饮用水安全保障共性技术研究与示范"项目其中一个子课题——"潮汐影响地区饮用水安全保障技术集成与示范"要解决的就是怎样让杭州人不喝咸水。课题组负责人、原浙江大学水利与海洋工程学系（现已更名为"水利工程学系"）教授孙志林介绍说："我们将建立集盐度动态遥测、水量水质预报、咸潮实时发布等于一体的潮汐河口区咸潮测报预警系统，同时要研发出适合河口水处理的高效脱盐技术体系，以保障特

　　枯水年和突发事件发生时的饮用水安全。"据了解，课题组目前已委托浙江省水文局在仓前水文站等地，每隔一小时对不同深度的钱塘江水的咸度进行检测，并同时在珠江多汊河口河网及长江口大型蓄淡水库进行工程示范，为全国潮汐影响城市饮用水安全提供技术支撑。

　　浙江大学牵头的另一"水专项"项目——"长江下游地区饮用水安全保障技术集成与示范"将以嘉兴市的饮用水安全为重点进行技术攻关。浙江大学建筑工程学院副教授柳景青介绍说："该项目的研究将贯穿从水源保护到制水、输配水，以实现饮用水安全风险的全过程控制，计划10年内使嘉兴饮用水源水环境质量得到明显改善，水源地水体类别提高一个档次，为全国其他城市保障饮用水安全提供示范。"

用"千里眼"和"食藻虫"治水

潘怡蒙

　　王建江和杨岳平，分别是浙江大学水利工程学系和环境工程研究所的教授。同时，他们都在湖州挂职，一位在水利局，一位在南太湖旅游度假区管委会。这两年，他们的主要工作是为湖州治水。2012年12月初，两位老师分别完成了其主持的项目，我们跟着去了项目现场。

　　湖州水系丰富，河网交错，全市水域面积占总面积的近10%，加上湖州的地形像极了"脸盆"，汛期来临，水情系万家。而苕溪水系是太湖之源，历年入湖水量约占入湖总水量的42%，慧泽多少百姓，就更是难以万计。

　　2009年，王建江到湖州市水利局挂职。他发现，湖州市水利局对全市水域的防汛和水环境控制，主要通过布局在全市的142个水情记录点来实现。通过人工读取，把诸如水位、流速、流量以及污染程度等数据，传送到指挥部，但接下来的工作，大家都得靠经验判断了。

　　学计算机出身的王建江认为，经验虽可贵，却难以精准。要精准，就要依靠信息化。经过两年的建设，一个基于光纤传输的水利管理信息化平台在湖州诞生了。在湖州市水利局防汛指挥中心，通过光纤传输，高清图像和水质数据一起汇聚到"一张网"中，"这样一来，防汛工作和救灾决策，就能做得很客观、准确"。

　　"我们布局的高清摄像头起到了关键的作用。"王建江带着记者参观了防汛站点的重要一站毗山闸。"因为要完成实时传输任务，这批摄像头，是我们集结世界上各个顶尖通信技术公司的技术，量身定做的。"王建江说，"一般的相机，会出现反光，一遇上月黑风高或者风雨交加的日子就会出现'散光'等问题，但它们绝对不会。在恶劣的环境下，它们也能保持传输的速度和质量。"

　　记者仔细观察了这些摄像头，发现它们自配激光灯、微型雨刮器，每个镜头的分辨率都是业内极品，一旦摄入图像，就通过光缆点对点传输到指挥部。王建江说："这些摄像头在今年莫拉克台风过境浙江的时候派上了大用场。"

如果说"一张网"让水情变得可控，那么，杨岳平教授的"一只虫"，则是让水变清。

蓝藻，是一种最原始、最古老的藻类植物。这种绿色的生物喜欢群居，而且神秘莫测。它最大的危害是破坏水质，对水底植物和鱼类等水生动物有很大危害。近些年，这种"蓝幽灵"时常在太湖流域出没，沿岸居民无不怨声载道。

杨岳平教授在多年对蓝藻的研究中发现，有一种虫子，它是蓝藻的克星。这种虫子很小，小到只有女生半个指甲盖那么丁点儿大，但它却特别能吃，"蓝幽灵"在它到过的地方，都会片甲不剩。"我们给它取名为'食藻虫'。"杨岳平教授说。

在杨岳平教授的带领下，记者来到了他的试验基地——太湖南岸。一堤之隔，实验区内，水清如镜；另一边，却浊不可言。这是怎么回事？

南太湖旅游度假区的这一片水域，是杨岳平教授三年来治好的第一片湖水。杨岳平教授介绍说，这个过程一般需要三个月，包括用生物质烧成的碳作为滤床过滤污水，筑起水域保护的第一道阀门。然后，根据各个水域的污染情况，适量放下事先培育好的食藻虫消灭蓝藻。同时，杨岳平教授还会选培一些水草，在食藻虫"工作"一段时间后，将适量水草投植到水体中去，让它们慢慢调理水环境。而这个时候，完成了使命的食藻虫又可以成为鱼虾的美食。至此，一个健康的生态系统也就建成了。

"入湖口污染物削减及水生态修复技术"是国家"水专项"课题中的一个子课题。"这个技术很好理解，"杨岳平教授说，"一面通过截流防止污物流入水体，一面通过生物生态修复技术，给受污的水体'治病'。"目前，工程涉及的富营养化水体已得到了很好的修复。

"聪明"的房子上线了

韩天高

"刚刚看过表计了，9个月来，累计发电7978千瓦。要完成年1万千瓦的光伏发电设计目标应该不成问题了。"

2013年9月9日傍晚时分，浙江大学建筑设计研究院新址大楼——"旧楼改新楼"的西溪校区东一楼，大楼节能改造"设计师"、该院总工程师、绿色建筑咨询研究中心主任王靖华，与暖通工程师张老师一起查看大楼太阳能光伏发电系统运行情况。"这些电通过一个微网结构的太阳能光伏并网发电系统产生，相当于大楼周边夜间路灯照明和大楼景观照明的用电量。"王靖华说。

东一楼，是20世纪80年代的老建筑。调整、改造为设计院用房的时候，由浙江大学建筑设计研究院院长董丹申、总工程师王靖华等人设计了系统、立体的绿色"节能改造"体系。这也是与浙江省住建厅合作的一个既有建筑节能改造项目。"建筑节能改造怎么搞？我们想利用这个机会，拿我们自己的'楼改'来说话。"王靖华说。

活动外遮阳板、电动天窗、暗室导光、智能灯控、地源热泵、立体导排、空调冷凝水收集、太阳能热水、光伏发电……从南墙外立面到室内空间，从楼顶到地下60米深处，节能设施将东一楼全副"武装"成一座"聪明"的房子，在2009年年底正式"上线"工作。

2010年盛夏，杭城的天气为这所"新"房子带来了一场严厉的"高烤"。在破纪录的炎热中，楼里的人们和楼外的草木享受到的，却是一份独有的"清凉"。

"附近的绿化浇灌采用的是喷淋系统，天热的时候每天都需要喷淋。"一位绿化工告诉记者，他们很"舍得"给焦渴的草木每天"喝喝水"，因为这些水都是从大楼空调系统收集来的冷凝水，"不用白不用"。

大楼周边绿化约有2000平方米，每天喷淋需要2到3吨水。而这个数字，刚好是三楼以上空气源热泵空调系统的冷凝水的"产量"，两者恰巧"找平"。

"一个800立方米的储水池就埋在我们的脚底下，空调冷凝水以及屋面雨水、部分场地雨水都被收集到池里去，简单处理后回用于绿化浇灌，以及景观用水。你看，这片景观水就是回收水。"带着记者实地"转一转、看一看"的张老师介绍说。

地下的另外一个"宝贝"藏在60米深处。大楼一、二层的空调系统，采用的是先进的地源热泵，热量交换通过管线在地下60米处进行。这比起传统空调，不仅使得运行效率提高，运行费用节省40%，而且它的污染物排放，与空气源热泵相比减少4成以上，相比电供暖减少7成多。"地源热泵制出的冷气，格外清新、清凉，会让人感觉更舒服一些。"张老师说。

而在楼顶，除了光伏发电太阳电池方阵，还有成片排布的120平方米的太阳能热水器系统，在无声无息地"加工"着楼内所需要的生活热水。楼顶最高点上，温度计、风速仪、雨量计、辐照计"抱团"组成一个小小的大楼气象站，逐时监测、获取室外气象参数，为大楼以及更广泛意义上的建筑节能研究提供数据。

"这个气象站，很快就会和裙楼南立面的活动外遮阳百叶'联网'，通过对环境参数的智能响应，外遮阳百叶开启的程度会自动逆着或顺着太阳走。"步出大楼，张老师指指那片大约240平方米、白色系的外遮阳百叶所在，"当然，需要时也可以随时改为人工手控模式。"

一楼南立面上，"满幅"安装着深色系的遮阳"栅栏"——更加随性的外遮阳板，需要由人工沿着小轨道拖动才能实现位置的移动，起到夏天遮阳、冬天"吸阳"的作用。

在夏天，活动外遮阳百叶、移动遮阳板"隔热不挡光"，既能增加室内环境舒适度，又降低了制冷能耗。看似简单，实则为大楼节能穿上了一件十分考究的"外衣"。

与遮阳作用相反的是一种"导光"系统的装置，布设在裙楼南墙、西墙地面角落处。太阳的自然光线，透过南墙地面两个"集光罩"，沿着反射系数极高的"导光管"，进入地下一个10平方米的暗室。尽管已是傍晚时分，暗室里却"满壁生辉"，亮度足以用来读书。

"这样的系统，很适合用于地下车库。像这样的亮度，完全够用。问题是白天可以，晚上就不行了。"张老师说。

节能改造后的东一楼，预计每年节电23万千瓦时，相当于减排二氧化碳226

吨，节约用水806立方米。建筑节能率52.6%，可再生能源面积应用率58.7%，非传统水源利用率23.5%……2010年6月，东一楼凭借这些"性能指标"，获得了浙江省住建厅颁发、住建部监制的公共建筑"二星级绿色建筑设计标识证书"。

　　"这是'设计'绿色证书，我们的目标是实运行一年后，争取再拿到另一个'运行'方面的绿色证书。"王靖华说，"我们国家20世纪80年代造了一大批房子，目前逐渐进入整体改造期。从今后发展看，合理改造比全部推倒重建更为实际，所以越来越受到重视。既有建筑的节能改造，将会是一个很大的市场。"他说，大学校园既要重视绿色建筑的直接建造，又要重视既有建筑的绿色改造，这方面大有文章可做。

向绝对零度前进

吴雅兰

脉管制冷机是回热式低温制冷机中的一个分支。由于不含运动部件，脉管制冷机具有低振动、低电磁噪声、高可靠性、长寿命等突出优点，非常适合中国当前的工业环境。课题组由此入手，所研发的单级脉管制冷机创造并保持了同类制冷机最低制冷温度记录——10.6开尔文。

"K"是低温研究领域的标识符号——热力学温标，而0K，等于–273.15摄氏度，在这样的温度下，构成物质的所有分子和原子均停止运动，因此这一温度又被称为绝对零度。120K等于–153摄氏度，以上为普冷，120K以下的被称为低温。当温度低于77K也就是–196摄氏度时，空气中的氮气将变成液体，研究者称这个温度范围为"深低温"。在这样的低温下，由于量子效应，一些物质会拥有罕见的特性，如超导电性、超流动性等；不同沸点的物质可以被分离，比如空气中的氧气和氮气；由电子热运动引起的热噪声在低温下会得到抑制……低温制冷技术所创造的深低温环境是现代高科技发展和应用的基本支撑条件之一，应用于核磁共振、红外制导、超导磁悬浮和深空探测等医疗、航天等众多领域。

由于我国在低温制冷领域的发展历史相对较短，整体工业水平落后，高效可靠的低温制冷技术长期以来都被发达国家垄断。即使是在国际上，作为不可或缺的重要低温设备，回热式低温制冷机也面临着制冷效率低、结构复杂、可靠性差等技术缺陷。

从1990年起，浙江大学能源工程学系教授陈国邦和他的团队就开始致力于深低温回热制冷关键技术的研究。

"回热式低温制冷机为什么会有这么多的毛病？我们分析认为，一个根本原因就是当时的低温工作者没有透彻了解和掌握深低温回热制冷技术与传统技术的原则不同。"项目主要完成人之一邱利民教授说。结合国家重大战略需求和低温学科发展需要，在国家项目的连续支持下，陈国邦课题组从突破回热低温制冷理论出发，开展了深低温回热制冷技术的创新，将研发的低温制冷机推向国家急需的重点领域应用，取得了一系列技术发明成果。

人工制冷的温度极限到底是多少？这是低温制冷机研究中最基本的科学问题。然而，受到当时认识水平的限制，这个问题一直没有得到明确答案。1992年，陈国邦课题组首次证明了回热式低温制冷机的理论制冷温度可接近工质氦的λ线，即等熵膨胀系数为零的温度线，预测出采用氦–4制冷可达到2.2K附近，而采用氦–3可望获得大约1K的低温。比荷兰学者用其他方法获得的相似结论早了整整7年。

在此之前，氦–3的宽范围状态方程一直是个谜。课题组突破传统观念，将适用于晶体的"德拜比热容理论模型"拓展到低温量子流体，建立了宽范围、高精度的氦–3状态方程，填补了该领域的空缺。

在此基础上，为了满足工程技术的需要，课题组绘制了完整的氦–3温熵图、压焓图，开发出热物性计算软件He3Pak，通过了美国低温热物性权威公司Cryodata的认证，向全球发行，为2K以下低温制冷机设计奠定了应用技术的基础。

解决了理论问题，课题组把研究目标瞄准在低温制冷机的研制上。课题组发明了双小孔脉管调相技术，将附加热流通过"双小孔"引出并加以控制，成功打破了"双向进气"结构的瓶颈。利用该技术，课题组率先使用两级脉管制冷机获得了3K的低温，达到了日本用三级才能实现的水平，简化了制冷机结构。此外，课题组还发明了双阀双向进气结构，以减少寄生热流的损失，由此得到的单级脉管制冷机创造并保持了单级脉管制冷机最低制冷温度纪录——10.6K。

"结构紧凑的制冷机有很多好处，因为它们可以用在战斗机、坦克车、航天器等对体积和重量要求非常高的地方。这点在地面上看起来也许不那么重要，但是上了天以后，多一点点重量都会带来很多问题。"邱利民说。

同时，课题组设计了更进一步的低温目标。温度越低，难度越大，效率也会越低。要想达到足够的深低温，必须采用多级结构的制冷机。邱利民比喻说："如果你获得了足够的制冷量，还得把它带走才行。好比你跑到一个大金矿里去挖黄金，如果你的身板不行，即便里面有10吨黄金，你也只能带走10斤。"

传统的制冷机两级之间采用"气耦合"的方式传递制冷量，气体共同占用一个换热通道，其缺点是气体间的干扰较大，制冷效率较低。对此，课题组提出了一种"热耦合"的新结构，将两级之间用热传导的方式进行连接，解决了级间气量分配的难题。在制冷过程中，随着温度的降低，回热器的材料性能也随之恶化，那么怎样提高换热器在低温下的性能？通过在不同温区使用不同的高性能材料，课题组提出了复合填料回热器优化方法，成功解决了低温下的回热器效率问题。

基于上述实用化技术，课题组研制的两级分离型脉管制冷机获得了同类制冷机的国际最好结果，单级斯特林制冷机的制冷性能达到国外对我国封锁的同类制冷机相同水平。

国际低温权威、美国国家标准与技术研究院低温技术负责人Radebaugh博士这样评价道："中国研究者特别擅长于推进脉管制冷机的低温极限。"

该项目的研究所取得的成果在深低温制冷机领域形成了我国的技术体系，有力地支撑了国内低温制冷机研究；在低温领域国际权威期刊Cryogenics 最近5年引用率最高的10篇论文中，该项目发表的论文位列第六，也是唯一一篇中国论文。

"用一只手捡贝壳"的团队

宦建新

"低温制冷是个很小众的活儿。"陈国邦教授曾对学生这样说。

但陈国邦的团队却做出了大成就。

1983年，陈国邦结束了在美国两年多的访问学者工作回到浙江大学制冷与低温研究所，接受了一项无磁低温制冷机的国家"六五"攻关任务。从此，研究团队以国家急需的重点应用领域为中心，从低温绝热转向低温制冷，越走越"冷"，他们将两级脉管制冷机的制冷推进液氦温区（3K），所研发的单级脉管制冷机创造并保持了世界同类制冷机最低制冷温度纪录——10.6开尔文。

2015年1月，陈国邦教授领衔的"深低温回热制冷关键技术及应用"荣获2014年国家技术发明奖二等奖。该项目研究取得的成果在深低温制冷机领域形成了我国的技术体系，有力地支撑了国内低温制冷机研究。

一个从"失败"起步的课题

当温度低于77开尔文也就是零下196摄氏度时，空气中的氮气将会变成液体，氧气与氮气由于其沸点不同得以分离。在更低的温度下，一些物质会拥有罕见的特性，如超导电性、超流动性等；由电子热运动引起的热噪声会得到抑制……低温制冷技术所创造的深低温环境是现代高科技发展和应用的基本支撑条件之一，在核磁共振、红外制导、超导磁悬浮和深空探测等众多领域都是不可缺少的支撑技术。

万事开头难。研究方向从传统的低温容器拓展到低温制冷机，说说容易，却让陈国邦夜不能寐。一年之后，实验台建成了，但装配起来的制冷机却根本不制冷，更谈不上达到低温目标了。

的确，实验装置除了低速微型马达外，几乎全部是自制的非标准化产品，出问题的可能性难以预测。只有一个办法，就是耐下心来，逐一排查。

那又是一个在实验室度过的漫漫冬夜，天色微明的时候，陈国邦终于在压缩机活塞中找到了问题的症结——确实是部件工艺的问题，这个问题一解决，压缩机就立刻开始稳定工作，制冷温度达到了7.2开尔文——当时，齐默尔曼保持的制冷温度也只有8开尔文。

最终，课题组公开报告的温度是7.8开尔文。陈国邦说："我们的测温系统没有与国际标准温度计比对过，留个余地很有必要。"

人工制冷的温度极限到底是多少？这是低温制冷机研究中最基本的科学问题。

这个问题很长时间没有明确的答案。1992年，陈国邦课题组首次证明了回热式低温制冷机的理论制冷温度可接近工质氦的 λ 线，即等熵膨胀系数为零的温度线，预测出采用氦-4制冷可达到2.2开尔文附近，而采用氦-3可望获得大约1开尔文的低温。比荷兰学者用其他方法获得的相似结论早了整整7年。

不能只从单一角度考虑问题

从陈国邦团队开始深低温回热制冷关键技术研究的时候，邱利民就是其中的一员，作为陈国邦的第一名博士生，邱利民深深记得老师两句话：第一句是"用一只手捡贝壳肯定比两只手捡得多"；第二句是"信誉永远比金钱重要"。关于第一句话，邱利民解释说，老师是想告诫大家，搞科研不要贪多，要沉下心来专心致志做好一件事情。他说自己的老师是"一个安静的学者"，踏踏实实地做了一辈子学问，"现在去查一查，国内出版的关于低温的著作，大多数是陈老师写的"。

师道传承。一个小众的研究，一种科研的精神，就这样一直延续到新一代研究者身上。邱利民、甘智华、金滔、黄永华……他们有着不同的学科基础、不同的重点方向，形成了一个多视角的团队，不断创新，不断接受挑战。

"能够在实验室里重复出来的，才是好的"，但是这个观点在现实中受到了挑战。

有一年，邱利民接到了一封没有署名的电子邮件，批评课题组发表的一篇研究论文"只是一个实验报告"。读了几遍后，他想通了："现代的工程研究，光有实验数据不行，还需要有理论支撑，只有在理论的支撑下，才可能有更加重要的突破。"这封至今留在电脑里的邮件，让邱利民悟出了一个新的道理：不能只从工程师的角度思考问题。

在此之前，氦-3的宽范围状态方程一直是个谜。课题组将适用于晶体的"德拜比热容理论模型"拓展到低温量子流体，建立了宽范围、高精度的氦-3状态方程，填补了该领域的空缺。课题组绘制了完整的氦-3温熵图、压焓图，开发出热物性计算软件He3Pak，通过了美国低温热物性权威公司的认证，向全球发行，为2K以下低温制冷机设计奠定了应用技术的基础。

解决了理论问题，课题组发明了低温制冷机的双小孔脉管调相技术，将附加热流通过"双小孔"引出，打破了脉管制冷进入液氦温区的瓶颈。实现了使用二级脉管制冷机获得3.0K的低温，达到了日本用三级才能实现的水平。此外，课题组还发明了双阀双向进气结构，以减少寄生热流的损失，由此得到的单级脉管制冷机创造并保持了单级脉管制冷机最低制冷温度纪录——10.6开尔文。

国际低温权威、美国国家标准与技术研究院低温技术负责人Radebaugh博士曾经这样评价："中国研究者特别擅长于推进脉管制冷机的低温极限。"他说的就是这支"用一只手捡贝壳"的团队。

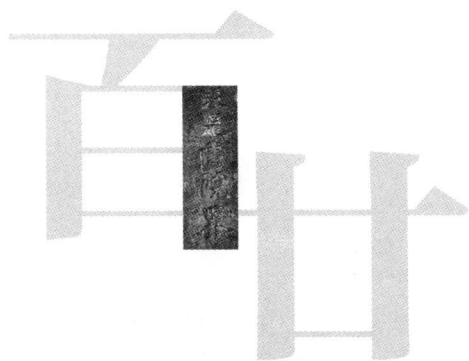

百廿

第七章

田间探秘

深入田间，会发现一个如人类社会一般热闹、深邃的世界。科学家们使出浑身解数，想看清楚这其中的"战争与和平"：超级害虫的"秘籍"是什么？如何使有效转基因水稻传播受控于人类范围？浙江成功的种植经验能否在非洲的土地上续写？这些问题的答案，事关全人类的餐桌以及生存空间。

扼住"超级害虫"的咽喉

周炜　潘怡蒙　陆兴华

实验室里　与虫共舞

初冬的暖阳照着浙江大学华家池校区西北角的一幢白色小楼，斑驳的光影投照在楼前"农业昆虫与害虫防治国家重点学科"的铜牌上。这是一幢不夜的小楼，因为在这里进进出出的人们，他们的研究对象——各种大大小小的虫子的生活，是不按照"白天"、"晚上"的时间表作息的。科学家们的研究课题是"以虫治虫"，发现"虫子的生物链"，目的是让农民兄弟放下农药喷雾器，让不吃植物的"益虫"去吃掉被人类称为"害虫"的虫子。这是一个世界性的课题，所以这幢小楼，不光聚集了中国的虫子、从外国来到中国的虫子，还吸引了世界各地研究虫子的科学家。

在这里，有一个由浙江大学农学院刘树生、冯明光、陈学新、沈志成、叶恭银、娄永根6位教授和研究生组成的研究团队，目前，这支6人团队获得了国家自然科学基金委员会"创新研究群体"项目资助。这是我国植物保护领域的第一个创新研究群体项目。

泥腿子的追求

项目启动会上，生物技术育种专家沈志成教授着西装亮相，令大伙眼前一亮。"他平时和农民没啥两样，一般都是穿着套鞋在大田里干活，办公室里找不到他。他的小轿车里，每天载着从田里带回来的稻子……今天是第一次见他穿西装。"他的研究生都说，这位从美国回来的教授是个拼命三郎，"抱负很大"。沈志成有一个很明确的目标，从生物中寻找有效的抗虫基因，培养出新型的抗虫作物品种，从而减少化学农药的使用。

2004年，在美国学习生活了14年的沈志成辞去美国Athenix公司技术课题负责人的工作回国。公司很舍不得他离开，对他说，公司随时欢迎他回来。

"3个月，大家共同努力，硬是为我挤出了将近100平方米的实验用房。有了实验室，工作就能开展了。"这让沈志成很感动，他说，"这真的是一个互相帮助，值得信任的团队。"

回国半年后，沈志成下了死决心，一定要在国内坚持下去。"国外在这个领域都是大公司大规模投入，而我国才刚刚起步，急需懂得生物技术育种的人，所以只要坚持，必将大有可为。"现在，Athenix公司和这个团队也有了合作。

实验室建起来后，2005年，一门"关系"主动找上门来。昆虫楼里最早获得"长江学者"奖励计划支持的长江特聘教授冯明光，多年从事真菌杀虫剂研究，他的研究路径是让真菌带上一定的杀虫蛋白后去感染害虫，更快更有效地杀死害虫。几次研讨会下来，冯明光突然心头一亮，他觉得有必要找沈志成聊聊，"或许会有一个漂亮的结果"。

"我的真菌杀虫剂对小害虫很有用，但是对大害虫作用不大。药性还没上来，植物就被吃了。你研究的杀虫蛋白刚好能对付大害虫，能否把它用过来做真菌杀虫剂呢？"两位教授一拍即合。利用沈志成提供的杀虫基因，冯明光计划将它植入真菌中，携带杀虫蛋白的真菌就能产生带杀虫蛋白的孢子了。

5年后，一种真菌杀虫剂在实验室里诞生了，它既能对付大害虫，又能对付小害虫。研究成果于2010年7月发表在《应用与环境微生物》（*Applied and Environmental Microbiology*）上，为新型真菌杀虫剂的开发开辟了新领域。

"没有他，我就想不到这点。"冯明光说。三四个月以后，他又对自己的真菌杀虫剂进行了功能改进，效果更好。"连6厘米左右的大虫子都能杀。"现在，冯明光很注意留心沈志成的研究动向。"我还觉得应该找叶恭银合作，他对转基因作物的安全性评价很有研究。"

实验室的起点

国家为什么要设立这个研究项目？国家自然科学基金委员会生命科学部常务副主任杜生明说："我国耕地面积只占世界的8%，而化学农药的使用量超过了全球的1/3。只有利用生物间的天敌关系对付农业害虫，把传统和现代生物技术相结合，降低化学农药的使用量，才能保证我国农产品安全和农业可持续发展。"

对付害虫，这支团队的办法不仅有直接置害虫于死地的，还有一招"间接法"——改良植物的"口味"，让植物变得对害虫没有吸引力，或者让植物散发一种能吸引害虫天敌的气味。

娄永根说，害虫主要靠嗅觉来寻找食物，作物的挥发物是关键的信号。娄永根曾在德国著名的科研机构——马普学会化学生态学研究所从事博士后研究工作。在那里，娄永根不但接触和学习了国际最前沿的化学和分子生态学，还对导师实验室为什么能产生那么高效率的科研状态进行了一番观察。"发现了两点，一是导师天天找学生谈心，很关注学生的研究状态；二是建立精确的、可操作的科研模块，让学生能够在较短时间内进行独立研究。"

2003年年底，娄永根回国。在浙江大学昆虫科学研究所的最初6年，他几乎没有成果发表。他认为，马普学会化学生态学研究所之所以能如此高效地产出高水平研究成果，有一个行之有效的模块化的实验平台是关键。娄永根用了近6年的时间来构思和搭建一个模块化的实验平台。他在德国的研究对象是烟草，而在中国，水稻的科研需求更为紧迫。于是他开始涉足一个全新的领域——用化学和分子生态学的方法去研究水稻，试图找到调节水稻挥发物等相关生理指标的基因。

每个课题组的研究生都要学习怎样进行一个完整的研究，并把具体的操作过程和注意事项记录下来，形成完整的操作手册。娄教授的学生周国鑫用了5年时间，建立了水稻遗传转化实验模块。其过程被编写在《分子生物学常用实验技术汇集》里。这本实验手册成为每一个新人的必备案头读物，它使得一切研究工作变得按部就班，有章可循。

2010年，周国鑫的研究论文发表在植物学领域国际权威期刊《植物杂志》（*Plant*）上。这是实验室从2004年组建后发表的第一篇论文，"这以后，因为前面的平台搭好了，相关的研究结果就会出来得快一些"。娄永根认为，这6年的投入是必需的，大学不光是出成果，关键是培养人，有一个好的起点，才会有可持续的发展进步。

圆桌边的对话

与娄永根教授在同一层楼办公的刘树生教授，平时去超市有个习惯，总要去关心一下番茄的价格。"前几天刚去过，贵了，12元1千克，看来今年的番茄收成仍不乐观。"令刘树生教授头疼的是一种叫烟粉虱的小虫，来自海外的"洋"烟粉虱几年来迅速取代了本地烟粉虱，吃食蔬菜的同时还传播病毒，番茄等多种蔬菜不堪其扰。前些年，山东等省还出现过番茄绝收的情况。

这些年来，刘树生教授的视线一直没离开这种只有1毫米长的小虫。2007年12月，他的研究成果发表在《科学》杂志上，解释了什么样的行为机制让烟粉虱在本地如此猖狂。此后，他又和农学院研究植物病毒的著名专家周雪平教授合作，解释了烟粉虱传播双生病毒危害蔬菜的机制。

刘树生教授是国家产业技术体系岗位科学家，除了开展基础研究，他还编写了一本关于如何防治烟粉虱的操作手册，发给农户。"这套技术虽不能百分之百解决问题，但能维持生产，成本不高，农药用量很少。"

21世纪，农业昆虫与害虫防治已扩展到了现代微生物学、生态学、分子生物学、生物化学、生物信息学等各个领域，科学家们有了一个互相支持的学科生态圈，共同为田间开展生物防治发现理论依据，寻找技术路径，为现代高效生态农业和农产品安全生产解题。刘树生教授是浙江大学农业害虫生物防治创新研究群体的负责人，所以，他特地把自己的办公桌设计成一个独特的形状：写字台的一侧向外延伸出半张圆桌，这样，桌子周围就能同时围坐两三位教授，每个人都能边讨论边记录。国家杰出青年科学基金获得者叶恭银教授和陈学新教授都是这里的常客。

陈学新教授是研究害虫天敌的高手，撰写过《中国动物志》等专著，目前中国命名的1000多种寄生蜂中，大多数都是在浙江大学昆虫科学研究所命名的。烟粉虱能不能直接通过调动天敌对它进行控制？ 2007年起，陈学新教授开始研究寄生在烟粉虱上、肉眼几乎看不见的寄生蜂。"我们一共养出了7000多头，发现了十几种寄生蜂，其中多种对烟粉虱有明显的控制作用。"这个消息对刘树生教授来说真是好极了，"这个研究证明用生物防治烟粉虱是可行的，如果打农药同样也会伤害了烟粉虱的天敌，我们主张少打农药的路径是正确的。"

接下来的几年，这支团队的科学家们将继续从天敌生物资源的发掘与评价、重要生物防治基因资源的发掘与利用、生物多层次互作机制三个方面及其交叉融合开展研究，寻求新的突破点。

"在这样的环境里，你可以永远像一颗拼命汲水的种子，尽情享受这里高水平科研平台和高度共享智慧平台所盛产的甘露，而从来不会有'打工仔'的感觉。"

在这里工作学习的博士研究生都这样说。对此，刘树生教授很自信，近几年每年在研究生新生的见面会上，他总要引用2006年《自然》杂志刊载的一篇文章《如何做一个好的研究生》的10点"准则"，其中第一点是"加入一个研究气氛良好的团队"。说到这里，他都会说："恭喜你们，这点你们肯定是做到了。"

（周炜）

拆解"超级害虫"入侵攻略

2007年1月31日，美国科学促进会"全球科学新闻网"在《重点新闻》栏目公布：中国科学家发现生物入侵新机制——被称为"超级害虫"的B型烟粉虱与其传播的植物双生病毒存在互利共生关系。相关论文发表在公共科学图书馆系列期刊之一《公共科学图书馆—综合》（*PLoS ONE*（www.plosone.org））上，该论文已引起国外媒体的广泛关注。纽约的《科学现场》（*LiveScience*）在报道中称：这是国际科学界首次发现一种入侵昆虫与其所传播的病毒之间存在这种互利共生关系。浙江大学昆虫科学研究所刘树生教授是该课题组负责人。

令全球科学家头疼的害虫

B型烟粉虱是科学界唯一被冠以"超级害虫"的昆虫，"老家"在地中海沿岸和非洲北部。1991年，《科学》杂志记者伊丽莎白发表文章，报道B型烟粉虱入侵美国的重大灾害：常见蔬菜，多种花卉和烟草、棉花等经济作物无一幸免。它们大量取食植物汁液，传播危害性极大的植物双生病毒，引起植物生理异常而使作物严重减产和绝收，让美国蒙受了巨大的经济损失。该虫入侵后，不仅本身种群迅速增长，还可抑制对庄稼危害不大的土著烟粉虱的种群增长，而且抗药性发展很快，很难防治。文章把这种昆虫称作"超级害虫"，从此以后，这就成为国际科学界公认的称呼。最新的科学研究表明，这种害虫是通过依附在一品红的叶子上传播到世界各地的，由于个头最大的才1毫米长，肉眼很难发现。一片棉花叶上可有上万只B型烟粉虱。记者看到美国B型烟粉虱大暴发时的一张照片，画面上飞舞的烟粉虱密密麻麻，像烟雾一样铺天盖地。

10年前，B型烟粉虱入侵我国，近年在我国南方多种作物上暴发成灾，并导致烟草、番茄、南瓜和番木瓜等作物上双生病毒病流行，严重危害我国种植业的持续发展和食品安全。我国多点系统监测表明，B型烟粉虱及其所传病毒病已在云南、广西、广东、海南、福建、辽宁、浙江和上海等省市发现，并呈流行之势。

刘树生教授所在的课题组通过田间考察发现，B型烟粉虱在交通比较发达的地区传播速度更快，在浙江温州、宁波等地，入侵型B型烟粉虱已经全面取代土著烟粉虱。温州苍南、瓯海等地的5000亩番茄遭到感染，严重的地方已经造成番茄绝收。

这种世界性的害虫引起了许多国家的科学家的探索行动，他们希望能深入了解害虫入侵过程和机制，并为入侵害虫的治理提供新思路。

揭示害虫入侵的"超级"本能

"这虫子给农民造成的损失简直是'灭顶之灾'！"刘树生教授决心解开其中的秘密。2002年开始，浙江大学昆虫科学研究所、浙江大学生物技术研究所和中国农业科学院植物保护研究所展开合作研究。此项研究受到"973计划""外来生物入侵"项目、浙江省重大农业科技攻关项目的资助。

课题组从田间取来样本，放进种着烟草、番茄、茄子的实验室饲养观察，并通过分子检测，首先确定了入侵烟粉虱和土著烟粉虱都可有效地获得、携带和传播双生病毒，导致植株发病；然后发现在感病的植株上取食的入侵烟粉虱，与在未感病植株上取食的入侵烟粉虱相比，生殖力提高11～17倍，成虫寿命延长5～6倍；经8周后种群数量提高2～13倍。这些增加的个体同样都可携带病毒。然而，土著烟粉虱虽可同样将双生病毒传入植株，但其在感病植株上取食后，生殖力却未提高，寿命也未延长。同时，研究还发现，昆虫体内携带双生病毒对其生殖和寿命影响不大，B型烟粉虱是通过在感病植物上取食而获得生殖力的提高和寿命的延长的，二者是一种间接的互惠共生关系！刘树生教授还做了一个实验：在土著烟粉虱和入侵型B型烟粉虱分别占90%和10%的棉花上，观察223天后，发现入侵型B型烟粉虱的比例飙升到100%。

这是科学家首次发现一种入侵昆虫与其所传播的病毒之间存在这种互惠共生关系。这种关系既有利于B型烟粉虱的繁殖入侵，又加速了病毒病的流行。入侵烟粉虱与病毒之间的这种互惠共生关系明显有助于烟粉虱的入侵及其对土著烟粉虱的取代，并促进其所传病毒病的流行。

治理"超级害虫"的新思路

刘树生教授的研究进展为防治这种世界性的虫灾提供了新的思路。作物抗性培育必须应对烟粉虱与双生病毒间的互惠机制。在作物早期用物理方法避免植物遭受烟粉虱危害尤为重要。刘树生教授认为："这种互惠共生的关系可能在自然界广泛存在，亟须在深入了解烟粉虱入侵机理的同时，尽快发展和实施以生物防治、物理防治、生态调控为核心内容的综合治理技术体系，抑制住入侵烟粉虱和双生病毒的暴发势头，并将入侵烟粉虱持续控制在较低水平，以保障和促进我国种植业的持续发展。"

（涵冰）

互为"助攻"后，昆虫与病毒杀伤力倍增

一株已经长到40厘米高的番茄苗，莫名其妙地越长越矮，缩到只有10厘米高，叶子变黄，最后枯萎。浙江大学农业与生物技术学院周雪平教授说，这是因为它已经被"超级害虫"B型烟粉虱给"缠"上了。"只要被这种入侵的带了双生病毒的烟粉虱'咬'上一口，这棵植株就完了。"周雪平教授课题组的研究结果证明，置植物于死地的不是B型烟粉虱，而是这种双生病毒。

双生病毒是一种植物病毒，英文名是geminiviruses，在电子显微镜下，它呈现出一种"8"字形的孪生颗粒形态。它在植物世界里被称为"鬼见愁"，只要是它"看上"的植物，几乎无一幸免，但它必须得有个媒介帮助它完成"谋杀"任务。近几年，外来入侵的B型烟粉虱，成为双生病毒最好的"帮凶"。

2007年，刘树生教授领衔的入侵害虫发生规律和综合防控研究课题组，与周雪平教授领衔的分子植物病毒学研究课题组组成跨学科联合研究小组开展研究，发现超级害虫B型烟粉虱与其传播的植物双生病毒存在互利共生关系。经过5年多的研究，发现导致植物死亡的罪魁祸首不是B型烟粉虱本身，而是与它存在互利共生关系的双生病毒。周雪平教授说，双生病毒中有一种被称为"ßC1"的蛋白，它能"强力"抑制农作物中的茉莉酸防御途径，同时，病毒侵染能抑制抗虫物质萜类化合物的释放，从而使作物不能发挥出其抵抗烟粉虱的"本能"。

"双生病毒喜欢'寄生'在小小的烟粉虱身上。烟粉虱会飞，在显微镜里，可以明显地看到烟粉虱长有一对翅膀和尖尖的嘴。当烟粉虱将嘴刺入植物的一瞬间，双生病毒就会顺势进入植物的体内。"周雪平教授说，目前，双生病毒已经在全球50多个国家的番茄、棉花、木薯、豆类、小麦、玉米等作物上引起毁灭性危害。"我们之前就发现了B型烟粉虱在带有双生病毒的植物上取食后，其'传宗接代'能力就异乎寻常的强。这次，我们的主要任务是找到双生病毒到底对植物做了什么，迫使植物在短时间内就失去了抵抗烟粉虱的能力。"

为了研究清楚双生病毒对植物产生伤害的过程，联合研究小组选择了一种名叫中国番茄黄曲叶病毒的双生病毒做相关的实验。他们先制作了一张"基因表格"，上面放置了烟草植株目前所能找到的相关抗性基因，然后观察植物感染病毒后相关基因的表达变化以及相关抗性物质的代谢变化。"我们通过数据的实时监测，发现植物在受到双生病毒的感染后，压抑了植物茉莉酸防御信号途径和萜类化合物合成相关基因的表达，降低了植物中茉莉酸的滴度以及萜类化合物的释放，从而使抵抗烟粉虱的能力相应地降低。"周雪平教授说，"在这些复杂的相互作用中，ßC1蛋白是中国番茄黄曲叶病毒中的核心。根据我们的研究，它就是导致植物失去抵抗能力的罪魁祸首。ßC1蛋白的入侵，让茉莉酸的含量直线下滑，从而提高了植物对烟粉虱的适合性。"

这是学术界首次从生理和分子水平揭示媒介昆虫与病毒之间通过植物介导形成互惠关系的重要机制。"由于茉莉酸是广泛存在于高等植物中介导抗虫性的重要激素，萜类化合物是高等植物中种类最多的一类植物次生代谢物质，因此，这些发现不仅深化了有关病毒、媒介昆虫、植物三者互作关系的认识，而且为探索利用植物抗性防治媒介昆虫和植物病毒提供了新思路。"周雪平说。

研究成果发表在国际生物领域顶级期刊 *Molecular Ecology* 和 *Ecology Letters* 上。国家自然科学基金委员会在其主页的《基金要闻》栏目中也报道了该项研究。

（潘怡蒙）

植物医生防治"作物之癌"

作物病毒病素有"作物癌症"之称，全世界目前已知的植物病毒约为1040种。由于缺乏有效的抗性资源和防治方法，作物病毒病害每年对世界农作物生产造成的经济损失多达600亿美元。

双生病毒作为最大的一类植物DNA病毒，已在全球50多个国家和地区的番茄、棉花、木薯、豆类等多种作物上造成毁灭性危害。随着世界贸易日趋频繁，双生病毒及其传播介体烟粉虱在世界各地不断扩散，所造成的危害呈现逐年加重趋势，引起了全世界的广泛关注。

"长江学者"特聘教授、植物病虫害生物学国家重点实验室主任周雪平教授介绍说，准确掌握田间双生病毒的种类分布、发生动态、流行规律、变异进化进而明确致病机理，是制定安全、高效的双生病毒防控策略的关键。

"我们首先从全国27个省区市采集病毒的样本进行测定，发现我国已有22个省存在着双生病毒的侵染，其中15个省危害十分严重。"周雪平教授说。在此基础上，项目组对病毒的全基因组进行了测定，发现中国存在41种双生病毒，占到了国际总数的13％，其中35种是双生病毒的新种。"同时我们还明确了我国双生病毒的侵染循环特征，也就是说这些病毒最早出现在哪里，又通过什么方式传播、流行、危害。"周雪平教授说。

研究发现，双生病毒不能通过种子传播，其侵染循环主要在作物与作物之间，以及杂草与作物之间由烟粉虱传播，因此提出了以"切断病毒初侵染源、控制苗期侵染"为核心的双生病毒病综合防控技术，推广前景良好。

项目组发现，双生病毒的复制缺乏忠实性和保真性，病毒基因组可快速变异并形成异质种群，使病毒适应外界新环境和致病的潜能大大增强。此外，病毒还会重组。我国病毒存在着非常多的复合侵染。比如，在一株番茄上，我们发现最多的时候存在四种病毒。正因为病毒复合侵染以后，造成病毒的基因组之间互相重组，重组以后，又产生新病毒。这就是为什么我们国家双生病毒种类多。

　　明晰了双生病毒种类鉴定、分子变异后，项目组展开了双生病毒及其伴随的卫星DNA的致病机理研究。"双生病毒中很多病毒伴随有一种小分子的DNA，这种小分子的DNA是病毒基因组的一半，在病毒致病中发挥着重要的作用。为什么它跟致病相关呢？主要是它编码了基因，这个基因是一个致病基因，另外这种小分子DNA还能够抑制植物对病毒的防御反应。"周雪平教授介绍，项目组对卫星DNA进行了改造，缺失了βC1蛋白并引入了多克隆位点，将双生病毒的卫星DNA改造成可用于快速鉴定植物基因功能的基因沉默载体。该沉默载体在植物上不产生任何的病毒症状，沉默表型容易确认，沉默效率高，持续时间长，可以高效稳定地诱导基因沉默。周雪平教授表示，该技术平台的建立对发掘具有自主知识产权的植物基因资源，进而改良作物具有重要意义。

（陆兴华）

控制转基因水稻"意外传播"

周炜

　　转基因农业给人类展示了美好前景，但由于缺乏有效的安全控制措施，转基因作物的试验和推广均受到严格控制，尚无法快速造福人类。浙江大学农业与生物技术学院沈志成教授领衔的课题组发明了一种简单可控的转基因技术：通过该技术获得的水稻就像被打上了一个"烙印"，如"逃逸"出试验田与常规水稻混合，这种转基因水稻就会轻易"显形"并被除草剂除去，保证常规水稻的纯正性。这对提高转基因农作物的安全控制水平意义深远。该研究成果于2008年3月19日正式发表于在美国出版的《公共科学图书馆—综合》(PLoS ONE)杂志上，并申请了一系列国内外专利。

　　几十年来，全球科学家不断发明和完善转基因技术，可以轻易地在不同物种间转移特定基因。利用这种技术，我们可以使农作物具有抗虫、抗病、抗除草剂等功能，还可以把转基因农作物作为生物反应器，"生产"出胰岛素、猪疫苗等具有重大经济价值的药用和工业用蛋白质。但转基因作物的试验和推广存有潜在风险：因为转基因农作物在种植时，其外来转入基因有可能因花粉传播等发生"基因漂移"现象，转移到其他作物或者野生植物中，并且也会因为人为失误、动物活动等造成意外传播，使其混杂到常规粮食中，影响常规粮食的纯正性，带来不良后果。沈志成教授举例说："比如一种'生产'猪疫苗的转基因水稻混入了作为普通粮食作物的常规水稻中，那么生产出来的常规水稻即使对人体没毒性，也不适合大量食用。"因此，转基因农作物的试验和生产在各国都受到严格控制。美国一家大型生物技术公司ProdiGene的一种玉米在表达疾病抗原蛋白质时污染了附近的农作物，被美国政府要求全部收购、销毁所有可能污染了的农作物，并受到重罚。仅仅依靠加强物理管理的方法，很难完全防止目的基因的漂移、传播和混杂。

　　沈志成教授长期以来从事转基因水稻的研发。他说："转基因农作物的确是成功的现代农业生物技术之一，但好的技术如没有好的控制方法，可能会产生预先想不到的危害"。他在查阅资料时发现，农民常在稻田间使用除草剂苯达松，是因为水稻恰恰含有对这种除草剂的"解毒酶"，除草剂能杀死杂草，但对水稻无害。3年前，一次逆向思维启发了课题组：为何不在对水稻进行转基因操作时再加上一个"手术"，抑制这种基因的表达，这样处理过的转基因水稻就对苯达松这种除草剂失去了抗性。课题组进行了尝试，在研发抗虫水稻、含纤维素酶水稻、含乳铁蛋白水稻这些新品种的同时，利用RNA干扰技术抑制解毒基因的表达。通过这种技术获得的转基因水稻具有了一种"天生的缺陷"，对苯达松没有抗性，这与常规水稻正好完全相反。课题组进行了数次田间试验后发现，喷洒一次苯达松就能够把混杂在常规水稻中的这些转基因水稻全部消灭。

苯达松在除草的同时把转基因水稻也一并除掉，那转基因水稻田里的杂草怎么清除呢？沈志成教授说，有一种广谱的除草剂叫草甘膦，它能杀死杂草和常规水稻，只要在研发转基因水稻品种时转入抗草甘膦的基因，获得的转基因水稻就能不被草甘膦杀死。

课题组的这项发明被国外农业生物技术同行认为创意独特、方法巧妙，并具有广阔应用前景。该研究主要完成人之一、浙江大学农学院博士研究生林朝阳说："这项发明的优势不仅在于安全可控，还在于它可以与平时的杂草防治结合，因此不增加成本。我们能简单地应用苯达松等除掉杂草而同时达到消灭生物反应器水稻的目的。"也就是说，本技术能够保证出口食品原料和出口种子的非转基因要求。这个项目的另外两个主要完成人徐晓丽和方军补充说，这个技术好像给转基因农作物戴上了紧箍咒，一旦发现其"逃逸"，就可以方便地控制它们。

目前，我国在转基因水稻方面投入了大量的研究力量，目前正在考虑进一步应用和推广转基因农作物。发展"可靠、简单和低成本"的转基因水稻和玉米控制技术是我国大面积推广转基因农作物的重要保障，也将是转基因产业的重要竞争基础。如果非转基因水稻难于避免被转基因水稻混杂，那将严重影响我国安全地利用转基因技术改良农作物，同时也影响以水稻为原料的食品向欧洲和其他国家出口，影响我国向东南亚出口水稻种子。沈志成教授介绍说："这种发明将不仅仅运用在控制转基因水稻，我们也正在运用其原理发展可以控制的转基因玉米。"

让蔬菜在"逆境"中健康成长

涵冰

"种瓜得瓜"是大家熟知的谚语，然而，种瓜不得瓜的现象也同样十分普遍。农民在同一片土壤上重复栽种同种蔬菜，植株长势会一年不如一年，即连作障碍。连作障碍现象早在1000多年前的《齐民要术》中就有提及，但其中的机制一直没有明确。浙江大学农学院喻景权教授等老师坚持研究了15年，揭开了其中的一些奥秘。相关项目"蔬菜作物对非生物逆境应答的生理机制及其调控"在2007年2月27日召开的2006年度国家科学技术奖励大会上获得国家自然科学奖二等奖，喻景权教授登上人民大会堂主席台接受了党和国家领导人的颁奖。

连作障碍在瓜果和豆类蔬菜中特别常见。学术界曾有一种未被证实的假说：产生连作障碍的原因之一是植物的根部会分泌一些自毒物质，这些物质存在于土壤中，会抑制下一茬同类植物的生长。喻景权教授带领的课题组经过15年的研究，证实了这一假说。他们首次从根系分泌物中鉴定出自毒物质，从自毒现象最严重的黄瓜中鉴别出8种物质，并明确了这些物质抑制植物生长的机制。在此基础上，课题组在国际上首次提出了系统的连作障碍发生理论和解决策略。这些研究成果和相关研究方法，在国际上赢得了广泛认可，处于国际领先水平。这些研究将为今后解决农业生产中日益严重的连作障碍问题提供理论基础。

此外，课题组还针对我国南方冬季低温阴雨天气居多的现象，阐明了低温弱光导致蔬菜光合作用下降的主要机理，并首次发现油菜素内酯能提高植物光合作用和"免疫力"。探明了细胞分裂素在瓜类果实发育中所起的主导作用，是蔬菜"只开花不结果"的"救星"。这些看似独立的研究，实际上都是在探索如何让蔬菜在不利的生产环境中健康成长的机制。

"生命系统存在着无穷无尽的奥秘。即使是习以为常的现象，背后也有奇妙的原理。"喻景权教授说，正是对生命现象的好奇心，让他长年累月坚持研究。"这还得益于我们较早运用了化学生态学、生理生态学、分子生物学甚至基因组学等研究方法，没有这些跨学科的方法，难以产生现在的成果。另外，结合农业生产实际，潜心去进行基础性的机制探索，最后又服务农业是我们一直以来的追求。"喻景权教授深有感触地说，"今天的获奖是国家对我们多年来工作的一个肯定，也对今后的工作提出了更高的要求。"

目前，我国蔬菜面积已经超过1300万公顷，设施栽培和反季节蔬菜生产面积逐年攀升，其中设施栽培面积已经超过30%。喻景权教授主持的课题，将为设施栽培领域的一系列技术提供基础的理论依据和技术参考。

植物激素促进农药降解

周炜

　　浙江大学农学院教授喻景权教授课题组最新研究发现：一种植物激素能促进农药在植物体内的降解和代谢。相关论文在美国化学学会主办的《农业与食品化学》(*Journal of Agriculture and Food Chemistry*) 杂志上发表。由于该项研究的创新性和社会意义，全球媒体纷纷以 "让植物自身去除农药残留" 为主题报道了这一有趣的发现。

　　为了保证粮食产量，人类每年使用的农药已达到250万吨。农药残留给人类健康和蔬菜贸易带来了严重的挑战。目前，控制农药残留量的办法大多局限在加强农药残留监测等方面的努力。喻景权课题组的研究第一次找到了降解控制农药残留的 "天然帮手" —— 油菜素内酯。

　　喻景权教授目前是浙江大学蔬菜学学科负责人，人称 "蔬菜教授"。 "我常被问到两个问题：什么蔬菜营养好？什么蔬菜农药少？这促使我去关注蔬菜的农药残留问题。" 对喻景权教授来说，油菜素内酯并不陌生，他的一项研究曾发现这种物质能够调控植物抗逆性和植物光合作用。一次偶然的机会让他发现了油菜素内酯的新功用。

　　喻景权教授介绍，农药被植物吸收后，并非一直残留在植物体内，而是会被植物体内某些酶慢慢 "消化"。 "只是这种过程的速度没有我们所期望的那样快，导致农产品采收后还存在一定的农药残留。" 研究人员发现，用油菜素内酯处理后，许多参与农药降解的基因（如*P450*和*GST*）的表达和酶活性都得到提高，在这些基因 "指导" 下合成的蛋白酶能把农药逐渐转化为水溶性物质或低毒无毒物质，有的农药则被直接排出体外。喻景权课题组发现，当植物体内的油菜素内酯含量升高时，*P450*等基因的表达就会更加 "活跃"。相反，当油菜素内酯的含量降低，这种基因就变得 "安静"。 他们以黄瓜做实验，选取了四种具有代表性的杀虫剂和杀菌剂，在喷洒这些农药之前，先给植物喷洒一次油菜素内酯，结果，农药残留比未处理的少30%～70%。

　　这项研究的发现为蔬菜等的安全生产提供了一条途径。可喜的是，油菜素内酯能够用人工合成的方法批量生产，有良好的应用前景，而且对环境友好，对动植物没有伤害。喻景权教授说，这项技术正在浙江省的大型蔬菜生产基地示范应用。课题组接下来将探索其内在机理，并开发出更加优化的应用技术。

西瓜新品种"小芳"试种成功

涵冰

2016年6月下旬，浙江大学农学院教授张明方培育的西瓜新品种"小芳"在萧山经济开发区国家级原种场试种成功。"小芳"不仅多汁、甜脆，还具有得天独厚的优势：瓜皮较硬，不容易碰裂，可以大大减少瓜农在运瓜过程中的损失。

瓜棚里，"小芳"和"拿比特"[①]种在一起。有两人分别拿起"小芳"、"拿比特"来了个迎面相撞，"拿比特"裂了一条大口子，"小芳"则安然无恙。

20世纪90年代后期，我国从日本引进小型西瓜，比如早春红玉，在体积、口感上都深得人心。这种小瓜有个硬伤———瓜皮很脆，一碰就裂，经不起长途运输，破损率起码在10％以上，因此大都种在城市郊区。

1999年，张明方教授开始研究新品种，在保证口感和外观的前提下，把西瓜皮培育得坚韧一点，以便于运输。浙江是西瓜种植大省。据浙江省农业厅的统计资料，2004年全省西瓜种植面积127万亩，总产量266万吨，总产值约26亿元。目前"小芳"已经在大棚里试种成功，并在宁海、台州的一些农业示范点大规模种植，减少破损的特性能让瓜农每年增收不少。

---

① "拿比特"是一种从日本引进的小型西瓜，类似早春红玉。

小麦 "绿色革命" 基因的故事

周炜

在粮食作物的国度，"矮"通常是优势的象征，它意味着更饱满的果实和更强的抗风雨能力。20世纪60年代，一种矮化了的小麦因为高产而得以在全世界大面积推广种植。这场"绿色革命"让全世界的小麦产量在10年内翻了一番，解决了多个发展中国家的饥饿问题。由于其对人类的重大贡献，首次将小麦"绿色革命"基因 *Rht* 引进小麦栽培种的科学家Norman Ernest Borlaug在1970年获得了诺贝尔奖。

1990年，刚从加州大学伯克利分校博士后流动站出站的年轻博士后Nicholas Paul Harberd来到英国约翰·英纳斯中心（John Innes Centre）工作，他有了自己的第一个博士生，相差7岁的师徒俩开始了一个雄心勃勃的研究计划：弄清导致"矮化"现象的分子机理，因为，这也许是解开"绿色革命"之谜的钥匙，续写"绿色革命"的路径。

这位博士研究生来自中国江苏，名叫彭金荣。从那时起，彭金荣的研究生涯就和拟南芥、斑马鱼等模式生物密切地联系在了一起。

9年写一个故事

第一次"绿色革命"就是以传统育种的方式培育出了矮小麦和矮稻子。传统育种从品种筛选到大田推广通常需要5～10年，而且，用彭金荣的话说："只知道开始和结果，不清楚过程。"

那么到底是"谁"主宰了植物世界的高和矮？许多科学家梦想能找到关键的"矮秆基因"，因为弄清楚了这个问题，粮食增产的方式就有可能告别耗时耗神的遗传育种阶段，迈向更方便更环保的分子育种阶段。

"拿拟南芥试试看。"导师Harberd博士给彭金荣展示了实验室获得的一种拟南芥矮秆突变体。拟南芥是科学家研究植物家族的"模型"之一，被称为模式植物。通常情况下，拟南芥在植物激素赤霉素的作用下能快速长高，但发生基因突变的矮秆拟南芥却对赤霉素不敏感。"原因很可能是传导赤霉素信号的通路'堵'了。"可以推论，矮秆拟南芥中突变的基因与赤霉素传导机制应该存在密切关联，彭金荣的第一个任务就是找到那个导致矮秆的突变的基因。

1997年，彭金荣找到了这个突变的基因，称之为gai（正常基因称为GAI）。随后几年间，彭金荣等又揭开了该基因控制的赤霉素传导机制的神秘面纱，他们先后在拟南芥中发现5个序列同源、功能类似的蛋白，将其命名为DELLA蛋白家族，它们都与GAI一样负责赤霉素信号的传导。这是全世界第一次清晰解释了赤霉素信号传导机制。以彭金荣为第一作者的文章"The *Arabidopsis GAI* Gene Defines a Signaling Pathway that Negatively Regulates Gibberellin Responses"（《拟南芥*GAI*基因负调控赤霉素信号传导》）于1997年发表在 *Genes & Development*上，在文中他们将这个机制定义为"赤霉素去抑制促生长机制"，这项工作为10多年来赤霉素的信号传导研究奠定了基础。

John Innes Centre位于英格兰东部Norwich镇的郊区，环境宁静、优雅，由三幢联体的3层楼高建筑群构成，是世界上植物和微生物研究领域最出名的科研机构之一。John Innes Centre也为中国植物界和微生物界培养了大量的优秀人才。就在Harberd博士实验室的楼下一层，是谷类系系主任Michael Gale 的实验室。20世纪90年代，他创立了植物"比较基因组学"，构建了谷类染色体在进化中的对应关系图，该对应图被用作研究不同植物中同功能基因的指南。鉴于拟南芥矮秆突变gai与小麦"绿色革命"矮秆突变*Rht*及玉米矮秆突变*D8*在形态上的相似性，彭金荣开始与Michael Gale实验室合作，通过比较基因组学克隆小麦和玉米中的矮秆基因。他们在1999年获得了小麦的矮秆基因，并证明与之前在拟南芥中发现的是同源同功能基因。这篇文章发表在《自然》上，其成果被英国BBC、《独立报》及其他媒体报道。同时，这项研究也被研究所认为是跨领域合作的典范。回顾这段历程，彭金荣认为对一个科研工作者来说，科研大环境的整体水平至关重要，当时他所在的世界顶尖的植物研究所，"在课题上遇到任何难关，都可以找到相应领域的专家来解答"。

由于这一系列同源矮秆基因的发现，世界上一些现象可以从分子生物学的角度来解释，比如，为什么小麦从一人多高降到了90厘米左右，为什么用于香槟酿造的矮化葡萄能够增加葡萄的产量从而让更多人能品上佳酿……现在，这些例子已经成为彭金荣在课堂上带领学生认识基因的素材。

"科研的成功有运气的成分，"彭金荣说自己运气好，碰到了一个好导师，碰到了一个好的课题，"从进去到最后出来，我是写了一个完整的故事。感觉很满意，可以没有遗憾地离开。"在赤霉素研究领域，彭金荣一共在 *Nature*，*Science*，*Genes & Development*，*Plant Cell*等期刊上发表论文26篇，文章累计被引用2000多次。

高和矮　长和短

在英国的9年时间无疑让彭金荣在分子遗传学方面，特别是在利用遗传学手段研究个体发育方面打下了扎实的基础。这就不难理解，当1999年彭金荣在新加坡国立大学农业分子生物研究院当首席科学家时，他的一位研究斑马鱼的朋友（现在香港科技大学任职）略带调侃地建议他："你植物已经做到这地步了，再多也就是加几片'叶子'，还是开辟新的领域吧。"这番话让彭金荣的心动了一下，某种近似鲁莽的渴望促使他做出一个决定：从模式植物转向模式动物的研究。

与小鼠模式体系相比较，斑马鱼体积小，子代产量多，传代时间短，胚胎在体外发育呈半透明状。这些优势使斑马鱼成为一种重要的理解生命机制的模式动物。2000年开始，彭金荣和他的课题组率先在世界上开展了斑马鱼基因芯片的研究，2001年他的课题组开始利用斑马鱼研究肝脏发育的分子机理。尽管用的是自己在突变体筛选、克隆基因方面的长项，但研究动物所涉及的知识面、方法要比植物多得多，彭金荣必须硬着头皮面对"转行"带来的压力：第一，研究会不会成功？第二，连自己都是在学的东西，怎么才能去教学生？第三，研究成果能不能达到世界一流水平？"头几年过得是非常辛苦，所有的东西都要重新学。"

幸运的是，实验室很快就确定了一个研究方向并获得了令人兴奋的结果。他们从斑马鱼中克隆出了与肝脏发育有关的新基因 Def，当进一步探究这个基因的作用机制时，他们发现了Def蛋白质专一性地调节 p53 的一个异构体的表达。p53是控制细胞周期和凋亡的重要基因，是科学界公认的与肿瘤最密切相关的抑癌基因，人类50%以上的肿瘤都是因为p53发生了突变。尽管p53被广泛研究，但一直以来科学界不知道p53有异构体存在，直到2005年英国邓迪大学的David Lane实验室和彭金荣在新加坡的实验室先后在人和斑马鱼中发现了p53的异构体。斑马鱼中发现的p53异构体与人细胞中的其中一类p53异构体属于同源同功能基因，其氨基端比正常的p53短了一截。进一步的研究发现斑马鱼p53短的异构体的转录表达直接依赖于正常p53的调控，而p53短的异构体的主要功能之一是特异性地拮抗p53介导的细胞程序死亡。该发现建立了一个全新的p53反馈抑制途径。p53异构体及p53新的反馈抑制途径的发现和鉴定引起了癌症研究领域的极大兴趣，并被认为将在p53研究领域开辟新的方向，为化疗法治疗癌症提供新的依据。如果说彭金荣在英国的9年是研究"高和矮"，那么关于斑马鱼的研究就是"长和短"。

10多年来实验室在斑马鱼研究方面取得了一些令人瞩目的成果：他们在基因银行（GeneBank）中登记了31000个EST(expressed sequence tags, EST)（代表17000个斑马鱼基因），为斑马鱼基因组基因注释做出了重要贡献；实验室还弄清了新基因*Def*通过*p53*控制斑马鱼肝脏发育的分子机制等等。相关论文发表在*Genes & Development*、*Genome Research*等杂志，他所领导的实验室在7年内成为研究斑马鱼肝脏发育领域的国际先进实验室。彭金荣说，相比其标志性的矮秆基因的研究，斑马鱼算是一个"bonus（意外收获）"。

兴趣分两种

2008年9月起，彭金荣开始以教育部"长江学者"特聘教授的身份就职于浙江大学动物科学学院，他的实验室位于华家池校区一栋实验楼的第一层。在稍显局促的空间里，彭金荣养起了4000余条斑马鱼，他说："下回实验室落户紫金港校区，就可以养上万条了。实验条件不是最重要的，关键的是人。"

作为"千人计划"的首批入选专家，当浙江大学询问他对学校有什么要求，他的唯一"要求"就是希望学校能给现在在浙江大学生命科学学院任职、他当年在新加坡带的一位博士后提供适当的生活条件。他在新加坡时的另外两位助手也追随他来到浙江大学继续做研究工作。谈起这些同事，彭金荣特别得意："他们所受的训练很全面、很有实效，他们都能独立开展研究，能够带动实验室的年轻学生。"

2006年，彭金荣当年的导师Harberd先生结合自己的研究经历，写了一本题为"Seed to Seed: The Secret Life of Plants"的书；如今，彭金荣也迈入了不惑之年，领导一个10人的实验室，准备给研究生开设"生科学研究方法"课程。除了科研事务，他希望花些心思把自己多年来的研究经验和心得传授给弟子们："我是从农村走出来的，最想做的就是教育学生，如果学生能够超越我们，那我会很开心。"课堂上，他鼓励每一位学生多了解不同学科的发展状况，从而更好地为自身所用。但他也告诉学生们别太"花心"："作为有专业方向的学生，你不能听了什么报告就觉得什么好，接触了别的学科就觉得别的学科有前途，你一定要坚持你的方向，然后把所学的应用到你的研究中去，这样才能成功。"

彭金荣希望学生们做科研的时候状态是兴趣盎然的，他说，兴趣分两种，"有一类是天生的，另外一类是培养的，当你在一个方面的知识积攒得越多的时候，你的兴趣就会越集中。可实现的程度可能就越大。"

与手机无关的"移动"设计

欣文

　　浙江大学生命科学学院副教授刘志强是浙江省科技特派员，也是一位全国优秀科技特派员。从2005年开始，他一直在江山帮助农民发展食用菌种植。2013年1月15日，他又开着自己的"移动菌种灌装车"来到了江山的山根根食用菌生产股份有限公司。这次来，除了查看可以上市的这一批金针菇的生长状态，最主要的是，他想到江山市科技局，谈谈在上余镇建一个生态化食用菌生产基地的事。

　　在衢州的江山市农村，有很多生产金针菇的企业，但基本上都是家庭作坊式的，少数是村办企业，技术落后，规模小，产品质量差，市场竞争力不强。生产方式大多采用忙时雇用村民打工的方式，没有固定的技术人员，也就谈不上如何提高产品的品质，更谈不上研究生态化的生产模式。

　　刘志强副教授担任了江山市的科技特派员之后，开始关心和研究金针菇的品质和标准化的生产方式。他的第一个研究成果是研制了"固体菌种液体化技术"和开发了液体菌种接种装置，分别获得两项专利。用机械代替手工，并将液体菌种与接种设备整体放入运输车内，组成"移动菌种灌装车"，为分散种植农户提供液体菌种和机械化接种，实现了"移动灌装"，在农村劳动力越来越紧缺的情况下，既提高了生产力，又提高了分散种植条件下的产品质量。现在，"移动菌种灌装车"已经是不断改良后的第四代。据了解，"浙大菌液"还包括许多服务功能，有食用菌种液体，有栽培料发酵菌液体以及加工菌糠饲料的液体。这些都可以采用"移动灌接"的方式进行远距离服务，不但可为偏远地区农民解决生产技术难题，还可为农民带运生产资料，传递市场信息，呈现了为农业和农民服务的全新的"移动"设计。

　　2009年，刘志强副教授参加了"第18届国际菌草技术培训班"，了解了一种俗称为"大象草"的植物，还认识了引进大象草的福建农林大学的食用菌栽培专家、菌草种植的发起人林占熺教授。

　　刘志强副教授说："大象草是一种很容易生长的植物，只要有一块地，插下种苗，就会生长，江山亩产干草可达4吨，不需要特别养护，可连续生长7年。用这种草做加工金针菇培养基的主料，长出来的金针菇又壮又白，口感好，产量高。而且用过的栽培料还可以回收加工用作养羊的饲料，羊还很爱吃，又环保又经济。"这就是刘老师设计的"食用菌农业生态循环"。在这之前，江山的金针菇种植要依赖从外地购买棉籽壳，成本高不说，在生产旺季还不容易买到。

2009年，在淤头镇永兴坞村的江山根根生物开发有限公司，刘老师用村里的地引种了4亩菌草，当年就有了效益。不但解决了食用菌栽培用料问题，还将菌糠回收加工成羊饲料，实现菌草资源循环利用。如今这个村办企业的金针菇年产量从10万袋提高到300万袋，实现年产值180万元。

2012年年初，刘志强副教授申报的"食用菌农业高效生态循环模式创建及示范"课题被列入了国家级星火计划项目，得到了30万元的资金支持。自从事科技特派员工作以来，他在江山已经扶持了4家企业，但他想要发展现代食用菌生态循环产业链的计划还没有实现。

刘志强副教授碰到的难题是，要发展生态循环产业链生产，肯定要用地。市场经济下，怎样才能让农民愿意种植菌草？江山农村没有养羊的传统，怎么才能养好羊？他经过多方考察，设计了一种既能形成生态资源链，又能让农民增收的发展模式——"托管牧场"：养羊需要的草料由农户提供，每头羊按需要的草料计算成本，由一家养殖企业负责集中饲养，既能保证饲养质量，又能解决食用菌生产需要的菌糠原料问题，还能让羊"消化"掉菌糠的剩余废弃物。刘志强副教授预计，投入60亩菌草和30头羊，一年后能产出60头羊，还能获得180吨金针菇和120吨羊饲料。不仅实现资源循环利用，还可带动30户农民脱贫，是实现增产增收的好路径。

浙江大学地方合作处在了解了刘志强副教授的计划之后，初步决定将他的项目列入地方合作项目。刘志强副教授说："太好了，这样我就有地方养羊了。"他相信，农民只要看到了实际效果，一定会加盟，这样就能带动起一个生态化的产业链，实现一个新的设计。

分子育种新技术培育高产稻种

张斝

"穗大粒多，植株健壮，颗粒饱满均匀，示范田经测算亩产将超900千克。"在地处锡山区的无锡高科技水稻示范园，众多水稻专家对无锡—浙江大学生物农业研究中心水稻工程化育种项目进行鉴评。经农业部稻米及制品质量监督检验测试中心鉴定，该中心研发的首个高产水稻新品种——杂交水稻"豇浙优201"达到了国家优质米二级标准。

项目的主要负责人、浙江大学核农所教授舒庆尧介绍说，该水稻品种主要采用生物分子育种新技术，大大提高了选育优质品种的效率，缩短了育种年限。"研究将单倍体育种和分子育种相结合，在分子基因层面筛选组合优良性状，再通过单倍体育种快速稳定。"舒庆尧教授说，花药培养获得的加倍单倍体(DH系)为纯合的二倍体植株，遗传稳定，一旦具备优良性状就不再分离。以前传统水稻育种技术得到稳定纯合的品系至少需要5年的连续选育，时间长、工作量大，这项新技术将育种年限缩短到2到3年。"这项育种技术有望在水果、蔬菜的育种方面推广。"舒庆尧教授说。

通过育种新技术得到的"豇浙优201"于2012年首次在示范园新品种选育试验田上进行试种，平均亩产为884千克，远远超过无锡水稻平均亩产738千克的水平。2013年在更大范围的栽种过程中，研究人员对水、土、肥等进一步实施科学调控，使亩产又实现提升。研究中心还开发出了水稻全生育期不打农药的技术，为大面积推广无公害水稻种植技术奠定了基础。

山的那边海的那边有一个中国农场

欣文

"浙大（浙江大学）—卢大（卢本巴西大学）—华友农场"是非洲刚果（金）土地上第一个由大学与企业牵手合作建设的现代化农业园区。"浙大—华友非洲农业发展中心"是刚果（金）第一家牵手本地大学建设的合作平台，在中心的三边合作关系中，卢本巴西大学是其中一条不可或缺的"金边"。

飞跃：农业研究走出国门，以"农"带动国际友谊

卢本巴西大学是1955年由比利时殖民当局创办的一所官方大学。刚果独立后，卢本巴西大学交由刚果政府管理。该校有一个很大的农场，但多年来一直荒废着，缺少资金、缺少人才、缺少技术，荒地上，一年年在生长的是一座座的蚂蚁包，最高的有几十米，远看就像一座小山包；还有附近的村民占地建起的小土屋；甚至有一大块地变成了城市垃圾场，连政府都不知道是哪些人在往这里运垃圾。

米歇尔是卢本巴西大学农学院院长，他还有一个身份，是联合国国际粮农组织驻刚果（金）特派员。他说："我们的粮食有70%是从南非、赞比亚进口的，虽然政府明确说应当保证'90%的人口的粮食供应'，但事实上，刚果（金）有50%的人吃不饱。最主要的原因，是刚果（金）的经济以矿业为主，虽然政府鼓励矿业企业涉足农业生产，但大部分外资企业只生产、不培训。本地的大学，与欧美的交流也只是在基础学术的层面。"作为联合国的雇员，他承担的服务工作是在灾荒中为饥饿的难民提供尽可能的帮助。如果没有"浙大—卢大—华友"三方合作建立的这个农场，发展刚果（金）现代农业，培养自己的农业人才，在教育和技术两方面都做不到。

2009年年底，华友公司和浙江大学有了第一次关于在非洲建立"浙大—华友非洲农业发展中心"的动议。浙江大学农学院教授周伟军、农生环学部主任张国

平、浙江大学地方合作处教授张明方和华友钴业股份有限公司总裁助理张生观是最初的动议人。在两年中，他们（还包括浙江大学生态规划研究所的教授）数次远赴刚果（金），确定农场的规划和选配品种。

张生观是恢复高考后浙江农业大学的第一届毕业生。毕业后的30年中，除了在嘉兴农科院工作两年，他基本离开了农业这一行。但是，他并没有放下"农"字，说起中国农业的发展和现状，他的分析不亚于业内人士。这回重新归队，他说："我一直有一个梦，做现代农业。我觉得现在是一个很好的机会。"他认为，现代农业是一个系统工程，脱离不了社会体系，没有好的大环境和小环境都不行。从大环境上说，我们国家的经济发展到了一定程度，社会进步到了一定程度，领导人的理念到了一定程度；从小环境上说，在"校校企"这样一个国际三边合作关系中，国家责任、大学责任、企业责任，可以得到很好的结合。什么是现代农业的可持续发展？究竟怎么样的模式是可操作、可重复的？在我们的试验中，可以做一些尝试。

2011年1月间，时任浙江大学副校长的妯健敏与华友钴业股份有限公司总裁陈雪华在浙江省桐乡市代表双方签署合作协议。双方商定，由华友钴业股份有限公司出资，在刚果（金）政府的支持下，联合卢本巴亚大学，用3至5年时间，建立华友—刚果（金）现代农业示范区，以提升当地农业发展水平，为区域性的粮食、蔬菜自给建设提供示范和保障。在签约仪式上，刚果（金）加丹加省省长穆伊斯说："加丹加省是一个矿业大省，我们非常希望通过农业发展来解决粮食进口问题。因此，我们感谢华友在农业领域的努力，感谢浙江大学给予的大力支持。"

服务：为国家"培养具有国际视野的领导者"

浙大—华友非洲农业发展中心是双方共建的合作平台。在第一期建设中，华友钴业股份有限公司将出资200万元，在浙江大学设立"华友非洲农业发展合作基金"。随后，华友还将出资500万元，设立面向浙江大学的本科生科研项目基金，支持浙江大学学生的非洲研究项目。

对于这样一个大胆的设想，浙江大学地方合作处教授张明方还有另一番思考。他希望企业的介入，不仅可以解决现代化农场起步阶段所需的资金投入和规模化生产必需的人力资源的集聚，更重要的是为大学提供更宽广的人才培养平台。他说，大学的社会服务更多地体现在为国家"培养具有国际视野的领导者"。目前，浙江大学正在酝酿启动一个长期的大学生实践计划。该项目计划在每年的寒假，选拔10位不同学科的学生，带着课题去刚果（金）。张明方教授说，浙江大学现在每年有超千名本科生参加国际交流，绝大多数是去欧洲和美国、日本这些发达地区。我们应该提供更多的机会，让本科生，尤其是研究国际政治、人类学和农学的本科生，在规划自己的职业发展时，有更广阔的视野，了解不同的国家和社会形态，只有这样，个人的发展和国家的需要才可能是一致的。

但蓝图的实现还是要从最基本的工作做起。浙江大学在第一期的合作中，农学和园艺学科是主要支撑学科，目前已经建立了"玉米、小麦的规模化种植技术"、"热带旱季的蔬菜栽培技术"、"太阳能驱动的灌溉设施"等项目，什么样的事干得成，什么样的事干不成，以及怎样的品种适合当地特殊的农业生产条件，都需要做适应性研究。

实践：在这之前，没有人做过相似的工作

浙江大学农学院的硕士研究生刘菊和李波是最早加入这一项目的研究生。2011年6月，项目正式启动之后，李波和团队另4名成员出发去了刚果，刘菊留在国内，独立承担了"农场设施"的规划、设计、招标、采购等等。她说，那时候，觉得好难啊，所有一切都不知道该怎么做，都是从头学起。但那时候，她不知道，李波他们更难——没有电、没有水，住在比利时人留下的小屋子里，周边一片荒芜。

相比之下，卢大学生要幸福多了。蒙巴是卢本巴西大学农学系第一批到浙江大学来实习的3位学生之一。从2012年10月开始，他在周伟军老师的实验室里实习了3个月，学习各种设备的用处和操作方法。他非常希望有机会再来浙江大学。他说："我把这3个月看成是自己继续深造的前期培训。而且我是实验室助理，去浙江大学的实习使我对实验室的建设有了自己的想法和建议。同时，我看待问题的方法也有了很大的改变。"他说，每天早上8点，他到实验室的时候，大楼下面已经停了很多老师的车子和同学们的自行车。中国人工作非常勤奋，他们对待工

作和学习的态度，也许就是中国会这么快发展的原因。

一年半之后，这里已经大不一样了。四五月间，初冬的卢本巴西已经进入旱季，是一个清晨洒满阳光，午间蓝天白云，晚上繁星闪烁的地方。花草阔叶依然郁郁葱葱，乔木枝头繁花盛开，熟透的玉米正等待收割，一人多高的秆挺立着，已是失水后的深褐色，虽然看上去饱经风霜的样子，与周遭的色调相比显得十分突兀，却是让人最心动的色彩。

50公顷玉米、10公顷水稻、5公顷蔬菜……现在农场已经开始接纳一批批卢大学生来实习，但对当地民众来说，围栅里中国人在干什么，他们有几分好奇，也有几分担心——是不是政府把这块地卖给外国人了？米歇尔是称职的"民间大使"，他经常会到农场来，也经常会到附近的村子里转转，他告诉村民们"等建好了，一定会让你们大吃一惊的"。他说："我们到时候一定会打开大门让村民们来参观，他们一定会十分惊喜的。农场让社会和经济这两大角色完美融合，紧密相连，在这之前，还从来没有人做过相似的工作。"

背景：卢本巴西是非洲刚果（金）加丹加省的省会城市。刚果（金）有20.5亿亩可耕作田地，但超市里25千克装的玉米粉大部分是从赞比亚进口的，2011年是10美元一包，2012年是15美元，2013年25美元，一度在35～50美元之间徘徊。涨价的原因是赞比亚旱情严重，粮食减产，控制出口。刚果（金）有6600万人口，50%以上的人处于饥饿状态。

"物联网+"下的智慧农场

夏平

传统农业中,作物的灌溉、施肥、施药,都依靠农民凭经验操作,这不但会造成作业效率低下以及肥"水"药的严重浪费,还使得农产品品质与安全难以保证。我国农业用水利用率仅为51%,相当于发达国家的2/3;亩均施肥量是美国的2.6倍,农药利用率仅为发达国家的3/5。

"实施按需施用、精准管理的数字化农业是解决这些问题的关键。"浙江大学生物系统自动化与信息技术研究所的何勇教授介绍说,"为了实现这一目的,需要突破两大技术瓶颈:一是如何准确快速获知作物生长状态和实际需求,二是如何根据作物实际需求实现精准化管理。"

何勇教授及其团队多年来致力于数字化农业和农业物联网的研究。自2004年起,在"863计划"等项目的支持下,经过近10年攻关,建立了植物−环境信息快速感知与物联网实时监控系统,并开发了与之配套的系列装备,攻克了农田信息快速感知、稳定传输和精准管控三大关键技术难题。

快测

要实现数字化农业与精准化管理,首先要快速获取植物−环境信息。

项目提出了从作物叶片、个体、群体三个维度开展生命信息快速获取方法研究的新思路;揭示了特征电磁波谱与植物养分、生理变化的响应机理和耦合关系,自主研制了便携式植物养分无损快速测定仪和植物生理生态信息监测系统;率先提出了植物真菌病害早期四阶段诊断方法,实现了典型病害侵入和感病初期的早期快速诊断。

对植物信息的获取,项目还研发了土壤多维水分快速测量仪和不同监测尺度的墒情监测网,发明了非侵入式快速获取土壤三维剖面盐分连续分布的方法与装置,研发了土壤养分野外光谱快速测试技术与仪器。

稳传

针对农业复杂环境下无线传输网络低能耗、低成本、稳定传输的需求，项目发明了主动诱导式低功耗自组网与消息驱动机制的异步休眠网络通信方法，解决了农业信息的低功耗与远程传输问题；提出了网络局部重组与越级路由维护算法，实现了网络故障自诊断和自修复，解决了野外节点故障或植物生长与设施对无线信号干扰导致网络局部瘫痪的难题，提高了无线传输网络的稳定性，单点传输距离由500米提高到5000米。

智控

在植物–环境信息即时获取并稳定传输的基础上，项目研发了植物生长智能化管理协同控制和实时监控系统。何勇教授介绍说，系统可以根据植物环境的成长需要，实现信息的全自动获取和温室的全自动控制，实现了肥、水、药的精准管理和温室协同智能调控，大大节省了人力和肥力，取得了很好的社会经济效益。

项目还研发了基于物联网工厂化水稻育秧催芽智能调控装备和设施果蔬质量安全控制管理系统，提出并开发了农产品原产地包装防伪标识生成方法及系统，提高了质量安全溯源的可控性、防伪性和安全性。

经过近10年的研究，项目获授权发明专利36项、实用新型专利20项、软件著作权16项，在顶级期刊发表论文105篇，出版著作、教材9部。开发的系统及设备已实现了产业化，部分产品出口美国、越南、孟加拉国等国家。近3年在浙江、北京、黑龙江等20多个省市推广应用，覆盖了粮油、果蔬和花卉等多种农作物，累计培训农技人员1万余人次，累计推广面积728.3万亩，累计新增产值28.5亿元，取得了显著的社会、经济和生态效益，推动了农业科技进步。

"浙大630" 油菜含油量创新高

朱原之

通过近10年的努力，浙江大学农业与生物技术学院周伟军课题组选育的"浙大630"于2016年4月通过了浙江省农作物品种审定委员会的审定，即将走向市场。它的含油量达到49.21%，是当前浙江省含油量最高的油菜品种，在全国常规品种中位列榜首。

"常规品种"指的是非杂交种、非转基因品种，即种植户不需要遵循特定的种植方法，用常规方法就可以自己种植的品种。在此之前，周伟军教授课题组选育的"浙大619"和"浙大622"分别于2009年和2014年通过审定，并入选浙江省油菜主导品种。新品种"浙大630"的"双亲"也都是课题组独立创制的材料，一方是"品系287"和"高油605"（原"浙农大605"）的第五代，另一方是"品系207"。

冬油菜在浙江各地及全国多地都有种植，其主要用途是榨油，而榨油后剩下的菜籽饼是蛋白质含量颇高的动物饲料。近年来，春天的油菜花深受游客欢迎，这使得油菜成为集多种价值于一身的高性价比经济作物。

"浙大630"的菜籽种皮薄，且呈褐黄色，不同于其他品种的黑色或黑褐色厚种皮，压榨之后得到的油色清，不需要进行特殊的脱色处理。据介绍，除了含油量高以外，"浙大630"的芥酸含量和硫甙含量分别为0.35%和21.79微摩/克，低于标准的1%和30微摩/克，符合"双低"标准；而且长势好，株高中等，有效分枝位低，不易倒伏；植株高度均匀，适宜机器收割；分枝数多，结角层厚，角果多，产量高；抗性好，可抵抗低温、多雨等不良天气状况和多种病虫害；熟期适中，可与晚稻接茬种植。诸多方面的优良表现显示，"浙大630"适宜在油菜产区推广种植。

2016年5月下旬，"浙大630"将迎来油菜籽收获季。此前，2016年4月24日，南京农业大学盖钧镒院士、浙江省农科院陈剑平院士、浙江省农业厅副厅长陈利江和浙江省科技厅的专家前往位于萧山和诸暨的试验示范田考察油菜现场，"浙大630"倒伏少、角果多、品质好，得到了各方专家的肯定。浙江大学新农村发展研究院、浙江大学作物科学研究所相关负责人也参加了本次油菜现场考察。

第一张榨菜高质量基因组图谱问世

周炜

出国旅行，许多人都会带上榨菜或霉干菜，它们是"家乡味"的代表。英国伦敦时间2016年9月5日，《自然—遗传》（*Nature Genetics*）杂志在线发表了浙江大学农业与生物技术学院园艺系张明方教授团队的最新研究成果，课题组通过高通量测序技术，绘制了世界上第一张榨菜全基因图谱，并从基因组选择与进化层面解答了"家乡味"的成因，这一进展将对芥菜类蔬菜作物的改良产生重要意义。

榨菜的家族谱系

菜用芥菜是我国重要的加工蔬菜，榨菜和雪里蕻、大头菜等都属于不同的变种，它们在浙江、四川、重庆等南方许多省市广泛栽培。1935年，科学家提出著名的"禹氏三角"解答了十字花科芸薹属不同物种之间的"通婚"关系：芥菜（*Brassica juncea*，2n=36，AABB）是由祖先白菜（*Brassica rapa*，2n=20，AA）和黑芥（*Brassica nigra*，2n=16，BB）自然杂交后再经加倍形成的异源多倍体。此外，甘蓝型油菜的祖先是白菜和甘蓝，埃塞俄比亚芥的祖先是甘蓝和黑芥。

通过基于Illumina、PacBio和BioNano平台的高通量测序技术，结合构建的高密度遗传图谱，张明方教授课题组首次完成了芸薹属中异源多倍体榨菜（AABB基因组）的高质量基因组图谱，并进一步丰富和深化了对榨菜"家谱"的认识。

研究发现，芥菜物种形成于3.9万—5.5万年前，为单一地理起源，其A亚基因组与白菜型油菜（*B. rapa ssp. tricolaris*）亲缘关系更近，然后演化成菜用和油用芥菜两个主要类群。

据了解，菜用芥菜主要分布在中国以及其他东亚国家和地区，油用芥菜主要分布在印度等南亚国家和地区。

写在基因里的"家乡味"

众所周知，基因是决定植物产量、品质和抗病等重要性状的关键因素。那么榨菜、霉干菜的"家乡味"，是受什么基因影响的呢？通过全基因组分析，课题组找到了两组同源基因序列，"其中一组与硫代葡萄糖糖苷代谢有关，它们发生了差异化进化，这就是为什么我们有的榨菜闻起来香，有的香味不明显。另外一组则与油脂代谢有关，决定着油用芥菜的产油量和油脂的组分"。

论文第一作者杨景华副教授介绍，多倍化是植物进化中的普遍现象。半个世纪以来，众多学者以小麦、棉花、油菜等为模式作物，对复杂基因组组装和同源基因表达进行了广泛研究，但尚未揭示多倍体物种中同源基因表达与选择的机制。这种机制，终于通过我国的"乡土"作物榨菜得到了揭示：异源多倍体芥菜亚基因组间呈非对称进化，亚基因组间同源基因中具有显著表达差异的基因表现出更快的进化速率，这些基因在菜用和油用芥菜分化中受到选择。

分子育种的未来

*Nature Genetics*的外审专家认为，"这些亚基因组间具有表达差异的同源基因对多倍体演化起着重要作用，可用于作物改良的目标基因的选择（suggesting that these genes may be contributing to novel features of polyploids and may also be preferential targets for crop improvement）"。

张明方教授认为，榨菜全基因组信息的解析不但可以推动芥菜类蔬菜作物分子育种的进程，同时，还能从理论上预测重要农业性状的选择，推动对基因组育种的认识和应用。"我们将进一步寻找植物性状与基因序列之间对应的关系，将来，我们就可以在实验室里精准地进行分子设计育种，加速新品种选育的进程。"

"例如，田间的榨菜有的抗病能力强，有的则很容易遭到病害，我们会试图找到决定抗病能力的基因，通过分子育种的方式对作物进行改良。"杨景华副教授说，"课题组还试图通过找到控制榨菜膨大部位的基因，来'设计'膨大部位所在的高度，以便于机械化采收。"

据介绍，该研究与北京百迈客生物科技有限公司、中国农业科学院蔬菜花卉研究所、美国内布拉斯加大学、澳大利亚西澳大学、印度德里大学等国内外科研单位广泛合作。该项研究成果得到了浙江省科技计划公益技术研究农业项目、农业部财政专项和国家自然科学基金等项目的支持。

冷藏过的番茄为什么不好吃？

周炜

从市场买回的番茄，不要放进冰箱，因为冷藏之后风味会大打折扣。唯一聪明的做法是趁新鲜尽早吃完。中美科学家合作解释了其中的科学道理：低温导致相关基因被"冻僵"了，这样，芳香物质的产出就少了。

浙江大学果实品质生物学团队与美国佛罗里达大学、康奈尔大学开展了合作研究，研究结果于2016年10月18日在《美国科学院院报》(*Proceedings of the National Academy of Sciences of the United States of America, PNAS*)在线发表，论文题目是"Chilling-Induced Tomato Flavor Loss Is Associated with Altered Volatile Synthesis and Transient Changes in DNA Methylation"(http://www.pnas.org/content/early/2016/10/12/1613910113.full)。论文的第一作者是浙江大学农业与生物技术学院张波副教授，通讯作者是浙江大学求是讲座教授、美国佛罗里达大学哈利·克里院士。

影响"口感"的物质主要是糖、有机酸以及芳香物质，通常人们对于糖与酸比较熟悉，对于香气影响风味品质的认识相对有限。而事实上，香味对于口感的影响更为重要，这就是科学家们开展这一研究的出发点。

张波介绍，课题组选择了两个品种的番茄作为研究对象，一种是具有100多年历史的古老的番茄，风味浓郁；另一种是目前全世界普遍种植的现代番茄，个大果红。研究发现，无论哪种番茄，果实都会受到采后低温贮藏影响。76人参与了试吃实验，番茄在5摄氏度贮藏7天后，转货架1天，口感与新鲜采收的番茄相距甚远。

"人有400个嗅觉受体，可以识别1万亿种气味；而人眼可看清1000万种颜色，人耳则只能感受近50万种声调。芳香消费已经成为一种时尚和新的需求。"番茄冷藏实验显示，冷藏之后的番茄中可溶性糖和有机酸含量并没有发生显著影响，但是芳香物质显著减少，即使在货架放上3天也不能恢复。

为什么香味会减少？课题组通过代谢组学、转录组学、表观组学等技术手段进行研究，发现其中的原因是DNA甲基化。张波解释："如果一个基因发生了甲基化，通常这个基因的表达会被抑制。低温诱导了DNA甲基化的瞬时增加，从而芳香物质的产出减少了。"

"吃水果就像我们听交响乐，你需要感知30多种香味和味道的'交响'，如果去掉了小提琴和木管乐器，虽然声音还在，但显然已经不是原来的音乐了。"哈利·克里在接受《纽约时报》记者采访时说。他建议消费者购买后将番茄室温放置并尽快食用。

目前，番茄在全世界广泛栽培和食用，现代农业尤其是采后冷链物流与贮藏技术的发展，进一步扩大了番茄果实的销售市场，延长了其货架寿命。消费者从超市购买到的番茄通常需要经过多天低温运输与贮藏，其风味品质受到了影响。佛罗里达大学的研究人员丹尼丝·蒂耶芒（Denise Tieman）表示，既然知道了这一现象的具体原理，"我们或许能培育出不一样的番茄"。

该项研究受到了国家重点研发项目"生鲜食用农产品物流环境适应性及品质控制机制研究"的支持。

第八章

生命新知

分子、基因、细胞、个体、物种——世界赋予了我们理解生命的不同层次，而每个层次里，人类的好奇心与渺小感正在进行一场持久战。实验室外的我们，分享科学家们带来的一个个好消息：小朱鹮在浙江孵化放飞成功了，控制昆虫翅膀长短的"开关"找到了！又发现了一点大脑"黑箱"里的蛛丝马迹！肿瘤的分裂机制，又明朗了一些！……

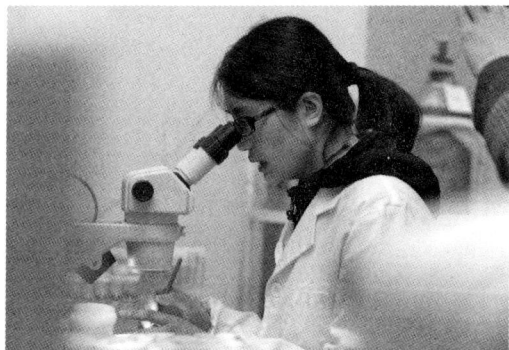

浙江、朱鹮与科学家

周炜

阔别50年　朱鹮重返浙江湿地

2008年4月9日凌晨2点30分，10只朱鹮经过长达28小时的长途旅行，从陕西省楼观台珍稀野生动物抢救饲养中心抵达了德清县下渚湖湿地。4月16日，浙江大学与德清县政府联合启动了"浙江朱鹮易地保护暨野外种群重建"工程项目，这批朱鹮将作为"种子"，担当起浙江野外种群重建和濒危动物保护事业可持续发展的"重任"。据悉，此次10只朱鹮落户德清，离浙江发现最后一只野生朱鹮已有50年之久。

朱鹮是全球濒危等级最高的物种之一，在20世纪中期曾一度被认为已经灭绝。1981年5月，我国科学家在陕西发现了7只野生朱鹮。之后，拯救工作立即展开，国家相继在陕西省的洋县和楼观台建立了朱鹮自然保护区及珍稀野生动物抢救饲养中心，组织多方力量参与朱鹮野外种群的复壮和人工种群的快速增长工作。20多年来，野外就地保护和人工圈养的朱鹮已突破1000只，暂时摆脱了物种灭绝的命运。

"但我们在研究中发现，人工圈养的朱鹮已经出现一定程度的种群退化现象，朱鹮后代中患夜盲症、白内障和翅膀外翻等遗传性疾病的比例有所上升。"在大熊猫保护遗传学和分子生态学领域的研究中创下了多个国内外"第一"的浙江大学求是特聘教授、国家濒危野生动植物种质基因保护中心主任方盛国介绍说。从2001年起，他便带领课题组开展朱鹮保护遗传学研究工作，相继建立了朱鹮个体识别、亲子关系鉴定和遗传多样性监测的分子标记系统，以及环境适应的多态性功能基因的分离技术等。"一个濒危物种若要完全摆脱灭绝命运，基本条件有三：适宜的栖息地；种群数量快速增长；具有一个以上的繁殖潜力大和抗病能力强，且可随时向野外提供放归或重引入个体的稳定的人工种群。对于朱鹮来说，目前离实现第三个条件还有距离，这已成为我国朱鹮物种拯救工程中亟待解决的重点问题。"方盛国教授说。"浙江朱鹮易地保护暨野外种群重建"项目将围绕这一难题，开展维持朱鹮合理的种群结构与遗传结构的研究工作，从而提高其繁育子代的繁殖潜力和抗病能力。

据介绍，从2007年起，方盛国教授带领课题组为朱鹮寻找合适的栖息地。经过近一年的考察论证之后，课题组决定让5对朱鹮（雌雄各半）前来德清下渚湖湿地"安家"。下渚湖湿地是目前华东地区保存最完整、面积最大的湿地之一，保持着完好的原生态环境，不仅有山、有水、有岛，而且其湿地动植物资源也十分丰富，十分适合湿地鸟类生活。申请得到了国家林业局、浙江省林业厅和德清县政府等有关部门的批准。

记者随方盛国教授乘船来到了下渚湖湿地的一个小岛，这里是10只朱鹮的新"家"。这个"家"很宽敞，每对朱鹮都居住在一个长、宽、高均6米的"大房间"里，每个"房间"的标准配置是：一棵女贞树，一个稻草搭的窝，一根供栖息的树干，一小片活动场。在"家"的中央，有一个小水池，里面放养着一些泥鳅，以供朱鹮们觅食。记者看到，朱鹮们大多时候在树干上迈着优雅的步伐，偶尔伸展双翅飞行，有时发出叫声或用喙相碰，相互"交谈"。"当时，我们把它们安顿好的时候，已经是凌晨两点多了，但它们一进去就很享受地散起了步。它们似乎对这里的环境很满意。"护送并前来指导朱鹮饲养的高级饲养员杨小曼介绍说，"这些朱鹮年龄最大的10岁，最小的一周岁。朱鹮的生育期是4岁到18岁，除了刚满一周岁的一对小朱鹮之外，其余4对朱鹮都在生育期。每年3—6月份是朱鹮的繁育期，这些朱鹮羽毛已呈现出特有的灰色，翅膀内侧呈现温润的粉红色。"

方盛国教授介绍，目前，这批朱鹮是饲养员根据观察，凭经验给它们暂时配对的。"但自然状态下经常在一起活动的朱鹮，往往是亲缘关系较近的个体，这些个体配对繁殖，不利于后代的健康。"方盛国教授说，课题组将对朱鹮进行遗传谱系"调查"，从基因的适合度方面，帮助它们寻找到更有利于"优生"的配对个体，并由此建立遗传学繁育指导技术。

根据"浙江朱鹮易地保护暨野外种群重建"工程项目的计划，研究小组将在5年时间内，系统深入地开展朱鹮的人工繁育、野化驯化、野生种群重建，以及提高繁育子代的繁殖潜力和抗病能力等方面的研究工作，以期实现人工繁育朱鹮在下渚湖的放飞，从而使该项目成为朱鹮在我国曾经的分布区实现种群复壮的示范性工程项目。据了解，该项目也是浙江大学与德清县联合承担的浙江省林业厅与浙江大学"浙江省林业现代化和社会主义新农村建设"项目的子课题之一。

（周炜）

第一只全过程人工孵化朱鹮在浙江大学出生

第一只全过程人工孵化的朱鹮第一次迈步

2008年6月18日上午，位于浙江大学紫金港校区的濒危野生动物保护遗传与繁殖教育部重点实验室发生了一件让实验室老师和研究生都很高兴的事：世界上第一只全过程人工孵化的朱鹮破壳而出了。

10点16分左右，小朱鹮先露出一只翅膀，紧接着探出脑袋，当另一只翅膀也出壳时，它用力一撑，终于和蛋壳完全脱离。小朱鹮湿漉漉的"胎毛"紧紧贴在暗红色的身上，它不时睁一下眼睛，发出"唧唧"的叫声。

小朱鹮的"祖籍"在陕西，2008年4月9日，浙江大学与德清县政府联合启动"浙江朱鹮易地保护暨野外种群重建"工程项目，10只朱鹮从陕西省楼观台珍稀野生动物抢救饲养中心送达德清县下渚湖湿地，小朱鹮的父母就是其中一对。到达浙江后，它们先后产下了8枚蛋，前3枚蛋经自然孵化没有成功，余下的蛋，专家组打算采用全程人工孵化的办法，在位于浙江大学的实验室里进行孵化。

为此，实验室专门采购了一个人工孵化器，温度、湿度、通风、摆放角度等都可以自由调节。6月17日上午10时许，方盛国教授发现，蛋壳已被小朱鹮啄出了一个黄豆大小的洞，凑近看，可以见到它粉红色的小嘴在洞口努力向外拱。方盛国教授说，朱鹮的孵化期是28天左右，从前孵化都是到孵化末期才送到实验室进行孵化，这次则是全过程的人工孵化。5月22日生下蛋，6月18日刚好是"预产期"。

　　小朱鹮的破壳时间比方盛国教授预想的长。如果是小鸡，从破壳到完全出壳只需要半小时时间。方盛国教授在孵化器边守候了一个上午，小朱鹮啄出的洞依然是黄豆大小。破壳时间持续了大约24小时，第二天上午10点16分，小朱鹮终于完全从蛋壳中脱离。

　　当时，实验室里另有3枚朱鹮蛋正在孵化。12天后，第二只朱鹮幼雏顺利出壳。方盛国教授介绍说，下一步，他们将为小朱鹮建立家族DNA档案，进行分子级别的生物研究。

（周炜）

小朱鹮"飞"回下渚湖

放飞小朱鹮

　　2008年7月31日上午，在浙江大学"出生"的两只朱鹮幼鸟的养育工作由浙江大学国家濒危野生动植物种质基因保护中心正式移交给了"浙江朱鹮易地保护暨野外种群重建"工程项目德清下渚湖湿地的饲养员。交接仪式在浙江大学紫金港校区生命科学学院大楼举行。

　　交接仪式开始前，负责人工育雏工作的课题组葛云法老师将两只朱鹮幼鸟从借宿的公寓带到了现场。朱鹮幼鸟兄弟健康活泼，面对兴奋的人群和相机不停的"咔嚓"声毫不畏惧，尤其是"哥哥"，不时展翅，向人们展示它强健的双羽。

自人工孵化工作开始的第一天起，课题组全体师生就轮流值班，详细记录每一项孵化数据，观察每一次"胎动"。小朱鹮出生时，头重脚长脖子长，不能站立，也不能抬头，更谈不上饮水取食。课题组为了给幼鸟营造安静健康的生长环境，特地为它们在学生公寓借了一间房，建了一个"家"，由葛云法老师全天"陪护"，负责养育。慢慢地，小朱鹮会讨要吃的了，会站了，会走了，长出羽毛了……育雏过程中，课题组师生付出了更多的心血。

葛云法老师40余天里与幼鸟朝夕相处，对它们成长的点点滴滴了然于心。在交接仪式上，他受项目首席科学家方盛国教授的委托，代表课题组对幼鸟的成长情况做了介绍。他充满感情地说："经过一个多月的精心喂养，第一只雏鸟44日龄，体重由出生时的56.3克增长到1200克；第二只雏鸟32日龄，体重由出生时的57.3克增长到1078克。羽翼长长了，羽毛丰满了，先前的'丑小鸭'成长为健壮的'小帅哥'了！"

在交接仪式上，德清县林业局副局长章金泉代表德清县政府从方盛国教授手中接过了朱鹮幼鸟。为了表彰课题组在小朱鹮人工孵化与人工育雏方面所取得的成绩，以及感谢课题组全体成员所付出的辛勤劳动，浙江省林业厅副厅长邢最荣代表省林业厅向课题组颁发了奖金。

浙江省林业厅、浙江大学生命科学学院、德清县林业局负责人和浙江大学国家濒危野生动植物种质基因保护中心师生参加了交接仪式。

（欣文）

探究干细胞癌变之谜

陈彬

干细胞可以分化成不同类型的体细胞，是生物体中的"永生之种"。但是，它一旦变成肿瘤干细胞，则由"天使"变成了"魔鬼"，使癌症久治不愈。

最近，科学家找到了干细胞癌变的重要机制，为癌症治疗提供了新的思路和技术基础。

一提到癌症，很多人脑海中的出现第一个词便是"不治之症"。癌细胞让人胆寒的顽固性来自哪里？更多的是来源于其内部的肿瘤干细胞。

浙江大学医学院病毒和细胞生物学教授王英杰和生命科学学院教授沈炳辉带领的联合课题组发现，两种关键蛋白质"失控"发生越位碰撞后，会将一个正常的干细胞变成肿瘤干细胞。

该研究成果于2012年10月4日在国际顶尖杂志《细胞》子刊《分子细胞》上在线发表。

癌变的"永生之种"

在医学界，干细胞被称为"万用细胞"。据王英杰教授介绍，干细胞有一项"特权"，就是它可以根据需要分化成不同类型的体细胞，源源不断地供应各种组织细胞的更替与修复。干细胞就像上帝在生物体内撒下的神奇的'永生之种'，可以通过不对称分裂，在形成一个子代分化细胞的同时，克隆出一个和母体干细胞几乎相同的子代干细胞。

然而，当"永生之种"发生癌变的时候，问题就变得格外严重了。因为坏种可以一直延续，不断扩张，并且很难清除。近年来的研究发现，在许多肿瘤组织中都存在极少数类似于干细胞的细胞小群体，它们有着与干细胞相似的特性，能自我更新、分化；同时，它们还有一项特殊的本领，就是"逃逸"。

"这种癌变的干细胞便是肿瘤干细胞。正常的干细胞在遇到损伤刺激或不良条件时，会很快分化或'自杀'，而肿瘤细胞中的干细胞则不然，它们不但不会'自杀'，反而会先躲起来，再变本加厉地进行繁殖。"据王英杰教授介绍说，"这种现象在一些接受放疗和化疗的肿瘤患者身上表现得十分明显。"

一个朦胧的想法

"尽管肿瘤干细胞有可能从已癌变的体细胞逆转而来，但也有证据显示它们可能主要来自正常干细胞的癌变。"王英杰教授说，他们要研究的就是找出引起干细胞癌变的"元凶"。而说起此项研究的由来，还要2009年说起。

2009年，在美国学习、工作多年的王英杰回到母校，在浙江大学医学院附属第一医院开始做研究。此次回国，他带来了一个关于肿瘤干细胞的朦胧想法，那就是转录因子Oct4和蛋白激酶Akt之间可能有直接的联系。

"Oct4是干细胞中最重要的转录因子之一，它调控着维持干细胞正常工作的几百种重要蛋白质的合成；而Akt作为一种蛋白激酶，其作用是通过将靶蛋白磷酸化，以激活或抑制靶蛋白的活性。"王英杰教授说，"之所以觉得这两者间会有关系，是源于美国宾州州立大学医学院教授周红林所做的一项分析：Oct4蛋白上有一个潜在的Akt磷酸化位点。"

于是，回国后王英杰所做的第一个实验就是在体外生化实验中证实Oct4的确可以被Akt磷酸化。

在研究中，王英杰教授和他的研究团队选用胚胎干细胞和胚胎癌细胞进行相关检测。对于使用这两种细胞的原因，研究团队成员林源吉解释说，这是因为在所有干细胞中，胚胎干细胞的分化程度最低，可以"制造"出任何组织和器官；但是胚胎干细胞的饲养却非常困难，胚胎癌细胞与胚胎干细胞的性质十分相似，但前者更容易饲养，将两种细胞同时进行检测，可以降低一定的饲养成本和难度。"当然，这两者虽然相似，但也多少有点区别，我们也将通过对比，对此有更明确的界定。"王英杰教授说。

最终，他们的实验表明，在胚胎癌细胞中被Akt磷酸化的Oct4水平显著高于胚胎干细胞。

可能的治疗突破

2010年，沈炳辉教授团队也加入了该项目，经过近3年的努力探索，研究团队终于解开了Oct4和Akt在胚胎癌细胞中的互作之谜。

"这两种蛋白质在正常干细胞中只有微弱或瞬间的碰撞，"王英杰教授说，"但是在胚胎癌细胞中两者的相互作用就明显增强，Akt会将磷酸根基团加到Oct4蛋白上，并作为Oct4的'助手'，使Oct4更容易定位在细胞核内，还会促进其与另一干细胞转录因子形成复合物，使胚胎癌细胞更具自我更新能力。"

"更有意思的是，我们发现Oct4还可以通过与部分Akt基因的启动子相结合，形成一个相互促进的调控机制，即'Oct4-Akt正反馈回路系统'。"王英杰教授说，认为这也许是肿瘤干细胞比正常干细胞具有更强的自我更新能力和抗凋亡能力的一个重要原因。

"我们找到了干细胞癌变的一种重要机制，接下来，我们要研究这种机制在肿瘤干细胞中是否存在普遍性。"沈炳辉教授表示，如果该机制普遍存在，那么他们的研究将为癌症的治疗提供一种新的思路和技术基础。

解析细胞分裂的"生命机器"

周炜

叶升教授（右）和课题组博士研究生、论文第一作者
李颖

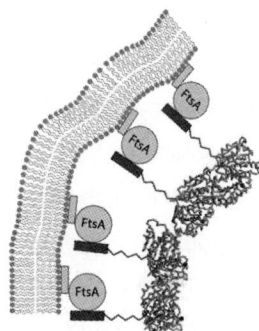

GTP水解导致FtsZ原丝纤维弯曲并对细胞膜施
加一个向内的收缩力

　　细胞分裂，一个变两个，看似简单，实则却是奥妙无穷的生命过程。在开始
分裂的那一刹那，是什么力量让细胞产生"凹陷"，进而一分为二？浙江大学生
命科学研究院教授叶升课题组，第一次解析了细胞分裂蛋白FtsZ所形成的原丝纤
维的三维结构，找到了其中的答案，这一研究将为广谱抗生素的研发提供依据。

　　2013年7月26日，美国《科学》杂志刊登了论文"FtsZ Protofilaments Use
a Hinge-Opening Mechanism for Constrictive Force Generation"（《FtsZ原
丝纤维通过轴转机制而产生分裂力》）。第一作者为生命科学研究院的博士研究生
李颖。

　　细胞分裂时，母细胞中间会先产生一层隔膜，60多年前，科学家发现了组成
这层隔膜的关键蛋白，把它命名为FtsZ。1991年，科学家进一步发现，当细胞分
裂发生时，许多个FtsZ蛋白首尾相连形成原丝纤维，这些原丝纤维再相互组合，
如同项链，在细胞中部形成一个围绕细胞的环状结构，科学家们称之为"收缩之
环"，也叫Z环。在Z环收缩之力的"驱动"下，母细胞向内凹陷，进而一分为二，
成为两个子细胞。

收缩之力来自哪里？对于这个问题，科学界一直有争议。如果我们在头发丝的1/60000的尺度下观察细胞的Z环，就会看到它们主要是由FtsZ蛋白结合三磷酸乌苷（GTP），形成的原丝纤维组成，当细胞发生分裂，GTP会分解成为三磷酸乌苷（GDP），并释放化学能。2008年，一项刊登在《科学》杂志上的研究结束了持续多年的争议。研究指出，正是FtsZ蛋白，将GTP水解过程中产生的化学能转化为了机械能。但是，这一转换究竟如何实现，几年来一直没有人能够解释。

"如果能解析到FtsZ蛋白原丝纤维的三维结构，其中的机制就能真相大白。"叶升教授多年来从事结构生物学的研究，在他眼中，一个个蛋白质分子，就是大自然一部部神秘的生物分子机器，他的研究，就是要"打开"机器，通过分析机器的结构来解释机器的功能。"每个细胞都是一个物质、能量与信息过程精巧结合的综合体，即使是最简单的细胞，也远比迄今人类设计出的任何计算机控制的智能机器更为精巧。"叶升教授说。

正如汽车的发动机，它将汽油燃烧产生的化学能转化为机械能，从而驱动汽车前进。叶升教授课题组的目标就是摸透细胞里的这部"发动机"的工作原理。一直以来，有一个信念一直支持着课题组，那就是"大自然是不会轻易浪费一点能量的"。

叶升教授课题组从结核分枝杆菌中克隆了FtsZ的基因，通过X射线衍射，拍下了100多张不同角度的FtsZ蛋白晶体衍射图。再通过计算机分析，他们成功得到了FtsZ蛋白的三维结构图，第一次看到了这样的景象：GTP水解后，FtsZ原丝纤维发生了50度的弯曲。原来，FtsZ蛋白的顶端有一处非常"柔软"的部分，课题组推测，当GTP水解为GDP时，GTP的g–磷酸基团和b–磷酸基团之间的共价键断裂，由于二者都携带负电荷，所以它们之间会产生一个巨大的排斥力，这一排斥力能够引起FtsZ蛋白的这个柔软部分发生构象变化，从而使两个相邻的FtsZ亚基围绕一个支点发生弯曲，GTP水解的化学能就这样推动两个相邻的FtsZ亚基之间发生相对弯曲。这个相对弯曲提供了细胞膜内陷的"原始动力"，进而引发整个Z环向内收缩。

"我们从结构生物学角度，更精确地理解了细胞分裂机制，回应并进一步解析了2008年《科学》杂志提出的观点。"叶升教授说，"这一研究为新的广谱抗菌药物的研究提供了直接的结构信息。"下一步，课题组将以FtsZ蛋白以及Z环为靶标，进行肺结核病的分子药物设计。他说："我们可以通过抑制FtsZ从而达到抑制细菌分裂的目的。"

长期驯化可导致生物基因多样性降低

周炜

中华蜜蜂和意大利蜜蜂是一对非常相近的姐妹种，大约1000万年前起源于亚洲的一个共同"祖先"，但前者比后者具有更强的抗寒能力和抗病能力。浙江大学农业与生物技术科学院昆虫研究所的陈学新教授课题组首次通过实验证实：这是因为意大利蜜蜂比中华蜜蜂具有更长的驯化过程，使之在进化过程中丧失了某些基因。这个发现从理论上证实了长期驯化可能导致生物基因多样性降低的假设。

人类很早就开始饲养意大利蜜蜂，目前该蜂已经没有野生种群；而中华蜜蜂是我国土生土长的重要蜜蜂种类，虽然也被人类驯化饲养，但仍然存在野生种群。意大利蜜蜂由于蜂蜜产量高，易于管理，目前已在全世界饲养，中国也从20世纪早期引入后迅速推广。此前的研究发现，中华蜜蜂比意大利蜜蜂更加耐寒，更能抵御病害侵染和螨虫危害，而且能为更多种类的植物，特别是高山植物传授花粉。

什么原因造成了这对"姐妹"的差异？陈学新教授认为，蜜蜂体内与免疫相关的物质——抗菌肽可能是一个重要线索。抗菌肽是生物体内普遍存在的、在免疫防御体系中发挥重要作用的生物活性物质。陈学新教授课题组利用分子生物学、比较基因组学和生物信息学等手段，经过4年的研究，克隆并鉴定了中华蜜蜂体内存在4个抗菌肽基因家族的87个不同的基因：11个abaecin、29个defensin、13个apidaecin和34个hymenoptaecin等基因，而意大利蜜蜂总共只有16个基因；这些抗菌肽基因共编码4个抗菌肽家族的26种不同的抗菌肽，而意大利蜜蜂体内只有11种抗菌肽。apidaecin对革兰氏阴性菌具有很强的抗菌活性；abaecin则对革兰氏阴性和阳性菌都具有抗菌活性；hymenoptaecin也对革兰氏阴性和阳性菌，其中包括一些人类疾病的致病菌都具有抗菌活性，而且对那些对apidaecin具有抗性的革兰氏阴性菌具有很强的抗菌活性；defensin含量较低，主要在后期表达，对革兰氏阳性菌都具有抗菌活性。正因为两种蜜蜂在抗菌肽家族上具有明显的不同，而中华蜜蜂存在着绝对的优势，当这两种蜜蜂同时受到病原侵袭时，中华蜜蜂由于具有明显的抗菌肽基因优势和更为丰富的抗菌肽物质将会免受其难。

相关论文"Antimicrobial Peptide Evolution in the Asiatic Honey Bee Apiscerana"（《中华蜜蜂抗菌肽的进化》）于2009年2月发表在美国*PloS ONE*（《公共科学图书馆—综合》）杂志上。杂志的评审专家认为，该研究首次全部鉴定了一个物种所有抗菌肽基因家族的系统研究，获得了有趣的科学发现并富有重要价值，在实践上为进一步保护和利用蜜蜂及其重要的抗菌类物质提供了重要的科学依据。陈学新介绍，抗菌肽的相关研究还在农业、工业、医药等行业，如绿色饲料添加剂、新型食品防腐剂、新药物等开发方面有重要的应用前景。

有个"开关"控制昆虫长短翅型分化

周炜

左图为褐飞虱短翅型，右图为褐飞虱长翅型，昆虫原长3毫米左右

　　每年春夏之交，在北纬25度以南过冬的一种昆虫——褐飞虱将成群结队地向北迁飞，扑向肥沃的水稻田大快朵颐。但是，并不是所有的虫子都能共赴这场饕餮盛宴，长翅型的飞，短翅型的不飞。控制这种翅型分化的"分子开关"，第一次被浙江大学农学院张传溪教授课题组清晰地揭示出来，相关论文于2015年3月18日（英国伦敦时间）发表在《自然》上。

杀伤力之源：翅型分化

　　褐飞虱是水稻的超级大敌。明朝起，关于它的"恶名"就在文献中出现："七月有虫生苗间，若浮尘子，千百为群……捕之不得，驱之不去，卒莫知所以治之术。""一经聚食，稻即枯萎，遂致秋收大减。"近几十年来，每年稻飞虱危害的面积都在2亿亩次之上，造成的水稻损失可达100到200万吨。

　　论文共同通讯作者张传溪教授说，褐飞虱很有"个性"，比如，它们口味非常专一，只吃水稻，致使亚洲成为重灾区，同时它们抗药性极强，很难对付。但是，这种昆虫耐寒性很差，在中国福建及以北地区，褐飞虱不能过冬，冬天它们只能迁飞到南方温暖地区。

我们常说"遗传基因决定一切"，但是遗传基因完全相同的生物，在后天不同的环境条件下，也会"长"得很不一样，例如蜂后和工蜂的分化，科学家称之为"可塑性发育"。论文共同第一作者徐海君副教授说，这是生物为了适应环境而形成的一种极其重要的生存策略。褐飞虱是典型的翅二型昆虫，短翅型繁殖速度快，而长翅型则能在气候不适时迁飞到合适的生活环境。翅二型分化和长距离迁飞是褐飞虱成为"国际性、迁飞性、爆发性、毁灭性的"大害虫的主要原因。

找到"分子开关"

翅膀的长短究竟谁说了算呢？半个世纪以来，昆虫翅多型一直是昆虫学的研究热点。科学家们相继拿蚜虫、果蝇、蟋蟀来研究，但对于其中的分子机制一直没有清晰的揭示。"我们以褐飞虱为模型，自主设计和研究，发现了昆虫长短翅型可塑性发育的分子机制，两个同源性很高的褐飞虱胰岛素受体在长、短翅分化中起着'开关'作用。"张传溪教授说。

"之前，有很多科学家做了关于昆虫保幼激素对翅型调控的影响，但都没有得到明确的结论。"徐海君说。

课题组在研究中发现了两个同源性很高的胰岛素受体（受体1和受体2），当受体2的含量低时，胰岛素信号转导通路就会开启，褐飞虱就能生成长翅型；而当受体2的含量高时，转导通路就会关闭，褐飞虱就能生成短翅型。"褐飞虱中有四种不同的胰岛素，我们进一步研究发现参与这种调控的胰岛素是其中一种由脑部分泌的胰岛素。"

为了研究这种调控机制是否具有普遍性，课题组对同属于飞虱科的白背飞虱和灰飞虱进行了实验，发现这个"分子开关"对于它们也同样有效。

或可诞生治虫新策略

在 论 文 "Two Insulin Receptors Determine Alternative Wing Morphs in Planthoppers"中，课题组绘制了一张两个胰岛素受体调控翅型分化的信号转导通路模型。该项结果在进化发育生物学和昆虫翅型可塑性发育研究上具有重要意义。《自然》评审专家指出，"该研究代表了多型现象分子机理研究的一个里程碑（this study represents a milestone in the molecular understanding of a polyphenic trait）。"

不仅如此，该研究发现了两个胰岛素受体具有完全相反的正负向调节功能，这挑战了人们对胰岛素受体传统功能的认知，扩展了人们对生物胰岛素信号转导途径调控的认识。同时，该项研究对于当下农业生产也有现实意义，它为褐飞虱的测报预警提供了理论依据，也对开发新型稻飞虱治理技术具有重要价值。

"比如有一个大胆的设想，我们可以在褐飞虱迁飞的'始发地'种植转基因水稻，吃了这种水稻，褐飞虱体内的'开关'就能关闭，这样就不能成为长翅型，就无法迁飞了。"徐海君说。

该研究得到了"973计划"项目"稻飞虱灾变机理和可持续治理的基础研究"和国家自然科学基金项目等的支持。

果蝇"懒人吃饼"的奥秘

周炜

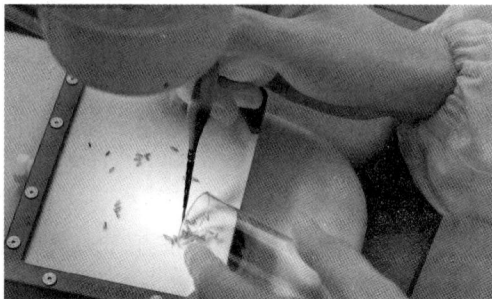

建立果蝇饥饿模型

　　水果放久腐烂，果蝇不请自来，这一现象背后有一整套精密而复杂的调控机制。浙江大学生命科学研究院王立铭教授课题组，通过在实验室中重现果蝇的觅食行为，第一次在动物中发现了一种调控觅食行为的分子——蟑胺（octopamine），没有这种分子，果蝇即使饿了也不会去找吃的。这为我们揭开了关于"吃"的奥秘的冰山一角。

　　相关论文于2015年4月7日在线发表于PNAS（《美国科学院院刊》）上。浙江大学生命科学研究院的硕士研究生杨哲、博士研究生于悦和美国加州大学伯克利分校分子与细胞生物学系的Vivian Zhang 是论文的共同第一作者，王立铭为通讯作者。

怎么知道果蝇饿了？

　　当你感到饥饿，你会有点抓狂或者直奔食堂，平时不爱吃的食物，也许会觉得特别香。"我们实验室最关心的问题，就是动物如何感知饿以及饿了之后会干什么。"王立铭教授说，这个过程至少包含两个独立的步骤：一是大脑检测到体内的生物信号，判断出体内的能量或者营养物质不足了；二是由此引发的情绪和行动上的反应。

　　果蝇是科学家们最为青睐的模式生物之一。之前发达的遗传学研究已经让科学家能自由"改造"果蝇的基因和神经元，用来探究生命机制。那么问题来了，我们怎么判断果蝇饿了？人类和果蝇语言不通，必须找到一种表征"饿"的行为。

　　论文第一作者之一杨哲介绍，课题组选择了"觅食"（foraging）作为判断标志。觅食有三项关键特征：活动性增强，目的性明显，伴随策略选择。这三项，在课题组建立的果蝇"饥饿模型"上都一一满足。特别有趣的是，果蝇也和人类一样，肚子饱的时候行为相对理性，而饥肠辘辘的时候则大规模地出现了"饥不择食"的行为。

果蝇"懒人吃饼"

　　通过一系列高通量筛选的方法，科学家找到了一种神经递质——蟑胺，这种分子在结构上与人体的去甲肾上腺素极其相似。"我们发现，没有蟑胺，饥饿的果蝇不会发生觅食行为，即使它们的身体机能是完整和正常的，没有运动障碍，但唯一的变化是，它们饿了也不会增强活动性，不会去觅食。"另一共同第一作者于悦说，蟑胺就是饥饿引发的觅食行为的一个关键分子。"

　　"但更加有趣的是，我们发现，果蝇还是会饿。"王立铭教授介绍，"课题组的研究人员将食物放进果蝇的嘴巴，果蝇还是会张口，而且食欲比吃饱的果蝇大得多，也就是说，如果以进食（feeding）为指标的话，它们还是会觉得饿。"这有点像中国民间"懒人吃饼"故事的主角，那个懒到家甚至连脑袋都懒得转一下的懒人，只吃了嘴边的那部分饼，最终还是饿死了。

"满地找吃"与"吃得很撑"或许是两码事

　　饿了就会满地找吃的，这是生物世界最正常不过的事。但是王立铭教授课题组的最新研究为我们揭示了"觅食"与"进食"背后更加丰富的内涵。"就大众而言，我们通常认为饥饿是通过一个单一的神经中枢检测到，并引发一系列情绪和行为。"王立铭教授说。但我们的研究提示了，至少在果蝇里，当大脑感受到饥饿的时候，引发觅食和引发摄食可能是完全独立的两套体系。蟑胺的缺失，阻断了果蝇的觅食行为，但并没有阻断它的摄食行为。"就像两个神经'泵'，一个被破坏，另一个还能正常运行。"

"人的大脑是一套极其精密的运行系统，"王立铭教授说，"对于吃的研究，实际上是在研究我们的大脑如何检测身体内部的信号并做出一系列反应。果蝇中的发现确实可以帮助我们进一步理解人类的大脑，理解我们如何感到饥饿，如何决定在什么时间、什么地点吃什么样的食物；以及我们为什么对美味的诱惑难以抵挡，又该如何保持健康和合理的饮食习惯。

"尽管小小的果蝇和人类之间存在巨大的差异，但是如何感觉饥饿、如何寻找食物应该是保证动物生存繁衍的基本机能，可能存在进化路径上高度保守的调控机理。"王立铭教授说。在接下来的研究中，他的实验室将进一步展开关于果蝇觅食行为的研究，希望能彻底阐明果蝇大脑感受机体代谢水平，并相应调节行为的机理。他说："期待这一研究能够帮助我们更好地理解人类大脑，并有朝一日能够帮助我们理解包括厌食症和贪食症在内的相关代谢疾病的致病机理。"

T淋巴细胞重要功能基因被发现

周炜

　　T淋巴细胞在免疫系统中发挥着重要功能。浙江大学医学院免疫学研究所鲁林荣教授带领的研究团队近日在T淋巴细胞中发现并命名了一个名叫 *Tespa1* 的新基因，并阐释了其作用机制。

　　相关论文 *"Tespa1 Is Involved in Late Thymocyte Development Through Regulation of the TCR-Mediated Signaling"*，2012年5月6日在线发表在 *Nature Immunology*（《自然—免疫学》）上，第一作者为浙江大学医学院副教授王迪和博士研究生郑明珠，浙江大学医学院免疫学研究所和基础医学系PMCB团队PI鲁林荣为通讯作者。

　　人体免疫系统依赖各种高度分化的免疫细胞来抵御外界微生物的感染。其中，T淋巴细胞在免疫反应中担当重要的角色，它们能直接杀伤病毒感染细胞或肿瘤细胞，或辅助B细胞产生抗体，对特异性抗原产生应答并分泌效应因子等，是机体抵御感染和肿瘤形成的重要细胞亚群。T细胞的功能异常会导致机体免疫功能紊乱并诱发多种疾病：如先天性T细胞缺陷会导致婴儿细胞免疫功能缺失，易受真菌、病毒、原虫等感染，严重的在3～4个月就会因感染而死亡；同时T细胞免疫缺陷者的肿瘤发病率是正常人的100～300倍；而大家熟知的艾滋病就是因为HIV病毒通过攻击人体的CD4 T细胞使其丧失功能，进而导致获得性免疫缺陷。

　　T淋巴细胞在胸腺中发育，该过程受到精细的细胞和分子水平调控。鲁林荣课题组通过生物信息学筛选，发现 *Tespa1* 基因在胸腺中有特异性表达。随后，研究人员通过构建 *Tespa1* 基因敲除小鼠，发现小鼠中 *Tespa1* 基因的缺失会导致T细胞发育受阻。进一步的研究显示，*Tespa1* 对于指导T细胞发育的T细胞受体（T-cell receptor，TCR）信号传导起着精细的调控作用。

　　"这项研究扩充了我们目前对T细胞发育和T细胞信号传导的认识，同时也为T淋巴细胞相关疾病的临床诊断和治疗提供了新的研究靶点和思路。"鲁林荣教授介绍，目前，研究团队正在患有免疫缺陷或免疫功能紊乱的病人中调查有无

Tespa1 基因的突变，探究这种基因与人体疾病的关联。"如果存在关联，那么 *Tespa1* 基因可以作为今后这类疾病基因诊断和靶向治疗的重要指标。"

发现天然免疫调控新机制

周炜

在机体的免疫系统中，免疫细胞与病毒每天都在上演"警察抓小偷"的斗争。浙江大学与第二军医大学、中国医学科学院的合作研究发现：在免疫细胞的细胞膜上，凝集素Siglec-G充当了"叛徒"——它帮助RNA病毒降解细胞内的"警察"，从而使病毒逃过免疫细胞的监控，长驱直入。

这项研究是在浙江大学医学院免疫学研究所所长、第二军医大学免疫学研究所所长、中国医学科学院院长曹雪涛院士的指导下完成的。研究发现了机体天然免疫调控的新机制，相关论文"Induction of Siglec-G by RNA Viruses Inhibits the Innate Immune Response by Promoting RIG-I Degradation"（《Siglec-G促进RIG-I降解负向调控抗RNA病毒固有免疫》）发表在2013年1月31日出版的 Cell（《细胞》）杂志上。

RNA病毒是生物病毒的一种，它们是艾滋病、SARS、甲型肝炎等疾病的"元凶"。对于这类病毒，巨噬细胞、树突状细胞等天然免疫细胞充当了"第一道防线"，感知、识别外源病原体的入侵。在这些细胞内，一种叫" RIG-I（维甲酸诱导基因–I）"的基因发挥着关键作用，它们就像一群巡逻的"警察"，能识别入侵细胞的RNA病毒，并触发信号通路而诱导I型干扰素产生，"捉拿"病毒。当前，RIG-I信号调控的分子机制是免疫学领域的研究重点和热点。

论文的第一作者，浙江大学免疫学研究所的陈玮琳副教授说，通过基因芯片筛选发现，在RNA病毒感染后，免疫细胞膜上的Siglec-G（唾液酸结合性免疫球蛋白样凝集素–G）表达增加，而细胞内的"警察"——RIG-I的数量减少了，"这两者存在怎样的关系？是否提示了病毒逃逸免疫监控的机制？"课题组的进一步研究回答了这些问题。

通过蛋白质谱分析和免疫共沉淀技术，研究组终于发现Siglec-G是怎样充当RNA病毒的"帮凶"的：Siglec-G数量增多，能把"警察"RIG-I一个个地降解，这样一来，"警察"数量锐减了，它们所活化的信号通路和触发的I型干扰素就受到了抑制，病毒就此逃脱机体的免疫监控。课题组在小鼠模型的体内实验亦表明，Siglec-G失活，可以保护小鼠免受致命性RNA病毒感染。同时，课题组还找到了Siglec-G使RIG-I降解的关键位点。

曹雪涛院士介绍说："这对人们了解抗病毒固有免疫反应，寻求治疗病毒感染性疾病的新途径，以及寻找研制抗病毒药物的新靶点都具有非常重要的意义。"

调控炎症有新发现

王青青

2013年9月19日出版的《免疫》（*Immunity*）杂志刊登了浙江大学医学院免疫学研究所曹雪涛院士课题组的最新研究成果，研究发现了调控炎症与自身免疫性疾病发生的新机制，证实了组蛋白甲基化转移酶Ash1l能够通过表观调控机制抑制炎症性细胞因子——白细胞介素6的产生而阻止炎症性自身免疫病的发生和发展。这一研究可能为人类自身免疫性疾病的诊断和治疗提供潜在的新型靶点。论文第一作者为浙江大学2009级博士研究生夏梦。

系统性红斑狼疮、类风湿性关节炎等自身免疫性疾病是严重危害人类健康的慢性炎症性疾病，目前对其病因仍不清楚，缺乏特异性的治疗手段。免疫细胞分化、成熟、活化过程中的表观遗传学修饰对于研究免疫细胞功能与疾病的关系具有极其重要的作用，异常的组蛋白修饰与许多重大疾病如肿瘤、自身免疫性疾病的发生、发展密切相关，这一领域近年来吸引了很多科学家的关注。

曹雪涛院士和博士研究生夏梦、第二军医大学医学免疫学国家重点实验室刘娟博士等利用小RNA干扰的筛选实验发现，在筛选得到的14种H3K4（去）甲基化转移酶中，H3K4甲基化转移酶Ash1l能显著地负向调控巨噬细胞中病原体成分触发的炎症因子——白细胞介素6的产生。他们与复旦大学发育生物学研究所吴晓晖、许田教授合作，利用构建的Ash1l缺陷小鼠进一步研究发现，老龄Ash1l缺陷小鼠的器官中浸润更多的炎性细胞，体内有高水平的白细胞介素6，更易自发产生自身免疫性疾病并伴有组织器官的炎性损害，表明Ash1l分子在阻止炎症性自身免疫性疾病的发生、发展中发挥重要的调控作用。进一步的分子机制研究表明，Ash1l通过其H3K4甲基化转移酶活性诱导抑制性因子A20的表达，通过A20对炎症信号分子NEMO和TRAF6的去泛素化作用，抑制下游MAPK和NF-κB炎症信号通路及白细胞介素6的表达，从而阻止自身免疫性疾病的发生。

捕捉大脑"黑箱"的蛛丝马迹

周炜

7T来了，专"听"脑细胞说话

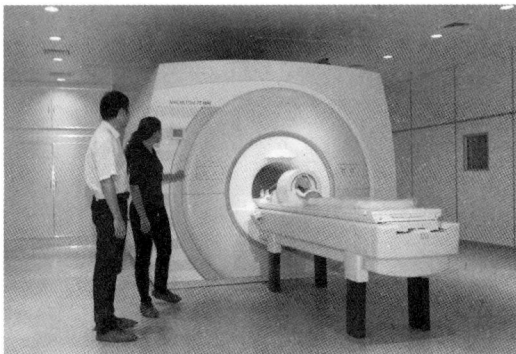

坐落于浙大华家池校区的MAGNATOM 7T超高场磁共振仪

"7T来了！"——2015年5月23日凌晨4点，一辆重型大卡车驮着一个40吨重的庞然大物，缓缓停在浙江大学华家池校区西门。

"7T落成了！"——等到这句话，已是整整4个月之后。9月23日，7T初步安装调试完成，校内外众多科学家前来贺喜与参观。

7T的全名是"MAGNATOM 7T超高场磁共振仪"，是科学界公认的顶级神经科学及脑认知研究设备。坐落于浙江大学校园内的这台7T，是国内第二台7T，也是国内首次引进的具备主动屏蔽式技术的7T。

7T能做什么？它接下来将怎样工作？跟随参观的人流，记者请教了相关科学家。

500米路"走"了24小时

一段视频展示了当时7T"举步维艰"的搬运过程：从华家池校区的西门到实验室一共500米路程，笨重的7T整整"跋涉"了一天一夜。

"7T进浙江大学，是费了多大的劲呢？"国家"千人计划"入选者、浙江大学求是高等研究院系统神经与认知科学研究所所长王菁教授（Anna Wang Roe）介绍，"它每一次挪步，必须有重型吊车、叉车和重型大卡车随身'伺候'。遇到高处有遮挡、台阶、拐弯，重型吊车负责将7T从大卡车上吊下来，垫上四个轮子，再由叉车缓缓推着前行。它目前所在的脑科学影像平台，地基经过了专门的加固处理"。

7T为什么那么沉？首先当然是因为体积大。它的宽和高各有3米，长则有2.6米，中间有60厘米的孔径检测舱，可以容纳整个人体。另一方面，利用核磁共振现象，科学家能分辨出不同物质的空间分布。线圈通电后旋转会产生强大的磁场，引发核磁共振。磁场越强，需要的电流就越强，为了减少发热，线圈就要很粗。T，是磁场强度单位特斯拉，到达7，表示超高场强。7T的磁场强度，是目前临床普遍使用的3T磁共振的2.3倍。

捕捉瞬间"喜怒哀乐"

如此笨重的大家伙，干的却是世界级的精细活——观察神秘而精密的神经网络信号。

"简单地说，就是看各个功能的神经柱（具有类似功能的多个神经元的集合）之间是怎样工作的。"王菁教授说，"我们的视觉、听觉、触觉、味觉等各种感觉以及喜怒哀乐，反映在大脑中，就是各种神经信号。这些神经信号组成了一个复杂的神经协作网络，我们很想研究，一种感觉对应哪些特定的神经活动。神经细胞和神经细胞之间，是怎么进行通话与协作的。很多脑部或精神疾病，其实是某些神经通信中断了，或者病变了。"

"我只要看到脑区成像图，就知道实验对象在看什么。"安放7T的实验室门口，王菁教授指着一张布满黑点的照片告诉记者，"这是一只猴子正在看某种颜色。"王菁教授长期从事神经科学、脑与认知科学等相关研究工作，这张照片，是她曾经借助光成像手段拍的，每个小黑点的直径大概是0.2毫米，代表一个神经元的活跃状况。她说："只有当猴子在看颜色的时候，这个单元区域才会'亮'。"

"这是一种间接观察手段。"系统神经与认知科学研究所的陈岗教授解释，"大脑中有10亿个脑细胞，这些细胞之间的通信，是通过电信号完成的。但是，目前人类的技术手段还无法直接获取这些电信号的活动轨迹，于是我们想到了另外一个办法：神经元之间相互通信需要消耗氧气，而氧气是通过血流输送的，我们通过血流大小的变化，可以间接得知神经功能单元之间的通信状况。"

7T具有高分辨力、高灵敏度和快速成像的特点，可以获得高清晰度的全脑结构和功能三维成像。它的分辨力可以达到0.5毫米以内，是目前普通核磁共振仪的5倍。在非入侵、无损伤的前提下，这是人类能够看到的最精细的大脑图像，这也是理解大脑在正常状态下如何工作的关键。"超高分辨力其实有两层意思。一个是图像维度的，一个是时间维度的。"系统神经与认知科学研究所的奚望副教授说，人的意识活动是转瞬即逝的，而7T能记录下精确到毫秒的神经网络活动图像。

期待深度交叉研究

这台7T专门用于基础研究，而不用于临床诊断和治疗。

实验室的墙上，挂着一组菠萝的黑白"切片图"。原来，安装调试过程中，科学家们已经迫不及待地拿菠萝"试验"上了。黑色部分代表水分含量高，白色部分则代表水分含量相对较低。

当然，科学家们的真正兴趣不在水果，而在大脑。虽然人类对于大脑的研究已经开展许多年，但是，限于研究手段的限制，神经网络的协作机制一直被认为是"黑箱"地带。

"我们感兴趣的是非人灵长类动物的注意的神经机制。"奚望副教授说，"大脑的注意，就像一个神奇的过滤器，它对周围的信息是如何做出选择和反应的？大脑是怎么分配注意的？"意识和认知的神经机制，将是这个研究所的一个重要的研究方向。

"我们还希望和脑机接口方向的研究深度合作。"王菁教授说，研究必须在不断的合作中走在最前沿，为面向临床的治疗手段进行充分的基础研究。"我们通过这样超高分辨力的仪器，能看清楚不同的意识活动区域，找到它们的准确位置，不久的将来，有可能开发出一些对应的治疗仪器。比如，如果科学家能完全弄清楚产生视觉的神经机制，我们是否可以在特定的神经区域给一个特定的电信号，修复原有的通信机制，这样，盲人就有可能获得'看见'的感觉了。"

　　此前，已经有科学家通过研究帕金森病的神经机制，准确找到了"病灶"位置，在"病灶"处植入一个芯片，就能有效阻止帕金森病患者肢体的抖动。

　　根据研究计划，7T将首先用于研究人脑和猴脑在正常和疾病状况下的组织结构、功能定位及网络、生理和代谢过程，以及精神性疾病的神经学过程的高分辨力研究。"浙江大学的信息科学、生物医学工程和临床医学的研究水平都很高，这是很宝贵的研究环境，落成典礼的现场，研究所邀请了许多不同学科的科学家，我们很期待更为深入的交叉合作。前沿，只有在不断交叉中才能实现。"王菁教授说。

醒来，还是继续做梦？

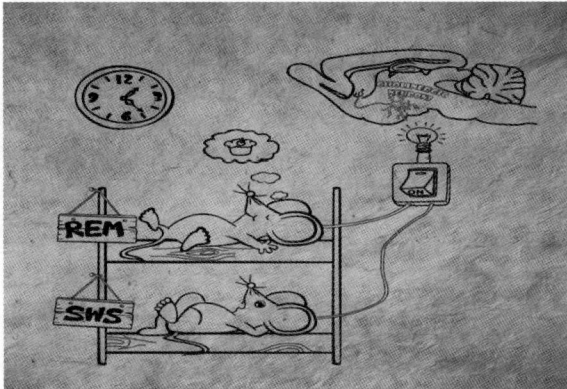

胆碱能神经元兴奋能终止慢波睡眠（SWS），或者让处于快速眼动睡眠（REM）的小鼠睡得更"香"

　　一群睡觉中的小白鼠"帮助"科学家发现了一个关于睡眠的秘密：位于基底前脑的胆碱能神经元，对睡眠觉醒行为具有特异的调节功能。浙江大学医学院神经科学研究所段树民教授课题组于2014年3月6日在（《细胞》）（*Cell*）子刊《当代生物学》（*Current Biology*）发表论文，报道了他们的新发现。

睡眠是脑的最奇妙的现象之一，并对学习、记忆、情绪等高级功能产生重要影响。良好的睡眠是身心健康的保障。随着生活节奏的加快、社会竞争压力的加大，睡眠障碍已成为影响人们身心健康的重要因素，据世界卫生组织调查，全球近30%的人存在各种睡眠问题，而我国居民睡眠障碍的发病率近年来高达40%以上，成为日益增加的焦虑和抑郁症发生的重要因素。研究睡眠发生及其障碍的机制，为治疗睡眠障碍提供新的诊治靶点具有重要的社会意义。

睡眠的产生和调控机制一直是令神经科学家非常着迷的问题。睡眠分为慢波睡眠（slow-wave sleep, SWS）与快速眼动睡眠（rapid eye movement, REM），而做梦往往是发生在REM期。已知脑内一些区域分别具有促进睡眠和觉醒的功能，其中基底前脑就是调控睡眠活动的中枢之一。在基底前脑的细胞群中，胆碱能神经元属于"少数民族"，只占该脑区所有细胞的5%，而经典的研究方法很难研究这样少量神经元的活动对脑功能的影响。因此，胆碱能神经元虽被认为能引起脑皮层兴奋，但是其在睡眠觉醒中的确切作用与机制尚不清楚。

"我们采用了光遗传学技术，发现了一些有趣的现象。"课题组成员、该论文的通讯作者之一虞燕琴副教授介绍，所谓的光遗传学技术，就是对某一特定类型的神经元进行基因改造，把一种对光敏感的离子通道表达在这类神经元上，这种离子通道受到光刺激后就会开放，从而使神经元产生兴奋活动。这样，就能人为的用光来选择性地"操控"这些神经元的电活动。

光遗传学技术诞生刚满10年，这一新兴技术极大地促进了人们对于大脑的探索和了解。虞燕琴老师说，已知脑内有多个调控睡眠—觉醒的区域，但这些区域在促觉醒功能分工上有什么不同，却不清楚。此前有科学家通过光遗传学技术研究发现，激活脑的一些促觉醒系统，比如蓝斑的去甲肾上腺素能神经元或者外侧下丘脑的Orexin神经元，对处于SWS和REM期的动物都具有唤醒作用。而该课题组发现特异性地兴奋基底前脑中的胆碱能神经元只能"唤醒"处于SWS期的小鼠，但对处于REM期（即容易做梦的睡眠期）的小鼠，不仅不能唤醒，还会让它睡得更香，好像不忍打断它的美梦似的。这些结果表明，脑内不同的促觉醒中枢对不同时相的睡眠具有复杂而精致的调控机理。

进一步的研究发现，当小鼠在晚上（相当于自然界的白天）清醒活跃期，较长时间（1个小时）激活基底前脑的胆碱能神经元，这些小鼠就会在白天睡眠期（相当于自然界的晚上）出现"失眠"一样的表现。这一结果对理解失眠产生的机制具有一定意义，并显示出胆碱能神经元可能作为治疗失眠的一个靶点。

论文"Selective Activation of Cholinergic Basal Forebrain Neurons Induces Immediate Sleep-Wake Transitions"的第一作者为2009级硕士研究生韩勇。该研究得到了"973计划"项目、科技部支撑项目、国家自然科学基金、浙江省自然科学基金等的支持。

点亮大脑聚光灯　美美睡一觉

美美地睡上一觉是一件幸福的事，但并非所有人都能拥有良好的睡眠。浙江大学神经科学研究所李晓明教授实验室最新的研究发现：激活投射到丘脑网状核的胆碱能神经元纤维，能有效激活丘脑网状核，促进睡眠。这为人类理解睡眠机制、治疗失眠提供了新的思路。

相关论文"Selectively Driving Cholinergic Fibers Optically in the Thalamic Reticular Nucleus Promotes Sleep"于2016年2月12日发表在国际著名期刊 *eLife* 上（http://elifesciences.org/content/5/e10382v1）。该论文的第一作者是倪坤明和侯晓君博士。

胆碱能神经元是一类非常重要的神经元，它主要通过分泌乙酰胆碱作用于乙酰胆碱受体发挥作用，乙酰胆碱受体也是香烟中尼古丁的脑内作用位点。胆碱能神经元一直被认为在觉醒中具有重要作用。然而，论文的第一作者倪坤明博士说："我们重点研究了投射到丘脑网状核的这部分胆碱能神经元的神经末梢。通过光遗传学手段，特异性激活投射到丘脑网状核的胆碱能神经元末梢。发现这部分胆碱能神经元末梢有效激活了丘脑网状核的细胞，从而让小鼠很快进入睡眠状态。"论文的通讯作者李晓明教授认为，"这项研究发现激活丘脑网状核胆碱能投射能促进睡眠，挑战了传统的观点。之前人们一直认为激活胆碱能系统只与觉醒有关"。

丘脑网状核在大脑中扮演"聚光灯"的角色，它的工作模式类似于一组抑制性的"闸门"，激活它，相应的脑功能会受到抑制。当你专注地想问题时，或许就听不见耳边的音乐，这也许就和丘脑网状核的选择有关。激活投射到丘脑网状核的胆碱能神经元，能有效激活丘脑网状核，打开抑制性的"闸门"，从而促进睡眠。这为人类理解睡眠机制、治疗失眠提供了新的思路。

美国科学院院士、美国艺术与科学院院士、美国生物节律学会主席、西南医学中心神经科学系主任Joseph Takahashi教授高度评价了这项研究："这项研究非常出色，作者发现刺激丘脑网状核胆碱能纤维能促进睡眠。激活丘脑网状核胆碱能投射能够通过胆碱能受体，直接引起丘脑网状核 r-氨基丁酸（GABA）能神经元发放动作电位。这项研究结果意义重大，突破了传统观点认为胆碱能神经系统只与觉醒有关。该研究还发现胆碱能神经元能够介导兴奋性突触后电流，这个发现也非常新颖而有意义，因为传统理论认为乙酰胆碱在大脑中只起到调控性的作用。"

研究项目受到国家杰出青年科学基金、国家自然科学基金重点项目和重大研究计划项目的资助。*eLife* 是国际生物医学和生命科学领域一本开放性、非营利性的同行评审期刊，该杂志由诺贝尔奖得主Randy Schekman创办，由美国霍华德·休斯医学研究所 (Howard Hughes Medical Institute)、德国马克思·普朗克学会 (Max Planck Society)以及英国惠康信托基金 (Wellcome Trust)共同资助。

谁在修剪大脑"花园"？

手机反应慢，清理一下内存垃圾或许能提速。掌控着我们举手投足、喜怒哀乐的大脑也存在着一种类似的清理机制，让大脑得以健康运转。2016年4月12日，生命科学领域的知名期刊 *eLife* 刊登了浙江大学医学院神经科学研究所汪浩研究员和段树民院士的合作研究（ dx.doi.org/10.7554/eLife.15043 ）：他们发现星形胶质细胞释放的ATP可以帮助识别不需要的神经突触，在大脑中按下"删除键"。

一个健康的成年人大脑中约有860亿个神经元。我们思考，我们回忆，我们感到喜悦或悲伤，都是神经元和神经元之间放电的结果。神经元之间接触的结构称为神经突触。每个神经元会和别的神经元形成大约1000个突触，大脑的复杂程度可想而知。

"大脑像个复杂而精致的花园。"汪浩研究员说，"花园里的园艺草木需要修剪，大脑里冗余的突触也需要删除。成人的大脑每天都会生成和删除大量突触，是一种常态化的生理机制。"据介绍，刚出生的婴孩大脑中的突触数量会随着发育增多，6岁时突触数量到达顶峰。此后，大脑又会通过删除突触，让突触数量降低并维持在一个比较稳定的水平。

"神经突触是我们记忆存储的载体，突触的生成和删除也构成了我们大脑可塑性的基础。没有证据表明突触的数量与一个人的聪明程度有直接的关联，而突触过剩肯定不是一件好事。"汪浩研究员说。目前科学界主流的观点认为，突触删除异常导致的大脑神经环路发育出现问题可能与自闭症和精神分裂症有关。

关于突触删除，科学界聚焦的问题主要有两点：一是什么机制清除了不需要的突触，二是大脑怎么识别要删掉的突触。2008年和2013年，美国斯坦福大学的Ben Barres教授团队研究发现，大脑中的星形胶质细胞和小胶质细胞，可以像清道夫一样，通过吞噬和降解，删除不需要的神经突触。

胶质细胞在大脑中大量存在。从前，人们对胶质细胞的认识仅限于为神经元提供营养，支持与保护？近年来的研究发现，胶质细胞除了有辅助功能外，也积极地参与调控神经活动。有研究发现，星形胶质细胞内的钙离子浓度升高，对星形胶质细胞行使功能起到至关重要的作用。

"我们着重研究了究竟怎么识别不需要的突触。"汪浩研究员介绍，"我们用转基因小鼠敲除掉一个对星形胶质细胞内钙升高起关键作用的受体，使得小鼠大脑星形胶质细胞的内钙无法升高，那些原来应该被删除掉的突触很多都被保留了下来，没有被修剪掉。这样处理后的小鼠的神经突触数量，比正常小鼠要多出1/3左右。"

当在突触过剩的小鼠大脑里补充一种化学分子（三磷酸腺苷ATP）后，突触删除过程可以恢复，重新将应该被删除的冗余的突触修剪掉。进一步研究发现，ATP主要通过作用于一个表达在细胞表面的受体P2Y1起到促进突触删除的作用。

尼古丁有望治疗瑞特综合征?

琦琦（化名）今年三岁半了，笑起来甜甜的，但她不会说话、不会咀嚼、不会走路，甚至对爸爸妈妈的呼唤也无动于衷。这种疾病在医学上称作瑞特综合征(Rett syndrome,RTT)，目前没有任何药物对它有效，被称为"世纪绝症"。

瑞特综合征主要发生在女孩身上，发病率在1/15000到1/10000之间，是一种基因突变导致的神经系统发育异常性疾病。浙江大学医学院教授李晓明课题组最近首次发现了胆碱能系统在瑞特综合征发病中的作用，位于大脑海马区的α7乙酰胆碱受体可能是治疗瑞特综合征的潜在靶点，这为瑞特综合征以及相关神经精神疾病的治疗提供了新的思路和依据。

相关论文"Loss of MeCP2 in Cholinergic Neurons Causes Part of RTT-Like Phenotypes via α7 Receptor in Hippocampus"（《胆碱能系统敲除MeCP2可以通过海马区中的α7胆碱能受体造成部分瑞特综合征样表型》）于2016年4月22日发表在国际著名期刊 Cell Research（《细胞研究》）上。

"胆碱能系统是大脑中重要的神经调制系统，与学习、记忆密切相关。中枢胆碱能系统的紊乱可以影响睡眠，导致帕金森等中枢神经系统疾病。"李晓明教授介绍，"课题组近年来致力于研究大脑胆碱能和 r-氨基丁酸（GABA）系统在神经精神疾病中的作用，并寻找相应的治疗靶点。"

研究人员在胆碱能系统中敲除瑞特综合征的致病基因，结果发现，基因敲除小鼠的社交能力与正常小鼠相比明显降低，同时，转基因小鼠患癫痫的风险显著增加。"我们发现，转基因小鼠的海马区中烟碱型乙酰胆碱受体表达降低。"第一作者之一、博士生张颖说，"这个现象提醒我们，如果我们用特异性的药物去刺激剩下的烟碱型乙酰胆碱受体，能不能改善转基因小鼠相关的行为呢？"

尼古丁，俗名烟碱，是一种存在于茄科植物中的生物碱。课题组尝试在小鼠大脑的海马区注射尼古丁，通过相关行为学检测发现：转基因小鼠的社会交往能力渐渐恢复了。也许你会联想到，香烟的有效成分是尼古丁，那么吸烟能不能治疗瑞特综合征或者改善部分症状呢？张颖认为：香烟中的尼古丁可以透过血脑屏障到达中枢神经系统，因此这是很有可能的，但还需要进一步的研究。

本研究的第一作者是博士研究生张颖和曹淑霞，通讯作者是李晓明教授。该研究得到国家杰出青年科学基金、国家自然科学基金重点项目和重大研究计划项目的资助。

什么在维持女性生育能力？

周炜

健康的卵子是维持女性生育能力的必要条件。浙江大学生命科学研究院教授范衡宇课题组最新的研究发现：一个叫CRL4的蛋白质复合体对维持卵子的活性至关重要，从分子机制上揭示了维持女性生育能力、延缓女性更年期的新机制，为了解卵巢早衰、妊娠失败等女性不孕不育疾病的病因提供了全新的认识。相关成果发表在2013年12月20日出版的美国《科学》杂志上。

这是范衡宇教授实验室与中国科学院动物研究所孙青原研究员实验室合作的关于"雌性生育力维持调节机制"研究的最新成果，文章第一作者为生命科学研究院博士研究生余超。

在雌性哺乳动物和人类体内，卵母细胞（卵子的前身）和其他细胞相比，其发育过程显得非常特别。女婴出生时，体内有十万颗左右卵母细胞，像一颗颗未萌发的种子一样，处于发育的静止状态。"在进入青春期以后，其中的一部分卵母细胞会陆续被激活和长大，在性激素的影响下，发育成熟并最终排卵。"范衡宇说，通常，女性可以排卵300到400颗，如果卵子耗竭，就意味着更年期的到来。"如果在40岁以前发生卵子提前耗竭，临床上称之为卵巢早衰，目前影响人群中1%～2%的女性。但是多年以来，维持卵子存活的分子机制还不是十分清楚。"

课题组最初发现，CRL4蛋白质复合体在小鼠卵子中含量特别丰富，这说明它可能在卵子中具有重要功能。在动物实验中，课题组利用基因敲除技术，阻止了小鼠卵子中CRL4蛋白质复合体的生成。结果显示，这些小鼠虽然表面上看起来非常健康，实际上却完全失去了生育能力。它们的卵母细胞在出生之后很快就凋亡了，并出现了与人类卵巢早衰相类似的症状。这些卵子即使受精以后，也不能发育成正常胚胎，而是会导致早期流产。

实验结果表明，CRL4蛋白质复合体不但能维持卵子的存活，而且是受精以后早期胚胎的发育所必需的。经过进一步的生化研究，课题组发现了CRL4蛋白质复合体是如何发挥效用的。"它能调节卵子中一个催化DNA去甲基化的酶TET，从而保证受精以后胚胎基因组的正确重编程。"范衡宇教授说。

寻找肿瘤既疯狂又稳定的原因

周炜

与正常细胞相比，癌细胞的分裂速度相当快，这样"粗制滥造"的产品，其基因组"质量"却相当稳定——它们是怎么做到的？丹麦哥本哈根大学Hickson教授团队与浙江大学医学院附属第二医院—浙江大学呼吸疾病研究所沈华浩教授团队通过合作研究，首次发现肿瘤细胞在有丝分裂期存在DNA复制行为，这是肿瘤细胞维持基因组稳定性的关键。

2015年12月2日，《自然》杂志在线发表两校教授合作完成的研究论文"Replication Stress Activates DNA Repair Synthesis in Mitosis"（doi：10.1038/nature16139），阐述了有丝分裂期的核酸复制，具有相当大的理论和应用意义。

经典的细胞分裂理论告诉我们，一个完整的细胞分裂周期分为：复制前期（G1）、DNA复制期（S）、复制后期（G2）和有丝分裂期（M）。学术界普遍认为DNA复制只能发生在细胞分裂周期的S期。

"我们在肿瘤细胞上发现了这一经典理论之外的有趣现象。"共同第一作者、浙江大学医学院教授应颂敏说。正常细胞的分裂遵循经典的细胞分裂周期理论，在S期完成DNA复制。"这好比工人扎扎实实工作8小时，产出的是质量过关的产品。但是，肿瘤细胞有另外一套机制。它在'规定动作'的S期快速进行DNA复制，本来8小时要干完的活，6小时就干完了，这样势必'偷工减料'，因此留下了很多DNA的损伤，这让DNA变得很不稳定，它们比正常细胞更容易受伤。"应颂敏教授说。研究首次发现，在有丝分裂期，癌细胞也存在DNA复制行为。用应颂敏教授的话说，就是："肿瘤细胞白天活儿太糙，还有很多剩下的，所以只能晚上加班。"

应颂敏教授介绍说："我们还发现，有丝分裂期的DNA复制，是肿瘤细胞特有的，而且对维持肿瘤细胞基因的稳定性特别重要。"

英国皇家学会院士Ian Hickson教授指出，有丝分裂期DNA复制的发现，对许多领域的研究，包括核酸修复、复制和癌症研究将产生重要影响。丹麦哥本哈根大学刘英教授提出，这项研究的重要性在于解决了该领域内一个长期悬而未决的科学问题。共同通讯作者之一、浙江大学医学院沈华浩教授指出，近年来肺癌等恶性肿瘤发病率不断升高，本项研究发现的肿瘤细胞特异性依赖的信号通路，为将来的肿瘤靶向治疗提供了一个新的潜在治疗靶点。他说："如果能想办法中止肿瘤细胞在有丝分裂期的DNA复制，就能通过削弱肿瘤细胞DNA的稳定性控制肿瘤细胞的增殖。"

据悉，在本研究成果的基础上，浙江大学呼吸疾病研究所目前正在进行多个研究项目，进一步深入研究DNA损伤修复的分子机制及其对慢性气道炎症和肺癌的病理调控作用。本研究受中组部"青年千人计划"、优秀青年科学基金（81422031）、浙江省杰出青年科学基金（LR14H160001）以及国家临床研究中心项目（2013BAI09B09）的支持。

原发性高血压可能来自母亲遗传

周炜

　　高血压是一种常见的心血管疾病。最新研究发现，原发性高血压可能来自母亲的遗传缺陷。浙江大学管敏鑫教授领衔的研究团队与解放军总医院王士雯院士、美国辛辛那提儿童医院和奥地利维也纳医科大学进行合作研究后发现了母系遗传的线粒体基因缺陷造成原发性高血压的致病机理。心血管方面的医学专家认为，该研究在世界上首次发现遗传性线粒体功能缺陷与高血压相关，从而诠释了母系遗传高血压的发病机制，为高血压的早期诊断、干预和防治提供了新的理论依据。

　　此项成果在2011年3月31日出版的心血管领域的顶尖杂志——美国心脏协会（American Heart Association, AHA）会刊《循环研究》（*Circulation Research*）上发表。

　　2006年起，解放军总医院王士雯院士的课题组对来自山西洪洞县一个原发性高血压家系进行普查后发现，该家系的高血压具有典型的母系遗传特征：在这个祖孙5代共108人的大家族中，源于同一母性祖先的27个母系亲属成员中有15人的血压高于140/90 毫米汞柱，而81位非母系成员中仅有7人患有高血压。这种现象提示科学家推测，这种原发性高血压有可能是一种线粒体遗传疾病。

　　线粒体是为细胞提供能量的微小细胞器。在生殖细胞结合形成胚胎的过程中，只有来源于母体的线粒体DNA才能传给后代。也就是说，人类的线粒体遗传特征完全来自母亲，线粒体DNA突变引起的疾病多数有确切的母系遗传特征。目前发现的由线粒体DNA突变导致的疾病包括Leber氏眼病、遗传性耳聋、线粒体脑肌病等。课题组找到了与线粒体遗传病学专家管敏鑫教授合作，在这一大家系的线粒体基因组中寻找致病"元凶"。

　　管敏鑫的研究团队发现，这部分患者的线粒体基因组的tRNAIle 4263A>G发生了突变，这个突变能造成线粒体呼吸链功能缺陷，导致能量供应不足，氧自由基水平升高，从而引起高血压。

　　高血压不仅是一种独立的疾病，还是冠心病、心肌梗死、脑卒中、肾脏及外周血管疾病发生的最重要的危险因素。据统计，我国高血压患者已达2亿人，其中95％以上为原发性高血压。近20年来我国高血压不仅没有得到控制，而且在全国还以每年1000万的新发人数递增。

遗传性失明患者有获治可能

潘怡蒙 欣文

美国当地时间2012年7月29日，国际遗传学领域最顶尖的学术期刊《自然—遗传学》杂志发表一组主题相同的4篇论文，揭示科学家新近的重要发现——一个导致儿童失明的遗传新基因。"我们通过人体基因图谱找到了一种名叫NMNAT1的基因，发现它的突变是导致遗传性儿童失明的又一'元凶'"。浙江大学医学院教授祁鸣是其中一篇论文的通讯作者。祁鸣教授说，4个研究小组之间并没有联系，这说明遗传学家们对这个研究领域的关注度相当高。

"人体就像一座精美的建筑，在胚胎发育之初，每一个个体都携带着来自父亲和母亲的两份'标准图纸'，按图'建造'着不同的部件。"祁鸣教授说，在隐性遗传的情况下，如果一份图纸出错，另一份正常的可以替补，但如果两份图纸都出错了，那么"建筑"自然也就会出错。*NMNAT1* 基因的一项重要职责是保护人体视网膜的光受体细胞。他们的研究发现，*NMNAT1* 基因的突变会导致儿童患"莱伯氏先天性黑蒙症"。

莱伯氏先天性黑蒙症（Leber congenital amaurosis, LCA）是一种比较罕见的常染色体遗传性视网膜病变，发病概率在3/10000左右，常在人的幼年期发病，最终导致失明。"这个病的临床表现，常常是眼球震颤、视力障碍、畏光，大约到一周岁时，就会失去光感，最终会失明。"祁鸣教授介绍说，在NMNAT1基因被发现之前，科学家们已经找到了17个会导致患上黑蒙症的基因，但这些基因的发现只能解释70％左右的人罹患黑蒙症的遗传病因。"还有30％，临床上显示是黑蒙症，但科学家一直无法找到致病的原因。"祁鸣教授说。

2010年，祁鸣教授联络了美国、巴西、加拿大、澳大利亚和中国在内的科学家和眼科专家组成了一支国际团队，利用基因组学"全外显子组序列捕获偶联高通量测序"的最新技术，专门针对"30％的未知"开展研究。他们首先对其中一组黑蒙症患者进行了检测，发现其中一个美国患者的NMNAT1基因有异样。"我们将他的NMNAT1基因与正常的基因进行了比对，发现他的NMNAT1基因的两份'图纸'都出错了。一份是密码子169发生了无义突变，这就好比'图纸'在打印过程中忽然卡纸不工作了一样，密码子169导致蛋白合成提前终止；"祁鸣教授说，"而另一份是密码子257谷氨酸的错义突变，密码子257错误地理解了信使RNA传过来的'指令'，将本来要转换成谷氨酸的'指令'误转换成了赖氨酸。"

美国凯西眼科研究所John Chiang研究员是论文的第一作者，也是一名华人科学家，从事黑蒙症研究多年，积累了很多案例。John Chiang为课题组提供了50位原因未知的黑蒙症患者的样本。他们对这50位患者进行了基因检测，发现其中10例也带有NMNAT1基因双突变。这样他们就验证了NMNAT1基因是导致这种遗传性视网膜疾病的新的致病基因。

浙江大学生命科学研究院结构生物学研究中心教授叶升也是团队成员之一，他通过结构生物学，对NMNAT1基因进行了分析。分析显示，正常的NMNAT1基因编码一种酶，这种酶能催化合成细胞生存所需要的一种分子，称为"烟酰胺腺嘌呤二核苷"，这种分子能起到保护视网膜的光受体细胞的作用。"而一旦NMNAT1基因突变，就会改变酶活力，或改变蛋白结构，或改变与其他蛋白质之间的相互作用，从而使这种分子失去正常功能，以致无法保护视网膜的光受体细胞。"叶升教授说。

据介绍，课题组目前的工作计划是和浙江大学附属第一医院眼科一起与美国凯西眼科研究所合作，探索基因治疗黑蒙症的方法。"基因检测是遗传性眼病确诊和病因寻找的关键手段之一。另外，分子生物学的迅速发展和广泛应用，使得基因诊断和基因治疗技术有望使从根本上防治遗传性疾病成为可能。"浙江大学附属第一医院眼科主任顾杨顺教授说。最近，欧美已有通过基因和干细胞疗法治疗基因突变引起的眼睛病变的临床应用成功范例。科学研究成果在临床上的应用，将为这类患者带来重见光明的希望。

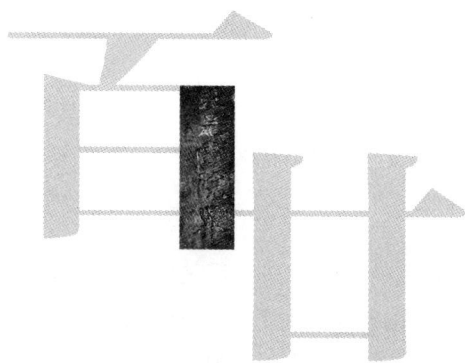

百廿

第九章

守护健康

既是大学课堂的教授，又是医院病房的医生。双重身份，赋予了科学家们双重责任。面对患者的疑难病痛，他们潜心研究，探索与疾病斗智斗勇的新方法；面对重大疫情，他们与患者一起面对疾病带来的恐惧，助其缓解病痛，抚慰不安；在课堂上，他们又以最新的思考与研究启发后生，为守护人类健康培养更多的新生力量。

创造肝病治疗"杭州标准"

董颖　王蕊　夏燕燕

浙江大学医学院附属第一医院郑树森院士和李兰娟院士共同领衔的"终末期肝病综合诊治创新团队"项目，荣膺2015年度国家科学技术进步奖创新团队，这是我省首获该奖。回忆获奖时刻，郑树森院士仍然显得有些激动。

我国是肝病高发国家，终末期肝病高致死率是国际医学难题，主要难点是重症化机制不明，缺乏有效的治疗手段。针对这些难点，郑树森和李兰娟两位院士领导的团队从肝移植治疗新技术新体系、肝癌肝移植新标准、人工肝治疗新方法、终末期肝病发生发展新机制等方面进行技术突破和理论创新。

1986年，李兰娟院士当时还是主治医师，她所在的团队接诊了一位伴有急性肝肾功能衰竭的爆发性肝衰竭的女性患者。因为当时患者没有小便，李兰娟就提出滤过透析并补充白蛋白等治疗，结果非常成功。也是这一次，开启了这个团队终末期肝病综合诊治之旅，也创建了具有自有知识产权的"李氏人工肝系统"。1998年，这项研究获得国家科学技术进步奖二等奖。

首创"李氏人工肝联合肝移植治疗重症肝病"的新方法，将患者的5年生存率由60%提高至80%以上。突破肝移植关键技术难点，创建一套肝移植新技术新体系，是该团队的标志性成果之一。

在国际上率先提出低剂量高价免疫球蛋白联合拉米夫定预防肝移植术后乙肝复发新方案，成为国际主流方案。人均费用下降23万元，肝移植术后乙肝复发率从10%降至2.1%。该研究成果已被斯坦福大学、梅奥诊所等14家国际著名医学中心推广应用。郑树森院士领导的团队已成功开展肝移植1837例，是国内最大的肝移植中心之一，患者术后3年存活率达75.7%，居国际领先水平。

该创新团队突破肝癌肝移植国际传统标准，首创了结合生物学特征的"杭州标准"，成为新的"国际标准"。使肝癌肝移植从5厘米扩大到8厘米，获益人群扩大了52%，5年生存率高达72.5%，达到国际领先水平。该成果发表于国际顶尖杂志，入选科技部重点成果。"杭州标准"引领了肝癌肝移植国际标准变革，已被国际同行公认为"肝癌肝移植受者选择标准的重要分水岭"。

另外，在李兰娟院士的牵头下，该团队在终末期肝病发生机制研究上获得了新突破，首次发现骨桥蛋白的活化会加重肝损伤，首次发现Oct4－Akt正反馈回路会促进肝炎重症化，率先揭示了肝病肠道微生态宏基因组变化规律。这一系列发现对终末期肝病重症化防治具有突破性价值，李兰娟院士因此被评为2014年度"科技创新人物"。

说起创新团队的形成，郑树森院士认为这是一个自然形成的团队，"通过临床与基础、外科与内科多学科交叉、协同攻关，开创了人工肝联合肝移植治疗终末期肝病的新模式，在攻克终末期肝病的过程中自然形成创新团队"。

该团队1986年开展人工肝研究；1993年开展肝移植研究，开创了人工肝联合肝移植治疗终末期肝病的新模式；1994年开展肝病微生态研究；2008年提出肝癌肝移植"杭州标准"；2010年先后赴印度尼西亚开展了4例活体肝移植手术，浙江大学医学院附属第一医院领先的移植医学从此迈向了世界。历时30年，创新团队逐步完善，引领了中国及世界终末期肝病诊治的发展。

特殊"胶水"成果治疗心衰

方序　鲁青

浙江大学医学院附属第二医院院长王建安教授和他在心脏中心的团队使用"可植入性水凝胶治疗扩张型心肌病"技术成功救治了两位患有扩张型心肌病的患者。治疗之前，两位患者的心脏衰竭反复发作；接受治疗之后，胸闷气急缓解，患者可以下床活动。据悉，这种手术，目前只在欧洲尝试过，浙江大学医学院附属第二医院所完成的尚属亚太地区首例。

"这是一个微创手术，简单说就是在左胸下开个小口子，注射一种特殊的'胶水'，让心室壁增厚，减轻心脏的包袱，让它跳起来更有力。"王建安教授介绍，手术使用的可植入性水凝胶由从海藻中提取的钙藻酸盐和钠藻酸盐混合形成，植入心室肌纤维层后，膨胀向内凸出，降低了心室的容积，从而改善患者的心肌收缩性，氧耗也变得更有效。"就像给充了气的皮球系上了一根腰带，把扩张的心脏空间勒小，被'挤'出了'水分'空间的心脏也就变得更加有力了。"

52岁的汤先生是扩张型心肌病患者，住院治疗后症状得到缓解，但出院后又很快反复，严重心衰。检查后发现，他的心脏变大、心肌变薄，按传统方法只有通过心脏移植手术治疗了。王建安教授带领团队采用"可植入性水凝胶治疗扩张型心肌病"技术，在汤先生心脏的心尖部打开一个小切口，在心脏变薄的心肌上选择14~19个点将植入物注射进去。"中国人的心肌相对较薄，手术最大的隐患就是心肌被刺穿，水凝胶进入密布心肌的血管造成堵塞。"王建安教授说，手术采用了仅6毫米长的针头，应用倾斜进针的方式，尽量增加针头插入的长度，并在实时超声指导下完成，手术得以成功安全地进行。

手术后不到一周，汤先生已经感受到了变化。正在医院的楼道里散步的汤先生告诉记者："感觉不错，胸闷气急较以前明显缓解，夜里也能平躺入睡。"

"水凝胶'补'救的技术又让患者多了一条路。"王建安教授说，"团队还将在微创手术的基础上继续研发，尝试不在心脏上切口，而是采用穿刺的方法注射水凝胶。手术费用方面，也将由目前的2万~3万元进一步减少。"

取自己的软骨治关节的损伤

周炜

　　软骨一旦损伤，用自体细胞体外培养一块"补丁"后植入，能把创面修复得宛如天然。这项治疗软骨损伤的技术叫"自体软骨细胞移植"。浙江大学干细胞与组织工程中心已经率先将其临床化，在浙江省的浙江大学医学院附属邵逸夫医院、附属第二医院等5家医院开展应用。

　　人体的软骨是缺乏血液供应的组织，一旦受到损伤，无法自行愈合。我国骨关节炎发病率为3%，每年有近千万的新增软骨损伤患者。目前临床上使用的关节腔冲洗、骨髓刺激等处理方式效果显著，但只能维持1～2年。另一种方法是在患者身上取下软骨块进行自体移植，但这只适用于微小创面，且愈合效果不理想。大多数关节炎患者会经历从最初忍受痛苦，发展到无法忍受后接受人工关节置换，但是人工关节的"耐磨性"一般不会超过12年。

　　浙江大学紫金港校区的干细胞与组织工程中心有一个"医用细胞培养室"，中心负责人欧阳宏伟教授介绍，"自体软骨细胞移植"的方法是先通过一个微创手术，从患者身上提取0.2克软骨细胞，然后送到该培养室进行培养，两星期后，这些软骨细胞就会壮大成数千万个细胞。这些细胞和人自身的软骨细胞在组织性能上完全相同，它们将通过手术植入软骨损伤部位，最后和周围组织天衣无缝地生长在一起。患者一般10天左右就能出院，6个星期后能下地走路，3个月后完全恢复。

　　欧阳宏伟教授说，这项技术能阻断病变，进行功能恢复，创伤小，而且术后恢复迅速，与现有的临床方法相比，具有组织功能再生的优势。该技术已在欧美开展数年，他本人在新加坡国立大学医院做临床科学家时曾完成了97例这样的手术。"最早一批病例是一位瑞典的医生在1989年左右做的，85%左右的患者到目前仍能正常运动。"据了解，采用该技术治疗的医疗费用在美国大约为3万美元，浙江省的费用将在其1/4～1/3。

　　欧阳宏伟教授团队从2006年起承担了浙江省科技厅重大项目"组织工程软骨研究及临床转化"，研发的自体软骨细胞已获得中国药品生物制品检定所检验通过。2009年11月，卫生部出台《细胞移植和组织工程化组织移植三类医疗新技术管理规范》，浙江省的5家三甲医院于2010年3月正式获得卫生部门批准，在全国开展软骨细胞移植诊疗项目。

黑豆或为一种理想的补铁食物

周炜

如果出现贫血，您会怎么办？吃点动物肝脏还是补充铁剂呢？浙江大学公共卫生学院王福俤教授团队最新的研究表明：黑豆或许是一种理想的补铁食物，黑豆皮提取物能有效"说服"身体的"铁管家"铁调素（hepcidin），打开"铁泵"，促进机体对于铁的吸收。黑豆成为国际上首次被报道能够直接抑制hepcidin表达的食物。

相关论文"Black Soybean Seed Coat Extract Regulates Iron Metabolism by Inhibiting the Expression of Hepcidin" 2014年1月6日发表在国际营养学著名期刊《英国营养学杂志》（*British Journal of Nutrition*）上。成果为防治缺铁性、炎症性贫血等提供了靶点养生的新理念。

人体内有个"铁管家"

铁调素是由人体的肝脏产生的一种分子，"掌管"着人体铁元素的代谢。王福俤教授介绍，人体内存在着一种重要的泵铁蛋白ferroportin，该"铁泵"负责着小肠铁的吸收，巨噬细胞吞噬衰老红细胞后铁的释放以及肝脏铁的储存。机体"铁管家"四处巡逻，如果体内铁过量，它就会去关闭这些"铁泵"，从而抑制机体对铁的吸收与利用。

但是，当这个"铁管家"过度"活跃"，把"铁泵"关得太死，就会出现相反的状况：体内铁调素过高，会引起血液中铁的降低，进而限至红细胞的合成，导致贫血。许多铁代谢疾病、炎症和各种原因引起的贫血、癌症等都与"铁管家"的异常升高相关。2013年，王福俤课题组在针对2000多位中老年妇女进行的一项研究中发现，贫血一族和正常人群相比，携带了一种"贫血基因"，"这类基因对铁调素的抑制能力较差，因此有这类'贫血基因'的人就容易得贫血"。

"近来越来越多的研究靶向铁调素及其调控蛋白，这为研制安全高效的药物治疗铁代谢紊乱及相关疾病提供了很好的突破口。"王福俤教授说。

逐个试验"黑五类"食品，黑豆亮了

"膳食同源"是千百年来沉淀下来的中华医学瑰宝，许多黑色食物被认为有补血功效，但是，植物膳食中铁元素的含量并不高。这是为什么呢？王福俤团队的成员开始逐个去求证"黑五类"食物的补血功效。黑芝麻、黑木耳、黑枣、黑米一样样试过来，效果都不明显，而当小鼠吃了打碎的黑豆皮一周后，小鼠的造血功能得到明显改善。

"看来黑豆对于治疗贫血有奇效。"这一现象，提示了黑豆和人体的"铁管家"之间存在某种关联。《全国中草药汇编》则记载："黑豆以种皮入药，可养血祛风。在中医临床上被广泛用于治疗各类阴虚盗汗、血寒、贫血等。"

在体外细胞水平的实验中，课题组发现，黑豆皮的提取物，能有效抑制铁调素的活跃度。进一步的动物试验则证实，黑豆皮提取物"说服"了体内的"铁管家"，重新开启"铁泵"，促进小肠、肝脏、脾脏铁动员，显著增加机体的血清铁水平。膳食期间，小鼠机体的红细胞数量、血红蛋白量及红细胞压积显著上升。这证实了黑豆皮提取物可有效改善机体铁状况，促进机体的造血功能。

膳食是最安全的防治

中国患贫血的人口比例高于西方国家，在患贫血的人群中，女性明显高于男性，老人和儿童高于中青年。王福俤教授说，目前，治疗缺铁性贫血的手段主要是补铁，但这会进一步增加机体"铁管家"铁调素的水平，限制治疗效果，"治标不治本"。特别是患贫血的老人，并不提倡用补铁剂补铁，"很多退行性疾病的病灶组织里，铁是富集的，这时候药物补铁也许会增加患老年痴呆的风险，而通过膳食干预'铁管家'，进而改善机体铁水平则是安全的"。

《英国营养学杂志》发表评论称，王福俤教授团队用膳食食物抑制"铁管家"铁调素的发现，将基础研究与实际应用结合在一起，实属国际首次，这为防治缺铁性、炎症性贫血等提供了靶点养生的新理念。"黑豆是一种天然、安全、有效

的补铁食物。需要提醒的是，吃黑豆时不要把黑豆皮丢弃，因为有效成分大部分都是在黑豆皮中。"

该项工作得到科技部"973计划"项目、国家自然科学基金重点项目等支持。

人感染H7N9禽流感病毒疫苗株研制成功

周炜

　　2013年10月26日，浙江大学医学院附属第一医院（以下简称浙大一院）宣布，该院传染病诊治国家重点实验室牵头，联合香港大学新发传染病国家重点实验室等多家单位协同攻关，成功研制了人感染H7N9禽流感病毒疫苗株（简称疫苗株）。这是中国首次自主研发成功流感病毒疫苗株，改写了我国流感疫苗株需由国外提供的历史。

　　人感染H7N9禽流感病毒疫苗株的成功研制，意味着疫苗研制上市的第一步，亦即关键一步已经完成。经国家相关部门检定，该病毒疫苗株已具备供给人感染H7N9禽流感病毒疫苗生产厂家的条件，下一步将进行中试、临床验证、新药报批和投产等步骤后最终面市。

禽流感防控需要疫苗及时研制、及时应用

　　流感是一种全球性重要呼吸道传染病。禽类是流感病毒在自然界的基因储存库，几乎所有不同亚型的流感病毒可在禽类中找到，中国是候鸟主要集散地之一，也是世界公认的流感多发地。

　　在所有的禽流感病毒中，以H5和H7亚型所引起的高致病性禽流感对禽类的威胁最大。2014年3月，我国首先发现一种新的H7N9禽流感病毒可导致人的感染，主要表现为肺炎。截至10月24日，我国共报道136例H7N9禽流感病毒感染病例，其中45例死亡，病死率高达33.1%，疫情给人体健康和社会经济造成了重大损失。

　　首先，"随着天气转凉，近期又有新发病例的出现；其次，我们研究发现H7N9病毒有可能越过种属，实现人—人有效传播；第三，禽类感染H7N9病毒不发病，这给疫情防控带来难度，因为不可能把所有的禽类都扑杀。"中国工程院院士、浙大一院传染病诊治国家重点实验室主任李兰娟认为，疫苗是最为有效的防控手段，研制能够有效预防H7N9禽流感病毒感染的疫苗至关重要。

反向遗传技术制备病毒疫苗株

"任何疫苗的生产都必须首先制备一种安全高产的疫苗种子株。"据介绍，人感染H7N9禽流感病毒疫苗株的研制，在国家传染病防治科技重大专项支持下，由浙大一院传染病诊治国家重点实验室李兰娟院士领衔，并作为研究主体，联合香港大学新发传染病国家重点实验室、中国疾病预防控制中心、中国食品药品检定研究院和中国医学科学院等多家单位协同攻关。

2013年疫苗毒株研制历程如下：

4月3日，成功分离到第一株人来源的H7N9病毒；

4月5日，完成基因测序；

4月19日，完成 H7N9疫苗种子株制备；

6月2日，完成H7N9疫苗种子株自检；

10月10日，完成H7N9疫苗种子株雪貂安评试验；

10月21日，完成H7N9疫苗种子株质量检定。

"我们采用反向遗传技术制备了疫苗种子株，疫苗种子株在无特殊病原体鸡胚中连续传代15代，经测序证实未发生变异，具有很好的遗传稳定性。"李兰娟院士说，传统的流感疫苗种子株主要依靠经典血清学重配的方法，但是该方法需要的研制时间长，不能满足及时研制、及时应用的需要。

所谓"反向遗传技术"，是以高度减毒的流感病毒PR8质粒为病毒骨架，装配上来自H7N9病毒株的具有抗原性的HA和NA基因，进行基因重配，重配后产生的新毒株既降低了毒性，又提高了HA和NA抗原表达量，从而达到高产减毒的目的。近年来，反向遗传技术已用于流感疫苗种子株的制备，目前世界卫生组织提供的所有H5N1禽流感病毒疫苗种子株，都是通过反向遗传技术制备的。

疫苗上市仍需8～10个月

2013年10月10日，中国医学科学院医学实验动物研究所新药安全评价研究中心在雪貂身上完成对该病毒疫苗种子株的安全性评价试验。10月21日，中国食品药品检定研究院参照《中国药典》流感病毒疫苗种子株相关技术要求，对该种子株进行了检定。安评和检定结果显示，该人感染H7N9禽流感病毒疫苗株的致病性显著低于野生型H7N9病毒株，与高度减毒的PR8流感病毒株（流感病毒株的一个参考标准）近似；该疫苗株各项技术指标均符合流感病毒疫苗株的要求，可供给人感染H7N9禽流感病毒疫苗的生产厂家。

世界卫生组织全球流感参比和研究合作中心主任、国家流感中心主任舒跃龙表示，这一成果为及时应对新型流感疫情提供了有力的技术支撑。原中国工程院副院长、传染病重大专项技术总师、病毒学专家侯云德表示，这不仅标志着中国已经具备自主研发流感疫苗株的技术储备，还具备了及时为世界卫生组织提供合格的流感疫苗株的能力，为全球控制流感做出了贡献。

李兰娟院士说，现在可以把疫苗株提供给生产厂家，厂家还需要进行中试生产—质量再检定—临床验证—新药报批，最后才能投产上市，所以上市还需要一段时间，保守估计应该需要8~10个月时间。

据了解，浙江大学联合清华大学、香港大学、中国疾病预防控制中心共同成立的感染性疾病诊治协同创新中心启动一年来，浙大一院不仅在H7N9禽流感救治领域取得治愈率显著高于全国平均水平的成绩，而且在国际顶级医学期刊《柳叶刀》《新英格兰医学杂志》等陆续发表论文，为全球认识H7N9禽流感的发病规律，建立规范的诊疗体系、H7N9禽流感重症及危重症病例的早期预警等提供了重要支持。此次成功研制人感染H7N9禽流感病毒疫苗株，是感染性疾病诊治协同创新中心在新发突发传染病防控能力建设领域取得的又一重要成果。

联合研究发现H7N9禽流感重症化标志物

周炜

2013年春季，一种新型H7N9禽流感病毒首次出现在华东地区。2014年1月以来，H7N9禽流感不断发生。病毒引起人类严重的疾病，包括急性的甚至致命的呼吸衰竭。对于不同的感染者，会呈现不同的预后。那么究竟有没有一种标志物，可以用来判断H7N9患者疾病的严重程度及预后？

浙江大学医学院附属第一医院传染病诊治国家重点实验室和中国医学科学院基础医学研究所等的科研人员最新的研究发现：存在于血浆中的一种调节肽——血浆血管紧张素Ⅱ与H7N9患者疾病的严重程度及病死率高度相关，如果这一指标升高，病死率明显增加。这一研究表明：血管紧张素Ⅱ是禽流感的生物标志物，可用于临床作为患者重症化的预警指标，预测H7N9患者疾病的严重程度及预后，相关研究成果发表在5月6日出版的《自然—通讯》杂志上。

论文通讯作者、浙江大学医学院附属第一医院传染病诊治国家重点实验室、感染性疾病诊治协同创新中心主任李兰娟院士说，课题组共收集了47例H7N9禽流确诊患者的血浆，40例来自杭州本中心，其中8例死亡，其余均陆续好转出院，另外6例来自南京，1例来自上海。研究通过酶联免疫吸附试验、荧光定量PCR等方法对血浆中的血管紧张素Ⅱ的水平以及病毒载量进行检测分析，结合患者大量的临床信息，与中国医学科学院基础医学研究所蒋澄宇教授一起，共同对数据进行了大量的统计学分析。研究发现，H7N9患者急性期血浆血管紧张素Ⅱ的水平显著高于对照组，且患者血管紧张素Ⅱ的水平与患者的病毒载量显著正相关，8例死亡患者的血管紧张素Ⅱ水平持续上升。"这一特征在发病后第二周表现尤为明显，如是重症患者，这个指标会越来越高；如为轻症患者，第二周就会下降。"

进一步研究还发现，与之前C反应蛋白、氧合指数等指标相比，血管紧张素Ⅱ的预测"准确度"更高，敏感性和特异性分别为87.5%和68%。

在此之前，临床上没有预测H7N9禽流感病毒感染疾病的严重程度及预后的生物标志物。由于缺乏足够大样本的队列研究进行统计分析，致命的结果通常导致多器官衰竭，因此很难发现单个蛋白在人血浆中的改变与疾病严重程度及预后的关系。

此次研究发现则是首次揭示单个蛋白与H7N9病毒感染的严重程度相关，并可能预测患者的预后。据介绍，血管紧张素Ⅱ是人体重要的体液调节系统——肾素–血管紧张素系统（renin-ang iotensin system，RAS）的主要底物。RAS既存在于循环系统中，也存在于血管壁、心脏、中枢、肾脏和肾上腺等组织中，共同参与对靶器官的调节。在正常情况下，它对心血管系统的正常发育，心血管功能稳态、电解质和体液平衡的维持，以及血压的调节均有重要作用。之前曾有研究显示，RAS在心血管疾病、神经退行性疾病、急性肺损伤中的起着重要作用。

发现风险，识别身份、阐明机制、阻断传播、寻找有效疗法等一系列措施的迅速落实，是人类控制疾病的关键。李兰娟院士介绍，从2013年介入H7N9禽流感研究以来，研究团队分别进行了病毒的溯源、病原体的分离鉴定、发病机制的研究、患者病理改变的研究、患者临床特征的研究、人工肝救治严重呼吸衰竭研究、疫苗株的研制等一系列研究。李兰娟院士说，团队还将继续密切关注H7N9等禽流感病毒的变异及流行动向，对发病机制、以人工肝为主的H7N9重症病例的支持治疗机制、抗病毒药物耐药及疫苗的临床试验等展开研究。

人体大肠癌靶向细胞被发现

方序

浙江大学医学院附属第二医院肿瘤研究所黄建教授团队与美国路易斯维尔大学医学院免疫、肿瘤与生物医学中心严俊（Jun Yan）教授团队合作，研究发现了固有免疫细胞γδT在人体大肠癌炎性微环境中具有重要的免疫抑制作用，并揭示了其作用网络及新机制。相关研究论文于2014年5月16日在 *Cell* 子刊 *Immunity*（《免疫》杂志）上以封面论文形式发表。

黄建与严俊为论文共同通讯作者。据黄建教授介绍，γδT细胞是一类分布于外周血及黏膜组织的非MHC限制性固有T淋巴细胞，是机体抵御疾病感染、肿瘤形成的重要细胞亚群。已发现γδT细胞亚群的功能异常与多种疾病相关，如IL-17分泌型γδT细胞（γδT17细胞）与人炎症性肠病、银屑病、皮炎和肝炎等密切相关。迄今只报道了少数动物模型中γδT17细胞在疾病相关炎症中的作用，但未见有关人体肿瘤γδT17细胞的研究报道。

论文第一作者为博士研究生伍品。在导师黄建教授的指导下，研究小组利用人的大肠癌新鲜组织，通过原代细胞分离培养及多色流式细胞分析和分选等系列检测技术，发现了大肠癌组织中IL-17明显较高且主要来源于γδT17细胞，这与此前动物模型研究提出的Th17细胞不同，澄清了人体大肠癌IL-17的来源问题。进一步研究还显示，大肠癌组织上皮完整性破坏所导致的肠道细菌及其产物在侵入肿瘤组织后，可激活浸润炎症性树突细胞（InfDC）分泌IL-23，从而诱导γδT17细胞极化和异常增高；活化的γδT17细胞除分泌细胞因子IL-17外，还能分泌IL-8、TNF-α和GM-CSF，趋化了PMN-MDSC细胞在肿瘤组织的聚集，促进了其增殖和存活，由此形成了免疫抑制微环境，进而导致肿瘤发展，为此研究提出了以γδT17细胞为核心的InfDC/γδT17/ PMN-MDSC免疫调控轴的作用机制。

此外，课题组结合大肠癌患者临床病理特征，分析了γδT17细胞变化的临床意义，发现仅浸润γδT17细胞，而非Th17或Tc17细胞，与患者临床不良预后相关指标如TNM分期、肿瘤大小、淋巴及血管侵犯等呈正相关，表明肿瘤组织内γδT17细胞数量越多，比例越高，则肿瘤恶性程度越高，临床预后越差。

这项研究将临床与基础研究相结合，为靶向γδT17细胞的肿瘤治疗及预后预测提供了可能性，为今后临床转化指引了新思路和新策略。

肾脏替代一体化治疗体系，让生命更长久

王若青

终末期肾病是严重威胁人类健康的重大疾病，患者主要依赖肾移植、血液透析和腹膜透析这三种肾脏替代治疗手段。由于这三种方法均存在技术局限和瓶颈，使用单一替代治疗手段的患者长期生存率均不理想。要进一步提高患者的长期生存率，急需技术突破和体系创新。

"我们团队历经31年系列研究，取得了一系列治疗技术突破，建立了一体化治疗体系，极大地延长了患者的生命，提高了他们的生活质量。"浙江大学医学院附属第一医院党委副书记、肾脏病中心主任陈江华教授介绍说。

在长期的临床实践与研究中，陈江华教授发现每个患者病情有差异，技术的适合性也有差异，如果仅用单一的技术手段来治疗，不能保证每位患者都能获得良好的治疗效果。在综合患者病情、家庭状况、卫生医疗可及性等因素后，通过技术创新，陈江华教授团队在国际上率先提出并建立了以肾移植为核心、以血液透析和腹膜透析为辅助的肾脏替代一体化治疗体系，实现了从以单一技术为治疗手段的医疗模式到以患者利益和疗效最大化为目的的个体化医疗模式的转变，显著提高了患者的长期生存率。陈江华教授团队迄今共完成终末期肾病肾脏替代治疗10447例，患者10年生存率达到82.2%，达到国际领先水平。

一体化治疗体系中，肾移植是核心，也是目前最理想的治疗方法，即便如此，肾移植依旧面临移植后排异、特异性感染等几大问题。为尽早甄别出排异易感人群和移植后急性排异，陈江华教授团队另辟蹊径，在国际上率先实现了仅用一滴尿液来诊断和鉴别诊断急性排斥，准确率分别达到94.1%和96.9%。

陈江华教授团队利用预警平台甄别出高危和低危人群，并有针对性地制订了个体化免疫干预方案。针对高危人群，团队建立了去敏治疗和强化干预方案，使高危受者的急性排斥发生率从53.7%下降到14.6%。针对低危人群，团队建立了优化免疫抑制方案，使肾移植受者平均减少了30.1%的免疫抑制剂用量，显著降低了毒副作用和治疗费用，使这些患者的急性排斥发生率保持在5%以下。

团队经过长期研究发现，导致中国肾移植受者术后一年内死亡的首要原因是卡氏肺孢子虫感染，于是建立了以复方新诺明（SMZ）为主的预防方案，解决了制约我国肾移植发展的难题。

乙肝患者肾移植术后易发生重症肝炎，病死率高，一度成为肾移植禁忌证。团队通过建立乙肝病毒复制和变异监测技术，在国际上率先提出了术前抢先抗病毒结合低肝毒性优化免疫抑制技术，使乙肝携带者安全地接受肾移植治疗。团队随后将该技术应用于接受乙肝表面抗原阳性供肾的受体，安全地扩大了供肾来源。

经过长期的研究和临床实践，陈江华教授团队在国内最早开展了自体大隐静脉移植血管内瘘术、异体动脉移植血管内瘘术和带袖套的长期导管髂外静脉的植入术，解决了保障血透患者血管通路这一技术难题。团队还在亚太地区第一个解决了无菌无热源透析用水问题，显著改善了血透患者的微炎症状态及相关并发症。针对血透患者的心脑血管疾病，团队建立了预防异位钙化、继发性甲旁亢防治和β阻滞剂药物干预综合防治技术，使长期血透患者的心脑血管疾病年病死率下降至0.55%～1.04%。为防止血液透析交叉感染，团队研发了一次性血透上下机护理包、穿刺针和改良的密闭式血透管路，迄今连续42.3万余人次血透无一发生乙肝、丙肝交叉感染。

针对不同患者的腹膜特性、临床状况和残余肾功能水平，陈江华教授团队制定了递增式腹膜透析治疗技术，使残余肾功能年下降速率降至1.0±1.1毫升/分，同时使治疗费用大幅降低。针对农村偏远地区终末期肾病患者就医困难的局面，团队创建了腹膜透析分级网络管理技术，建立了腹膜透析远程会诊和网络数据库，使一流的医疗技术直接覆盖到县区和乡镇，极大地惠及了终末期肾病患者。

杂交手术室里的杂交手术

王家铃

　　浙江大学医学院附属邵逸夫医院近日来了一名患有主动脉瘤的老年患者。心脏中心医生给出了"一站式去分支杂交手术"的方案。据了解，这是目前国内外治疗该种疾病的最新手段，且必须在杂交手术室才能进行。

　　"这类患者通常是九死一生，48小时之内发病的死亡率高达70％～80％，不做手术的话，一年内的死亡率高达90％。"心脏中心钱希明主任医师说。经过全面的检查，医生发现这位患者的主动脉瘤竟然不偏不倚地长在三分叉血管下方。三叉管相当于一个交通要塞，有供应双侧上肢及头部用血的三支血管，在这里如果用传统的方式进行手术的话，患者需要进行整个升主动脉和主动脉弓降部的全弓置换。其手术修复对于心脏大血管外科医生来说，也是一大挑战：手术复杂，时间长，存在诸多并发症的风险，包括术后大出血、脑卒中、肝肾等器官功能衰竭以及灾难性的截瘫等，术后死亡率高达20％。

　　"杂交手术室"是英文"hybrid operation room"的字面翻译，更准确的名称是复合手术室，可以同时进行外科手术、介入治疗和影像检查，适用于高危的心脏大血管疾病、复杂的冠心病、先天性心脏病以及心瓣膜病、血管外科等疾病的内外科联合治疗。"杂交手术的优点很明显，不仅能有机地将内、外科治疗的优点结合起来，而且还降低了二者各自的不利因素。"钱希明说，"目前，我国仅有少数几家医院配有该类手术室，浙江大学附属邵逸夫医院是浙江省内唯一一家拥有这类手术室的医院。"

　　与普通的手术室不同，杂交手术室的"空气"很特别，它只往一个方向流，并且这里的空气净化，就像在自来水管上加了一个超净化过滤器一样。"杂交手术室需要的空气质量要达到每立方尺空气中大于等于0.5微米的尘粒数，应小于等于100粒。"钱希明说。百级层流保证了手术室的空气净化质量，为患者提供了一个温度、湿度适宜的手术空间环境，使人体组织受到尽可能少的损伤，并大大降低感染率。

　　手术方案确定后，准备工作便开始了，造影、重建、锚定区反复斟酌、护理评估……手术被安排在2013年12月的一天上午，心胸外科全体医生以及血管外科副主任医师杨进、心内科副主任翁少翔、放射科副主任胡红杰提前就位，进行最后的器械确定。上午9：00，患者准时推进杂交手术室。麻醉、切皮、开胸……，一切有条不紊地进行着。

　　当组织层层分离，露出"元凶"的时候，在场所有人都倒吸了一口冷气。患者的动脉瘤，圆圆的，像个乒乓球。因为已经撑到了极限，瘤体呈现出特别的深蓝色，随着心脏跳动，瘤体内的血液也随之波动。"薄如蝉翼，"钱希明说，"这是看到后的第一感觉。"

　　钱希明和他的助手小心翼翼地给三分叉血管做分支，生怕一个细小的震动就会让瘤体破裂。当钱希明在靠近心脏的升主动脉与供应患者上肢及头部用血的两支血管之间架好桥后，轮到翁少翔及杨进两位医生"上台"了，他们用带膜的支架人工血管在病变的主动脉弓部进行血管腔内隔绝。"这就好比在塌方的隧道内放置新的管道，保证血流通过的同时封闭了动脉瘤。"钱希明说。

　　经过不到4个小时的时间，手术结束了；术后第二天，患者下床走动；第7天，患者准备出院。"长期以来，心脏医学科学一直有心内科和心外科之分，心内科主要是做介入、支架置入术，心外科主要是做手术、冠脉搭桥术。"钱希明说，"像上述这位患者，以往需要在心外科完成第一期手术，一次手术的时间大概要6～7个小时，然后等伤口愈合、病情稳定后，再到心内科做第二次手术。现在，心内、心外、放射科的医生一起手术，使得患者避免了二期手术。"

我国医院首例三焦点晶体植入手术成功

周炜

　　"老花眼"是多数进入中年的人都必会经历的麻烦，尤其当老花眼遇上白内障，更会给人的视觉带来极大的不便。2015年12月7日，浙江大学医学院附属邵逸夫医院姚玉峰教授团队在国内医院中率先成功实施三焦点晶体植入手术，治疗老花眼并同时治疗白内障，患者术后12小时远、中、近三种视力即恢复到1.0。这一技术给老花眼和白内障患者带来更为理想的治疗方案。

"单焦"之困

　　老花眼，是人的晶状体失去弹性引起的；白内障则是由晶状体蛋白质变性发生浑浊所致。对于白内障，传统的手术是将晶状体内部的物质"掏空"，再植入一枚人工晶状体。但术后，患者只能获得看清远距离物体的视力，不具备变焦能力。开车看仪表盘、看书和手机依然力不从心。

　　"事实上，基本上所有的人在45岁以后都会出现老花眼。事业正当时，眼睛需要聚焦的距离远近不一，不可能不看书、不开车，因此仅恢复远距离的视力，不能满足他们的需要。作为一个眼科医生，怎么解决人类的视觉寿命问题，我很关注。"姚玉峰教授说，"人的晶状体是一个精密的无极变焦的'装置'，如果当下还没法完全模仿无极变焦，是否可以先实现多焦点变焦呢？"

　　5年前，姚玉峰教授说在欧洲的一次学术会议上得知，一位德国的临床眼科医生研发了一种新型的手术，"依托材料和光学研究的进步，他们找到一种人工晶体，可以设计出三个焦点。会后，我和他做了详细的交流，并持续追踪了5年，这项技术目前德国每年要实施一万例左右治疗老花眼或者同时合并白内障的患者。"

　　姚玉峰教授介绍，三个焦点可以应对三种需要，看远（5米，比如开车看路），看中（1米，例如看仪表盘）和近距离（20~40厘米，例如读书看报），这向模拟人晶状体的无极变焦迈出了关键一步。

筹建国际顶尖"手术台"

一年之前，姚玉峰教授获知三焦晶体已进入国家食品药品监督管理总局的审批程序。为此，他立马着手引进高精尖的手术设备、筹建能实施这一手术的专用手术室。2015年10月，三焦晶体正式获得批准在我国上市，同时邵逸夫医院也完成了实施这一手术的所有筹备工作。"这个手术和之前普通的白内障手术步骤大致类似，但对于人工晶体的计算，对于手术医生应具备的屈光知识，以及对于手术的精准性、创伤小等要求更高。"姚玉峰教授说。

医院引进的国内首台术中无痕导航系统——CALLISTO eye以及相匹配的手术显微镜，为帮助医生精确地完成这一手术提供了重要条件。这套系统是目前全世界最高端的眼科手术导航系统，它就像GPS导航仪一样，能够精确地指导医生对每一个手术步骤实施精确定位，使每一个手术切口的部位、大小、方向，人工晶状体植入等，在导航的指引下精确到极其微细的范围之内，保证手术过程几近完美，让操作误差降到最低。

第一位接受三焦点晶体植入手术的患者是一位48岁的企业家吕先生，他平时热爱运动，享受自驾的乐趣，但因为视力问题，不得已于6年前放弃自驾，日常活动也深感不便，非常无奈。2015年12月7日实施手术后，不到12个小时，吕先生看远、看电脑屏幕、看手机、看书看报纸的视力同步恢复到了1.0。术后一周的视力达到：看远5米为1.2，看中80厘米为1.0，看近40厘米仍然为1.0。

考验医生精准"设计力"

三焦点晶体植入手术的材料，是将一块长11毫米的弹性材料卷成"筒"，装入我们自己的晶状体的囊袋中。据介绍，目前邵逸夫医院实施的人工晶体植入手术的"创口"是1.8毫米，属于世界最高水平的最微创手术。

虽说三焦点晶体植入手术的材料和手术辅助设备目前都为国外引进，但是手术成功的关键仍是医生团队。"医生必须具备两个能力：第一是手术的能力，需要把白内障精确地拿掉，然后把人工晶体在极小的创伤下放进去，这是眼科外科医生的基本能力。第二则是精准的'屈光能力'，根据不同患者的情况选择最匹配的设计方法，为患者'定制'不同的人工晶体参数。"姚玉峰教授介绍，目前厂家提供的晶体度数是普适性的，医生要经过精准的计算和设计，为患者提供最为匹配的晶体，这关键取决于医生的推算和判断。

"事实证明，基于我们判断而设计的植入方案是非常理想的。"姚玉峰教授说，"为每个患者量身定制的手术方案和晶体植入方案，要与患者眼睛的精确参数完美匹配，才能达到理想的手术效果。"在第一例成功实施之后，团队将以论文、学术报告等学术交流的形式，向国内更多的医生推广这项技术，为维护国人的视觉健康做贡献。

成功开展经导管二尖瓣修复术

方序

2013年10月6日至7日，浙江大学医学院附属第二医院院长王建安教授带领的心脏团队成功为4例重度二尖瓣关闭不全的患者完成了经导管二尖瓣修复术（MitraClip）。据了解，附属第二医院是国内第二家开展这一技术的单位，填补了浙江省内在此领域的空白。

经导管二尖瓣修复术源于外科二尖瓣"缘对缘"修复技术，即通过手术将二尖瓣前叶中部与后叶中部缝合起来，使二尖瓣在收缩期由大的单孔变成小的双孔，有助于瓣叶闭合，消除局部瓣叶过度运动，从而减少二尖瓣反流。采用类似的原理，MitraClip手术通过股静脉、穿房间隔途径经导管将二尖瓣夹子送入左心系统，在经食道超声及X线显影引导下，使二尖瓣夹子夹住二尖瓣前、后叶的中部，减少二尖瓣反流。

经导管二尖瓣修复术无须开胸，操作创伤小，手术时间短，无须体外循环支持，适用于外科手术风险高或不能耐受外科手术的中重度二尖瓣反流患者。国际大型临床研究证实，与外科手术相比，在年龄大于70岁、心功能小于60%以及功能性反流人群中，经导管二尖瓣修复术的疗效与外科换瓣或修复相当；对于外科手术禁忌者，经导管二尖瓣修复术可明显提高生存率。

经导管二尖瓣修复术在全球范围内方兴未艾，手术安全性高，治疗效果确切，目前在国内该技术刚刚起步。附属第二医院成功开展本项新技术，为国内数量庞大的外科手术高危或外科手术禁忌的二尖瓣中重度反流的患者提供了一种新的治疗手段，具有广阔的应用前景。

扫除造血干细胞移植中的"地雷"

吴雅兰

在儿童及35岁以下成人的恶性肿瘤中，白血病等血液系统恶性疾病所致的死亡率高居第一位。异基因造血干细胞移植被医学界认为是恶性血液病等70多种疾病的唯一根治手段。

可是，在临床医学中，异基因造血干细胞移植这个"救命法子"仍然面临着三大"地雷"的威胁，那就是移植后复发和移植物抗宿主病（graft-versus-host disease，GVHD）以及干细胞供者来源匮乏。而这三个"地雷"也是目前世界移植领域最具挑战和亟须解决的难题。全球最新数据显示，异基因造血干细胞移植患者的实际3年生存率仍然徘徊在40%～60%。

怎样通过"扫雷"来提高患者的生存率？浙江大学医学院黄河教授的"非亲缘异基因骨髓移植临床研究"获得2003年度国家科学技术进步奖二等奖。在此基础上，他带领课题组成员围绕这三个关键问题开展了长达10余年的科学研究。

第一项"扫雷"工作是要降低移植后复发率。"35%～40%的患者移植后死亡是由复发导致的。随之而来的问题是：到底发生了什么事引起了复发？这过程中细胞有没有发生改变呢？课题组经过研究发现，复发有两种情况，一种是患者本人的'坏细胞'又长出来了，另一种是移植进去的'好细胞'变'坏'了。这里面就涉及功能基因的突变问题。"黄河教授介绍道。课题组第一个在国际上报告了移植进去的'好细胞'变'坏'的过程中存在基因多点突变的情况。

复发原因摸清了，对症下药也就顺理成章了。课题组针对容易复发的中高危风险病人提出了抢先治疗的免疫干预技术，在移植后，严密监测患者的微小残留病灶，一旦高于预警值，就抢先输入供者的淋巴细胞，跟残余的"坏细胞"再"打一仗"。通过这种免疫干预方法，患者的复发率在无血缘供者移植中降低了20%～40%，在HLA半相合移植中降低了50%。课题组还创立了慢性粒细胞白血病的移植分层优化治疗新策略，有效减少移植后复发，使加速/急变期患者三年总体生存率达66.9%。

第二项"扫雷"工作是预警与诊治GVHD。GVHD该怎么对付呢？课题组还是从病因入手进行研究。移植后，在患者体内新长出来的T淋巴细胞"眼光"很犀利，能够分别哪些是自己的、哪些是别人的。当这些T淋巴细胞发现自己来到了一个陌生的环境，周围的脏器都属于患者本身的时候，它们就会发起攻击。这也就是通俗说法所说的"排异"。

可是，并不是所有患者移植后都会发生排异。课题组就把发生排异的患者和没发生排异的患者做了个比较，通过筛选甄别的方法发现了基于中国人群遗传背景的11个GVHD高危的遗传性分子标记物。"在此之前，往往是患者出现了重度腹泻、皮疹等症状才会被确诊为发生排异现象。如今，只要通过验血检测标记物就可以尽早发现尽早治疗了。针对这些标志物，课题组又制定了不同的诊断和治疗方法。"黄河教授说。

由此，课题组创立了适合中国人的GVHD预防和治疗新方案。与国际骨髓移植研究中心最新数据相比，重度急性GVHD发生率在亲缘全相合移植中由12%～16%降低到了5.6%，在无血缘供者移植中由21%～25%降低到了12.9%。课题组还创建了急性GVHD早期诊断全新模型，诊断特异性达89%。

同时，他们首次制备了具有自主知识产权的骨髓间充质干细胞（mesenchymal stem cell, MSC）特异性单克隆抗体和相关抗体的流式磁珠分选技术；建立了骨髓MSC治疗难治性GVHD的细胞治疗方案；首次揭示了全新T细胞亚群γδTreg在GVHD病理过程中的作用，提供了细胞免疫治疗新途径。

第三项"扫雷"工作就是要扩大干细胞供者来源。在很早之前，最理想的干细胞供者是跟患者HLA全相合的同胞，如果找不到，患者就得从无血缘捐献者干细胞库中去配对，成功率低而且等待时间长。后来随着移植技术的进步，跟患者HLA半相合的亲属，也能作为干细胞供者，这使得几乎100%的患者都能够立即找到合适供者，但是却存在一个问题，HLA半相合移植难度太大，很多血液病中心尝试后效果不佳甚至失败。也就是说，HLA半相合的供者这条干细胞来源途径"半路堵塞"了。

课题组经过系列研究创立了半相合移植优化新方案，包括应用低剂量抗T淋巴细胞免疫球蛋白、非体外去除患者T淋巴细胞和单纯外周血造血干细胞移植等。移植后患者5年生存率达到60.8%，处于国际领先水平。同时，他们还建立了人源化诱导多能干细胞（induced pluripotent stem cell, iPS细胞）培养体系，建立和优化iPS细胞向造血干细胞分化关键技术，有望解决造血干细胞来源匮乏的问题。

在技术创新的基础上，课题组立足我国人群遗传背景和社会经济特点，创建了造血干细胞移植一体化技术体系，患者5年的长期生存率在亲缘全相合供者移植组达到77.2%，半相合供者组和非血缘供者组分别达到60.8%和63.5%，处于国际领先水平。

在临床实践中，成果已经在国内40余家三甲医院等推广应用。移植后100天早期死亡率由20%下降至9.6%，移植费用降低25%。一位年轻的女患者在接受移植及后续治疗后，还产下了一对龙凤胎。

成果获省、部级科学技术奖6项，其中一等奖4项；发表SCI论文100篇，在国际大型学术会议发表专题报告、口头报告40余次；获得授权发明专利15项，申请美国专利3项。

课题组的"扫雷"工作仍在继续。

引领制药装备企业走向前沿

欣文　周炜

　　浙江大学药学院刘雪松团队有5位教授，但要想在校园里同时见到这5员大将几乎是不可能的。全国的制药企业的车间，就是他们的"实验室"。一年中，他们每一个人在企业的天数，肯定大大超过了待在校园里的时间。

　　2007年，浙江大学科研院技术转移中心设立之初，刘雪松就加盟了，那时他是副教授。用他自己的话说，做技术转移很难，社会有需求，但还是必须要靠学校有环境。他说，浙江大学这些年在技术转移上做了很多探索。在校外设立转移中心，让教授们的技术转移有了延伸的触角。当年，刘雪松团队是建在转移中心的第一个专业团队，在温州建立了"浙江大学（龙湾）食品与制药设备技术转移中心"。这个建制，让年轻教师冲到了技术转移的第一线。

　　刘老师当年瞄准的是温州的中药设备装置———做装备、做制药工程。块状经济是浙江省产业分布的明显特征。温州聚集了数百家民营制药设备企业，是一个中药制药装备集散区。在非常短的时间内，刘雪松团队迅速完成了对企业的摸底调查，确定了团队的工作方向。他说："当时企业之间的竞争非常激烈，我们的方法是用不同的技术扶持不同的企业，让企业错位发展，用我们的发展理念去影响企业。"但是民营企业追求经济效益的特点是"短平快"。"在温州这样的地区，你必须用有效的方法迅速引起大家的关注，事情才能做得下去。我们采用的方法是支持了近10家企业，握成拳头，年产值很快就从几百万元升到了一亿元。"他说。

　　"怎么做到的？很简单，就是不辞辛苦，深入一线。"他说。在温州，当年有数家技术转移中心，"活"下来的是少数。每年，温州市政府会对全国高校建在温州的技术中心做评比，浙江大学连续5年都是第一名。

　　技术转移的前提是手中要有技术，但技术产出是不可能"短平快"的，这是一对矛盾。为了解决这对矛盾，刘雪松团队的做法是以技术为核心，把相关的企业连成圈。首先是从企业生产中发现科学问题和工程应用问题并获得国家项目支持，比如中成药生产过程中的粉剂干燥问题；然后与企业进行对接，再寻找到装备制造企业完成制造过程。这样，制造企业的产品有了出路，药厂的产品有了高品质，学校有了科学研究成果，刘雪松称之为"一个在国家和学校、政府支持下完成的多赢的过程"，关键是研究团队要能够通过深度的调研提炼出科学问题，再将科学问题转化为应用问题和生产问题。

从中小企业的中小问题起步，研究团队的研究也渐渐走到了行业发展的前沿。近两年，团队又有了很大的变化，完成了62条生产线的设计，生产线的年生产能力在300亿元以上，创造了巨大的生产效益。国内中药企业百强中的70%，都与刘雪松团队有研究上的合作。这在全国，恐怕也找不出第二个。

目前，刘雪松团队瞄准的是两个方向：一个是先进制造，另一个是信息化融合。再往下的目标，是把大数据变成支持服务。

江苏的康缘药业是一个很有发展眼光的企业，非常重视科研，承担了国家中药新技术国家重点实验室的建设，还拥有一个230多人的研究院，每年将10%的经费投入科研。"当时，我们选择它作为信息融合方向的合作方进行接触，本来他们只准备了15分钟给我们，但最后我们谈了一天。""那是2012年6月到10月，我们联合申请了国家重大新药创制课题的7500万元经费，其中的'中药过程支持系统'是由我们承担的。"这个项目，就是在大数据获得之后，完成对于数据中的复杂关联的分析。刘雪松团队参与了企业一条全新生产线的前期规划、概念设计、工艺研究、在线检测技术研究、数字化系统的设计和数字化工程的建设。这是在国家大项目的支持下完成的全国产化、全数字化、全信息化，国际上最先进的中药注射液生产线，在2014年年底通过了新版的GMP认证。

在谈到这个项目的时候，刘雪松教授特别对我们说，如果要写，一定要写他们对企业的感谢。很多好的想法，如果没有一个平台，是很难做成的。

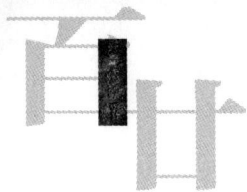

附　录　学而论道

以"做一流的事"驱动一流学科建设
——浙江大学工学部主任陈云敏教授访谈

采访者：单冷　周炜

　　2015年11月5日，国务院正式印发审议通过《统筹推进世界一流大学和一流学科建设总体方案》，成为我国高等教育发展史上又一个里程碑式的战略举措。"双一流"，既是国家高等教育的战略指引，也是浙大自身发展的至高导向。记者特别采访了工学部主任陈云敏教授，回顾学科的发展历程，剖析学科生长过程的共性、核心问题，呈现学科从追赶到逐步走向一流的过程，展现浙大人的思考、探索与努力。

"一流的事"具有两大属性

　　记者：今年10月，《美国新闻和世界报道》发布的US News世界大学排名，浙大工程类专业名列世界第4位，仅次于清华大学、美国麻省理工学院和美国加州大学伯克利分校，您如何看待这一排名？

　　陈云敏：这个排行榜上，浙大去年的排名是第八，今年是第四，这说明浙江大学的工程学科发展很快。但究竟是不是世界第四？不是绝对的。不同排行榜的评价指标不一样，在这个排行榜上是第四，在其他排行榜上则并不一定。

　　浙大工科目前的排名也不是一蹴而就的，它的发展与其深厚的历史底蕴是有联系的。浙大工科最早可以追溯到创办于1911年的浙江高等工业学堂，当时设立了机械科和染织科，后来又有了应用化学科、电机科等。1927年，国立第三中山大学成立，相关的工程学科改组后成为工学院，下设航空系、机械系、土木系、化工系和电机系，各系下面有不同的分组。我们目前公认的浙大工学部的前身，一般就从1927年设立的工学院开始算。之后，在抗日战争浙江大学西迁办学时期，1952年的院系调整，以及"四校合并"以后的各个发展阶段，工程学科都在发展，并且在发展中形成了自身的特色。

最近，我们工学部的9个院系正在对学科发展历史进行梳理，最重要的是要回答一个问题：在不同的历史时期，浙大的工程学科，究竟做了什么？对当时的工程技术科学的贡献是什么？有哪些先进的仪器、测试方法是由浙大提出来？这样的挖掘和梳理是非常重要的。

记者：通常都是学校的宣传部门在做这样的史料挖掘工作，为什么学科要做这件事？

陈云敏：浙大为自己树立了建设世界一流的发展目标。学科的发展过程中曾经有过哪些"一流的事"，是很多人会关心的。比如，李约瑟曾说浙大是"东方剑桥"，我们在引用这句话的时候，能否清晰地解释我们与"东方剑桥"相匹配的贡献？那个时期，浙大到底对科学与技术做出了什么贡献？这样的内容，我们的老师和学生，都很愿意了解。

有人说工学在浙大是"长兄"，也有人说是"脊梁骨"。"工学"宝库里的硬通货是什么？比如双水内冷发电机的故事、单晶硅的故事，盾构、石墨烯……我们如数家珍，一流大学的伙伴马上就会认同。当我们讲完这些故事，我们再说李约瑟曾经说过我们是"东方剑桥"，这就比较有意义了。

当然，这件事需要宣传部门的支持，但是，我们每个院系如果自己都不清楚自己的家底，不清楚我们的前辈曾经做了什么，我们也就不会清楚我们现在所处的位置究竟是怎么样的。

更关键的是，我们要在这个基础上，再去思考工学的精神财富是什么。我还有一个设想，学校能否建立一个浙大工科博物馆，把浙大研制的仪器、提出的测试方法，还有产生重要影响的成果陈列起来。这样，文化就有了载体。

记者：围绕"一流的事"去梳理过去，并形成当下学科发展价值导向，是这样吗？

陈云敏：在US News的排行榜上，美国麻省理工学院排名（Massachusetts Institute of Technology, MIT）第二。事实上，MIT一直是我们推崇的典范，很多做法给予我们启发。诺贝尔奖到目前为止颁出了800多个，MIT教师获奖者有80多个，相当于所有诺奖的十分之一。要知道，麻省理工是一所以工科为主的学校，在这样的情况下，还能得到那么多诺贝尔奖，说明它的基础研究做得也非常卓越。

另一方面，MIT的工程科学确实非常强，在工业界有很强的影响力，全球有800多家一流企业，例如波音、BP这些公司都与MIT有十分紧密的合作。在师资比较有限的情况下，能把基础研究做得很好，又在工业界很有影响力，它就一定有一些重要的内涵存在。

我们发现，MIT做了很多堪称"一流"的事。比如，青霉素的首次化学合成、阿波罗空间计划惯性导航系统、高速摄影、微波雷达、磁芯存储器、生物医学假肢器官等，都是MIT的办学史上诞生的一流的事。

这些所谓人类历史上"第一"的事情，往往是这样的：一是有非常强的社会需求。二是，解决了重大的科学问题。我们可以把这两点理解为是所有的"一流的事"的两个属性。当一个科学技术的发明，是把社会的需求与重大科学问题这两者结合在了一起，这就是一件"一流的事"。这件事做好了，波音公司这样的大公司就会找上门去，诺贝尔奖也会肯定它的价值——一流的事的两个属性有了，高度也就有了。

强大的社会需求是工程学科的特点。如果社会发展没有进入到城市化阶段，就不会需要高楼，那么去研究怎么造500米、1000米高楼又有什么意义呢？但是，有强大的社会需求的事，却不一定有很重要的科学价值。因此，我们必须为学科"一流的事"确定一个价值标准，我认为就是以上这两个属性。

改进评价，导向做"一流的事"

记者：这对我们建设世界一流的工程学科有什么启发？我们有没有一些相应的做法？

陈云敏：浙大的工学发展到现在，应该学习MIT的理念。关于怎样建设世界一流的工程学科，我们提出的目标就是要做"一流的事"。"一流的事"的内涵，就是既要有重大科学问题，又要有重大社会需求。

近几年，工学部进来了不少年轻人。今年教师晋升教授提交的评审材料有了点变化。我们建议教师在对个人学术成果的阐述中，把对科学问题的解决和技术问题的解决连贯起来，在价值导向上引导教师既要关注重大科学问题，又要考虑对接社会需求，把基础研究、技术研发、工程应用连成一条线。既不能做完基础研究后发篇文章就完了，又不能只做纯粹的技术开发。

我们进行学术评价时，应该有一个评价标准：基础研究、技术研发和工程应用连成一条线。就像一个人穿衣服一样要穿出品味，一个教授也必须有自己的学术品味和追求。

记者：在进行具体学术评价时是怎么做的呢？

陈云敏：有一段时间评职称，主要看申报材料中的论文，发了多少文章，有多少个发明专利，得过几个奖等。论文体现的是基础研究，专利体现的是技术研发，获奖情况则能反应出工程应用的情况。

但是，这三个要素有可能错位。所以，我们提出，在递交教授评审材料时，除了提供这些指标性的素材之外，还建议老师把限3000字以内的"主要学术成绩、贡献、创新点及其科学价值或社会经济意义"写成一个"科学故事"，用文字描述成果。要能表述出你做的这件事既有重要的科学问题，又以这些科学原理为基础，做了技术上的发明和创造，然后又解决了工程实际问题。这样，评委就可以很清楚地看到你的研究状态，是不是形成了一条线。2015年工学部一共有20多位教师申请正高职称，希望每人都能递交一篇这样的"科学故事"。

这样的导向在理念上慢慢被教师接受了，他们就会在日常选课题、做研究中体现出这样的理念。我相信，客观来说，这是符合学术健康发展的。"一流的事"它一定是原创性的。就像屠呦呦拿了诺奖，她做成了一件非常漂亮的事。她巧妙地用了乙醚去提炼青蒿素，同时也证明了青蒿素对疟疾很有效果。

我们不能够拘泥于你把技术问题解决了，而是更要知道这个问题后面的最根本的科学问题是什么，然后把科学原理解决了之后，再去做技术，对技术的认识会更深，做得就会更精细、更完美。

一个人发表一篇文章，如果文章中提到的现象最先是他本人发现的，那还不错。但如果是其他人先发现，你只是在它的基础上修修补补，理论上也没有太大突破，然后你又不去做技术研发，这个文章的作用就非常小了。所以我们现在所谓的评价，就是要评价这三个东西连成一条线的事你做了几件。事实上，不需要几件，只要做成了一件就已经很好了。

当然我们也应该很清楚地认识到，要做成一件这样的事，是需要很长时间的。

记者：那从工程学科整体的发展来看，我们应该如何去理解这些国际大学排行榜？

陈云敏：目前国际上的大学和学科排行榜主要有五个，USNews、THE、ESI、QS和上海交通大学的排行榜。我认为，没有必要过于在意排行榜上的指标。浙大的工科要实实在在地去提升学科的真水平。作为不同层次的决策层，要有学术品味和进行评价的能力，这是非常重要的。知道了什么叫做一流，才有可能做出一流。

我们应该花点时间去思考什么叫一流。如果我们在思考和讨论事情的时候，只着眼于争资源，那是土豪模式。我很认同清华大学的一项做法，他们提出，要争一流，管理人员首先要一流，管理决策层是落实资源和评价的。管理决策层的水平上去了，学科整体的水平也会上去。这是一个非常重要的问题。

记者：浙大工程学科的师资队伍建设在当前面临的挑战是什么，怎样应对这样的挑战？

陈云敏：我觉得最大的问题不是我们引进不来一流的老师。其实现在引进的老师，与美国的州立大学的新教师的水平比，不比他们差，甚至更高。我们要做的，是要在这里为他创设一个小环境，能安安静静地做学问，使他能够扎根并往正确的方向去走。否则，引进来的花谢了，是很可惜的。

所以我期待更为科学化的人才引进方式。比如，要更多地考虑从学科自身发展的角度去考虑人才队伍的架构，需要什么方向的新鲜血液加入，来了之后能否提供充足的支持；并且有所侧重，避免不同学科之间的"平均主义"。平均主义在"拼"量的时期是有优势的，它能调动每个"细胞"的活力，但当拼"质"的时候，就会出现问题，这是我们面临的挑战。

记者：也就是说，当我们在讲我们从数量向内涵发展的时候，需要考虑到的一个很重要的问题，就是自己的决策体系是不是完备？

陈云敏：对。比如说每一个一级学科，它下面都有二级学科或者研究方向。比如我们土木有六个方向，这其中有两个方向能做到世界一流，浙大的土木就是世界一流了。管理决策层应该清楚这一点。

所以学科要发展到真正具有国际影响力，管理体制的建设是很重要的一环。要有这样的理念，然后慢慢迈向一流。一流还是要靠教授做出来的，但什么样的教授去做，做什么东西，是要去引导的。

一流学科发展必须有一流的教学

记者：在培养工程学科未来人才的方面，怎样体现"一流的事"的导向？

陈云敏：我曾读到过一个故事：有一项任务，测一座塔的高度。麻省理工的学生马上驾着梯子去测到了高度；普林斯顿的学生首先去证明塔是否存在，存在了才有高度；而哈佛大学经济学系的同学则给了管塔的人10美元，就问到了塔的高度。这个故事是在说，不同学科培养的人才，应具有不同的属性与特征。

工程教育就是培养踏踏实实去"测塔高度"的人，当然不是光光会"测塔高度"，而是要适应各种工程需要。从某种程度上说，一个人的履历，特别是履历中所接受的课程教育，能够很直接地体现他的"属性"。

记者：那么您认为工科教育体系中最重要的是什么？

陈云敏：我认为清晰地梳理工程教育中课程体系的层次是非常重要的。工科学生课程体系应该有三个层次：第一，作为大学生的课程；第二，作为工程学科学生的课程；第三，工科具体专业的课程。其中，第二个层次是非常重要的。比如，现在剑桥大学所有工程学专业的学生都要学电路设计，工学院认为这是工程学专业的通识课程。我们请来的一位国际知名教授，他就强烈倡导土木的学生也要学电。

在课程体系设计中，我们要认真考虑哪些是工程学科学生必须掌握的"通识"。学生少学一门专业课关系不大，在日后他可以在工作和学习中补；但如果没学过电路设计这一类型的"工科通识课"，后面就很难补，他在知识结构上就缺了一块，这样的人才就是有缺陷的，将来想成为大师是很难的。

工程学科要适应社会需求的变化，它培养的人也一样。这种适应性恰好就体现了一流大学的特质。比如技校、职高就可以只教操作性很强的专业技能。而浙大要建设世界一流，必须要在课程设置上体现这种前瞻性。所谓一流的大学，它的教学计划必须是一流的，不光是教师研究的课题是前沿的，因为教学计划决定了毕业生的知识结构和毕业生的"属性"，这是非常重要的。

记者：具体来说，您认为当前工程教育中最需要加强的是什么？

陈云敏：工程学科学生最重要的能力是设计能力。学生所学的所有知识通过设计作用于产品，创新也是通过设计来实现的。

我们在工程教育中要加强设计能力的培养。从学生本科一年级开始到四年级，设计的方式和对象可以不一样，有所递进。一年级可以做通识的设计，四年级做更加专业化的设计。在剑桥大学，所有工程学科专业的学生在一、二年级是上同一门设计课程的。

我曾问过一位牛津大学的教授，"英国的学生好在哪里？"其实我是想知道，他认为中国的学生弱在哪里。他说，"英国本国学生在做需要探索的事情方面比较强；中国学生擅长对已有知识的掌握，以及做有唯一解的事情。"我们的课程体系需要增强对学生设计能力的训练。我们知道，出题目比解题目难，探索就是要学生自己出题目，自己去解；而我们很多课程还停留在给出标准答案的阶段。

21世纪的化学将不同以往

讲述人：彭笑刚（化学系教授）

"中国人大量买什么什么涨价、中国人大量销售什么什么跌价。"这是今天中国人面对的一个困局。为什么会这样呢？

在过去35年里，世界上发生了一件大事情，那就是中国的和平崛起。与此同时，其他人口大国（如印度和巴西）也快速发展。到了21世纪，已经没有人再会质疑，中国成了世界上最大的工业制造国家。一方面，我们中国人以人类历史上从未有过的速度和产能，制造着大量的工业品（尤其是轻工业品）。中国人不但制造了太多的东西，而且许许多多中国工厂都集中在门槛不高的行业里，不可避免地面临着产品同质化、竞争低价化等问题。另一方面，中国人口占世界人口的20%左右，她的崛起必然需要大量的资源和能源作为基本生产资料和生活物资。

也就是说，中国人口太多了。中国人求购什么，就可能意味着在国际范围内超乎寻常的需求；中国人输出什么，就可能意味着向世界提供前所未有的大量的供给。

中国如果要从这样的不利局面中脱身，需要从多方面下手，而且这将会是一个相对长期的过程。怎样脱身？面对这样一个问题，尽管答案是复杂的、多面的，但是下面的事实会让我们看到，答案的一部分离不开现代化学的深入发展。

首先，中国的发展（甚至是维持今天的生存水平）受制于人均占有自然资源的短缺。无论如何，中国人的人均自然资源占有率无法企及今天美国国人的人均自然资源占有率。这是因为，按照目前的数据，美国人口占世界的5%，而自然资源占有大约为整个地球的40%左右。这等于说，如果要达到美国目前的人均自然资源占有率，按照中国的人口估算，中国需要大约两个地球。显然，发现一个地球、实现星球搬家并非近几代人可以实现的。

因此，我们只剩下一条路：寻找新的资源使用的方法。

一方面，从科学的角度看，新的资源使用方法意味着"高新材料"的设计、合成和加工。因为受制于自然资源，所以我们这里的"高新材料"必须从易得原料出发，以高效原料利用率和低能耗的方式制成。并且，这些"高新材料"制成的产品被使用过以后，还必须在自然界中快速转变为无害自然物质。当然，这些高新材料必须性能优异，必须能够满足人类人新月异的生活需求。

按照现代科学的分类，发展"高新材料"的核心任务必须由化学家来承担。这是因为，化学家是以操纵原子分子获得新物质为专业特长的科学工作者。

另一方面，中国产业必须转型，必须从"中国制造"过渡到"中国创造"。目前来看，实现这个转变还需要一段时间，大约是十年到二十年。这个时间窗口的存在，是因为我们还有一定的人口红利，还有一些值得投资的基础建设，还有相对不发达的内地。纵观世界，发达国家基本上都不再是"工业化国家"，而是"智慧型国家"或者"创造型国家"。也就是说，当中国用了60年从农业国基本上转化为工业国的时候，以美国为代表的发达国家的立国模式已悄然地由工业制造为主发展到科学创造为主。其结果是，我们还是落后了。而智慧型国家的典型特征，就是所谓的高科技工业。

在国际上，高科技的主要决定因素被认为是"高新材料"。这是因为，一旦一种全新的性能优异、价格低廉的材料被制造出来，那么，随之而来的产业链即可能发生颠覆性的变换。原有的材料加工设备、加工工艺、产品成型方法，直至终端产品的设计和制造，都必须加以改造，以适应"高新材料"。

综合以上两点，可以看出，"高新材料"不但是因应资源短缺的唯一答案，而且是高科技中的核心。或者说，明天的中国化学家不但要为中国解决自然资源的问题，而且要准备好为"中国创造"奠定基础。进一步地，中国是如此之大，中国和平崛起功德圆满的那一天，极有可能带来人类整体生活方式的大变革。这等于说，中国化学家的任务在一定程度上是探索地球村文明的新生活方式。

应该指出的是，发达国家化学家的研究重点在大约15年前就开始了悄然的调整。在那之前，化学的主要重心是为制药业服务的有机合成，而现在的局面是有机合成化学与高新材料化学并重。也就是说，自然资源短缺的问题，并不是只有中国人有所觉察，而是一个世界范围内的问题。今天上百万的化学家中，研究高新材料的化学家们无疑是国际化学舞台上最活跃的一个群体。

上陈述化学对中国、对全人类将来的意义，并不只是纯粹推测，而是有一定历史根据的。举如下两个例子，由此可以看到，昨天的化学家已经为人类做出了杰出的贡献，令人肃然起敬。

第一个例子，从有文献记载起到20世纪初，人类的平均寿命一直在30多岁徘徊。到了20世纪末期，世界人口男女平均寿命分别达到63.3岁和67.6岁。而且，在一个人的有生之年里，受制于病痛的时间比例也大大减小了。显然，现代医药的快速发展是功不可没的；而绝大部分的新药，是由化学家在实验室里合成出来的。

第二个例子，随着文明的进步，20世纪初人类对钢铁等金属的需求量快速膨胀。按照20世纪上半叶的趋势看，地球能够给人类提供的金属材料将很快无法满足要求。恰巧在那个时候，化学家发明了各式各样的高分子聚合物，从而把人类从金属材料的局限中解放了出来。放眼来看，我们今天的生活如果离开这些人造高分子聚合物将是无法想象的。在欧美发达国家，人均每年的聚合物消耗量大约是人均体重的一半。由此，化学家发明高分子聚合物的伟大意义可见一斑。

比较20世纪与21世纪的形势，化学家面对的挑战——也是大展身手的机会——有相同之处，也有不同之处。相同之处在于，20世纪的和21世纪的伟大机遇都源于自然资源无法满足人类的需求。不同之处在于，21世纪的化学家必须为自己的创造物在环境中的命运负责任。在今天拥挤不堪、负担沉重的地球村里，化学家正在创造、将要创造的"高新材料"必须是环境友好的，不能再像20世纪发明的塑料那样成为百年不化、超量存在的白色垃圾。

不仅是"高新材料"产品本身应该是环保安全的，而且21世纪化学家发明的新化学过程也应该是健康无毒、安全可靠的。这样的新化学过程，不但会让化工生产操作更容易，而且会让发明这些过程的化学家的研究环境变得更理想。实际上，在过去的大半个世纪里，发达国家化学实验室的工作条件已经得到了大大的改善。研究人员只要遵守基本工作规程，他们受到化学品毒害的机会，与正常人受到毒害的机会相比，差别不大。

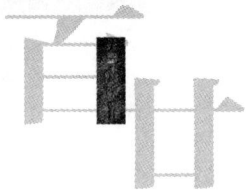

浙大发现

后　记

2006年的夏天，我被派去采访浙江大学岩土工程重点学科的故事。稿件送一位教授审阅后，我陷入了漫长的等待。三个星期过去，教授有了回音，他递给我一叠标注得密密麻麻的修改意见，一脸痛苦地说："改你的稿子，可比改我研究生的论文还难啊！"

稿子已被改得面目全非。

这个场景，穿透11年的时光至今，依旧清晰地在我脑海里驻留，因为如果不算上之前写稿时的抓耳挠腮各种卡壳的话，这是一个文科生初涉科学写作后遭受的第一次打击。但其实，说"刺激"比"打击"更合适，这件事更多的是激发了我的好奇心，给我抛出了一个问题：大学的科学传播，怎么做才是好的呢？

11年来，我与同事们起初带着这个疑问，后来将其确认为理想，做了很多尝试。这本书，是我们十多年来尝试的"记录"。以一篇新近发表的论文、一个获奖的科学研究，或者一个获得项目支持的研究团队为线索，切入，采访，记录。每一篇文章，都是科学家和我们共同努力的结果，试着向社会公众解释：实验室里忙忙碌碌甚至稀奇古怪的科学家们，在思考什么，做了什么，对这个社会将产生什么价值以及影响。这也是浙江大学科学传播的核心内容。

大学的科学传播重要吗？我想过很久，答案是肯定的——从大学的实验室到教科书的路程是漫长的，公众需要通过实时的传播获取新知，因而它事关人类整体认知水平的进步与提升；也事关一所大学的声誉与口碑，事关社会对于科学与科学家的整体评价；更事关未来将会有什么样的年轻人投身科学。

但这件事的切入点在哪里？方法是什么？我们在实践中得到了很多正向的反馈和鼓励，因而渐渐有了答案。

我们从刊发高水平论文的教授那里，知道了顶尖期刊对待一篇好论文的传播路径规范；我们从哈佛大学、麻省理工学院、普林斯顿大学的媒体上，学习了世界一流大学布局科学传播的思路与做法；我们从美国科学促进会、英国科学媒介中心等国际高水平影响力科学组织的运作中，学习了处理媒体、公众、科学家的关系的法则与理想模式。心怀世界，对标一流，才能静下心来处理眼前的工作。但，这些看到的学到的，其实只是推动我们工作的一部分。

更多的力量，是来自浙大的科学家们。他们的支持、理解与努力，始终鼓励着我们向前走，让我们在工作中体验到快乐与感动，感受到科学的魅力。文科生和理科生，传播者和读者，每个人的知识结构、心智模式都那么不同，是什么让我们为同一件事凝神，为同一个故事心动？我想，是因为内心的纯净，它会内生出好奇与力量，让我们能相对而坐，用同一套语言交谈，听听科学家在解释世界、创造世界时动用的智慧。科学，似乎有激发这种纯净力量的魔力。

可是，就像我最初面对科学写作时的生涩，科学家也未必是天生的科普行家。所以，这本书中辑录的文章，是合作的结果，也是浙大的科学家努力向公众传播科学、解读学术所做的学习与努力的记录。这本书中，很多篇文章的文末都留有二维码，大部分二维码链接的都是我和同事们自2008年起，为浙江大学获得国家科学技术奖的项目所做的视频解读。有了这些通俗的视频，科学家就可以丢掉那套在评奖答辩时用的PPT，更有效地为公众做科普了。一次，几位科学家坐在一起看视频，其中一位科学家看了之后与他的邻座说："拍的时候我很紧张，拍出来看还好嘛，你可比我紧张多啦！"在科学传播这件事上，科学家也在憋着劲学呢。

非常同意一位浙大的科学家为科学家群体描述的"自画像"。他说，科学家是这个真实世界的超级英雄，科学家的对手不是妖魔鬼怪、外星侵略者或者野心家，而是人类面对未知世界的迷茫与恐惧，是我们脑海里的"自古以来"和"理当如此"。支持他们前进的，有对世界和人类的责任感，但更多的可能是对于一切陌生事物的好奇心。

在这本书里，我们就想告诉读者这些"超级英雄"们正在做的和想做的事。

但是你肯定会发现，它不像剧本那样有激烈的矛盾冲突，也没有奥特曼打小怪兽那样的"剧情"，因为，学习与努力中的我们，在追求准确和趣味之间，优先选择了准确，而阅读的趣味，被放在第二位来考虑。我们深知，未来的科学传播仍然有很大的进步空间，我们会学着用更有趣、更生动、更多元的方式来呈现科学和科学家的故事，就像科学本身那样闪闪发光。

此时正值春末夏初，浙大紫金港校区南华园的原生湿地保护区里，大批的鹭鸟在那里筑巢繁衍，一派生机勃勃的景象。这就像浙大灵动而富有生命、辽阔而丰富的学术生态，充满故事与传奇。每一次驻足，都会有金光闪闪的发现。

感谢浙大各部门、各学院的老师和同学，这么多年持续为我们提供线索，因为你们，我们得以与科学相遇，与智慧相遇；感谢亲爱的读者，你们的期待与鼓励，让我们感受到努力的意义，愿意继续与你们分享更多科学中的美好时刻。

愿有更多的人同行，一起体会科学之美。

周　炜

2017年谷雨 启真湖畔

图书在版编目（CIP）数据

浙大发现：浙江大学10年科学故事辑录 / 周炜编
著 . – 杭州：浙江大学出版社，2017.5
ISBN 978-7-308-16859-5

Ⅰ．①浙… Ⅱ．①周… Ⅲ．①科学故事-作品集-
中国-当代 Ⅳ．①I247.81

中国版本图书馆CIP数据核字（2017）第083985号

浙大发现：浙江大学10年科学故事辑录

周 炜 编著

责任编辑	张凌静
责任校对	仲亚萍
装帧设计	程 晨
出版发行	浙江大学出版社
	（杭州市天目山路148号　邮政编码　310007）
	（网址：http://www.zjupress.com）
排　　版	杭州林智广告有限公司
印　　刷	杭州钱江彩色印务有限公司
开　　本	710mm×1000mm　1/16
印　　张	24.25
字　　数	470千
版印次	2017年5月第1版　2017年5月第1次印刷
书　　号	ISBN 978-7-308-16859-5
定　　价	59.00元